MICHAEL KOBR

Sonne über Gudhjem

GOLDMANN

MICHAEL KOBR

SONNE ÜBER GUDHJEM

Ein Bornholm-Krimi

GOLDMANN

MIX
Papier | Fördert
gute Waldnutzung
FSC® C014496
FSC
www.fsc.org

Penguin Random House Verlagsgruppe FSC® N001967

1. Auflage
Originalausgabe August 2023

Umschlaggestaltung: Hafen Werbeagentur, Hamburg
Umschlagmotiv: © Michael Kobr
Th · Herstellung: ast
Satz: GGP Media GmbH, Pößneck
Druck und Bindung: GGP Media GmbH, Pößneck
Printed in Germany
ISBN: 978-3-442-31689-2

www.goldmann-verlag.de

PROLOG

Der kalte Nieselregen, der Lennart Ipsen aus einem grauen Himmel ins Gesicht wehte, war die passgenaue meteorologische Entsprechung seiner Laune. Wie immer war seine Reihe die letzte gewesen, die man am Fährhafen aufgerufen hatte. Kein Platz mehr in der Lounge, kein Tisch mehr im Restaurant, sogar der Ruhebereich platzte schon aus allen Nähten. Zwar war inzwischen Nachsaison, die angeblich die ruhige Zeit auf Bornholm einläutete. Doch davon schienen die hier versammelten deutschen Rentner noch nichts gehört zu haben. Überwiegend in Campingmobilen besuchten sie nach den Schulferien in großer Zahl die dänische Insel mitten in der Ostsee, auf der Lennart von jetzt an arbeiten und leben würde. Für immer? Mal sehen. Zumindest bis heute Morgen war das noch sein Plan gewesen. Mehr noch: sein Traum, makellos, strahlend. Und nun hatte der schon nach den ersten zwei Stunden beachtliche Kratzer abbekommen. Trotzdem: Es war entschieden, und er musste da durch. Wenigstens für die Dauer eines Jahres, in dem er abschalten, runterkommen, sein Leben maximal entschleunigen würde. Danach könnte er weitersehen. Lennart zog seine Kapuze in die Stirn, hob den Blick zum Horizont. Rügen war längst außer Sichtweite, der Hafen von Rønne noch weit entfernt. Niemandsland. Er dachte an seine Abreise, bei der ihm Freunde und seine beiden Töchter Glück gewünscht hatten. Glück für seinen Neuanfang in der alten Heimat Dänemark. Heimat? Sicher, er war dänischer Staatsbürger, war gleich hinter der deutschen

Grenze auf dänischem Gebiet geboren, auch wenn seine Mutter Hamburgerin und Flensburg immer *seine Stadt* gewesen waren. »Den Deutschen« hatten sie ihn deshalb beim Studium in Kopenhagen immer genannt. An dessen Ende hatte er dann Andrea kennengelernt, auch sie eine Deutsche, aber eine richtige. Sie hatte damals nach ihrem zweiten Lehramts-Examen ein Auslandsjahr gemacht, war schließlich geblieben und hatte begonnen, als Lehrerin zu arbeiten.

Lennart hingegen war inzwischen schon seit über zwanzig Jahren Beamter bei der dänischen Polizei, erst bei der Kripo in Kopenhagen, dann auf internationaler Ebene in Lyon und Brüssel. Und das mit vollem Einsatz: hochdekoriert, hochgelobt – und dennoch tief gefallen. Gefallen in ein Loch, das sich mit einem Mal vor ihm aufgetan hatte. Ohne Vorwarnung. Ohne Leiter, um herauszuklettern. Nichts hatte darauf hingedeutet, und doch hatte es ihn eingesaugt, ihm mit einem Schlag nicht nur sein Lächeln geraubt, sondern jegliche Energie und Lebensfreude. Still war es geworden in ihm. Still und grau und einsam. Seine Ärztin hatte das als *Burnout*, seine frischgebackene Ex-Frau Andrea hingegen lapidar als *sein nerviges Miesdraufsein* tituliert, das sie nicht mehr ertragen könne. Dann eben nicht. Eine Weile hatte er geglaubt, für immer in diesem Loch festzusitzen, doch dann hatte er alle Kräfte aufgeboten, um sich daraus zu befreien. Und es hatte geklappt. Zwar war er noch nicht ganz wieder auf dem Stand von vorher – aber er würde wieder rauskommen aus dieser Scheiße. Wenn es überhaupt eine Sache gab, auf die er stolz war an sich, dann auf seinen unerschütterlichen Mut weiterzumachen, den Kopf freizubekommen, die Dinge selbst in die Hand zu nehmen.

Er lehnte sich weit über die Reling und ließ die feuchte Luft in seine Lungen strömen. Es roch nach Meer, nach Jod, nach Algen, dem Dieselqualm aus dem Schornstein über ihm. *Nein*, korrigierte er sich innerlich: Es roch nach Freiheit.

Frei würde er sich fühlen. Das vor allem. Frei. Ungebunden. Leicht. Keine internationalen Meetings mehr, keine »Dossiers zur inneren Sicherheit moderner Demokratien«, keine langweiligen Abendessen mit irgendwelchen Staatssekretären, leitenden Beamten und Europaabgeordneten, mit Hilfe derer die sich letztlich nur ihrer eigenen Relevanz versicherten. Und auch keine Ehefrau mehr, die abends schon im Bett war, wenn er heimkam, die ihm ständig vorhielt, den Beruf über die Familie zu stellen, der er zu sehr Technokrat und zu wenig Hausmeister, Vater, Liebhaber und Abenteurer in einer Person war. Die beiden Mädchen waren bei ihr geblieben, darauf hatte sie bestanden. Ida war dreizehn, Magda mit fünfzehn schon fast erwachsen. Es war bestimmt besser so. Für sie. Ihm allerdings würden sie furchtbar fehlen.

Immerhin: Andrea hatte eine Stelle an einem Gymnasium auf Rügen angenommen. In Binz, ihrer Heimatstadt und dem Wohnort ihrer Eltern. Auch wenn Lennart nicht gerade ein Faible für die deutsche Ferieninsel hatte: Die Mädchen konnten von dort aus ganz einfach die Fähre nehmen und ihn in seinem kleinen Paradies besuchen – und umgekehrt. Die beiden hatten natürlich gemosert. Dass sie nach Wohnorten wie Lyon, wo Lennart eine Weile bei Interpol gearbeitet hatte, und der Metropole Brüssel – hierhin hatte man ihn als Referent für innere Sicherheit bei der EU abgeordnet – jetzt den Rest ihrer Schulzeit in der deutschen

Provinz zuzubringen hatten, war ein Schock für sie gewesen. Und als sie dann noch erfuhren, dass sie an derselben Schule sein würden wie ihre Mutter, hätten sie sich am liebsten an Amnesty International gewandt.

Lennart hob seinen Blick. Aus dem Dunst war überraschend nah ein großer Offshore-Windpark aufgetaucht. Langsam und stetig drehten sich die Rotorblätter an den mächtigen Masten. Kraftvoll und stoisch, als könne kein Sturm, kein Gewitter sie aus dem Takt bringen. Lennart nickte und zündete sich eine Zigarette an. Zwei Züge, dann warf er sie über Bord. Sie schmeckte schal und eklig, wie ein Eindringling aus seinem alten Leben. Lennart brauchte das nicht länger. Er schenkte einem der ohnehin kettenrauchenden Angeltouristen an Deck die restliche Packung Gauloises samt Feuerzeug, zog die Kabinentür auf und wollte gerade nach drinnen gehen, da bemerkte er im Augenwinkel das riesige Kampfflugzeug am Himmel, gefolgt von zwei kleineren Militärjets links und rechts. Die Maschinen rasten erstaunlich tief über das Schiff hinweg, begleitet vom ohrenbetäubenden Lärm der Triebwerke. Die restlichen Passagiere an Deck wandten wie Lennart den Kopf. Russische Flugzeuge, ohne Zweifel. Wie auf Kommando drehten die drei Jets nun scharf nach rechts ab und verschwanden aus Lennarts Sichtfeld. Ein ungutes Gefühl stieg in ihm auf. Er konnte dieses Säbelrasseln, das sich hier an einem der Außenposten der NATO immer mal wieder abspielte, nicht ausstehen. Zumal im Moment die politische Lage in Europa einem Pulverfass glich und jegliche Provokation weitreichende Folgen haben konnte. Folgen, an die Lennart im Moment lieber gar nicht denken wollte.

Seufzend ging er nach drinnen. Ein kurzer Blick in den Ruhebereich verriet ihm, dass mittlerweile wieder einige der wie kleine Stockbetten angeordneten Pritschen frei waren. Auf ihnen konnte man sich ausstrecken und durchs Fenster aufs Meer sehen, ohne dass einem der Nieselregen ins Gesicht peitschte. Er zog die Tür hinter sich zu. Im Raum herrschte wunderbare Ruhe – das leise Schnarchen einiger Reisender störte nicht weiter, im Gegenteil, es lockerte das allgegenwärtige Brummen des mächtigen Schiffsdiesels sogar ein wenig auf. Lennart schwang sich auf eines der oberen Betten, schob seine Jacke als Kissen unter den Hinterkopf. Er holte sein Smartphone aus der Hosentasche, stöpselte sich die drahtlosen Kopfhörer in die Ohren und stellte *Entre dos Tierras*, seinen Lieblingssong, dessen spanischen Text er allerdings nie wirklich verstanden hatte, auf Endlosschleife. Dann schloss er die Augen, und schon nach den ersten Takten konnte er sich entspannen.

Wundervoll würde es werden, sein neues Leben auf der beschaulichen Insel mitten in der Ostsee. »Sonneninsel« wurde sie im Rest von Dänemark und auf den kitschigen Souvenirtassen genannt. Es sah zwar heute beileibe nicht danach aus, aber Bornholm war für sein fast mediterranes Klima berühmt. Zumindest im Sommer, der sich allerdings seinem Ende zuneigte. Er öffnete die Augen, um auf dem Smartphone noch einmal die Fotos zu betrachten, die ihm der Vermieter des kleinen Hauses geschickt hatte. *Seines* kleinen Hauses. Lennart hatte es unbesehen im Internet für die Dauer von zwölf Monaten gemietet. Für einen guten Preis und mit der Bedingung, den Garten zu pflegen und nach den Bienenstöcken zu sehen. Nicht gerade seine bevorzugten Hobbys, aber auf diesen Deal hatte er sich einlassen müssen, um das putzige gelbe Häuschen sein Eigen nennen zu dürfen. Ein einfacher Riegel, zwei Stockwerke, zwei Gästezimmer, eine schlichte Küche, eine schöne Terrasse, irgendwo in den Feldern oberhalb der Küste zwischen den beiden verträumten Örtchen Svaneke und Gudhjem.

Nichts als verschwommene Erinnerungen hatte er an diese Namen. Als Kind war er zwei- oder dreimal auf Bornholm gewesen, im Sommerhaus einer befreundeten Familie. Und hatte stets das Gefühl gehabt, auf dem Eiland auf unsagbar angenehme Weise aus der Zeit gefallen zu sein. Ein vager Eindruck des Glücks, der kindlichen Unbeschwertheit, weiter nichts. Und dennoch so stark, dass er nie verschwunden war. All die Jahre hatte er es nicht gewagt, erneut dorthin zu fahren, damit die Realität sich nicht korrigierend einmischen konnte. So war Bornholm zu einer Art heiligem Gral für ihn geworden, einem zeitlosen Ort der Freiheit und Ruhe.

Dort würde er von nun an leben. Alle hatten ihn für verrückt erklärt, als er seine Entscheidung im Freundes- und Familienkreis publik gemacht hatte. Von »Abstellgleis« hatten sie gesprochen. Doch er hatte nicht nur blind ein Haus gemietet, sondern sich auch blind auf seine neue Stelle beworben, die er schon morgen antreten würde: Leiter des polizeilichen Ermittlungsdienstes für personengefährdende Kriminalität im Polizeiposten der Inselhauptstadt Rønne. Kein Wunder, dass er den Zuschlag für den Job bekommen hatte, alles andere hätte man schwer rechtfertigen können, bei seinen Beurteilungen. Auch wenn sich die Personalabteilung der Reichspolizei mehrmals bei ihm rückversichert hatte, ob es sich bei der Bewerbung nicht um ein Missverständnis handle, schließlich bestehe das *»Rønne*

Headquarter«, wie es auf der Website vollmundig hieß, insgesamt nur aus zwei Dutzend Mitarbeitern – und seine zukünftige Abteilung aus dreien, ihn selbst eingeschlossen. Bornholm war eben auch in dieser Hinsicht ein ziemlich beschauliches Fleckchen Erde. Und damit genau das, was er suchte.

Zwei neue Kolleginnen würde er haben – das sollte ihm fürs Erste an Gesellschaft reichen. Bislang freilich hatte er keine Ahnung, um wen es sich dabei handelte. Nur sein Vorgänger im Amt, der seit beinahe einem halben Jahr pensionierte Morten Nygaard, hatte ihm bereits eine Mail geschrieben – und großzügig angeboten, ihm stets mit Rat und Tat beiseitezustehen, wenn Fragen auftauchen würden. Ein Anruf genüge, und Nygaard sei zur Stelle. Lennart hatte nett, aber derart zurückhaltend geantwortet, dass keine Zweifel aufkamen. Er kannte diese stressigen Typen zur Genüge, die trotz ihrer Versetzung in den Ruhestand ständig im Büro auftauchten, gute Ratschläge verteilten und dann stundenlang in der Kaffeeküche herumlungerten, um der drückenden Enge und Langeweile zu Hause zu entgehen.

Obendrein: Welche Hilfe würde er wohl nötig haben, wenn es darum ging, hier mal eine Schlägerei unter betrunkenen Fischern zu schlichten, dort einen Touristen aufzuspüren, der sich beim Pilzesammeln verlaufen hatte, ab und an einen Unfall zu untersuchen? Denn spektakuläre Kriminalfälle, bei denen Leute nennenswert zu Schaden gekommen waren, hatte es Lennarts Wissens nach auf Bornholm in letzter Zeit nicht gegeben, und so rechnete er auch fürs nächste Jahr mit nichts als Beschaulichkeit. Womöglich würden ihn die Kollegen vom Betrug ab und zu bitten, ein wenig Arbeit von ihnen zu übernehmen, dann würde er bei strahlendem Sonnenschein in die Räuchereien fahren und die Waagen auf ihre Eichsiegel überprüfen, die Online-Zahlungsterminals der Glasbläsereien kontrollieren oder mal einen Zechpreller in einem der Hafenlokale dingfest machen. Anschließend würde er mit den Kollegen gemütlich essen gehen – und wer weiß, vielleicht gab es im Polizeiposten ja sogar ein Sofa, das die Möglichkeit bot, ab und zu ein Mittagsschläfchen zu halten.

Ansonsten würde er in seiner Freizeit den Meerblick genießen, den man auf den Bildern des Vermieters erahnte, den Garten mit dem hölzernen Pavillon, den Beerensträuchern, Gemüsebeeten, den Blumen und dem mächtigen Feigenbaum im Zentrum. Würde lange Strandspaziergänge machen, im Meer baden, angeln gehen, vielleicht ab und an mit einem Kutter hinausfahren, um ein paar Dorsche zu fangen. Und natürlich lesen, wann und wie viel er wollte, sinnlos fernsehen, essen gehen, wenn ihm danach war – eben etwa in eine der zahllosen Räuchereien, für die die Insel bekannt war. Kurz: Er würde das beschauliche Leben eines kleinen Landpolizisten führen, ohne Stress und Hektik.

Lennart seufzte mit einem versonnenen Lächeln. Das Dröhnen des Schiffdiesels drang monoton durch die Musik, die Fähre schaukelte sanft mit den Wellen. Inselidylle mit Mittagsschläfen – wie lange hatte er keine Siesta mehr gemacht! Zehn Jahre? Er sah auf die Uhr und beschloss, dass es höchste Zeit war, das zu ändern.

Dienstag

Ein metallisches Hämmern drang unbarmherzig durch Lennarts Kopf. Er drehte sich brummend um, doch das penetrante Dröhnen hörte nicht auf. Was um alles in der Welt … Er schlug die Augen auf, starrte an die Decke – und hatte keine Ahnung, wo er sich befand. Mit der Hand strich er über sein Gesicht. Allmählich verortete sich sein Hirn wieder. Natürlich: Bornholm, sein Haus, sein neues Leben.

Ob er verschlafen hatte? Nein, durch die Lamellen des Holzrollos drang das blasse, diffuse Licht der Morgendämmerung. Er hatte also noch gut und gern eine Stunde, bevor der Wecker klingelte. Woher aber kam nur dieser furchtbare Krach? Lennart musste der Quelle auf den Grund gehen, sonst würde er kein Auge mehr zumachen. Er stand auf, horchte, schlurfte dann barfuß ins Bad, wo sein Blick auf das Glasboard oberhalb des Waschbeckens fiel. Dort hatte er am Abend sein Handy liegenlassen, das nun durch den Vibrationsalarm das kleine Regalbrett und den darauf befindlichen Becher samt mehrerer Nassrasierer derart in Schwingung versetzte, dass es klang, als breche ein Panzer mitten durch sein kleines dänisches Paradies.

Er griff sich das Handy und sah aufs Display: Britta? Lennart seufzte. Seine Kollegin hatte den Nachtdienst in dieser Woche. Dass sie um diese Zeit anrief, verhieß nichts Gutes.

»Fuck! Morgen, Britta!«, brummte er ins Telefon und klang dabei mürrischer als gewollt.

»Morgen! Sorry für die frühe Störung, Chef, aber …«

»Britta! Lass das doch endlich mit dem albernen *Chef*. Du weißt, wie ich heiße.«

»Alles klar. Dann eben sorry, *Lennart*.«

Lennart wartete gespannt darauf, den Grund des Anrufs zu erfahren, doch Britta sprach nicht weiter. Wie immer, wenn man sie unterbrach. Er kannte diese Marotte schon zur Genüge. Trotz der kurzen Zeit, die er mit ihr zusammenarbeitete, war es schon öfter zu ungewöhnlichen Gesprächspausen gekommen. Lennart fiel seinen Gesprächspartnern einfach zu gern ins Wort. Berufskrankheit. Britta würde sich daran gewöhnen.

»Kein Problem. Warum rufst du an?«, fragte er, bemüht um den freundlichsten Ton, zu dem er zu dieser unchristlichen Zeit fähig war.

»Weil wir einen Fall haben, Chef. Lennart, besser gesagt. Sorry.«

Noch so ein Tick von ihr: Ihr unterwürfig dargebotenes *Sorry* bemühte sie immer und überall, auch wenn sie wie jetzt nicht den geringsten Grund hatte, sich zu entschuldigen.

»Ein Fall? Und deshalb rufst du mich zu nachtschlafender Zeit an?«

»Ja, sorry.«

Er seufzte. »Was ist denn passiert? Wieder eine Bierleiche beim Festival? Ist das nicht eh schon vorbei?« Tatsächlich hatten beim *Raise Your Horns*, einem Metal-Open-Air mit martialischen Wikinger-Anklängen, das am vergangenen Wochenende auf der Insel über die Bühne gegangen war, sowohl einige Besucher wie auch Musiker gewaltig einen über den Durst getrunken und irgendwelche Pillen eingeworfen, was zu mehreren Einsätzen von Lennarts Kollegen geführt hatte.

»Keine Bierleiche Lennart. Eher eine … Schinkenleiche.« Sie räusperte sich.

»Eine … was?« Lennart kratzte sich am Kopf.

»Am besten, du siehst es dir selber an«, erwiderte Britta. Man hörte, dass sie ziemlich unter Stress stand. Sie nannte ihm eine Adresse in der Nähe von Snogebæk, einem winzigen Örtchen an der Ostküste der Insel. Lennart sah sich noch nach Stift und Zettel um, da erklärte seine Kollegin bereits: »Es ist ein Bauernhof, nicht schwer zu finden. Ich schick dir den Standort auf dein Handy. Ach ja, ich würde an deiner Stelle nichts frühstücken.« Bevor er nachfragen konnte, schob sie ein »Bis gleich« nach und beendete den Anruf.

Lennart sah ein reichlich derangiertes Gesicht aus dem Spiegel entgegen. Und das, obwohl er es sich in seinem neuen Leben zur Angewohnheit gemacht hatte, geradezu unerhört früh ins Bett zu gehen. Meist schon gegen 22 Uhr, mit dem festen Willen, noch mindestens zwei Stunden einem Hörbuch zu lauschen – bei dem er dann regelmäßig nach fünf Minuten einnickte. Aber immer noch besser, als vor dem Fernseher auf der Couch einzuschlafen und schließlich um zwei Uhr morgens mit schmerzendem Nacken und halb bewusstlos durchs dunkle Haus zu wanken. So viel zu seinem Vorsatz, ganze Nächte lang vor der Glotze oder mit einem Buch auszuharren. Doch er war nicht unzufrieden mit seinen ersten Tagen, auch wenn die anders ausgesehen hatten, als er es sich auf der Fähre zusammengeträumt hatte.

Schon der erste Abend war ein wenig ernüchternd gewesen, als er den Schlüssel des Hauses, das zum Glück voll und ganz der Beschreibung entsprach und wirklich gemütlich eingerichtet war, nicht am vereinbarten Platz gefunden und erst nach einer zweistündigen Odyssee über die Insel von der Schwester des Besitzers ausgehändigt bekommen hatte. Bis er wusste, wo man das Wasser und den Boiler anstellte, die Elektroinstallation in Betrieb nahm, bis er seine Koffer aus dem Auto geladen, die vorab in den Schuppen gelieferten Umzugskartons zumindest grob gesichtet und endlich sein Bett bezogen hatte, waren noch mal mehrere Stunden vergangen. Lennart war schließlich ohne Abendessen in voller Montur auf dem Sofa weggedöst.

Und so hatte er nicht besonders gut geschlafen in seiner ersten Nacht auf der Insel und beim Dienstantritt am nächsten Morgen wahrscheinlich einen ziemlich zerknitterten Eindruck gemacht. Ansonsten waren die Tage seitdem behäbig dahingeplätschert, ohne dass er jedoch die Zeit gefunden hätte, wirklich etwas Substantielles für sich zu tun, »etwas Schönes zu machen«, wie seine Ex-Frau es immer genannt hatte. Stattdessen hatte er sich ein wenig eingerichtet in seinem neuen Leben, hatte immerhin mehrmals auf der kleinen Holzterrasse vor der Küche in der Sonne gesessen, Zeitung gelesen und die Ruhe genossen. Seine Joggingschuhe allerdings lagen noch immer in der Umzugskiste, und eine Angel hatte er lediglich in einem der Sonderangebots-Kataloge des Discounters im nächsten Ort gesehen. Er hatte sich einfach noch nicht dazu aufraffen können, seine Zeit mit richtigen Aktivitäten zu füllen. Kein Wunder, schließlich war niemand da, der ihn antrieb.

»Alter Sack!«, raunte Lennart seinem Spiegelbild zu. Wobei er sich ja eigentlich ganz gut gehalten hatte: Er war, wenn auch nicht sonderlich groß, athletisch gebaut und für Mitte vierzig nach wie vor in passabler Form. Nur auf seiner Stirn hatte sich im letzten Jahr eine Falte gebildet, die ein wenig an das Logo eines großen amerikanischen Internetversenders erinnerte. Und auch um die stahlblauen Augen herum war die Haut nicht mehr ganz so straff wie früher. Doch das verlieh seinem Gesicht einfach nur mehr Charakter, redete er sich ein. Immerhin hatte er nach wie vor volles Haar, dessen jugendliches Blond sich mit der Zeit eher in Richtung Braun entwickelt hatte und das er jetzt wieder ein wenig länger trug als früher. Sicher, es wies wie auch die Bartstoppeln ein paar graue Stellen auf, aber er war eben auch keine dreißig mehr.

Er seufzte und ordnete seine Frisur notdürftig mit den Händen, schließlich musste er sich beeilen. Britta hatte wirklich alarmiert geklungen – wobei er keine Ahnung hatte, was unter einer »Schinkenleiche« zu verstehen war. Ob es sich wirklich um einen Toten handelte? Oder war das nur eine Bezeichnung der Insulaner für jemanden, der zu viel Fleisch gegessen hatte? Egal, das würde er schon noch herausfinden. Er beschloss, dass eine Katzenwäsche genügen musste, putzte sich die Zähne und stieg die wunderschön knarzende Holztreppe hinab. In der offenen Küche, die direkt in den weitläufigen Wohnraum samt Esstisch, Couch und einer kleinen Nische vor dem Fenster überging – von wo aus man einen fantastischen Blick auf die heute nebelverhangene Ostsee hatte –, ließ er sich einen schnellen Kapselkaffee aus der Maschine, stürzte ihn im Stehen schwarz und viel zu heiß hinunter und verließ das Haus.

***

Mithilfe seines Handys war es für Lennart ein Leichtes, den Bauernhof zu finden, von dem aus ihn seine Kollegin angerufen hatte – unangenehm war nur, dass er das Gerät jedes Mal zur Hand nehmen musste, um auf das Display blicken zu können. Sein Auto hatte keine Telefonhalterung, von einem Navigationsgerät ganz zu schweigen. Nein, korrigierte er sich. Der Wagen, den er momentan fuhr, war nicht mit solchen Annehmlichkeiten ausgestattet. Sein richtiges Auto hatte alles, was man an Ausstattung brauchte – zugleich aber den Nachteil, dass es sich im Besitz seiner Frau befand. Denn das SUV aus schwedischer Produktion war bei der Scheidung wie die Kinder Andrea zugesprochen worden, während er den Oldtimer behalten durfte. Dabei hatte er das Mercedes-Coupé nie sonderlich gemocht. Der Wagen war früher das liebste Stück seines Großonkels gewesen, und als der mit über neunzig beschlossen hatte, den Führerschein abzugeben, hatte er ihn Lennart geschenkt – wie hätte dieser da Nein sagen können, ohne den alten Herrn vor den Kopf zu stoßen?

In den letzten Jahren hatte der Wagen dann meist in irgendwelchen Garagen herumgestanden, um hin und wieder in die Werkstatt gebracht und noch seltener zu einem Tagesausflug verwendet zu werden. Immerhin: Das Ding, ein silberner 280 SLC, Baujahr 1980 mit einer ziemlich schrägen blauen Innenausstattung, war ein Viersitzer und damit zumindest einigermaßen alltagstauglich. Wie es sich hier auf der Insel im Winter verhalten würde, wusste Lennart noch nicht, er würde es aber wohl oder übel auf einen Versuch ankommen lassen. Wenn es ihm dann unter dem Hintern wegrostete, musste er wenigstens nicht mehr einen Gutteil seines Gehalts in Sprit investieren, die Mühle schluckte nämlich gut und gern fünfzehn Liter. Er stellte den Mercedes neben dem Dienstwagen seiner Abteilung ab, einem dunkelgrauen Van, mit dem Britta gekommen war. Warum man für drei Beamte einen achtsitzigen VW-Bus brauchte, verstand er zwar nicht, aber es ging die Legende, dass sein Vorgänger, der alte Morten Nygaard, das Ding angeschafft hatte, um am Wochenende launige Personalausflüge samt Ehepartnern und Familien zu unternehmen.

Lennart zuckte die Schultern und stieg aus. Inzwischen war die Dämmerung dem Licht eines Spätsommermorgens gewichen, der strahlenden Sonnenschein verhieß – allerdings erst in ein, zwei Stunden, wenn sich die dichte Frühnebelsuppe, die momentan noch über dem Land lag, gelichtet haben würde. Das Anwesen bestand aus einem etwas in die Jahre gekommenen schlichten Wohnhaus, mehreren langgezogenen Ställen dahinter und einem niedrigen Nebengebäude mit mächtigem Schornstein, offenbar eine Räucherkammer, vor der Britta mit einigen Polizisten aus dem Streifendienst stand. Das blitzende Blaulicht zweier Einsatzwagen wurde vom Nebel reflektiert und tauchte die Szenerie in ein groteskes Licht. Lennart würde die Kollegen bitten, es auszuschalten, schließlich befanden sie sich nicht in irgendeinem schwedischen Kriminalfilm.

Das Erste, was Lennart auffiel, noch bevor er die anderen erreicht hatte, war der Geruch: Überraschenderweise stank es weder nach Kuh- noch nach Schweinemist, wie die ausgedehnten Stallungen es hätten vermuten lassen. Nein, über dem gesamten Gehöft lag der wunderbare, appetitliche Duft von Geräuchertem. Allerdings ein anderer als in den berühmten Fischräuchereien der Insel – und damit für Lennarts Nase sogar ein noch besserer. Denn es roch nach

Schinken, frisch aus dem Rauch, noch warm, der sich ganz hervorragend auf einem Brötchen machen würde, ein bisschen Senf darunter, ein paar saure Gürkchen … Vielleicht hätte er doch etwas frühstücken sollen, dachte Lennart, dem derart das Wasser im Mund zusammenlief, dass er kräftig schluckte, bevor er sich endlich auch zu den Kollegen gesellte.

Als Britta ihn bemerkte, löste sie sich von den Uniformierten und kam winkend auf ihn zu. Die Metalltür der Räucherkammer stand offen. Daher also der betörende Duft. Lennart hob eine Hand zum Gruß und kniff die Augen zusammen, um genauer erkennen zu können, was da zwischen den Beamten auf dem gekiesten Boden lag. War das etwa … natürlich, kein Zweifel, es handelte sich um den Körper eines Mannes. Eines toten Mannes. Doch nicht diese bloße Erkenntnis war es, was Lennart mit einem Schlag taumeln und von einer Sekunde auf die andere jegliche Farbe aus seinem Gesicht schwinden ließ. Es waren die Umstände: Der Oberkörper des Toten war entblößt, hatte eine dunkle goldgelbe Farbe, sein Bauch glänzte wie eine frisch geräucherte Speckschwarte. Lennart wandte sich ab und übergab sich.

***

»Oh je, dabei hab ich doch extra gesagt: Nix essen, Chef!«

»Britta, Himmel, wie oft soll ich dir noch sagen, dass ich …«

»Sorry! Nicht Chef, sondern Lennart, ich weiß.« Britta schenkte ihm ein mütterliches Lächeln und klopfte ihm auf die Schulter.

»Ich hatte nichts außer einem Kaffee im Magen«, murmelte er. »Gott sei Dank! Aber seit ich auf den Hof eingebogen bin, hatte ich ein Schinkenbrot vor Augen – und dann das!«

Lennart hatte sich kurz setzen müssen, so sehr hatte ihm der Anblick, vor allem aber der Geruch, den er auf einmal ganz anders wahrgenommen hatte, den Boden unter den Füßen weggezogen. Dabei waren ihm aus seiner Zeit als Mordermittler in Kopenhagen auch mitunter übel zugerichtete Leichen nicht fremd. Doch dass hier, auf seiner Idylle-Trauminsel, ein Mann vor ihm lag, den man allem Anschein nach wie einen Schinken heißgeräuchert hatte, diese Möglichkeit hatte er nicht auf dem Zettel gehabt.

Lennart erhob sich von dem klapprigen PKW-Anhänger, auf dessen Ladefläche er sich mangels Alternativen hatte niedersinken lassen, und seufzte. Toller Auftritt vor den neuen Kollegen! Britta sah ihn mitfühlend an, er lächelte mit ehrlicher Dankbarkeit zurück.

Britta! Was für eine Seele von Mensch. Auch wenn er sie erst knapp zwei Wochen kannte, war Lennart davon schon absolut überzeugt. Er hätte es mit seiner engsten Mitarbeiterin kaum besser treffen können. Zugegeben, sein erster Eindruck war ein anderer gewesen. Ein diametral entgegengesetzter sogar. Als er Britta Blomdal zum ersten Mal gesehen hatte, mit ihrem grau-blonden Zopf, der starken runden Brille, ihren Pausbacken und dem Batikrock über der Jeans, mit ihren selbst gestrickten Socken und ihrer unsäglichen gehäkelten Riesenhandtasche, hätte er die Chancen auf eine gute Zusammenarbeit auf unter zehn Prozent eingeschätzt. Er hatte die Mittfünfzigerin ohne zu zögern in die Schublade »alternde Ökotrine mit Hang zur Sonderlichkeit« einsortiert. Nicht ganz grundlos: Auch heute wirkte sie in ihrem unkonventionellen Aufzug eher wie eine Mischung aus Künstlerin, Hausfrau und Pipi Langstrumpf als wie eine Polizistin während einer Todesermittlung.

Nur dass Lennart jener oberflächlichen Einschätzung, die ihm der erste Eindruck eingeflüstert hatte, mittlerweile eben reichlich positive Schlagworte wie »kollegial«, »lustig«, »authentisch« und »verlässlich« hatte hinzufügen können.

»Wenn du ihn dir nicht näher anschauen willst, ist das auch okay«, flüsterte sie ihm zu, doch er winkte ab. Ihm reichten schon jetzt die Blicke der vier Uniformierten, die ihn mit einer Mischung aus Mitleid, Angst vor einem weiteren Zusammenbruch und unverhohlener Häme trafen.

»Morgen zusammen«, brummte er und beugte sich über den toten Körper. Immerhin, sein Magen gab fürs Erste Ruhe, was vielleicht auch daran lag, dass man inzwischen das Gesicht der Leiche abgedeckt hatte. Dennoch war das Bild, das sich Lennart bot, noch immer bizarr genug: Der freie Oberkörper des Mannes sah eindeutig heißgeräuchert aus, die Haare am beachtlichen Bauch wirkten wie Borsten auf einer Schweineschwarte.

»Enorme Portion Räucherspeck, was, Kollege?«, rief ihm der Leiter der Spurensicherung grinsend zu, ein Mittfünfziger, an dessen Namen sich Lennart im Moment beim besten Willen nicht erinnern konnte. Er rang sich ein gequältes Lächeln ab.

»Habt ihr die Gerichtsmedizin noch nicht verständigt?«, fragte er leise an Britta gewandt, die sich zu ihm gesellt hatte.

»Doch, Doktor Eklund war auch schon da, musste aber noch einmal kurz zu einem Notfall weg.«

»Er musste zu einem Notfall? Als Gerichtsmediziner?«, hakte Lennart erstaunt ein.

»Sie.«

»Wie?«

»*Sie* musste weg. Doktor Eklund ist eine Frau.«

»Verstehe. Aber trotzdem …«

»Wir sind hier nicht in irgendeiner Großstadt. Ein Gerichtsmediziner in Vollzeit hätte auf der Insel leider einen allzu lockeren Job.«

»Leider?«, fragte er und legte die Stirn in Falten.

»Beziehungsweise zum Glück, schon klar. Jedenfalls leitet Doktor Eklund ein medizinisches Labor in Nexø und hat obendrein vor zwei Jahren die Landarztpraxis ihres Vaters in Snogebæk übernommen. Und da musste sie gerade zu einem Notfall, weil sich eine Frau beim Zubereiten des Frühstücks mit ihrer Brotschneidemaschine … egal.« Britta schüttelte über sich selbst den Kopf.

»Hat die vielbeschäftigte Frau Doktor denn schon was zum Todeszeitpunkt sagen können?«, wollte Lennart wissen.

Britta presste die Lippen aufeinander und nickte. »Ja, irgendwann in der Nacht, glaubt sie, wobei sie sich mit dem genauen Zeitpunkt schwertut, weil sie nicht weiß, wie der Temperaturverlauf in der Räucherkammer war. Er war noch relativ … warm heute Morgen.« Sie wies auf die offene Metalltür des großen Raumes, aus der etwas Rauch drang. Als Lennart die darin aufgehängten Schinken und weitere Fleischstücke erkannte, spürte er erneut Übelkeit in sich aufsteigen. Hätte er nicht bei seiner Ankunft in Bornholm dem Rauchen abgeschworen, wäre er jetzt zu einem der Uniformierten gegangen, um sich eine Zigarette zu schnorren.

»Verstehe«, presste er hervor. »Und ist er am heißen Rauch da drin gestorben? Also erstickt? Oder an der Temperatur?«

»Noch unklar, bis jetzt«, erwiderte Britta.

»Hat er sich aus Versehen eingesperrt?«

»Nein, das ist sehr unwahrscheinlich, die Tür war von außen verriegelt. Wir müssen von einer Tötung mit Fremdverschulden ausgehen. Doktor Eklund hat bereits einen heftigen Schlag auf den Hinterkopf diagnostiziert, der Mann dürfte also bewusstlos gewesen sein und nichts mehr mitbekommen haben. Bevor du fragst: Ja, beim Toten handelt es sich um den Besitzer des Hofs, Steffen Kristensen. Er ist einundsechzig Jahre alt und führt den Betrieb in zweiter Generation. Laut seinem Bekannten, der ihn heute Morgen gefunden hat …« Sie wies auf einen älteren Mann, der auf der kleinen Bank vor dem Wohnhaus saß und regungslos auf den Boden starrte. »… lebt er allein, seine geschiedene Frau wohnt schon seit Jahren auf dem Festland, seine Tochter ist verheiratet und wohnt irgendwo im Norden der Insel. Seine wichtigste Einnahmequelle ist anscheinend sein Rauchfleisch. Er züchtet ausschließlich Schweine. Irgendeine ganz bestimmte Rasse, die angeblich besondere Fleischqualität besitzt.«

Lennart runzelte die Stirn und sah auf. Dieses schmucklose, ziemlich unansehnliche Anwesen mit den Stallungen aus Beton, dem gepflasterten Hof und dem riesigen Silo darauf sah für ihn nicht gerade nach Schweinen sonderlich edler Provenienz aus, die hier glücklich aufwuchsen, sondern nach Turbomast und Massentierhaltung. »Okay, da wisst ihr ja schon mehr, als ich dachte«, lobte er, was Britta sichtlich genoss. »Irgendwelche Kampfspuren hier draußen, in der Räucherkammer oder im Haus?«

Britta lächelte unsicher. »Also, wir waren noch gar nicht im Haus, Chef«, räumte sie ein und schob das obligatorische »Sorry: Lennart« nach.

»Kein Problem, läuft uns ja nicht davon«, sagte Lennart nur und seufzte innerlich. Seine Ermittlungen hier würden wohl anders ablaufen als damals in Kopenhagen, wo er ein großes Team geleitet hatte, das sich mit nichts anderem als Todesermittlungen beschäftigte. Mindestens einmal die Woche hatten sie sich um einen neuen Fall kümmern müssen. Hier würde alles langsamer gehen – wogegen zunächst nicht unbedingt etwas sprach –, zwangsläufig aber auch ein wenig unprofessioneller, fürchtete er.

»Wie gesagt, die Räucherkammer war von außen ordnungsgemäß verriegelt, das muss also jemand mit voller Absicht getan haben«, erklärte Britta.

»War er … ich meine …«, er deutete zu den Schinken, Rippenbögen und Speckstücken, die in dem riesigen Räucherofen an metallenen Haken von der Decke baumelten, »… quasi … aufgehängt?«

»Nein. Herr Hansen sagte, er habe im vorderen Bereich unten an der Wand gelehnt. Und so haben wir ihn dann ja auch gefunden.«

»Herr Hansen ist der Bekannte, der uns informiert hat?«

Britta nickte.

»Alles klar, wir müssen uns sowieso mit ihm unterhalten. Aber erst will ich mir Kristensens Wohnung ansehen. Kommst du mit, Britta?«

»Nein, geh du mal. Ich will zusehen, dass hier alles geordnet weitergeht. Kann der Tote weg, oder hast du noch irgendwas mit ihm vor?«

Lennart winkte ab. »Nein, vielen Dank, ich habe alles gesehen – und gerochen. Wenn die Gerichtsmedizinerin ihn freigibt, kann er weg. Wo finden denn eigentlich die Obduktionen statt?« Da es sich bei Bauer Kristensen um seine erste Leiche hier auf der Insel handelte, hatte er davon noch keine Ahnung.

»Doktor Eklund hat im Keller des Krankenhauses in Rønne einen winzigen Sektionssaal. So klein, dass sie kaum selber um den Tisch rumlaufen kann. Wird also kuschelig für uns, wenn die spezielle Räucherware hier aufgeschnitten wird«, raunte sie mit einem vielsagenden Blick auf den Toten. Lennart zog die Brauen nach oben, ließ sich Handschuhe, einen Overall und Überzieher für die Schuhe geben und ging zum Wohnhaus. Er mochte es, als Erster die Wohnung eines Opfers zu betreten, wenn die Kollegen des Erkennungsdiensts noch nicht alles auseinandergenommen hatten. Obwohl er dafür immer diesen lästigen Schutzanzug in Kauf nehmen musste, um keine Spuren zu kontaminieren, hatte er in Kopenhagen sogar darauf bestanden, die Wohnräume erst einmal allein in Augenschein nehmen zu können. So würde er es hier auch halten, beschloss er.

***

Auch wenn draußen nach wie vor der Nebel über der Landschaft hing: Die Trostlosigkeit, die von Steffen Kristensens Wohnzimmer ausging, hatte andere Gründe. Selbst bei gleißendem Sonnenschein musste es hier drin dunkel und trist sein. Einem Reflex folgend ging Lennart zu einem der ziemlich verdreckten Fenster, um es zu öffnen, besann sich dann aber eines Besseren: Immerhin war hier drinnen der Rauchgeruch noch nicht ganz so penetrant wie draußen.

Er sah sich um. Gegenüber einer abgewetzten Kunstledercouch befand sich eine schwere, dunkle Schrankwand, bei der mehrere Türchen fehlten, davor auf einer Art Servierwagen ein riesiger Flachbildfernseher. Auf dem Couchtisch standen eine einzige leere Bierflasche und ein Suppenteller neben der Fernbedienung und der aktuellen Tageszeitung. *Immerhin*, dachte Lennart: Alles hier wirkte zwar schmuddelig, ungemütlich und in die Jahre gekommen, aber dennoch irgendwie aufgeräumt – und damit anders, als er zunächst vermutet hatte. Ein Junggesellenwohnzimmer eben, konstatierte er – und dachte mit Schrecken daran, dass ein Außenstehender das womöglich auch über seine eigene Wohnung sagen konnte. Er schüttelte den Kopf und versuchte, sich wieder auf den Fall zu konzentrieren. Einen Kampf hatte es also auch hier nicht gegeben, Gäste hatte Kristensen am Abend vor seinem Tod offenbar keine gehabt.

Lennart ging weiter zur eichenen Schrankwand. Wahrscheinlich war die noch von den Eltern des Toten angeschafft worden, so abgerockt, wie sie aussah. Darin vergilbte Taschenbücher, ein paar alte Reiseführer, wahrscheinlich Verlegenheitsgeschenke von Verwandten und Freunden. In mehreren Plastikrahmen hatte Kristensen Bilder aufgestellt: eine junge Familie mit einem Kleinkind, einige Angelfotos, die ihn selbst und ein paar Männer seines Alters mit kapitalen Meerforellen und Dorschen zeigten, und ein schwarz-weißes Hochzeitsbild, anscheinend das seiner Eltern. Dann noch ein Militärfoto aus den Achtzigern, das fünf junge Männer auf einem Schnellboot abbildete, und ein Junge in Sechzigerjahreklamotten an seinem ersten Schultag. Soweit so normal, fand Lennart. Eine Frau in Kristensens Alter jedoch war nirgends zu sehen. Ob der Landwirt nach seiner Scheidung womöglich nie wieder eine Beziehung angefangen hatte? Wieder musste Lennart an seine eigene Situation denken. Doch der Gedanke, allein zu bleiben, gefiel ihm momentan mehr, als dass er ihn ängstigte.

Er streifte durch die weiteren Zimmer des Hauses, ohne dabei auf irgendetwas Spektakuläres zu stoßen. Die schmuddelige Küche, in der sich der Räuchergeruch mit dem von Tütensuppen und Essiggurken mischte, der bis auf ein paar Eier, Schinken und Senf fast leere Kühlschrank, das Bad, in dem sich schmutzige Wäsche und Arbeitsklamotten auf einem großen Haufen stapelten, das Schlafzimmer mit dem weißen Einbauschrank und dem Doppelbett, bei dem nur eine Seite bezogen war, die Fernbedienung eines an der Decke aufgehängten Fernsehers darauf, ein paar abgegriffene Pornohefte und selbst gebrannte DVDs mit eindeutigen Titeln in der Schublade des Nachttisches: Alles in diesem Haus schien »alleinstehender Mann« zu schreien.

Der nächste Raum war das ehemalige Jugendzimmer eines Mädchens, das bei ihrem Auszug die besten Stücke mitgenommen und den Tand hatte stehen lassen. Kristensen bewahrte hier in mehreren Waschkörben seine gewaschenen Kleidungsstücke und Handtücher auf. Sein Büro hatte der Landwirt offenbar in einem winzigen Raum mit moosgrünem hochflorigem Teppichboden eingerichtet: Es bestand neben einem Resopalschreibtisch vor allem aus hölzernen Regalen, in denen sauber beschriftete Ordner standen. Auch hier hatte er erstaunlich gut Ordnung gehalten. Auf der Tischplatte fand Lennart ein Laptop samt Ladekabel. Er klappte den Computer auf – und wurde wie erwartet zur Eingabe eines Passwortes aufgefordert. Er schüttelte den Kopf. Darum sollten sich Leute kümmern, die sich besser damit auskannten.

Stattdessen beschloss er, einen Blick in die Schubladen zu werfen, die sich links und rechts unter dem Tisch befanden. Er setzte sich hin und nahm einige der Unterlagen zur Hand. Schnell formte sich vor seinem inneren Auge das Bild eines Mannes, der seine Geschäfte im Griff hatte, der profitabel gewirtschaftet und den Hof am Laufen gehalten hatte. Unter seinen Abnehmern für Frisch- und Räucherfleisch befanden sich neben einigen Läden und Restaurants vier größere Supermärkte auf der Insel. Seine Jungtiere bezog Kristensen stets von einem Züchter aus dem nahegelegenen Ystad in Südschweden, sein Futter von einer lokalen landwirtschaftlichen Kooperative. Auf den ersten Blick also keine Auffälligkeiten in den Geschäftsunterlagen. Er drehte sich um und sah auf die zahllosen Ordner. Lennart wusste noch nicht, ob ihn die Ermittlungen zwingen würden, tiefer in diese Welt einzutauchen, hoffte aber, dass dies nicht der Fall sein würde.

***

Lennart verließ die Wohnung mit dem Laptop des Toten und dessen Handy, das auf dem Küchentisch gelegen hatte. Er zog seine Schutzkleidung aus, knüllte sie zusammen und wollte eben zurück zu Britta gehen, da fiel sein Blick auf den Mann, der Kristensen gefunden hatte. Ein gewisser Hansen. Der saß immer noch auf der roten Kunststoffbank neben der Eingangstür und sah auf, als er den Polizisten wahrnahm. An seinem Gesichtsausdruck war unschwer zu erkennen, wie nahe ihm die Sache ging, wie tief der Schock über seinen grausamen Fund saß. Lennart legte den Overall auf einem Tischchen neben der Tür ab und ging auf den Mann zu.

»Sie sind Herr Hansen, nicht wahr?«

Der andere nickte.

»Sind das Ihre? Ich meine ... hatten Sie die Schlüssel zu Kristensens Wohnung?« Lennart zeigte auf den Schließzylinder der Haustür, an dem ein Schlüsselbund baumelte.

»Das war nicht nötig. Bei Steffen war nie abgesperrt. Wie bei den meisten Häusern der Insel übrigens. Im Gegenteil, der Schlüssel steckte eigentlich immer von außen.«

Lennart runzelte die Stirn.

»Sie sind nicht von hier, oder?«, schob Hansen nach.

»Stimmt«, erwiderte Lennart und widerstand dem Impuls zu fragen, woher sein Gegenüber das wusste.

»Wie ist denn Ihr Name, Herr Kommissar?«

Lennart entschuldigte sich, streckte Hansen die Hand entgegen und stellte sich vor. Der Mann erhob sich ächzend. »Mikael Hansen. Ich glaube ehrlich gesagt nicht, dass das der richtige Zeitpunkt ist, mich auf den Arm zu nehmen, Kommissar.«

Lennart blickte ihn verständnislos an.

»Na kommen Sie! Lennart Ipsen, was Besseres ist Ihnen wohl auf die Schnelle nicht eingefallen, wie?«

Lennart zog seine Stirn in noch tiefere Falten, woraufhin Hansen seine Hand hob. Lennart folgte mit den Augen dem ausgestreckten Zeigefinger – und bemerkte den hellblauen Mülllaster, der eben über die hintere Einfahrt auf den Hof gebogen war. Jetzt fiel auch bei ihm der Groschen. Er lächelte. Schon an seinem ersten Tag, noch bevor er sein neues Büro unweit des Hafens von Rønne betreten hatte, war ihm ein identisch aussehender LKW begegnet – auf dem in geschwungenen weißen Lettern der Name »Lennart Ipsen« prangte. Seitdem hatte jedoch nur der Mitarbeiter des Stromversorgers, bei dem er seinen Anschluss angemeldet hatte, eine Anspielung darauf gemacht.

Lennart wollte eben etwas erwidern, da kam ihm ein Gedanke. Er rannte unvermittelt los, rief Hansen ein »Augenblick« über die Schulter zu und hielt auf den Müllwagen zu. Er musste verhindern, dass die Tonnen geleert und so womöglich wichtige Spuren und Beweisstücke vernichtet wurden. In seiner Zeit in Kopenhagen hatten sie einmal den Mörder einer Radiomoderatorin nur dadurch überführt, dass sie alle Abfallcontainer der Gegend untersucht hatten – tatsächlich hatte der Täter seine Einmal-Handschuhe samt eindeutiger DNA-Nachweise in den nächstbesten Behälter auf dem Studiogelände geworfen.

Lennart schickte also die Müllwerker vom Hof und bat den Leiter der Spurensicherung, dessen Abteilung streng genommen nur aus ihm und einem Teilzeitkollegen bestand, sich auch den Inhalt der Tonnen anzusehen, was der mit einem bloßen Nicken kommentierte. Irgendwie wurde Lennart nicht recht warm mit ihm. Vielleicht konnte er sich auch deshalb beim besten Willen seinen Namen nicht einprägen.

Nun musste er sich aber endlich Mikael Hansen widmen, der den Toten gefunden hatte. Der Mann, den er auf Anfang sechzig schätzte, saß wieder auf der Bank. Lennart nahm sich einen der Monoblockstühle, die an der Hauswand standen, und setzte sich ihm gegenüber.

»Entschuldigen Sie: Mein Name ist, ob Sie es glauben oder nicht, Lennart Ipsen. Ich bin wie meine Kollegin Britta Blomdal Todesfallermittler bei der Polizei in Rønne.«

»So? Gibt es dafür eine eigene Abteilung? Ich zumindest kann mich an kaum einen Mord erinnern die letzten Jahre.«

»Nun, wir haben auch noch andere Aufgaben, stimmt schon. Aber nun zu Ihnen, Herr Hansen …«

»Ich wollte Ihnen nicht zu nahetreten mit meinem Kommentar wegen Ihres Namens.«

Lennart nickte und rang sich zu einem müden Lächeln durch.

»Also, was möchten Sie wissen, Kommissar?«

»Alles, was Sie mir zu sich selbst und zu Steffen Kristensen sagen können.«

»Schön. Ich bin dreiundsechzig Jahre alt, gebürtiger Bornholmer. Ich betreibe mit meiner Frau eine historische Windmühle an der Straße zwischen Svaneke und Gudhjem. Dort haben wir einen Laden, in dem wir Steinskulpturen und selbst hergestellte Andenken verkaufen. Esther führt auf dem Gelände ein Hofcafé. Vielleicht sind Sie schon mal vorbeigekommen?«

Lennart nickte. Natürlich. Er war einmal sogar auf den Parkplatz eingebogen und hatte sich die Windmühle aus der Nähe angesehen, deren mächtige Flügel sich im Wind drehten. Vor dem besagten Laden und dem Kitsch, der darin verkauft wurde, hatte er allerdings gleich wieder kehrtgemacht.

Er musterte Hansen von oben bis unten: Irgendwie war ihm der Kerl sympathisch. Seine Stimme klang warm, und mit seinen Wanderstiefeln, dem grob gestrickten Pulli und der blauen Wollmütze, unter der dichte graue Locken hervorquollen, erinnerte er ihn angenehm an seinen alten Erdkundelehrer. »Verstehe. Woher kannten Sie Steffen Kristensen?«, fragte Lennart.

»Wir kennen uns gut dreimal so lange, wie wir uns nicht kennen. Steffen ist einer meiner ältesten Freunde, schon unsere Väter sind zusammen mit dem Boot rausgefahren. Wir beide haben ziemlich miteinander viel erlebt. Und jetzt …« Er stockte, seine Stimme wurde brüchig.

»Furchtbare Sache, wirklich«, sagte Lennart sanft. »Aber wie kommt es, dass Sie in aller Frühe schon hier waren, um nach Kristensen zu sehen? Hatten Sie irgendeine Ahnung, einen Verdacht, oder …«

»Wie kommen Sie denn darauf? Wir hatten lediglich verabredet, dass wir Pilze suchen gehen, in den großen Wäldern im Inselinneren. Es ist höchste Zeit für *Karl Johan*.«

Lennart schmunzelte. Der deutsche Teil seiner Familie hatte sich immer über den bizarren Namen amüsiert, den die Dänen für Steinpilze hatten.

»Wann wollten Sie sich denn treffen?«, wollte Lennart wissen.

»Wir hatten gestern Nachmittag noch telefoniert. Ich hatte Steffen versprochen, dass ich ihn gegen sechs abhole, war aber schon um Viertel vor hier.«

Lennart kratzte sich verdutzt am Kopf. »Aber um die Zeit ist es ja noch dunkel – und im Moment sogar neblig. Warum wollten Sie so früh aufbrechen?«

»Ich wollte vormittags zurück im Laden sein, um meine Frau nicht allein zu lassen, außerdem hatte Esther ein Pilzrisotto zum Mittagessen geplant. Und Steffen wollte seine

Pilzausbeute gleich mit der nächsten Ladung Schinken mitzuräuchern. Na ja, und am wichtigsten: Im schräg einfallenden Morgenlicht sieht man die *Karl Johan* am besten – und gehört zu den Ersten im Wald.«

»Geräucherte Pilze?«, murmelte Lennart. »Gibt's sowas?«

»Steffen hat damit experimentiert. Es gibt Restaurants, die ihm das Zeug regelrecht aus den Händen gerissen haben. Er hatte nun mal das Talent, alles zu Geld zu machen.«

Lennart runzelte die Stirn. Nach großem finanziellem Erfolg sah das Anwesen nicht gerade aus. Aber vielleicht gab es neben dem Girokonto, dessen Auszüge er überflogen hatte, noch ein weiteres Bankkonto des Toten, das aus allen Nähten platzte – es wäre nicht das erste Mal, dass sich sowas im Laufe einer Ermittlung herausstellte. Er beschloss, Hansen nicht ausgerechnet heute danach zu fragen. »Finden Sie so viele Pilze, dass Sie sie verkaufen können?«, wollte er stattdessen wissen.

Hansen schien den Sinn seiner Frage nicht zu verstehen. »Bei uns auf der Insel verkaufen doch alle Pilze. *Kantereller* und *Karl Johan*. Sind Ihnen noch nie die Stände in den Garageneinfahrten aufgefallen?«

Natürlich waren sie das. *Kantereller*, also Pfifferlinge, hatte er seit seiner Ankunft bald an jedem dritten Grundstück in den kleinen Holzregalen gesehen, in denen die Bornholmer Gemüse aus dem Garten, Brennholz, Marmelade, kleine Basteleien, gestrickte Socken oder einfach auch nur ihr ausgemustertes Geschirr feilboten. Es handelte sich um eine Art dänischen Volkssport, dem auf der Insel jedoch besonders ausgiebig gefrönt wurde.

»Doch, sicher. Steinpilze habe ich da allerdings noch nicht gesehen.«

»Die Saison kommt gerade erst richtig in Schwung. Da essen sich die Leute noch selber satt daran.

Aber dieses Jahr wachsen die Pilze kräftig.«

»Aha. Was ist denn passiert, als Sie hier auf dem Hof ankamen?«

»Nichts, das war es ja. Normalerweise war Steffen fertig, wenn ich kam. Er hatte dann schon die Schweine gefüttert, und wir tranken noch eine schnelle Tasse Kaffee zusammen. Ich geh also rein in die Küche und wundere mich, dass alles dunkel ist. Ich ruf ihn, keine Antwort. Nirgends Licht, kein Geräusch im Haus. Komisch, denk ich. Ich sag mir, schau mal im Stall nach, vielleicht ist er da. Auch nix. Und dann hing ja schon, als ich ankam, der Geruch nach Geräuchertem über dem Hof, also kommt mir der Gedanke, er schaut vielleicht nach seinen Schinken – und da find ich ihn dann.« Hansen hielt inne und sah Lennart mit hilfloser Miene an.

»Stand die Türe zur Räucherkammer denn offen?«

»Nein, die war verriegelt, wie immer.«

»Von außen?«

»Klar. Innen ist ja gar kein Riegel. Hab ich schon Ihrer Kollegin gesagt.«

»Wie kamen Sie dann drauf, dass Kristensen sich darin aufhalten könnte?«

»Ich … also … weiß nicht, ich bin einfach … so einem Impuls gefolgt.«

Lennart blickte Hansen unverwandt in die Augen, was den sichtlich nervös machte.

»Ist das nicht richtig gewesen? Habe ich was falsch gemacht?« Jetzt war jegliche Farbe aus dem Gesicht des

Mannes gewichen. Er langte nach der Armlehne der Bank, um sich abzustützen.

»Nein, ich fand es nur ungewöhnlich, dass Sie ihn dort gesucht haben.«

»Gesucht, gesucht, ich …«

»Sie haben dann gleich die Kollegen verständigt?«

»Ja, ich bin sofort ans Auto zu meinem Handy und hab telefoniert. Es gab für mich keinen Zweifel, dass er tot war, ich hätte ihm also nicht mehr helfen können.«

»Haben Sie in der Räucherkammer irgendetwas verändert, bis die Polizei kam?«

»Nein, ich bin nicht mehr dorthin zurück. Ich konnte mir das nicht noch mal ansehen. Hab mir nur kurz drinnen ein Glas Wasser geholt, und seitdem sitze ich hier auf der Bank.« Er hielt für einen Augenblick inne. »Die Tür zum Rauchraum war verriegelt, das heißt, es hat jemand mit Absicht gemacht, oder?«

Lennart nickte.

»Scheiße!«

»Könnten Sie sich vorstellen, dass jemand Gründe hatte, das zu tun?«

»Steffen umbringen?«

»Genau.«

Hansen holte tief Luft, dann erklärte er: »Na ja, er konnte schon ein echter Stinkstiefel sein, mit einigen hat er es sich auch richtiggehend verschissen, was ihm aber egal war. Wer ihm blöd kam, der kriegte eine klare Ansage. Einige haben ihm das nachgetragen, logisch. Aber sowas? Das versteh ich nicht.«

Schon seit Lennarts Ankunft drang aus dem Stall das unruhige Quieken der Schweine, doch in den letzten Minuten war es noch einmal deutlich angeschwollen. Wenn Kristensen die Tiere sonst immer im Morgengrauen gefüttert hatte, waren sie bestimmt hungrig.

»Die vielen Schweine ... gibt es denn dafür Angestellte auf dem Hof?«

Hansen lachte kurz auf. »Angestellte? Wo denken Sie hin? Dazu war Steffen viel zu sparsam. Na ja, vielleicht hätte es sich auch wirklich nicht gerechnet. Jedenfalls hat er hier alles selber gemacht.«

»Wüssten Sie jemanden, der die Viecher heute mal versorgen könnte?«

»Ich kann das rasch machen. Lenkt mich vielleicht ein bisschen ab. Ich weiß, wo Steffen das Futter lagert, und den Traktor werd ich wohl bedienen können. Hab früher öfter mal in der Landwirtschaft geholfen, bei Verwandten.« Mit diesen Worten erhob sich Mikael Hansen.

»Das wäre fantastisch, aber nur, wenn Sie sich wirklich dazu in der Lage fühlen. Meine Kollegin und ich würden später noch einmal bei Ihnen zu Hause vorbeikommen, dann können wir uns noch ein wenig über Ihren Freund Kristensen unterhalten, Ihre Personalien aufnehmen und so weiter.«

»Klar, was muss, das muss! Ihre Kollegin kennt unsere Mühle ja gut, war schon öfter da. Bis später«, sagte er schulterzuckend und ging schweren Schrittes auf die langgezogenen Stallungen zu.

Lennart legte Kristensens Telefon und dessen Laptop in den Mercedes und gesellte sich zu den anderen. Die ersten Sonnenstrahlen hatten es nun durch die Nebelschicht geschafft und tauchten den Hof in noch grelleres Licht.

»Sagen Sie, Kollege Ipsen, was passiert denn mit den ganzen Lebensmitteln, wenn wir hier durch sind?«, wollte einer der älteren Kollegen in Uniform wissen.

»Wie meinen Sie das?« Lennart klang ein wenig unwirscher als gewollt.

»Ich dachte bloß«, erwiderte der Grauhaarige und schob seine Polizeimütze gerade, »ich wüsste da einige hier auf der Insel, die ... ein bisschen vom Leben gestreift sind. Die würden sich drüber freuen. An den Schinken ist ja nix, wär doch irgendwie schade drum.«

Mit diesen Worten holte er aus seiner Jackentasche ein Wurstbrot und begann zu essen. Lennart wandte rasch den Blick ab, der jedoch ausgerechnet auf den Toten fiel, auf dessen goldgeräucherter Bauchdecke sich die Sonnenstrahlen brachen. Wenn er je wieder etwas zu sich nehmen wollte, das Raucharoma besaß, musste er schnellstens weg hier.

***

Eine gute Stunde war vergangen, als Lennart und Britta auf den Besucherparkplatz der weiß gekalkten Windmühle einbogen. Einer der uniformierten Kollegen hatte angeboten, den Dienstbus zurück nach Rønne zu bringen, so dass Britta mit im SLC fahren konnte. Ganz anders als Lennart selbst hatte sie offensichtlich ein Faible für den Wagen. Vielleicht sollte er ihn an sie verkaufen und sich ein praktischeres Gefährt anschaffen.

Als sie am mächtigen Rundbau der Mühle vorbei auf das einstöckige, geduckte Häuschen zugingen, in dem sich das Hofcafé der Hansens befand, zog Lennart jedes Mal, wenn sich einer der Flügel dem Boden näherte, unwillkürlich den

Kopf ein. Er sah den hölzernen Armen nach, die fast lautlos ihre Kreise zogen, und blinzelte in den nunmehr makellos blauen Himmel, während ihn Britta verschmitzt angrinste.

»Keine Angst, alles erprobt, seit Jahrhunderten hat es niemanden am Kopf getroffen, nicht mal echte Größen vom Festland«, gluckste sie.

»Wer weiß, irgendwann ist immer das erste Mal. Ich bin lieber auf der Hut, schließlich kenne ich noch nicht alle Fallstricke, die ihr Insulaner hier für Zugereiste und Touristen auslegt.«

»Für Touristen? Gar keine! Die brauchen wir doch«, erwiderte sie und stieß ihrem Kollegen einen Ellbogen in die Rippen. »Außerdem wacht *er* hier darüber, dass nichts passiert.« Sie zeigte auf das Rotorblatt, das auf sie zukam. »Siehst du den kleinen *Krølle-Bølle* an der Spitze?«

Lennart hielt eine Hand vor die Augen, um gegen die Sonne einigermaßen sehen zu können. Ganz außen am hölzernen Flügel war ein kleiner Gummitroll befestigt, der stoisch seine Kreise zog. »Ihr mit eurem komischen Insel-Maskottchen! Gib's zu: Den hat die Tourismus-Initiative vor ein paar Jahren von irgendeinem Designer erfinden lassen, damit ihr etwas habt, was ihr den Urlaubern andrehen könnt.«

Tatsächlich gab es auf der Insel neben den eigentlichen Trollen aus Porzellan, Plastik oder Holz auch Eis, Brot, Bier und Schnaps mit dem kleinen Wesen, das unschwer an seinem schwarzgelockten Pelz, seiner auffälligen Tolle, gelber Haut und der riesigen Nase zu erkennen war.

»Von wegen! Verdirb es dir bloß nicht mit *Krølle-Bølle*, schon gar nicht jetzt zu Beginn deines Bornholm-Lebens. Das würde übles Karma bedeuten, glaub mir«, ermahnte ihn Britta mit einem verschmitzten Lächeln, dann betraten sie das kleine Café.

Der Gastraum besaß eine überraschend niedrige dunkle Holzdecke, und wieder duckte sich Lennart instinktiv. An einem der antiken Tischchen saß ein älteres Ehepaar in identischen Wanderjacken vor Kaffee und Kuchen. An der Stirnseite des Raums wischte eine blonde Frau Ende fünfzig den Tresen.

»Frau Hansen?«, sprach Lennart sie an, woraufhin sie heftig zusammenfuhr. Seine Stimme hatte schon immer der eines Feldwebels auf dem Kasernenhof geähnelt, und er vergaß einfach oft, dass es manchmal besser war, leisere Töne anzuschlagen, um andere Menschen nicht zu erschrecken. Die Frau wandte sich um und nickte ihnen zu.

Britta durchschritt vor Lennart den Raum und sagte, als sie bei Frau Hansen angekommen war: »Sorry. Wir sind von der Polizei, vielleicht hat Ihnen Ihr Mann schon …«

»Ja, natürlich!«, antwortete sie, legte ihren Lappen beiseite, trocknete ihre Rechte hektisch an der weißen Spitzenschürze ab und streckte sie Britta zum Gruß entgegen. »Esther Hansen. Mikael hat mir bereits von der schrecklichen Sache erzählt. Er ist ziemlich durch den Wind, hat sich gerade noch mal kurz hingelegt. Aber ich geh ihn gleich holen.« Ihr Dänisch besaß eine niederländische Färbung, wie Lennart auffiel. Sie machte auf dem Absatz kehrt und verschwand durch den Vorhang hinter der Bar, der offenbar zu den Privaträumen der Hansens führte. Keine zwei Minuten später war sie zurück und bat die beiden Polizisten an einen Tisch im Außenbereich.

»Hier sind wir ungestört – und können die Spätsommersonne genießen«, erklärte sie, als die beiden auf einfachen hölzernen Klappstühlen Platz genommen hatten. »Mikael kommt gleich, darf ich Ihnen Kaffee und ein paar Häppchen bringen? Zimtschnecke oder lieber eine mit Kardamom?«

Wenigstens kein Schinkenbrot, dachte Lennart und bestellte sich mit dem Hinweis, für alles bezahlen zu wollen, was sie konsumierten, lediglich einen Kaffee, während Britta auch das Kuchenangebot annahm. Zimt- *und* Kardamomschnecke wohlgemerkt.

»Endlich, ich hatte heute auch noch kein Frühstück«, flüsterte sie ihrem Kollegen zu, als sich Frau Hansen wieder entfernt hatte. »Dabei hat Mats gestern Overnight-Oats angesetzt. Aber Dienst ist eben Dienst.« Mats war Brittas Ehemann oder Lebensgefährte, so genau wusste das Lennart nicht.

Mit behäbigen Schritten näherte sich ihnen Mikael Hansen, gefolgt von seiner Frau, die Kaffee und Gebäck auf dem Tablett brachte.

»Ich hab ein paar Schnecken mehr gebracht, vielleicht bekommen Sie ja doch noch Hunger, Kommissar … wie war doch gleich Ihr Name?«

»Das ist Kommissar Ipsen, mein Engel. Lennart Ipsen«, erklärte Mikael Hansen und nahm Platz. Wenn seine Frau in dem Moment an einen blauen Mülllaster dachte, ließ sie es sich zumindest nicht anmerken.

»Sie waren also beide mit Steffen Kristensen befreundet, richtig?«, eröffnete Lennart die Unterredung, als sie alle vier um den kleinen Tisch saßen.

»Das kann man so sagen, ja«, antwortete Esther Hansen. Auch wenn man merkte, dass ihr naheging, was passiert war, machte sie den Eindruck, als könne nichts und niemand ihre grundpositive Lebenseinstellung erschüttern.

Hansen zuckte die Schultern. Er schien nach seinem Nickerchen noch angeschlagener als vorher.

»Na ja, so viel wie ihr miteinander unternommen habt …«, insistierte die Frau und wandte sich an die Polizisten: »Mikael und Steffen haben zusammen geangelt, Pilze gesucht, Beeren gepflückt im Wald, solche Sachen. Ja, und dann hatten wir ihn auch ab und an zum Essen da. Stimmt's, Mikael?«

»Stimmt, stimmt«, murmelte Hansen abwesend.

»Wie war er denn so?«, hakte Britta ein und tunkte ein Stück Kardamomschnecke in ihren Kaffee.

Nun war es Mikael Hansen, der als Erster das Wort ergriff. »Wie gesagt: Auf viele wirkte er wahrscheinlich wie ein ziemlicher Stinkstiefel. Das lag dran, dass er aus seinem Herzen keine Mördergrube gemacht hat. Er hat gesagt, was er dachte. Ziemlich geradeheraus, für manche zu gerade.«

»Aber wenn man erst mal wusste, wie man ihn zu nehmen hatte, war er eine treue Seele«, präzisierte Esther Hansen. »Man durfte ihm sagen, wenn einem was nicht gepasst hat.«

Lennart nickte. »Wenn Sie sich so nahestanden, wissen Sie sicher auch um den restlichen Freundeskreis und um seine familiären Verhältnisse, nehme ich an?«

»Klar«, erklärte Frau Hansen. »Also, was die anderen Freunde angeht …«

»Moment mal, Esther, lass uns erst mal von Steffens Familie sprechen«, unterbrach ihr Mann sie. »Sie wissen, dass er geschieden ist und seine Ex-Frau auf dem Festland lebt?«

»Ja. Wollen Sie uns ein wenig über die Beziehung der beiden erzählen?«, bat Lennart.

»Sie war, wie er auch, keine ganz einfache Person. Ich hatte immer das Gefühl, dass sie nach Höherem strebte, als den Haushalt zu machen und bei der Stallarbeit zu helfen. Letztlich hat es nie richtig geklappt zwischen den beiden.«

»Sind sie im Guten auseinandergegangen?«, fragte Britta.

Esther Hansen lachte auf. »Die? Sicher nicht! Wobei wir die Geschichte nur aus seiner Sicht kennen. Sie ist ja abgehauen, zu diesem Typen, den sie eines Tages in irgendeinem schäbigen Lokal vorn am Strand kennengelernt hat. Unser Kontakt ist abgebrochen, als sie die Insel verlassen hat.«

»Und Kristensen?«

»Hat gelitten wie ein Schwein, oder, Mikael?«

Er nickte. »Absolut. Ich weiß gar nicht, wie oft er sie eine ›falsche Schlampe‹ genannt und sie zum Teufel gewünscht hat. Er war furchtbar gekränkt, dass sie ihn sitzengelassen hat. Wie das eben so ist mit den betrogenen Ehemännern.«

»Wann war das?«

»Vor knapp zehn Jahren«, erklärte Hansen. »Aber er war noch immer persönlich beleidigt. Und hat seitdem nie wieder was mit einer Frau angefangen.«

Britta runzelte die Stirn. »Können Sie sich erklären, warum?«

»Ich denke, er wollte keine Kompromisse mehr eingehen, ganz nach seiner eigenen Fasson leben.«

»Und hat dafür die Einsamkeit in Kauf genommen«, ergänzte Esther Hansen.

»Was wissen Sie über Kristensens Tochter?«, wollte Britta wissen.

»Sie heißt Agnes, ist verheiratet und hat einen Sohn. Die Familie wohnt in Hammerhavn. Ich kann mich nur nicht an den Nachnamen erinnern. Wie war das gleich, warten Sie … Bolt oder Bolts.«

Britta hob die Hand. »Agnes Holst. Kein Problem, die reinen Fakten kennen wir. Mir ging es eher um das Verhältnis zwischen Vater und Tochter.«

Hansen nickte zögerlich. »Steffen hätte sich mehr Kontakt gewünscht, glaube ich.«

»Man müsste Agnes dringend benachrichtigen, denke ich«, bemerkte seine Frau.

»Darum kümmern wir uns. Jetzt aber zurück zum Freundeskreis«, nahm Lennart seine zuvor gestellte Frage wieder auf. »Wen gab es da, außer Ihnen?«

»*Die Jungs*, wie sie sich genannt haben, obwohl sie allesamt schon bald in Rente gehen«, warf Esther Hansen spöttisch ein. »Haben sich immer mal wieder zum Fischen getroffen. Eine eingeschworene Truppe.«

Ihr Mann zuckte die Achseln. »So zweimal im Monat fahren wir meistens raus. Ein gemeinsamer Freund, Flemming Bjerg, ist Fischer. Mit seinem Boot sind wir an seinen freien Tagen manchmal unterwegs zum Angeln. Auf Dorsche. Aber jeder hat schließlich seinen Beruf, seine Familie, für mehr bleibt meistens nicht die Zeit.«

»Und wer ist dann noch mit von der Partie?«

»Lars. Lars Rahbek. Als Busfahrer hat er allerdings blöde Schichten und kann nicht immer mit.«

»Sonst niemand?«, hakte Lennart nach.

»Nein, sonst niemand. Aber Steffen hatte natürlich auch andere Bekannte. Durch seine Geschäftskontakte. Wenn er nicht auf dem Hof arbeitete, war er immer für seine Produkte auf Achse. Seinen geräucherten Schinken gibt es auf der ganzen Insel: in Restaurants, Touristenläden, Supermärkten, Fischräuchereien – und manchmal hat er auch selber auf einem der Märkte gestanden. Aber selten, weil er es nicht so mit Touristen konnte.«

»Der Kristensen-Schinken ist in den letzten Jahren eine etablierte Marke geworden«, ergänzte Britta. »Ist auch nicht verkehrt, wenn man mal eine Abwechslung vom Räucherfisch braucht.«

»Haben Sie mitbekommen, dass es mit Geschäftspartnern Streit gab?«, fragte Lennart.

Esther Hansen nickte, doch es war ihr Mann, der antwortete: »Klar gab es da mal was. Wegen der Preise oder wenn seine Ware nicht so beworben wurde, wie er das gern gehabt hätte. Da ist er dann aufbrausend geworden. Ein unverbesserlicher Choleriker. Wenn ihn etwas aufregte, hatte er sich nicht mehr im Griff. Als hätte man einen Schalter umgelegt.«

»Ist er mit irgendjemandem besonders oft aneinandergeraten?«

»Sie meinen, ob er richtige Feinde hatte? Glaub ich nicht. Die wussten, wie man ihn zu nehmen hatte.«

»Verstehe«, sagte Lennart und stand auf. »Danke schon mal für Ihre Zeit, auch wenn wir Sie bestimmt noch für weitere Informationen brauchen werden.«

»Wir helfen immer gern«, erklärte Esther Hansen, erhob sich ebenfalls und strich ihre Schürze glatt. »Stimmt's, Mikael?«

»Immer. Gern. Auch wenn es Steffen nicht mehr lebendig macht«, stimmte der mit müder Stimme zu. »So ein Ende jedenfalls hat er nicht verdient.«

***

Die Fahrt zur Polizeistation von Rønne verlief ruhig. Ruhiger zumindest, als Lennart erwartet hatte. Britta hing ebenso ihren Gedanken nach wie er selbst. Wieder ein großer Pluspunkt auf ihrem mittlerweile schon prall gefüllten Sympathiekonto: Auch wenn sie die meiste Zeit über ziemlich mitteilsam und gesellig war, konnte sie im richtigen Moment den Mund halten.

Lennart versuchte, sich aus den ersten, kargen Informationen ein Bild des Opfers Steffen Kristensen zu formen: ein ruppiger, vielleicht auch etwas verbitterter Mann, der unter der Trennung von seiner Frau und dem Auseinanderfallen seiner kleinen Familie mehr gelitten hatte, als er sich anmerken ließ. Der sich aber dennoch nicht hatte gehen lassen, seine Geschäfte mit Leidenschaft voranzutreiben versuchte, auch wenn ihm seine mangelnde Sozialkompetenz oder vielleicht auch nur die Weigerung, sich an bestimmte Höflichkeitsregeln zu halten, bei seinen Kunden im Weg stand. Ein paar alte Freunde, die ihm seit Jahrzehnten die Treue hielten, durch all die Untiefen des Lebens. Keine Beziehung seit der Scheidung, vielleicht aus Bequemlichkeit oder mangelnder Bereitschaft, Kompromisse einzugehen. Im Grunde kein verkehrtes Leben. Sicher bisweilen einsam, karg und mit viel körperlicher Arbeit und Verantwortung für seine Tiere. Aber dennoch eines, mit dem man zufrieden sein konnte, auf dem Papier zumindest.

Und dennoch hatte es da jemanden gegeben, der diesem Leben ein Ende gesetzt hatte. Aus Hass? Rache? Gekränkter Eitelkeit? Nach Habgier und Eifersucht sah es im Moment weniger aus, aber wer konnte schon ahnen, was ihre Ermittlungen noch ergeben würden.

Er sah auf den Beifahrersitz zu Britta, die durch ihre große Sonnenbrille stumm aus dem Seitenfenster blickte. Ob sie sich gerade ähnliche Gedanken zu ihrem ersten gemeinsamen Mordfall machte? Er erwog kurz, sie danach zu fragen, verwarf den Gedanken aber gleich wieder und schaltete das Radio ein.

Eine gute halbe Stunde fuhren sie so, bis sie den Stadtrand der Inselhauptstadt erreicht hatten. Rønne war zwar das unbestrittene Zentrum Bornholms, letztlich aber doch eher ein verschlafenes Städtchen mit einer beschaulichen Kirche oberhalb des wichtigsten Hafens der Insel. Die Häuser, die sich auf einem sanften Hügel bis zur kleinen Innenstadt zogen, waren durchweg niedrig, es herrschte so gut wie nie dichter Verkehr, Hochhäuser oder gar echte Problembezirke suchte man zum Glück vergebens. Stattdessen bekam man schnell den Eindruck, als kannten sich die meisten Insulaner untereinander wie die Mitglieder einer großen, weitverzweigten Familie. Alles also ein deutlicher Kontrast zu Lennarts bisherigem Leben. Einer, der ihm bis jetzt ziemlich gut gefiel.

Nach einem Tankstopp, bei dem sich der Mercedes sechzig Liter feinstes Super genehmigte, kamen sie schließlich im Büro an. Lennart parkte am Straßenrand auf einem der reservierten Parkplätze für Polizeifahrzeuge und legte gegen allzu eifrige Parkwächter seinen Dienstausweis hinter die Windschutzscheibe.

Beim Aussteigen ließ er seinen Blick über den Hafen direkt vor ihnen wandern. Er mochte seine Atmosphäre, denn obwohl Bornholm insgesamt nur gut 40 000 Einwohner hatte, herrschte hier immer Betrieb, sogar nachts. Schließlich musste alles, was nicht auf der Insel produziert wurde, auf dem Seeweg geliefert werden – einschließlich der Touristen aus allen vier Himmelsrichtungen. Lennart lächelte, als er der eben auslaufenden Schnellfähre ins südschwedische Ystad hinterher sah, einem imposanten, dynamisch aussehenden Katamaran, der Bornholm in unter neunzig Minuten mit Kommissar Wallanders legendärem Dienstort verband. Er nahm sich vor, an einem der nächsten Wochenenden einen Ausflug dorthin zu unternehmen – und vielleicht sogar eine der Führungen mitzumachen, die Touristen an die Spielorte des berühmten fiktionalen Kollegen brachten.

»Na, dann wollen wir mal unsere Daheimgebliebene auf den neuesten Stand bringen. Nicht, dass sie sich zurückgesetzt fühlt«, sagte Britta lächelnd, als sie die Treppen in den ersten Stock des ehrwürdigen Gebäudes mit seiner roten Klinkerfassade nahmen, in dem seit einigen Jahren die Polizeiverwaltung der Insel untergebracht worden war. Ursprünglich hatte hier das königliche Zollamt, die *Toldkammer*, ihren Sitz gehabt, doch diese Behörde war in einen schnöden, schlichten Betonbau direkt im Hafenterminal umgezogen. Anschließend hatte hier eine große Kopenhagener Reederei einen Außenposten unterhalten. Der jedoch wurde irgendwann wegrationalisiert, worauf man kurzerhand die Polizei einquartiert hatte.

»Meinst du, wir sollten sie aktiver an den Ermittlungen teilhaben lassen?«, fragte Lennart auf dem Treppenabsatz.

»Ach was, mach dir keine Gedanken«, beruhigte sie ihn und winkte ab. »Die ist heilfroh, wenn sie nicht raus muss. Sie sagt selber immer, dass sie eine richtige Büropflanze ist.«

Lennart nickte. Sie durchschritten den Korridor, der an ihren eigenen Büros und den beiden Besprechungs- und

Verhörräumen vorbei zum Arbeitsplatz von Tao Nguyen führte. Die junge Polizistin, Tochter vietnamesischer Einwanderer, war leidenschaftliche Bornholmerin und hatte sich nach der Beendigung der Polizeiakademie sofort wieder in ihre Heimatstadt Rønne versetzen lassen. Sie saß im größten der drei Einzelbüros der Abteilung am Ende des Flurs, das sie sich allerdings mit einer Unmenge von Aktenschränken, dem Reißwolf für die komplette Inselpolizei und der unter ständigen Störungen leidenden Kaffeemaschine teilen musste. Trotz dieses ziemlich ungemütlichen Umfelds hatte die junge Frau tatsächlich seit Lennarts Amtsübernahme immer wieder betont, wie viel Spaß ihr Verwaltungsaufgaben machten, wie gern sie Berichte verfasste, Tabellen erstellte und Statistiken auswertete. Lennart als frischgebackener Abteilungschef hatte diese Aussagen nie ganz ernst genommen, obwohl er – anders als bei vielen von Brittas Äußerungen – keinen Anflug von Ironie darin hatte entdecken können. Offenbar schien Tao genau das an ihrer Arbeit zu lieben, was neunundneunzig Prozent ihrer Kolleginnen und Kollegen verfluchten.

»Hallo, Tao!«, grüßte Lennart von der Tür zu ihrem Büro aus, doch die junge Polizistin, die mit dem Rücken zu ihnen an ihrem Schreibtisch saß, reagierte trotz der gewohnt heftigen Lautstärke seiner Stimme nicht. Kein Wunder bei den golden glänzenden Kopfhörern, die unter ihrem pechschwarzen schulterlangen Haar herausblitzten. Er wollte sich eben durch Klopfen bemerkbar machen, doch Britta hielt ihn mit einer Geste zurück, legte den Zeigefinger an ihre Lippen und schlich auf Zehenspitzen zu Taos Schreibtisch. Bei ihr angekommen, beugte sie sich zu ihr hinunter und rief direkt neben dem Ohr der jungen Kollegin mit krächzender Stimme: »Nimm dich in Acht vor … *Krølle-Bølle*!«

Tao fuhr so ruckartig und mit einem derart gellenden Schrei von ihrem Drehstuhl hoch, dass Britta selbst sichtlich erschrak. Mit aufgerissenen Augen sah Tao zwischen den beiden hin und her. »Britta, hast du den Verstand verloren?«, kreischte sie. Ihre helle, hysterische Stimme verriet, dass sie regelrecht in Panik war. »Ich hab gedacht, mich überfällt einer!«

»Sorry«, sagte Britta mit entschuldigendem Lächeln und legte Tao beschwichtigend eine Hand auf die Schulter. »Ich wollte nur deinen Kreislauf auf Touren bringen.«

»Auf Touren? Du bist lustig! Von sowas kann man einen lupenreinen Herzinfarkt bekommen!«

»Tao, ich bitte dich! In deinem Alter kriegt man keinen Herzinfarkt! Dafür sind wir schon eher die Kandidaten, stimmt's, Chef?«

Auch wenn Lennart diese ungefragte Eingemeindung in den Kreis der Mittfünfziger für ein wenig vermessen hielt, grinste er. Tao jedoch sah noch immer empört von einem zum anderen.

»Britta, ich glaube, Tao wird sich mit einer schnöden Entschuldigung nicht zufriedengeben«, versetzte Lennart. »Was bietest du als Wiedergutmachung an? Eine Woche Kaffeemaschinendienst? Den Abteilungsbus saugen, waschen und vom Müll befreien?«

Britta lachte. »Nein, ganz so schlimm war mein Vergehen auch wieder nicht. Aber ich lass mich überreden, morgen Kuchen mitzubringen. Was wollt ihr, Zimtschnecken?«

»Eine Punschtorte ist das mindeste«, protestierte Tao. »Übrigens: Ich dachte, wir befinden uns in einer laufenden

Todesermittlung«, schob sie ernst hinterher. »Das merkt man deiner Stimmung nicht an, Britta.«

Die atmete tief durch und seufzte. »Ja, Tao, du hast völlig recht. Sorry, das war tatsächlich unpassend, so gesehen.«

Lennart machte eine wegwerfende Handbewegung. »Wir sind schließlich unter uns, und auch wir als Ermittelnde müssen Wege suchen, mit den psychischen Belastungen unseres Berufes klarzukommen«, versuchte er, die Sache möglichst diplomatisch zu beenden.

»Ich soll euch übrigens von Doktor Eklund ausrichten, dass der Tote ziemlich sicher nicht erstickt, sondern an Überhitzung gestorben ist«, sagte Tao. »›Heißgeräuchert und durchgegart wie einer seiner Schinken‹, hat sie gesagt. Und er müsste vorher bewusstlos gewesen sein. Sie hat ihn bereits untersucht, aber die Obduktion findet erst morgen statt. Sie zählt darauf, dass jemand von uns anwesend ist.«

Lennart seufzte. Nicht gerade seine Lieblingsbeschäftigung, aber letztlich wurde das von ihm als Abteilungsleiter wohl erwartet. »Danke für die Info. Tao, könntest du dich der beiden Geräte hier annehmen? Sie gehörten dem Mordopfer.« Lennart hielt Tao die beiden Beutel mit dem Handy und dem Laptop von Steffen Kristensen hin.

Sie schenkte ihm daraufhin ein strahlendes Lächeln. »Mordopfer, *yes!*«, sagte sie und ballte vor Begeisterung die Hände. Lennart verkniff sich den Hinweis, dass sie sich damit auch nicht pietätvoller benahm als Britta eben. Schließlich wollte er Taos Elan nicht bremsen. Sofort klappte sie das Laptop auf und versuchte, Kristensens Handy einzuschalten.

»Meinst du echt, du kriegst das hin? Sonst können wir es auch per Express nach Kopenhagen zu den Experten schicken«, bot Britta an, die sich offenbar unsicher war, ob ihre junge Kollegin nicht gerade heillos überfordert war.

»So weit kommt's noch, dass wir bei so einer Lappalie Hilfe vom Festland bräuchten!«, zischte die zurück und sah im selben Moment entschuldigend zu Lennart. »Sorry, ich mein nicht, dass …«

Lennart winkte ab. »Alles gut, versuch dein Glück, wir lassen dich werkeln. Umso besser, wenn wir solche Sachen schnell und unbürokratisch direkt bei uns auf der Insel lösen.«

Britta grinste ihn an. »Du hast eben zum ersten Mal *wir* gesagt im Zusammenhang mit Bornholm. Und das schon nach vierzehn Tagen. Respekt, in einem Jahr bist du wahrscheinlich der glühendste Lokalpatriot von uns allen.«

»Nee, das bleibe ich«, murmelte Tao, ohne von ihrem Tisch aufzusehen. »Und jetzt bräuchte ich tatsächlich Ruhe, dann knacke ich euch die Dinger hier, versprochen.«

Lennart verließ hinter Britta den Raum und schloss die Tür.

»Meinst du, sie kann das wirklich?«, fragte seine Kollegin leise, als sie sich ein Stück entfernt hatten.

»Ich finde, sie sollte es auf jeden Fall probieren. Sie ist doch im Gegensatz zu uns ein *digital native*, außerdem liebt sie knifflige Aufgaben.«

»Das stimmt schon, aber …«

»Nix aber, Britta. Wenn sie ein Mann wäre, würden wir nicht daran zweifeln, dass sie es kann.«

»Bist du Feminist, Chef?«, fragte Britta mit forschendem Blick.

Lennart überlegte kurz, dann sagte er lächelnd: »Was sollte ich als Vater von zwei Töchtern wohl sonst sein, hm?

Und Tao ist ein Computernerd. Auch wenn sie weder Oberlippenbart noch eine ausgeleierte Jogginghose trägt. Und nenn mich nicht Chef, klar?«

»Klar, ich … sorry.«

Lennart schüttelte den Kopf, dann sagte er: »Wir sollten uns nachher ganz in Ruhe noch mal Kristensens Hof vornehmen. Jetzt müssten wir schleunigst der Tochter Bescheid geben, aber nicht am Telefon. Kommst du mit?«

Britta holte Luft und machte den Eindruck, nach einer Ausrede zu suchen. »Ich … klar, bloß …«

»Ja?«

»Also, ich finde … also, wie soll ich sagen … es könnte sein, dass …«, druckste sie herum.

»Dass du es vermeiden willst, die Überbringerin schlechter Nachrichten zu sein?«

»Genau«, gab sie erleichtert zu und sah ein wenig beschämt zu Boden.

Lennart musste lachen. »Sag das doch gleich! Dann mach ich das allein, kein Problem. Dafür darfst du morgen Frau Doktor Eklund im Sektionssaal über die Schulter blicken.« Zufrieden über seinen nicht ganz uneigennützigen Kompromissvorschlag sah er seine Kollegin an – doch die schien auch damit nicht glücklich zu sein.

»Wirklich? Ich mein nur, weil ich beim letzten Mal … da ging's mir nicht gut. Ich bin Doktor Eklund regelrecht in die Arme gekippt. War allerdings auch ein Exhumierter. Wenn ich daran denke, wird's mir gleich wieder ganz anders.«

»Na gut. Wonach wäre dir denn, wenn du dir eine Aufgabe aussuchen könntest?«, fragte Lennart mit sarkastischem Unterton.

»Man müsste organisieren, dass sich jemand um Kristensens Schweine kümmert, bis klar ist, was mit ihnen geschieht. Hansen kann es auf Dauer nicht leisten. Da könnte ich als Ortskundige meine Beziehungen spielen lassen. Vorher würde ich meinem wirklich ausnehmend verständnisvollen Vorgesetzten, einem Kavalier erster Güte, die Adresse von Kristensens Tochter heraussuchen, zu der er sich dann allein begibt, damit er seine umfangreichen psychologischen Kenntnisse ohne Störung zur Anwendung bringen kann. Dann würde ich anfangen, ein paar Berichte zu verfassen, und mir überlegen, wie wir das mit der Eklund morgen für uns beide noch abbiegen. Wäre das in deinem Sinne?«

Lennart spitzte die Lippen. Das hörte sich nicht grundsätzlich verkehrt an. »Okay. Vorausgesetzt, ich bekomme zu deiner Punschtorte morgen noch eine deftige Alternative. Ich hab's nicht so mit den süßen Sachen.«

Britta blickte ihn mit gespielter Verachtung an. »Meine Punschtorte ist nicht süß, sie ist einfach nur himmlisch. Mehrdimensional, raffiniert, subtil gewürzt, aufregend und dennoch harmonisch. Kannst du nicht wissen, schließlich hattest du noch nicht das Glück, sie probieren zu dürfen. Aber wenn du darauf bestehst, bekommst du ein belegtes Brötchen. Ich müsste noch ein Stückchen Kristensen-Rauchschinken vom Wochenende im Kühlschrank haben.«

»Na gut, dann eben Punschtorte. Ich geb auf«, erklärte er mit einem Schulterzucken.

***

Eigentlich war Lennart gar nicht traurig darüber, die Fahrt nach Hammerhavn allein anzutreten. Erstens konnte er sich so die Worte besser zurechtlegen, mit denen er seine Hiobsbotschaft überbringen würde. Und sie laut vor sich hinsagen, um zu kontrollieren, wie sie klangen, und damit ihre Wirkung besser abzuschätzen. Zweitens war er im Auto am liebsten für sich.

Er öffnete das Schiebedach und alle Seitenscheiben – wer wusste schon, wie viele warme Tage ihnen dieses Jahr noch vergönnt sein würden – und verband sein Handy mit der Stereoanlage. Die zumindest war auf dem neuesten Stand der Technik. Lennart hatte zum Erschrecken und unter dem Protest des Inhabers seiner Stammwerkstatt das alte Becker-Kassettenradio aus den 80ern dagegen austauschen lassen. Ohne gute Musik konnte er einfach nicht vernünftig fahren. Er drehte den Lautstärkeregler auf und wählte seine Lieblings-Playlist. Sie begann mit *Sisters of Mercy, Temple of Love*. Retro-Schrott nannten seine Kinder solche Musik und stellten stets einen aktuellen Radiosender ein, in dem rund um die Uhr dasselbe weichgespülte Zeug dudelte. Trotzdem – gerade vermisste er einen solchen Einspruch gegen die Songs seiner Jugendzeit von ganzem Herzen. Er seufzte, drehte noch ein wenig lauter und verließ Rønne mit dröhnenden Lautsprechern.

Während er sich seinen Gedanken hingab, zog draußen die Landschaft an ihm vorbei. Die weitläufigen Felder hier im nördlichen Teil Bornholms waren längst abgeerntet, und um diese Tageszeit, am späten Vormittag, herrschte fast kein Verkehr. Ob Steffen Kristensen diese Strecke zu Lebzeiten oft gefahren war, um seine einzige Tochter zu besuchen? Nach allem, was sie bisher vom Ehepaar

Hansen gehört hatten, eher nicht. Dennoch stellte er sich vor, wie der Landwirt auf einer seiner Geschäftsfahrten mit dem kleinen weißen Fiat-Transporter samt Kühlanlage hier vorbeigekommen war, um seine Schinken und anderen Produkte unter die Leute zu bringen. Das würde er nun nie wieder tun, seine mühsam aufgebaute Marke wahrscheinlich in der Versenkung verschwinden, sein Bauernhof stillgelegt werden. Obwohl Lennart noch keine Ahnung hatte, wie die Tochter des Opfers tickte – dass sie an die Stelle ihres Vaters treten würde, konnte er sich nicht vorstellen.

Nach gut zwanzig Minuten lenkte er den SLC nach links auf die Abzweigung nach Hammershus, der eindrucksvollen Wehranlage im Norden der Insel, die hier inmitten von Schafweiden auf der Felsküste über der Baltischen See thronte. Das letzte Mal war er als Kind dort gewesen, mit seinen Eltern, und erinnerte sich noch immer an die Begeisterung, die das Bauwerk in ihm ausgelöst hatte. Er war gespannt, ob es das noch immer vermochte, und freute sich auf den Moment, da die Burg vor ihm auftauchen würde. Und dann, als er die letzte Kehre nahm und den Besucherparkplatz passiert hatte, war sie auf einmal zu sehen: die größte zusammenhängende Burganlage Nordeuropas. Mächtig, wehrhaft, martialisch – und so hinreißend schön gelegen, dass Lennart mit dem Wagen kurz rechts ranfuhr und anhielt, um den Ausblick zu genießen. Womit er prompt ein Hupkonzert des italienischen Wohnmobillenkers hinter sich auslöste.

Egal. Er sog die warme Luft in seine Lungen und blinzelte gegen die Sonne zu den vertrockneten Wiesen, die die Burganlage umgaben, den Schafen, die verstreut darauf weideten, zu den knorrigen Bäumen und Büschen, die den Seewinden tapfer widerstanden, den bunt gekleideten Schulklassen auf den historischen Steinquadern, vereinzelt ein paar späte Touristen darunter, zu dem modernen Besucherzentrum davor, das sich unaufdringlich ins Gelände schmiegte. Er schloss die Augen, glaubte, eine leichte Meeresbrise zu vernehmen. Ja, er hatte die richtige Entscheidung getroffen. Bornholm war wundervoll. Und genau sein Ding.

Lennart öffnete die Augen wieder, gab sich einen Ruck und fuhr weiter. Er war schließlich nicht zum Spaß da, auch wenn es sich gerade ein wenig so anfühlte.

Kurz darauf parkte er vor dem Haus von Agnes Holst. Es lag ein wenig oberhalb der kleinen Hafenanlage, von der aus man einen atemberaubenden Blick zur Burganlage und aufs Meer hatte. So eine Lage kostete sicher einen Batzen Geld. Das Haus mit traditionell rotem Anstrich und weißen Fenstern war bestimmt an die hundert Jahre alt. Man hatte es behutsam renoviert und mit einem modernen Holzanbau versehen. Horizontale Latten gingen über den ganzen Kubus, auf dessen Flachdach sich offenbar eine Terrasse befand, die mit Pflanzen bestanden war. Hier wohnten Leute mit Geschmack, so viel stand für Lennart bereits fest, als er den Klingelknopf drückte. Auf dem Namensschild standen neben Agnes noch die Namen Bjarne und Fynn, Ehemann und Sohn, mutmaßte er. Eine hübsche Frau Anfang dreißig öffnete ihm die Tür, sie hatte ein Geschirrtuch über die Schulter gelegt und ein Küchenmesser in der Hand.

»Frau Holst?«

Sie nickte.

»Lennart Ipsen. Guten Tag.«

»Oh, Sie kommen wegen der Mülltonne?«, fragte Agnes Holst stirnrunzelnd. »Ich hab's Ihrer Kollegin am Telefon schon gesagt: Ist schon zweimal vorgekommen, dass sie nicht geleert wurde. Wir sind darauf angewiesen.«

»Nein, ich bin nicht von der *Firma* Ipsen, mein *Name* ist Lennart Ipsen. Ich bin von der Polizei in Rønne. Dürfte ich kurz hereinkommen? Wir müssten reden.« Er zog seinen Dienstausweis aus der Hemdtasche und hielt ihn der Frau hin, doch die nahm keinerlei Notiz davon, riss die Augen auf und stammelte: »Ist … was mit … meinem Vater?«

***

Eine halbe Stunde später saßen Lennart, Agnes Holst und ihr Mann Bjarne am riesigen Esstisch der Familie, der den modernen Anbau dominierte. Durch das große Fenster hatte man einen unverstellten Blick auf das Treiben im kleinen Hafen. Fynn, der sechsjährige Sohn, war noch im Kindergarten. Was gut war, so konnten ihm seine Eltern den Verlust des Großvaters später schonend beibringen. Agnes Holst wirkte inzwischen wieder ein wenig gefasster, ihr Mann, der im Homeoffice für einen großen Stromkonzern als Projektmanager arbeitete, hatte Tee gekocht und beruhigend den Arm um seine Frau gelegt. Immer wieder liefen einzelne Tränen über ihre Wangen. Lennart hatte ihnen die Umstände des Tötungsdelikt an Steffen Kristensen so detailliert wie nötig, aber auch so zurückhaltend wie möglich geschildert. Beide, Tochter wie Schwiegersohn, wirkten geschockt.

»Wir werden versuchen, den Täter möglichst bald ausfindig zu machen und zur Rechenschaft zu ziehen, wofür wir allerdings auf Informationen zum Tagesablauf Ihres Vaters angewiesen sind. Dürfte ich Ihnen noch ein paar Fragen stellen?«

Agnes Holst nickte, ohne aufzusehen.

»Danke. Zuerst einmal, und bitte verstehen Sie es nicht falsch: Wo waren Sie letzten Abend und die vergangene Nacht?«

»Wir waren den ganzen Tag zu Hause, auch abends, alle drei. Was dachten Sie denn?« Bjarne Holst unternahm keine große Anstrengung, seine Verärgerung über Lennarts Frage zu verhehlen. Seine Frau warf ihm einen verstörten Seitenblick zu, schwieg aber.

»Nichts. Das gehört zum Prozedere. Frau Holst, wie oft haben Ihr Vater und Sie sich normalerweise gesehen?«

Sie holte tief Luft, bevor sie antwortete: »Wenig. Verdammt wenig. Er war am liebsten für sich, allein auf seinem Hof. Wenn er überhaupt mal was unternommen hat, dann hat er sich mit ein paar alten Freunden zum Angeln getroffen – obwohl er doch Fisch nicht wirklich ausstehen konnte.«

Das mussten die gelegentlichen Ausflüge sein, von denen auch Hansen gesprochen hatte.

»Ich hab ihn immer wieder zu uns eingeladen, gesagt, er soll einfach kurz mal vorbeikommen, wenn er in der Gegend ist. Fynn hat sich immer gefreut, wenn sein Opa da war. Aber öfter als einmal im Monat hat er sich nie sehen lassen.«

»Und Besuche bei ihm auf dem Bauernhof?«

»Die gab's noch seltener. Seit meine Mutter nicht mehr dort ist, hat sich alles verändert. Es ist so nüchtern, so ungemütlich geworden.«

»Haben Sie denn regelmäßig telefoniert, sich Nachrichten geschrieben oder per Skype unterhalten?«

Sie schüttelte den Kopf.

»Mein Schwiegervater war kein gesprächiger Mann«, antwortete Bjarne für sie. »Vielleicht hat man Ihnen das schon gesagt. Telefongespräche mit ihm hatten eine durchschnittliche Länge von einer Minute, SMS hielt er für neumodischen Quatsch, der einen von der Arbeit abhält. Und ich bezweifle, dass er schon jemals in seinem Leben geskyped hat.«

»Bjarne, lass doch …«, bat seine Frau leise, doch ihr Mann ließ sich nicht beirren. »Agnes, so traurig die Sache auch ist, denke ich doch, dass es wichtig ist, ein authentisches Bild von deinem Vater zu zeichnen, oder?« Er sah Lennart in der festen Überzeugung an, Zustimmung von ihm zu bekommen.

»Sicher«, sagte der lapidar, und fuhr an Agnes gewandt fort: »Gab es Konflikte, Streitigkeiten?«

»Gibt es die nicht in jeder Familie?«, spielte sie den Ball schulterzuckend zurück. Lennart lächelte sie wissend an. Dann fuhr sie fort: »Sagen wir so: Wir waren ihm als Familie wohl nicht traditionell genug.«

»Sehr diplomatisch ausgedrückt«, brummte Bjarne Holst.

»Könnten Sie das präzisieren?«, insistierte Lennart.

»Mein Vater und mein Mann haben nie richtig zusammengefunden. Bjarne passt nicht in sein Männerbild.«

»Wie meinen Sie das?«, wollte Lennart wissen und musterte Bjarne Holst noch einmal genau: Zumindest äußerlich fiel ihm nichts an dem Mann auf, was die Einschätzung von Kristensen hätte rechtfertigen können. Er trug Jeans und einen dunkelblauen Hoodie, an den Füßen Flipflops. Sollten es tatsächlich die schulterlangen blonden Haare sein, die er zu einem Pferdeschwanz gebunden hatte, an denen sich der Schwiegervater gestört hatte? Lennart wartete gespannt auf Agnes Holsts Antwort.

Doch statt ihr war es Bjarne, der erklärte: »Ich bin ihm viel zu verweichlicht, ein echter Pantoffelheld. Zum Beispiel hab ich ein Jahr Elternzeit genommen, als Fynn auf die Welt kam. Als er das hörte, fiel mein Schwiegervater vom Glauben ab. Ein Mann, der Windeln wechselt, unmöglich in seiner Welt. Na ja, dazu koche und backe ich gern, interessiere mich nicht für Fußball, Autos, Bagger oder Traktoren, ich angle noch nicht mal, was auch damit zusammenhängen mag, dass ich seit gut zehn Jahren vegetarisch lebe.«

»Verstehe«, murmelte Lennart, »der Schweinebauer und sein vegetarischer Schwiegersohn. Nicht gerade eine Traumkonstellation.«

»Stimmt«, bestätigte Bjarne Holst schulterzuckend. »Aber das war ja längst nicht alles, dazu kamen meine zwei linken Hände. Ich bin im Heimwerken so begabt wie der Dackel unserer Nachbarn. Als wir dieses Haus hier renoviert haben, hat Agnes Wände verputzt, alles gestrichen, Parkett gelegt, sogar Türen eingebaut. Völlig ohne meine Hilfe.«

»Na ja, jetzt übertreib mal nicht«, sagte Agnes Holst und rang sich ein Lächeln ab.

»Stimmt doch, Schatz«, beharrte ihr Mann. »Ich hab aber immer sämtliche Helfer mit Kaffee, Kuchen und Snacks versorgt. Wie eine gute Hausfrau es eben tut«, fügte er an. »Das war für Steffen Kristensen natürlich verkehrte Welt.«

»Hat Ihr Schwiegervater auch mitgeholfen auf dem Bau?«

»Manchmal, aber nur wenn ich nicht da war.«

»Stimmt«, bestätigte Agnes. »Mein Vater fand auch unseren Anbau furchtbar hässlich, weil er nicht zu einem traditionellen Haus passt.«

Lennart verglich vor seinem inneren Auge Kristensens nüchternes, ungepflegtes Gehöft mit diesem wunderschön renovierten Haus, bei dem sich dezente Modernität und traditionelle Inselarchitektur gegenseitig regelrecht zu befruchten schienen. Eine größere Kluft konnte man sich nur schwer vorstellen.

»Aber es kam nie zu einer Aussprache, die diese Differenzen hätte beseitigen können?«, fragte er.

»Nein, die beiden hatten sich nicht viel zu sagen, haben das akzeptiert und sich gemieden.«

»Sei mir nicht böse, Agnes, aber auch wenn er nun nicht mehr lebt, was wirklich schrecklich ist: Er war einfach furchtbar negativ, dein Vater. Ein richtiger alter Miesepeter. Was auch seine Frau in die Flucht geschlagen hat.«

Wieder wandte sich Lennart an Agnes: »Haben Sie mit Ihrer Mutter engeren Kontakt?«

Sie schüttelte den Kopf, und erneut rannen Tränen über ihre Wangen. »Nein, sie meldet sich nur ganz selten mal per Mail. Seit Jahren hat sie eine neue Familie auf dem Festland, und ich glaube, ihr jetziger Partner mag nicht, wenn wir uns sehen. Ziemlich schwieriger Mensch. Dass Mama sich so beeinflussen lässt, noch dazu, wo sie doch seit sechs Jahren ein Enkelkind hat.«

Lennart nickte. Trennungen verursachten immer Risse in Familien, egal, wie gut man sich auf sie vorbereitete, wie gut man alles organisierte – und egal, wie fest man sich vornahm, alles anders zu machen als all die anderen Leute. Auch in seinem Fall würden diese Risse auftreten, und er hoffte, dass sie nicht allzu tief ausfielen.

»Könnten Sie sie über den Tod Ihres Vaters informieren?«, bat er.

»Natürlich.«

»Gibt es sonst noch Familie?«

»Mein Vater hat eine Schwester. Pernille Juul, zwei Jahre älter als er.« Auf einmal schien sich hinter der Trauer und den Tränen ein Anflug von Trost breitzumachen. »Sie kommt öfters vorbei, oder wir besuchen sie. Sie hat einen Hof mit eigenen Pferden, ein richtiger Abenteuerspielplatz für Fynn. Er liebt meine Tante. Sie hat keine Kinder und verwöhnt ihn nach allen Regeln der Kunst.«

Bjarne Holst ergänzte: »Sie ist eine wunderbare Ersatzoma für unseren Kleinen. Und die einzige vor Ort, meine Eltern leben in Südfrankreich.«

Lennart ließ sich Pernille Juuls Adresse geben und notierte sie in seinem nagelneuen Notizbuch, das ihm seine jüngere Tochter gebastelt und mit einem aufwendig gestalteten Batikeinband versehen hatte. Auch wenn er bislang nie ein solches Accessoire verwendet hatte und am liebsten alles auf sein Handy sprach: Ida fand, dass alle guten Ermittler so etwas brauchten, zumindest kannte sie das aus den diversen Krimireihen, die sie mit Vorliebe streamte. Von Magda, seiner Großen, hatte er einen Kugelschreiber dazu bekommen, auf dessen Clip ein riesiges emailliertes Superman-Emblem angebracht war. Er hoffte, weder Büchlein noch Stift in den nächsten Wochen irgendwo zu verlieren, und kam schließlich zu seinem letzten Punkt: »Alles in allem habe ich das Gefühl, dass Ihr Vater beziehungsweise Schwiegervater ein ziemlich streitbarer Mensch war – wissen Sie denn auch von offenen Konflikten außerhalb der Familie, hatte er Feinde?«

Bjarne Holst lachte auf. »Das vermute ich, aber für so eine Aussage kannte ich ihn zu wenig.«

»Und Sie, Frau Holst?«

Agnes seufzte. »Er hat mir immer mal wieder von Streitereien erzählt. Wenn wir mal geredet haben, waren seine liebsten Gesprächsthemen neben den Fehlern der Politiker und den steigenden Spritpreisen seine Geschäftspartner, die ihn über den Tisch ziehen wollten oder zu wenig zahlten. Aber das war eher nur so ein immerwährendes Grummeln, etwas wirklich Ernsthaftes gab es da nicht, würde ich sagen.«

»Aber hast du nicht von Nachbarn erzählt, mit denen er sich gestritten hat?«, warf ihr Mann ein.

»Stimmt. Die Winklers. Deutsche, die ein Haus in direkter Nähe des Betriebs gekauft haben und es als Feriendomizil nutzen. Sie haben sich ständig an allem Möglichen gestört – und meinen Vater damit bis aufs Blut gereizt.«

»Worum ging es denn?«

»Denen war es zu laut, zu wenig aufgeräumt, außerdem hat es ihnen zu sehr nach Schweinemist gestunken. Schließlich sind sie zur Erholung dort, mein Vater aber musste zusehen, dass er seinen Betrieb am Laufen hält.«

»Der klassische Konflikt in ländlichen Tourismusregionen«, konstatierte Lennart.

»Ich müsste jetzt los, Fynn muss vom Kindergarten abgeholt werden«, erklärte Bjarne unvermittelt und erhob sich. »Kommst du mit, Schatz?«

»Nein, ich will nicht rausgehen.«

Jetzt, da sich der Mann verabschiedet hatte, ergriff Lennart die Gelegenheit, noch kurz allein mit Agnes Holst zu sprechen.

»Hat Sie das Verhältnis zwischen Ihrem Mann und Ihrem Vater belastet?«, fragte er in ruhigem Ton.

Sie zuckte die Achseln. »Es war eben so. Natürlich, wenn sich die beiden blendend verstanden hätten, wäre vielleicht alles anders gekommen.«

»Wie meinen Sie das?«

»Vielleicht wäre mein Vater mehr auf uns zugegangen. Aber Bjarne lässt sich eben auch nicht verbiegen, hat seine Prinzipien, verstehen Sie?«

»In der Hinsicht waren sie sich also gar nicht so unähnlich?«

»In ihrer Sturheit vielleicht, ja.«

»Hat Sie Ihr Vater unterstützt, beim Kauf und der Renovierung des Hauses?«

»Wie gesagt, am Anfang hat er mir manchmal bei schweren Arbeiten geholfen …«

»Ich meinte finanziell …«

Sie schüttelte den Kopf. »Wir haben selber eine große Summe aufgenommen, und Bjarnes Eltern haben uns viel gegeben. Letztlich das, was er später mal bekommen würde, wenn sie …«

»Verstehe. Haben Sie Ihrem Vater vorgeschlagen, Ihnen den Erbteil auch schon zu Lebzeiten auszuzahlen?«

»Nein. Er hätte ja Kredite gebraucht, schließlich ist sein Geld im Bauernhof gebunden.«

»Und Ihr Mann, hätte der es sich gewünscht?«

»Das … ich … ja, sicher. Er hätte es gerechter gefunden, wenn auch etwas von meiner Seite gekommen wäre.«

»Gab es deshalb Konflikte?«

»Zwischen uns? Ab und an, ja, aber …«

»Und zwischen den beiden?«

Sie presste die Lippen aufeinander, seufzte und sagte schließlich: »Ja, da hat es mal richtig geknallt. Vater hat ihn als geldgierig und berechnend bezeichnet. Dann sind natürlich die Fetzen geflogen. Wieder kam die Sache, dass Bjarne kein richtiger Mann sei, nur Teilzeit arbeite und deshalb nicht wirklich für Fynn und mich sorgen könne, all das eben.«

»Ach, Ihr Mann arbeitet nicht voll?«

»Nein, er macht viel im Haushalt, kümmert sich um den Kleinen und so weiter.«

»Damit kommen Sie über die Runden? Und konnten ein solches Bauprojekt finanzieren?«

»Ich bin freiberufliche Übersetzerin und betreue Buchprojekte für mehrere Verlage. Zusammen reicht uns das gut. Und dann waren da, wie gesagt, noch Bjarnes Eltern. Er hätte meinen Vater nicht nach Geld fragen müssen.« Agnes Holst begann wieder zu weinen. Zeit, die Unterredung zu beenden, auch wenn der Streit ums Geld ihm interessant erschien: Es gab schlechtere Mordmotive als eine dringend benötigte Erbschaft. Er würde Tao mal auf die Finanzen der Holsts ansetzen. Aber hier und heute würde er wohl nichts Brauchbares mehr erfahren.

Er wandte sich bereits zum Gehen, da fiel ihm doch noch etwas ein: »Eines noch, Frau Holst: Vorhin, als ich mich vorgestellt habe, haben Sie sofort darauf getippt, dass Ihrem Vater etwas zugestoßen sein könnte. Wie kamen Sie darauf?«

Ihre verweinten Augen begannen zu flackern. »Ich … habe das wirklich gesagt? Keine Ahnung, das muss so eine Art Reflex … also … ist das relevant?«

»Nein, hatte mich nur interessiert«, gab er kurz zurück. *Und tut es immer noch*, dachte er. Mal sehen, ob er noch einmal darauf zurückkommen müsste.

***

Lennart ließ den Wagen vor dem Haus der Holsts stehen und ging die paar Meter hinunter zum Kai von Hammerhavn zu Fuß. Er setzte die Sonnenbrille auf, das schräger werdende Licht war so gleißend, dass es in den Augen schmerzte, noch dazu, da es von der spiegelglatten Wasseroberfläche der See ungehindert reflektiert wurde. Er ging direkt auf die einstöckigen, silbergrau verwitterten Holzbauten zu, die das Zentrum der Hafenanlage bildeten. In einem Magazin hatte er einen Artikel über die modern anmutende Anlage gelesen, die vor ein paar Jahren mit einem Architekturpreis ausgezeichnet worden war. Der kleine Hafen war bis zur Stilllegung des nahen Granitsteinbruchs in den Siebzigerjahren zur Verschiffung der Steinblöcke genutzt worden und war nun beliebter Anlaufpunkt für Segler und Ausflügler. Die drei spitzen hölzernen Häuschen, die einen Kiosk, einen Aufenthalts- und Gemeinschaftsraum sowie Toiletten und Duschanlagen für die Freizeitkapitäne boten, passten in ihrer bescheidenen Zurückhaltung und Zweckmäßigkeit wunderbar in die Landschaft.

Lennart beschloss, eine kurze Mittagspause einzulegen und eines der hausgemachten Sandwiches im Kiosk zu essen, auf die eine Tafel oben an der Straßenkreuzung hingewiesen hatte. Zum Glück war nicht auch hier eine der an der Küste beinahe allgegenwärtigen Räuchereien installiert worden, denn darauf hatte er aus gegebenem Anlass heute absolut keine Lust. Der gut gefüllte Busparkplatz am Kiosk und die von Schulklassen besetzten Sitzbänke zwischen den Bauten verrieten ihm zwar, dass es dauern könnte, bis er sein Essen bekam, aber das war ihm egal. Schließlich hatte er bereits im Morgengrauen zu arbeiten begonnen, ein Päuschen war also durchaus drin.

Gut zehn Minuten darauf saß er zusammen mit drei deutschen Rentnerinnen, die die Insel per E-Bike erkundeten, an einem der Holztische und ließ sich die Sonne ins Gesicht scheinen. Besser die ruhigen Damen als die Horde Teenies, die von den anderen Sitzgelegenheiten herüberlärmten. Sein Mittagessen hatte er bestellt, es brauchte aber wie vermutet noch einen Moment. Umso besser. Zeit, ein wenig Licht zu tanken, durchzuatmen. Wie eine Art Hintergrundrauschen hörte er, wie sich seine Tischnachbarinnen über die Unzulänglichkeiten ihrer letzten Unterkünfte und die saloppe Nonchalance der Inhaber mokierten. Überhaupt hätten sie sich von den Insulanern mehr Akkuratesse und Korrektheit versprochen. Das Allerletzte, was Lennart hier je vermissen würde.

Er öffnete die Augen und zog sein Handy aus der Tasche. Das Display vermeldete sage und schreibe sechs Anrufe in Abwesenheit: je einen von Britta und seiner Tochter Magda und vier von seinem pensionierten Amtsvorgänger Morten Nygaard. Niemand von ihnen hatte ihm auf die Mobilbox gesprochen. Wie immer. Warum gab es dieses Feature überhaupt, wenn außer ihm anscheinend kein Mensch Lust hatte, es zu verwenden?

Lennart dachte nach. In absehbarer Zeit würde sein Sandwich fertig sein, was ihm allenfalls die Zeit für einen einzigen Rückruf gab. Er musste also streng nach Wichtigkeit entscheiden – und wählte nach einem Blick auf die Uhrzeit die Nummer seiner Tochter, die Schule müsste eigentlich schon aus sein. Britta würde er gleich live im Büro sehen, und auf den alten Nygaard, der sich sicher nur Informationen über den Mordfall holen wollte, konnte er gut verzichten. Schon ein paarmal war er unter dem Vorwand, Kuchen vorbeibringen zu wollen, bei ihnen im Büro aufgetaucht und hatte sich wie beiläufig immer wieder nach ihrer Arbeit erkundigt. Bestimmt war er der festen Überzeugung, dass sein Nachfolger alles falsch machte, was es falsch zu machen gab. Lennart war mit Nygaard nicht warmgeworden, war aber bei der Frage, ob dieser ihn einmal zum Essen einladen dürfte, um eine Ausrede verlegen gewesen. Daher schwebte ein solches Treffen wie eine dunkle Wolke über ihm.

Mit seiner Großen plauderte Lennart über die Schule, die Schrullen ihrer neuen Lehrerinnen und Lehrer und die Macken und Liebenswürdigkeiten des sich allmählich formierenden Freundeskreises. Als sie ein paar Dinge schilderte, die sie furchtbar an ihrer Mutter nervten, gab er den verständnisvollen Ex-Mann, der die Tochter um Nachsicht mit ihrer Mama bat. Insgeheim aber genoss er doch, dass auch sie in den Augen seiner Kinder nicht mehr unfehlbar war. Nachdem ihn Magda noch ein wenig über seinen neuen Alltag, den frischen Fall und etwaige Dates ausgefragt hatte, legte er mit dem zufriedenen Gefühl auf, dass seine Kinder die Trennung samt Umzug ganz gut meisterten und dass er seinen einen Anruf gut gewählt hatte. Auch wenn sie über nichts Weltbewegendes gesprochen hatten, fühlte er sich jetzt wieder deutlich geerdeter als vorher.

Als er gerade sein Mobiltelefon eingesteckt hatte, wurde ihm wie auf Stichwort sein Essen gebracht, ein mit Erbsengrün dekoriertes Veggie-Sandwich samt einer Schale frisch frittierter Kartoffelchips und Trüffel-Mayonnaise.

Während er aß, dachte er über das Gespräch mit Agnes Holst und ihrem Mann nach. Hatten sie sich verhalten, wie er es erwartet hatte? Andererseits: Wie reagierte man denn angemessen in so einer Situation? Wie würde er selbst sich verhalten, wenn ... Er verwarf den Gedanken sofort. Der Tod seines eigenen Vaters lag hoffentlich noch in weiter Ferne und hatte nicht das Recht, sich in sein Denken zu schleichen. Die Holsts hatten betroffen gewirkt, letztlich aber auch keinen Hehl daraus gemacht, dass der Verstorbene kein einfacher Mensch gewesen war. Vor allem Kristensens Schwiegersohn hätte ihn wohl frei heraus als Kotzbrocken bezeichnet, wäre seine Frau nicht dabei gewesen. Lennart fragt sich erneut, ob noch mehr dahintersteckte, und machte sich eine gedankliche Notiz, Tao gleich nach seiner Rückkehr mit der Sache zu betrauen.

Bisher wusste Lennart nur vom Ehepaar Hansen, dass sie Kristensen wirklich gemocht und ihn auch regelmäßig gesehen hatten. Dazu die weiteren Freunde Bjerg und Rahbek, mit denen er sich immer wieder zum Angeln getroffen hatte. Lennart würde sie in den nächsten Tagen ebenfalls kontaktieren.

Er spülte den letzten Bissen des Sandwiches mit einem Schluck alkoholfreien Biers hinunter und sah noch einmal zum Haus der Familie hinauf. Eben war der Familienvan vor der Garage zum Stehen gekommen. Bjarne Holst und Fynn, der sechsjährige Sohn, stiegen aus. Der Junge wirkte fröhlich und unbeschwert. Sein Vater hatte es ihm offenbar noch nicht gesagt.

Seufzend stand Lennart auf, verabschiedete sich freundlich von seinen Tischgenossinnen und brachte sein Tablett zurück. Dieser Kiosk war eine tolle Location und eine Reise wert, nicht nur wegen seiner Lage. Er nahm sich vor, mit seinen Töchtern hierherzufahren, wenn die ihn zum ersten Mal besuchten. Auf dem Rückweg zu seinem Wagen verspürte er wieder heftiges Verlangen nach einer Zigarette, war aber inzwischen meilenweit davon entfernt, sich eine Schachtel zu kaufen.

***

Wieder im Büro angekommen, sondierte Lennart erst einmal die Lage bei Tao, die noch immer an Handy und Laptop von Steffen Kristensen herumbastelte. Ob es doch ein Fehler gewesen war, die junge Kollegin mit einer so komplizierten Aufgabe zu betrauen? Er wollte Tao eben in Ruhe weiterarbeiten verlassen, da kam Britta herein.

»Hey, Chef, auch ’nen Kaffee?«

»Ich heiße … egal!« Er gab vorerst auf. Vielleicht würde sie ja irgendwann von sich aus draufkommen, das blöde »Chef« wegzulassen. »Ja, schwarz bitte«, versetzte Lennart.

Britta nickte ihm freundlich zu. »Paar Hafercookies?«

»Danke, für mich nur Kaffee.«

»Wir hätten aber ganz frische da, Morten hat sie vorhin vorbeigebracht, als er sich über unseren Mordfall erkundigen wollte«, trällerte die Kollegin.

»Morten Nygaard?«

Britta nickte beiläufig.

»Oh je, und habt ihr ihn abblitzen lassen?«, brummte Lennart.

Tao warf Britta einen Blick zu, den Lennart nur zu gut kannte. Die Frauen fühlten sich ertappt.

»Abblitzen? Wie meinst du das?«, fragte Britta mit bemüht unschuldigem Klang in der Stimme.

»Wie ich das meine? Ich habe versucht, der Hoffnung Ausdruck zu verleihen, dass ihr einem Außenstehenden nicht leichtfertig Informationen über unsere eben angelaufene Ermittlung preisgegeben habt.«

»Ich … also … wir«, stammelte Tao verlegen. Britta kam ihr zur Hilfe: »Leichtfertig preisgegeben – ich bitte dich. Morten ist doch nicht irgendein *Außenstehender*, sondern unser Boss.«

»Falsch, das bin ich«, konterte Lennart.

»Nein, du bist unser Chef«, korrigierte Britta ihn mit entwaffnendem Lächeln.

»Himmel noch mal, dieser Nygaard ist pensioniert und damit geradezu die Definition von außenstehend.«

»Ganz ruhig, Chef.« Britta hielt ihm eine Tasse dampfenden Kaffee hin. »Kein Grund, eifersüchtig zu sein. Wir haben dich schon genauso in unser Herz geschlossen wie ihn. Fast jedenfalls. Außerdem ist auch ein pensionierter Polizeibeamter weiter ans Dienstgeheimnis gebunden.«

»Gegen das ihr mal wieder verstoßen habt.«

»Wenn, dann ich. Tao trifft keine Schuld.«

»Britta, du musst nicht für mich …«

»Lass gut sein, Tao«, wiegelte Britta ab. »Wer weiß, ob uns Morten nicht vielleicht sogar nützlich sein kann. Er kennt schließlich die ganze Insel.« Sie ließ ihren Satz bedeutungsschwer verhallen.

»Im Gegensatz zu mir, ich weiß«, grummelte Lennart und nahm einen Schluck vom wie immer viel zu heißen Kaffee. »Also, was habt ihr ihm erzählt?«

»Alles«, sagte Britta frei heraus.

Lennart konnte nicht anders, als laut loszulachen. Britta und ihrer unverblümten Ehrlichkeit hatte er nichts entgegenzusetzen.

»Ganz hervorragend, Kollegin!«, sagte er schließlich kopfschüttelnd.

»Siehst du, jetzt findest du es auch! Morten hat übrigens was für dich dagelassen. Hier!« Sie hielt ihm ein weinrotes Briefkuvert unter die Nase. Lennart stellte den Kaffee auf Taos Schreibtisch ab und riss mit skeptischer Miene das dicke Papier des Umschlags auf. Darin befand sich eine Klappkarte mit dem in verschnörkelten goldenen Lettern gedruckten Wort »Einladung« sowie ein handgeschriebener Text.

»Oh, so eine schöne Einladung«, jubilierte Britta. »Und so förmlich. Typisch Morten.«

Seufzend widmete sich Lennart Nygaards Botschaft:

Lieber, geschätzter Lennart Ipsen!

Als Ihr Vorgänger im Amt erlaube ich mir, Sie zum Essen in mein Haus einzuladen. Meine Frau und ich würden Ihnen gern am morgigen Abend gegen 20 Uhr ein dreigängiges Dinner servieren, für Wein, Spirituosen und Zigarren von ordentlicher Qualität wird gesorgt sein. Da wir kein Bier im Hause haben, müssten Sie sich dieses gegebenenfalls selbst mitbringen. Der Abend würde für Sie gegen 22:30 Uhr enden, da wir seit Jahren um 23 Uhr zu Bett gehen. Sollte Ihnen der Termin nicht gelegen kommen, können Sie mir per Telefon oder notfalls E-Mail gern einen anderen Tag der laufenden Woche nennen, wir werden versuchen, es einzurichten. Eventuelle Nahrungsmittelunverträglichkeiten bitten wir Sie, uns rechtzeitig durchzugeben.

Meine Frau und ich freuen uns schon auf das ausführliche Kennenlernen.

Ihr ergebener
Morten Nygaard

»Was schreibt der Boss denn?«, fragte Britta neugierig nach.

»Er zitiert mich in sein Haus. Morgen. Zum Abendessen.«

»Oh, entzückend. Er will dich kennenlernen. Seine Frau kocht hervorragend, du wirst sehen. Sie hat schon mehrere Kochkurse im *Argousier* absolviert.«

Lennart sah Britta stirnrunzelnd an.

»Das Gourmetrestaurant am Strand von Sømarken.«

Davon hatte Lennart schon gehört. »Mag sein, aber ich lasse mir ungern vorschreiben, wann ich wo zu sein habe, wann ich wieder gehen muss, ob ich eine Zigarre rauchen will oder nicht. Und vor allem will ich selbst entscheiden, ob ich überhaupt kommen will.« Er deutete auf die Einladung. »Hier, er lässt mir gar nicht die Wahl abzusagen. Alles, was er mir zugesteht, ist eine Terminverschiebung.«

»Er will eben, dass du nicht einsam bist. Weil er so nett und gastfreundlich ist. Stimmt's, Tao?«

»Ich hätt's nicht schöner sagen können.«

Lennart seufzte. »Einsam, klar! Könnte es eventuell sein, dass ihr beide in dieser Sache parteiisch seid? Oder habt ihr ihn vielleicht sogar dazu angestiftet?«

Die beiden zuckten wie auf Kommando die Schultern.

»Darf ich also für dich zusagen?«, fragte Britta strahlend.

»Hab ich irgendwie erwähnt, dass ich da hingehen will?«

Britta nickte selbstsicher.

»Also ich hab's auch so verstanden, ehrlich gesagt«, pflichtete Tao ihr bei.

»Dem ist aber nicht so, und damit basta.« Lennart wandte sich zum Gehen.

»Dann versprich, dass du die Entscheidung in deinem Herzen bewegst«, beharrte Britta.

»Ja, Mama«, brummte Lennart. Letztlich hatten die beiden ja recht: Je eher er es hinter sich brachte, desto früher hatte er seine Ruhe. Und desto früher konnte er klarstellen, dass er keinerlei Einmischung seines Vorgängers in laufende Fälle wünschte. Dennoch würde er jetzt noch nichts entscheiden. Schließlich galt es, einen Mord aufzuklären.

»Ich hab übrigens News zu Kristensen«, vermeldete Tao, als habe sie seinen Gedanken erraten.

»Dann schieß mal los.«

»Okay.« Sie nahm einen Ausdruck zur Hand. »Ich habe in der Datenbank recherchiert und die Auskunft bekommen, dass er bereits einmal mit der Polizei zu tun hatte.«

Lennart horchte auf.

»Na ja, ist schon eine Weile her, aber vielleicht nicht uninteressant.« Sie zögerte.

»Na komm schon, schieß los.«

»Also, Kristensen hat sich vor neun Jahren derart mit seinem Schwager gestritten, dass Passanten die Polizei gerufen haben. Der Mann von Kristensens Schwester, Gustav Juul, damals schon im stolzen Alter von neunundsechzig Jahren, hat sich vor seiner Apotheke mit Kristensen geprügelt. Laut Polizeibericht sind sie sich sogar an die Gurgel gegangen. Ziemlich unschöne Szene. Aber wie gesagt, fast zehn Jahre her.«

»Wissen wir, worum es bei dem Streit ging?«

Tao schüttelte den Kopf. »Sie haben beide nur familiäre Meinungsverschiedenheiten als Grund angegeben und sich vor den Kollegen damals ziemlich bedeckt gehalten. Schade, was?«

Lennart zuckte die Achseln. »Vielleicht müssten wir mit diesem Juul mal reden. Könnte eine interessante Sache werden. Danke, Tao. Mir ist die Schwester des Toten übrigens auch schon untergekommen. Pernille Juul, wenn ich mich recht erinnere. Wobei, ich hab's mir doch auch aufgeschrieben in meinem … verdammt!« Klar, es musste ja so kommen: Schon jetzt hatte er keine Ahnung, wo sich sein Notizbuch und der Kugelschreiber befanden. Das letzte Mal, dass er die Sachen wissentlich verwendet hatte, war im Haus von Agnes Holst gewesen. Oder hatte er sie auch beim Kiosk noch dabeigehabt und dort liegen gelassen? Bei der Essensbestellung? Oder am Tisch mit den Damen aus Deutschland? Ihm wurde mit einem Mal ganz heiß. Zwar standen noch keine irgendwie brisanten oder vertraulichen Details zum Fall in seinem Büchlein, dafür hatte er ein anderes, viel gravierenderes Problem: Auch wenn seine Töchter keine kleinen Kinder mehr waren – diesen Lapsus würden sie ihm nicht verzeihen. Und vor allem würden sie bei ihrem ersten Besuch sehen wollen, dass ihre Geschenke im Einsatz waren. Er musste unbedingt beim Kiosk und den Holsts anrufen und nachfragen.

Seine Kolleginnen sahen ihn erwartungsvoll an. Seine Gedanken waren abgedriftet.

»Ja, wie gesagt, Pernille, glaube ich«, fuhr er also fort. »Kristensens Tochter hat mir erzählt, dass die Tante die Ersatzoma für ihren kleinen Sohn ist. Britta, magst du nachsehen, wo die Juuls leben und uns ankündigen? Aber warte mit deinem Anruf bitte bis morgen, ihre Nichte wollte sie erst über das Geschehene unterrichten.«

»Geht klar«, sagte Britta und schob nach: »Wie war denn die Unterredung ansonsten?«

***

»Noch mal danke, dass ich nicht mitmusste«, sagte Britta, als Lennart mit seinem Bericht geendet hatte. Sie und Tao hatten aufmerksam gelauscht, vor allem, als er ihnen den Tipp gegeben hatte, doch einmal beim Kiosk in Hammerhavn vorbeizuschauen, den sie beide nicht kannten.

Lennart winkte ab. »Nicht der Rede wert. Ist doch meine Aufgabe, bin ja schließlich der …«

»Chef, genau!«, beendete Britta lachend seinen Satz.

»Lasst uns doch mal einen Abteilungsausflug zu diesem Kiosk unternehmen!«, schlug Tao vor. »Wir haben das früher mit Morten auch immer wieder gemacht.«

»Vielleicht sollten wir das Thema heute nicht mehr anschneiden, meine Liebe«, wiegelte Britta ab und vermeldete, dass es ihr gelungen sei, eine Lösung für die Schweine auf Kristensens Hof zu finden. Ein Bekannter, der ganz in der Nähe von Dueodde einen Gnadenhof samt Streichelzoo für Touristen betreibe, habe sich bereiterklärt, die Tiere während der nächsten Tage zu versorgen.

»Super, Britta, vielen Dank! Was endgültig mit den Viechern passiert, müssen dann ohnehin Kristensens Erben entscheiden. Apropos: Gibt es ein Testament?«

»Im Zentralregister ist nichts hinterlegt, habe ich schon abgecheckt«, vermeldete Tao.

»Sehr gut mitgedacht!«, lobte Lennart seine Mitarbeiterin, die das sichtlich genoss.

»Dann müssen wir uns im Büro von Kristensen gezielt danach umsehen. Kommst du mit, Britta?«, fragte Lennart.

»Klar, stets zu Diensten.«

»Tao, du auch?«

Die junge Kollegin lächelte ihn unsicher an. »Eigentlich würd ich mich gern noch mal über das Handy und den Laptop hermachen. Lässt mir keine Ruhe. Und wenn ihr beiden unterwegs seid …«

»Hast du deine Ruhe und niemand lenkt dich ab. Stimmt's?«, mutmaßte Britta.

»Nein, so hab ich das nicht gemeint. Aber ich …«

»Lass gut sein, Tao. Wir haben dich lange genug aufgehalten. Und wenn du mal eine Pause vom Tüfteln brauchst, dann versuche doch bitte mehr über die Finanzen der Holsts rauszufinden. Mir kam es vor, als hätten die beiden nicht die ganze Wahrheit gesagt.« Dann wandte er sich an Britta. »Also, Kollegin, Abfahrt nach Snogebæk.«

Britta zögerte. »Gerne – aber ich wollte vorher noch fragen, ob du mich danach vielleicht heimbringen könntest? Wäre praktisch und auch gar nicht weit. Dann siehst du mal, wo wir wohnen, und lernst meine bessere Hälfte kennen. Ich müsste nur rechtzeitig Schluss machen, zu mir kommt noch eine Kundin.«

»Eine Kundin?«, gab Lennart verwundert zurück.

»Ja, sie bringt mir Tischdecken und ein paar Garnituren Bettwäsche zum Bedrucken.«

Lennart sah sie fragend an.

»Ach, das weißt du noch gar nicht? In meiner Freizeit beschäftige ich mich mit Siebdruck. Meine Spezialität sind maritime und lokale Motive, grafisch modern interpretiert. Ich drucke sie auf T-Shirts, gebrauchte Tischdecken, Bettlaken und so. Na ja, und manche bringen mir ihre eigenen Textilien zum Verschönern. Ich hab aber auch einen kleinen Laden auf unserem alten Anwesen in Gudhjem, mitten in der Stadt. Höchste Zeit, dass du mal zu uns kommst.«

Lennart zog die Stirn in Falten. *Ob die Polizeiverwaltung von diesem Nebenjob weiß?*, schoss es ihm durch den Kopf. Um sich gleich im Anschluss am liebsten selbst zu ohrfeigen wegen dieses zutiefst deutschen Gedankens.

»Klar, ich kann dich heimfahren, aber früher Schluss machen ist nicht drin. Wir stecken doch wirklich bis zum Hals in unserem neuen Fall.«

»Die Frau kommt ja erst um Viertel vor fünf.«

»Erst?«, wiederholte Lennart ungläubig. Eigentlich hatte er wenig Lust, als Abteilungsleiter mit seiner Mitarbeiterin ausgerechnet an so einem Tag über vorzeitigen Dienstschluss zu diskutieren, schluckte seine aufkeimende Verstimmung aber hinunter. Er beschloss, ihr stattdessen einen wirklich entgegenkommenden Vorschlag zu machen: »Ich fahr dich wie gesagt gern, aber vielleicht ist es in dem Fall noch praktischer, wenn du selbst den Abteilungsbus nimmst? Dann bist du flexibel und kannst früher Schluss machen, falls ich noch länger brauche. Okay?«

Britta lächelte verlegen. »Das wäre praktisch, nur ist der Abteilungsbus gerade unterwegs.«

Jetzt verstand Lennart gar nichts mehr. »Wo ist der *unterwegs?*«

»Also, wo er sich im Moment befindet, weiß ich nicht genau.«

»Aber wer sollte ihn denn haben, wir sind doch alle drei hier!«

»Es ... also ...«, begann Britta zu stammeln, und diesmal war es Tao, die die Situation mit ungeschönter Direktheit klärte: »Der Boss hat ihn sich ausgeliehen.«

Lennarts Mund wurde mit einem Schlag so trocken, dass er nicht gleich eine Replik herausbrachte. Erst als er tief Luft geholt hatte, brummte er: »Moment mal, ihr zwei! Ihr wollt mir allen Ernstes sagen, dass ihr unser einziges Dienstfahrzeug an eine Privatperson verliehen habt, mitten in unserer ersten Mordermittlung?«

»Privatperson, na ja, das ist wie gesagt Ansichtssache«, murmelte Britta.

»Nein, das ist Fakt.«

»Schon«, gab die Kollegin zu, »aber Morten baut sich gerade neue Bienenhäuschen und bekommt das sperrige Baumaterial nicht in seinen kleinen Nissan. Noch dazu hat Rosa den Speicher entrümpelt.«

»Wer ist denn Rosa?«, blaffte Lennart.

»Seine Frau«, erklärte Britta, als könne man diesen Schluss von einem leitenden Kriminalbeamten durchaus erwarten. »Und jetzt muss das ganze Zeug zum Flohmarktladen nach Svaneke. Was sollen die beiden also anderes machen, als sich den Bus zu leihen?«

Lennart schüttelte resigniert den Kopf. Eigentlich müsste er beiden Mitarbeiterinnen nicht nur gehörig den Kopf waschen, sondern auch eine offizielle Abmahnung verpassen. Wenn es dumm lief, würde sogar er selbst für ihr Fehlverhalten geradestehen müssen, weil er nun Kenntnis davon hatte. Andererseits hatte er sich vorgenommen, sich weniger Stress zu machen und die Dinge mehr laufen zu lassen. Schließlich wohnte er jetzt auf einer Urlaubsinsel.

»So, jetzt passt mal gut auf: Ich hab keine Lust, wegen sowas Ärger aus Kopenhagen zu bekommen und am Ende noch nach Grönland strafversetzt zu werden, klar?«, sagte Lennart streng.

»Klar. Wobei ein Leben in Grönland sicher nicht das Schlechteste wäre, wenn man bedenkt, dass …«

»Britta!«, zischte Tao. Britta verstummte.

Lennart warf der jungen Kollegin einen dankbaren Blick zu. »Weil ich euer Chef bin, steh ich für sowas im Zweifelsfall gerade. Also, wenn euer Nygaard ein Auto braucht und meint, er müsste sich auf Staatskosten bereichern, dann …« Lennart stockte und überlegte kurz. Seine Mitarbeiterinnen hingen gebannt an seinen Lippen. »… dann behaltet das gefälligst für euch.«

Britta und Tao sahen sich ungläubig an, dann lächelten beide erleichtert.

»Klar, machen wir, versprochen, Chef«, bestätigte Britta, flankiert von Taos eifrigem Kopfnicken. »Wir verlieren nie wieder ein Wort darüber. Und keine Sorge, Morten tankt jedes Mal die Menge Sprit wieder rein, die er verbraucht hat. Na ja, also, meistens jedenfalls. Stimmt's, Tao?«

»Stimmt. Und wenn nicht, dann bringt er ein Glas Honig mit oder selbst gesuchten Minztee.«

»Honig und Minztee! Wenn es euch beide nicht schon gäbe, müsste man euch direkt erfinden«, murmelte Lennart und verließ den Raum, ohne sich noch einmal umzudrehen.

***

»Hast du dich schon entschieden, ob du morgen Abend die Einladung bei den Nygaards annehmen willst?«, fragte Britta, als sie und Lennart schon fast den Tatort erreicht hatten. Lennart drehte das Radio leiser und verneinte. Dann kam ihm eine Idee: »Und wenn ich sage, ich bringe dich und Tao einfach mit?«

»Was ist dann?« Britta schien nicht zu verstehen.

»Dann … habe ich es nicht so schwer, Gesprächsthemen mit dem Alten zu finden.«

Sie lachte. »Keine Sorge. Rosa und Morten lassen nur selten einen stillen Moment aufkommen.«

»Schon, aber …«

»Morten hat *dich* eingeladen, nicht uns. Und er ist nett. Geh hin, du wirst es nicht bereuen.« Damit drehte sie den Lautstärkeregler wieder höher. *Thunderstruck* wummerte aus den Lautsprechern.

Eine halbe Stunde später saßen Britta und Lennart vor Steffen Kristensens Haus. Sie hatten den Küchentisch kurzerhand nach draußen in die Sonne verfrachtet und sahen nun mit Sonnenbrille auf der Nase diverse Unterlagen aus dem Büro durch. Beide waren beeindruckt von der Größe des Betriebs, die aus den Zahlen hervorging: Der Landwirt hatte neben seiner Schweinezucht, der Direktvermarktung und der Räucherei noch einige Getreideflächen bewirtschaftet. Lennart hatte auch Dokumente zu einem zweiten Konto gefunden. Auf dem lag mehr Geld als auf dem Girokonto, doch echte Reichtümer sahen anders aus.

Schließlich waren sie auf einen unverschlossenen Umschlag mit dem handschriftlichen Vermerk »Mein letzter Wille« gestoßen.

»Lass mal hören«, bat Britta und lehnte sich in ihrem Stuhl zurück. Lennart begann zu lesen:

»Sollte mir etwas zustoßen, was ich nicht überlebe, ist das mein letzter Wille. Ich befinde mich momentan im Vollbesitz meiner geistigen und körperlichen Kräfte, aber wer weiß schon, wie lange das so sein wird. Meinen Hof, die Felder und den Erlös aus dem Verkauf des Tierbestands soll meine Tochter Agnes erben. Falls sie das Anwesen behält, soll alles nur auf ihren Namen eingetragen werden, nicht auf den ihres Mannes. Sie kann aber auch alles verkaufen und damit ihre Schulden bezahlen, die sie mit dem Umbau ihres Hauses gemacht hat. Agnes, du musst den Hof nicht aus sentimentalen Gründen behalten.

Mein einziger Enkelsohn Fynn soll 250 000 Kronen aus meinem Bankvermögen bekommen, damit er einen guten Start ins Leben hat. Das Geld soll auf ein Sperrkonto gelegt und ihm am Tag der Volljährigkeit ausbezahlt werden.

Meine Schwester Pernille bekommt das alte Bechstein-Klavier meiner Eltern, die beiden Ölgemälde in meinem Schlafzimmer und die Einrichtungsgegenstände, die sie haben möchte. Auch wenn du schon bekommen hast, was dir aus deiner Sicht zustand: Nimm, was du brauchst, und höre nicht auf deinen Mann, dem unsere Familie noch nie etwas bedeutet hat. Dir habe ich verziehen, er aber … Lassen wir das. Der Rest meiner Habseligkeiten geht ebenfalls an Agnes, was sie nicht brauchen kann, soll auf einem

Haus-Flohmarkt verkauft werden, zu Gunsten der dänischen Seenotrettung.

Meine Ex-Frau soll endlich die beiden Kisten mit ihren Sachen abholen, die mir stets im Weg umgegangen sind, ansonsten lasst das Zeug auf die Müllkippe bringen.

Macht es gut und lasst euch nichts gefallen, von nichts und niemandem!

Steffen Kristensen in Snogebæk am 2. Juni 2018.«

»Charakter hatte er, das ist offenkundig«, konstatierte Britta, nachdem Lennart geendet hatte.

»Wobei der Stinkstiefel, als den ihn so viele kannten, schon auch zwischen diesen Zeilen aufscheint, oder?«

»Stimmt. Na ja, immerhin spricht zunächst mal nichts dafür, dass ihn jemand wegen seines Testaments zu den Schinken gepackt haben könnte.«

Lennart nickte. »Zumal die Tochter nicht wirkte, als sei sie auf das Anwesen erpicht. Obwohl der materielle Wert nicht ohne sein dürfte. Beim Verkauf käme sicher ein ordentliches Sümmchen heraus.«

Britta wiegte den Kopf hin und her. »Du darfst die Preise bei uns nicht überschätzen.«

»Aber das Land auf der Insel ist doch begrenzt.«

»Ja, das schon«, antwortete Britta lachend. »Aber es gibt trotzdem ziemlich viel landwirtschaftliche Fläche. Und für etwas anderes dürftest du die Felder sowieso nicht nutzen. Also müsstest du schon andere Bauern finden, die das alles übernehmen. Der Schweinestall wird sich nicht so mir nichts, dir nichts zum Badehotel umgestalten lassen.«

Nun war es Lennart, der grinsen musste. Er steckte das Testament zurück in den Umschlag. »Kümmerst du dich bitte drum, dass es ans Gericht geht, Britta?«

»Mach ich«, sagte sie, ohne aufzusehen. Sie hatte sich bereits wieder in Kristensens Unterlagen vertieft. Lennart tat es ihr gleich. Nach einer Unmenge von Rechnungen, Gutschriften und EU-Anträgen stieß er auf einen Prospekt einer Glasbläserei in Svaneke, den er eigentlich gleich beiseitelegen wollte. Doch eine handschriftliche Notiz darauf weckte sein Interesse.

»*Glaspusteri* Tine Borup. Sagt dir das was, Britta?«

Britta sah ihn an und nickte. »Klar. Borup-Glas ist quasi allgegenwärtig auf Bornholm. Man kann es nicht *nicht* kennen. Gefühlt jeder Tourist, besser gesagt jede Touristin, nimmt irgendwas von denen mit nach Hause. Warum fragst du?«

»Weil hier, direkt neben dem Foto von Frau Borup, in Kristensens Handschrift ›geldgierige Schlange‹ und ›falsches Miststück‹ steht«, erklärte Lennart.

»Echt? Darf ich mal sehen?«

Lennart reichte ihr den Flyer.

»Krass. Dabei kann er sie nicht als Konkurrentin gesehen haben, ist ja eine andere Branche.«

»Also muss es sich um etwas Persönliches handeln. Kennst du diese Tine Borup näher?«

»Nein. Aber die Familie ist jedem Insulaner ein Begriff. Die Borups haben richtig Einfluss und betreiben neben Tines Glasbläserei noch jede Menge anderer Firmen und Geschäfte, und alle werden von irgendeinem Familienmitglied geführt.«

»Inselmafia?«, mutmaßte Lennart.

»Nein, nicht direkt. Alles korrekt, denke ich. Ich wüsste nicht, dass jemals etwas gegen sie vorlag oder dass sie in Verruf geraten wären. Sie sind aber echte Geschäftsleute, die ihr Geld vor allem mit relativ hochwertigen und damit auch hochpreisigen Artikeln für Touristen machen. Tine gilt als exzellente Meisterin ihres Fachs, sie ist ziemlich ambitioniert, was ihr Handwerk angeht. Und gut vernetzt. In fast jedem Hotel oder Restaurant auf der Insel steht Borup-Glas auf dem Tisch.«

»Und was haben die Borups noch so in ihrem Firmenportfolio?«

»Na ja, einiges. Tine ist sowas wie das Familienoberhaupt seit dem Tod ihrer Eltern. Die sind beide bei dem großen Tsunami in Indonesien ums Leben gekommen. Ein herber Schlag für die vier Kinder, die damals alle so zwischen zwanzig und dreißig waren. Sie haben wohl ziemliche Summen geerbt, weshalb sie auch nach wie vor finanziell verbandelt sind. Tine hat dann die *Glaspusteri Borup* aufgebaut, und ihr kleinster Bruder hat eine Lakritzkocherei. Sehr edel und exklusiv, er verkauft nicht nur auf der Insel, sondern an Feinkostläden in der ganzen Welt. Der andere Bruder ist Chef von *Borup Is*, mit einigen Eisdielen hier auf der Insel. Eine Schwester ist Anwältin in den USA oder in Kanada, glaube ich.«

»Klingt interessant. Ich werde dieser Tine einen Besuch abstatten«, kommentierte Lennart.

»Mach das, es lohnt sich wirklich. Sie ist meistens im Laden und steht oft selber am Glasofen. Keine Managerin, die mit ihrem Handwerk nichts mehr zu tun haben will. Aber man sollte sie nicht ansprechen, wenn sie gerade ein Werkstück bearbeitet, deswegen sind schon mehrmals Leute hochkant rausgeflogen.«

»Gut zu wissen. Vielleicht kommst du mit, ich hab ein bisschen Angst vor ihr.«

»Zu Recht, Lennart, zu Recht!«, sagte Britta mit breitem Grinsen. »Sei lieber vorsichtig. Nicht umsonst heißt es: Wer mit Tine spielt, spielt mit dem Feuer.«

Lennart zog die Brauen nach oben. Was genau wollte ihm Britta damit sagen?

»Nein, nicht das, was du jetzt denkst, im Gegenteil: Tine steht wohl eher auf Frauen.«

Lennart wandte sich um. Irgendwie hatte er seit einer Weile den vagen Eindruck, nicht allein zu sein. Er schirmte seine Augen mit der Hand ab und tatsächlich: Im Gegenlicht stand an der Grundstücksgrenze zwischen Wohnhaus und Stallungen ein älterer Mann, der sie ungeniert durch ein Fernglas beobachtete. Eine Frau etwa im selben Alter sammelte Blätter aus einem gekiesten Streifen am Zaun. Auch sie blickte immer wieder zu ihnen herüber.

»Schau mal, wir haben Publikum!«

Britta kniff die Augen zusammen und sah in die ihr gewiesene Richtung. »Ach du Scheiße, was ist denn das? Geht's noch dreister?« Kopfschüttelnd erhob sie sich.

Lennart tat es ihr gleich. »Wenn das mal nicht das Ehepaar Winkler ist«, raunte er ihr zu, als sie sich schnellen Schrittes auf den Weg zu ihren ungebetenen Beobachtern machten.

***

Die Nachbarn, die ihrer Neugier am Zaun freien Lauf ließen, wichen keinen Schritt zurück, als Lennart und Britta auf sie zukamen. Sie stellten sich als Herr und Frau Winkler vor und fragten in passablem Dänisch mit unverkennbar thüringischem Einschlag – Lennart hatte ein paar gute

Freunde in Erfurt, daher kannte er den Dialekt –, ob es sich bei der gefundenen Leiche um den »alten Kristensen« handle. Lennart warf Britta einen vielsagenden Blick zu: Die Winklers waren ganz eindeutig älter als der Ermordete.

Die Polizisten zückten ihre Ausweise und grüßten knapp. »Woher wissen Sie denn von einer Leiche?«, fragte Lennart.

»Nun ja, wenn ein Bestatter involviert ist, handelt es sich nicht um ein verendetes Mastschwein, nehme ich an. Oder entzieht sich diese Logik Ihrer Vorstellungskraft?«, gab der Mann aggressiv zurück und erntete dafür ein gezischtes »Klaus, dein Herz!« von seiner Frau.

»Lass mich nur machen, Hendrike, meinem Herz geht es bestens. Ich hatte mein halbes Berufsleben lang mit Beamten im mittleren Dienst zu tun. Ich weiß, wie man mit denen reden muss.«

»So? Waren Sie Hausmeister im Finanzamt?«, fragte Lennart trocken.

»Also, das ist doch die Höhe!«, echauffierte sich der Mann, dessen Gesicht mit einem Schlag knallrot wurde. »Hausmeister!«, wiederholte er mit abfälliger Miene. »Unverschämtheit!«

»Ach ja? Ist Hausmeister in Ihren Augen kein ehrenwerter Beruf?«

Winkler rang nach Luft. Lennart würde sich einbremsen, schließlich wollte er nicht an einer Herzattacke des Mannes schuld sein.

»Vielleicht kommen wir einfach mal zur Sache?«, schlug Britta vor und klang dabei ein wenig wie eine Erzieherin, die zwei streitende Kinder vor sich hat. Winkler und Lennart sahen leicht betreten zu Boden.

»Du hast völlig recht, Britta«, wandte sich Lennart dann in bemüht sachlichem Amtston an das Ehepaar: »Haben Sie gestern etwas Ungewöhnliches auf dem Hof bemerkt?«

»Gestern?«, wiederholte Frau Winkler.

»Gestern.«

»Tagsüber?«

»Tagsüber, abends, nachts …«

»Nein, eigentlich nicht«, erklärte Hendrike Winkler schmallippig. »Oder, Klaus?«

Der Mann atmete tief ein, dann presste er hervor: »Nein, nicht dass ich wüsste. Es war ja nicht ungewöhnlich, dass es nach Schweinemist stank, dass der Qualm seiner Räucheranlage über unser Grundstück zog, dass sein Traktor die Luft verpestete, dass er ausgerechnet zur Mittagszeit sein Brennholz mit einer extralauten Motorsäge klein machte. Noch Fragen?«

»Und ob wir noch Fragen haben«, erwiderte Britta völlig unbeeindruckt. »Zum Beispiel, wo Sie sich gestern Nacht, also zur Tatzeit, aufgehalten haben.«

»Also das ist doch …«, blaffte der Mann sie an, und wieder versuchte seine Frau ihn zu beruhigen: »Klaus, das müssen die fragen.«

»Stimmt, das müssen wir. Also?«, drängte Lennart.

»Wir haben deutsche Freunde auf dem nahegelegenen Campingplatz in Dueodde besucht. Sie verbringen ihre Ferien hier«, gab die Frau an.

»Wenn Sie uns bitte die Namen und Telefonnummern geben, dann werden wir Ihre Angaben überprüfen. Und sicher hatten Sie Ihre Handys dabei, für die Nachverfolgung Ihres Standorts«, hörte Lennart sich sagen.

»Wir hatten natürlich keine Handys dabei. Wozu auch?«

Darauf hatte Lennart keine Antwort. Er zuckte die Achseln.

»Wir sind übrigens erst seit gestern Nachmittag wieder zurück. Wir haben uns zwei schöne Tage auf Rügen gemacht. Wellnesshotel. Ohne Schweinemist und Bauernhoflärm«, sagte der Mann.

»Sie sind nach Rügen gefahren, um Urlaub von Bornholm zu machen?«, verlieh Britta derselben Verwunderung Ausdruck, die auch Lennart verspürte.

»Richtig. Wir machen das immer wieder, auch um in Deutschland einkaufen zu können. Bessere Produkte, mehr Geschmack, günstigerer Preis. Wir werden mit dem dänischen Zeug nicht recht warm.«

Der ungläubige Blick, den Britta ihm zuwarf, zeigte deutlich, dass sie das schlichtweg verrückt fand. Und obwohl Lennart mit seinem halbdeutschen Migrationshintergrund mehr Nachsicht auch für die eher schwierigen Zeitgenossen unter den südlichen Nachbarn aufbrachte als viele seiner Landsleute, konnte er diese Haltung nicht nachvollziehen. Warum machte man Urlaub in einem anderen Land, wenn man sich doch die ganze Zeit nur nach zu Hause sehnte?

Er warf einen Blick über den Zaun. In dem steril anmutenden Garten, der aus kurzgeschorenem Rasen und ein paar Koniferen bestand, um die herum Kreise aus Zierkieseln gezogen waren, befand sich ein langgezogenes, einstöckiges Ferienhaus aus Holz, wie es unzählige auf der Insel gab. Vielleicht war es früher einmal landestypisch rot oder gelb angestrichen gewesen, jetzt zeigte es sich allerdings in Dunkelbraun, was ihm einen eher alpinen als einen skandinavischen Touch verlieh. Die Terrasse war mit Gabbionen voller grauer Steine von der Rasenfläche abgegrenzt, an der Wand hingen Dreschflegel und Wagenrad. Die weißen Kunststofffenster hatten die Winklers bestimmt im Zuge einer energetischen Sanierung anstelle der originalen Holzfenster eingesetzt. In der akkurat gepflasterten Einfahrt komplettierte ein kleines silbernes SUV das perfekte Spießer-Idyll. Lennart schüttelte unwillkürlich den Kopf. Das alles entsprach perfekt dem Klischee von deutschen Rentnern. Immerhin wehte gerade keine Flagge am weißen Fahnenmast in der Mitte des Grundstücks.

»Interessieren Sie sich für unser Grundstück, Herr Inspektor?«, argwöhnte Frau Winkler, die seinen musternden Blick bemerkt hatte.

»Ganz und gar nicht«, brummte Lennart. »Aber ich würde gern etwas über das Verhältnis zu Ihrem Nachbarn erfahren.«

»Es gab kein Verhältnis«, erklärte Klaus Winkler knapp.

»Klaus, du kannst der Polizei ruhig von den zahllosen Schreiben erzählen, in denen du Kristensen auf die Missstände auf dem Hof hingewiesen hast, auf seine Umweltvergehen, die Lärmbelästigung, die Vernachlässigung des Tierwohls, die Lagerung von Chemikalien. Und auf die er nie reagiert hat.« Sie drehte sich zu Lennart. »Dabei hat mein Mann mit rechtlichen Schritten gedroht.«

»Tut doch nichts zur Sache, Hendrike. Das wird die beiden Herrschaften nicht interessieren.«

»Oh doch, und wie«, entgegnete Britta.

»Siehst du, Klaus!« Hendrike Winkler wandte sich nun an beide Polizisten. »Diesem Subjekt hätte man schon viel früher das Handwerk legen sollen!«

»Früher?«, wiederholte Lennart verwundert. »Ihnen ist

schon klar, dass er heute Nacht umgebracht worden ist, Frau Winkler …«

»Ja, tragisch.«

»Und welche Schlüsse wir aus solchen Aussagen ziehen? Sie haben ihm also gedroht, Herr Winkler?«

Hendrike Winkler sog erschrocken die Luft ein und hielt sich die Hand vor den Mund. »Um Himmels willen, so hatte ich das doch nicht gemeint. Ich wollte nur sagen, dass er …«

»… dass er uns mit seinen Schlampereien und gezielten Provokationen das Leben schwergemacht und unsere Erholung vereitelt hat. Aber wir hätten ihm doch nichts getan. Körperlich, meine ich.«

»Und die Drohungen, von denen Ihre Frau gesprochen hat?«, ließ Britta nicht locker.

Lennart blickte zwischen den Eheleuten hin und her. Die Frau wirkte verängstigt und schien zu bereuen, was sie gesagt hatte, während ihr Mann wieder einen auskunftsfreudigeren Eindruck machte.

»Drohungen – was für ein dummes Wort!«, blaffte der Rentner und warf seiner Frau einen vernichtenden Blick zu. »Ich habe ihn lediglich auf die rechtlichen Konsequenzen hingewiesen.«

»Sie wollten ihn also denunzieren?« Auch Britta war ihre Gereiztheit deutlich anzumerken.

»Nein. Auch das ist ein dummes Wort. Ich denunziere niemanden. Aus Prinzip nicht.«

Lennart entging nicht, dass Frau Winklers Gesicht nun einen leidenden Ausdruck annahm.

»Aber Sie hatten heftigen Streit, das können wir ja schon mal festhalten. Ging es dabei auch um andere Dinge?«

»Es waren immer nur Kleinigkeiten. Etwa wenn er ausgerechnet auf unserer Seite die Wäsche aufgehängt hat. Stellen Sie sich vor, sogar seine Unterhosen«, sagte Frau Winkler empört. »Zugegeben, mein Mann ist manchmal aufbrausend, das wird Ihnen nicht entgangen sein. Aber er ist ansonsten der friedlichste Mensch, den man sich vorstellen kann.«

»Ach, lass gut sein, Hendrike.«

»Und es gab nie einen tiefer gehenden Konflikt, als dass Sie sich von seiner Lebensweise gestört fühlten?« Lennart konnte einfach nicht glauben, dass sich Menschen wegen solcher Kinkerlitzchen über Jahre hinweg stritten. Sicher, Kristensens Hof war nicht gerade ordentlich. Aber dass die beiden sich davon so die Laune verhageln ließen? Da steckte doch mehr dahinter.

Klaus Winkler sah zu Boden und holte tief Luft, bevor er brummte: »Da war die Sache mit Fabian.«

Die Polizisten wurden hellhörig. »Fabian?«, hakte Lennart nach.

Die Winklers nickten, beide mit gesenktem Blick. Nun schien es interessant zu werden.

»Kristensen hat ihn auf dem Gewissen. Uns blieb nichts, als ihn zu begraben, den armen Jungen.«

Lennart wurde mit einem Schlag ganz flau. Auf was für eine Geschichte waren sie da gestoßen?

»Dort hinten, unter dem Kirschlorbeer haben wir eine kleine Gedenkstätte für ihn errichtet. So ist er immer noch ein wenig unter uns«, erklärte Hendrike Winkler und deutete in ihren Garten. Lennart erkannte ein flackerndes rotes Grablicht und einen verwitterten Gipsengel. »Er war so intelligent und lieb. Der treuste Pudel, den man sich vorstellen kann.«

Lennart atmete auf und merkte auch Britta ihre Erleichterung an, dass es sich bei Fabian bloß um ein Tier handelte.

»Von einer Sekunde auf die andere lag er tot in seinem Körbchen, nachdem er den ganzen Tag am Zaun gespielt hatte«, fuhr die Frau in bitterem Ton fort. »Kristensen hat den Kleinen immer beschimpft, weil er ein paarmal in seinen Ferkelstall gerannt war. Klar hat er ein wenig rumgebellt. So verhalten sich Hunde. Muss er seine Stallungen eben vernünftig verschließen.«

»Holzscheite hat er ihm nachgeworfen, stellen Sie sich das mal vor! Und dann das mit dem Giftköder«, ereiferte sich Klaus Winkler.

»Haben Sie einen solchen Köder gefunden? Hat Kristensen es eingeräumt?«, wollte Lennart wissen.

»Nein, ich habe ihn nie darauf angesprochen. Er hatte ja alles feinsäuberlich weggeräumt.«

»Also sind Sie sich nicht sicher.«

»Na ja, wer sollte denn sonst …«

»Hat der Tierarzt denn eine Vergiftung festgestellt?«

»Wozu denn noch? Als wir Fabian entdeckt hatten, war es doch schon zu spät.«

Britta hob den Zeigefinger. »Noch mal zum Mitschreiben: Sie haben keinen Beweis, dass Ihr Tier *überhaupt* vergiftet wurde, Kristensen hat nie Giftköder ausgelegt, Sie verdächtigen ihn aber dennoch, den Hund umgebracht zu haben, nur weil er ihn von seinem Hof gejagt hatte, als er die Ferkel verbellt hat?«

»Warum sollte ein sechzehnjähriger Pudel einfach so mir nichts, dir nichts sterben?«

»Sechzehn?«, fragte Britta ungläubig. »Mein erster Hund hat nicht mal zwölf Jahre durchgehalten.«

»Fabian war kerngesund«, beharrte Frau Winkler.

»Vielleicht halten wir einfach fest, dass Sie und Kristensen sich gegenseitig das Leben zur Hölle gemacht haben.«

Klaus Winkler wedelte mit der Hand. »Uns trifft keine Schuld. Wir haben nur auf unser Recht bestanden, unser Haus hier genießen zu können. Und sind nicht die einzigen gewesen. Kennen Sie Gabriel Vega von *Nordicsummer*?«

»Nein«, versetzte Lennart.

»Klar«, entgegnete Britta hingegen und erklärte ihrem Kollegen: »Vega ist der Chef der größten Ferienhausvermittlung auf der Insel. Die meisten Eigentümer vermieten ihre Sommerhäuser. Drüben in den Wäldern von Dueodde etwa wirst du an jedem zweiten Häuschen das Rote N mit der dänischen Flagge drüber finden, das Logo von *Nordicsummer*.«

»Verstehe. Und Vega hat auch mit Kristensen gestritten?«, wollte er von Herrn Winkler wissen.

»Da bin ich mir nicht sicher«, räumte der ein, »aber wie man hört, haben sich zahlreiche Mieter über den Schweinegestank geärgert, der bei entsprechendem Wind bis zum Strand gewabert ist. Und Vega soll sich darüber bei Kristensen beklagt haben.«

»Soso. Danke für den Hinweis.« Lennart runzelte die Stirn. Vielleicht sollten sie sich mal mit diesem Vega unterhalten.

»Haben Sie eigentlich nie offiziell Beschwerde beim Ordnungsamt eingereicht? Schließlich fühlten Sie sich ja eindeutig im Recht, oder?«, wollte Britta wissen.

»Ha, da hätte ich als Ausländer gar keine Chance! Eine dänische Krähe hackt der anderen doch kein Auge aus!«, blaffte Winkler.

»Vorsicht mit dem, was Sie sagen!«, mahnte Lennart.

»Ist doch so«, beharrte der Deutsche. »Dabei wollen wir uns doch einfach nur ein bisschen erholen, die paar Wochen im Jahr, die wir hier auf der Insel sind.«

»Ach, Sie wohnen gar nicht permanent hier?«, fragte Britta verblüfft.

Die Winklers sahen sich an, dann sagte die Frau: »Es handelt sich um unser Ferienhaus. Ist das ein Problem für Sie?«

»Für mich persönlich nicht, aber eigentlich können nur Dänen hier ein Haus kaufen – es sei denn, es wird als Hauptwohnsitz genutzt.«

Lennart zog die Brauen hoch. Er hatte selbst nicht gewusst, dass diese Regelung noch immer galt. Wie also hatten die Winklers es geschafft, sich eine der begehrten Ferienimmobilien zu sichern?

Klaus Winkler machte ein wichtiges Gesicht. »Da haben Sie natürlich recht. Streng genommen gehört es uns auch nicht selbst, ein Bekannter – Däne, keine Sorge – hat es erworben, worauf wir es von ihm gemietet haben.«

»Sie meinen, Sie haben einen Strohmann beauftragt?«, brachte Lennart die Sache auf den Punkt.

Winkler lachte bitter auf. »Strohmann, so ein …« Er verstummte.

»So ein … dummes Wort?«, vervollständigte Britta seinen Satz.

Ihr Gegenüber schwieg.

»Na gut, das lässt sich klären. Wir werden einigen Dingen, die wir von Ihnen erfahren haben, nachgehen müssen. So auch der Frage, ob die Sache mit Ihrem Haus hier rechtens ist«, gab Lennart den strengen Polizisten. »Wir werden uns noch zu unterhalten haben, schließlich lagen Sie mit dem Mann, der gestern ermordet wurde, im Clinch und machen aus Ihrem Hass gegen ihn keinen Hehl. Da könnte schon noch etwas auf Sie zukommen.«

»Wollen Sie mir drohen?«, fragte Herr Winkler herausfordernd, doch Lennart hatte genug von den beiden. Er zuckte die Achseln und verabschiedete sich. Was für unangenehme Zeitgenossen es doch gab. »Sie verlassen bitte bis auf Weiteres nicht die Insel. Polizeiliche Anordnung«, fügte er über die Schulter noch hinzu und beschleunigte seinen Schritt, um Winklers Lamento über staatliche Willkür zu entgehen.

»Wenn wir Typen wie die wieder losbekämen, wäre das kein Fehler, oder?«, raunte Lennart, als sie außer Hörweite der Deutschen waren.

Britta lachte auf. »Ach, Lennart, wenn wir alle Deutschen, Engländer, Österreicher und Schweizer ausweisen, die in Ferienhäusern wohnen, die nur zum Schein von Dänen gekauft wurden, wäre es viel zu ruhig auf der Insel.«

Nun musste auch Lennart lachen. »Das vielleicht schon, und es sind ja auch nicht alle gleich nervig. Aber Typen wie den hab ich echt gefressen! Egal, woher sie kommen.«

»Ich auch! Und jetzt lass uns gehen, wahrscheinlich hat er Richtmikrofone installiert. Der wäre ein prima Wärter für unseren Horchposten gewesen.«

Lennart verstand nicht. Britta deutete auf den riesigen weißen Betonturm unweit von ihnen, der ihm schon am ersten Tag aufgefallen war. »Was hat es denn damit auf sich?«, fragte er Britta.

»Das erkläre ich dir im Auto, während du mich nach Gudhjem bringst.«

Lennart nickte, sie packten Kristensens Unterlagen und das Testament in den Kofferraum des Mercedes, versahen die Haustür mit neuen Polizeisiegeln und fuhren los.

»Also, erzähl mir das Geheimnis dieses Betonmonsters«, bat Lennart, als sie vom Hof auf die Straße Richtung Süden bogen.

»Du weißt also noch gar nichts über den *Bornholmertårnet*, den Bornholmerturm, wie er inzwischen heißt?«

»Nullo, nada, nothing, nietschewo.«

»Mit deinem *nietschewo* liegst du gar nicht so verkehrt. Versetz dich einfach mal in den Kalten Krieg. Eiskaltes Schweigen zwischen NATO und Warschauer Pakt. Bornholm ein Vorposten des Westens mitten in der Ostsee, oberhalb von Polen und so nahe wie kein anderer Fleck in der NATO am strategisch so wichtigen Kaliningrad. Finnland und Schweden sind ja nie in der NATO gewesen, wir aber schon. Könnte sich jetzt natürlich alles ändern, aber das steht auf einem anderen Blatt.«

»Darüber wiederum weiß ich Bescheid«, sagte Lennart lächelnd. Ihm gefiel die Art, wie Britta ihn fast wie eine Grundschullehrerin unterrichtete.

»Klar, sorry, du warst schließlich lange in Brüssel und … tut mir leid, Chef.«

»Erzähl einfach weiter.« Eben passierten sie den riesigen weißen Betonklotz, neben dem ein weit niedrigerer älterer Leuchtturm, ein paar kleinere rote Ziegelhäuser und ein Flachdachbau standen. Hinter dessen langgezogener Glasfront war ein stillgelegter silberner Kampfjet aus den Fünfziger- oder Sechzigerjahren zu erkennen. Das Gelände war eingezäunt, mehrere große Transparente wiesen auf ein *Cold-War-Museum*, die Möglichkeit, sich vom Turm aus siebzig Metern Höhe abzuseilen, eine *Paintball-Area* sowie auf ein *Spy-Action-Game* hin.

»Okay. Was man heute aus dem Turm gemacht hat, siehst du ja. Ganz empfehlenswert ist das Museum. Und der Blick vom Turm ist sensationell. Den Rest muss man mögen.«

»Und was genau ist das für eine komische Kühlanlage?«, wollte Lennart wissen und deutete auf einen ziemlich modern wirkenden Klimakomplex aus Edelstahlrohren, Schaltschränken, riesigen Ventilatoren und Druckbehältern.

»Dazu kommen wir noch«, vertröstete Britta ihn. »Zunächst gehen wir noch weiter in der Geschichte zurück und begeben uns ins Jahr 1948. Die Teilung Europas ist konsolidiert, die Fronten zwischen Ost und West verhärten sich. Und auf unserer kleinen Insel beginnt man damit, den zukünftigen Feind auszuspähen. Der erste Horchposten entsteht, der militärische Abschirmdienst Dänemarks nimmt in Dueodde seine Arbeit auf. 1958 baut man einen fünfstöckigen Betonturm auf dem heutigen Gelände, neben dem alten Nordleuchtturm von Dueodde. Mit ihm konnte man mittels Richtantennen in den Warschauer Pakt hineinhorchen. Damals kamen ziemlich viele Leute mit verdammt guten Russischkenntnissen auf die Insel. Na ja, der große Leuchtturm in den Dünen, der noch heute in Betrieb ist, ist dann 1961 eingeweiht worden, für den alten Ziegelturm hatte man als Navigationspunkt keine Verwendung mehr, weshalb man ihn kurzerhand um zwei Etagen erhöht und mit Peilantennen versehen hat. Das hat dann viele Jahre lang erst mal gereicht, man hat allerdings immer wieder etwas umgebaut und einen Gittermast errichtet, glaube ich. Und im Jahr 1986 hat man den Siebzig-

Meter-Betonturm konstruiert, der bis heute alles auf der Insel überragt.«

»Hätte man vielleicht auch nicht mehr gemacht, wenn man geahnt hätte, dass der Ostblock drei Jahre später in sich zusammenfällt.«

Britta schüttelte vehement den Kopf. »Sag das nicht, Lennart. Wer weiß, ob bei den heutigen Verhältnissen nicht doch die NATO mal wieder einzieht. Die Anlage war für sie wirklich unschätzbar wichtig, stets hermetisch abgeschirmt und vor allem – halt dich fest – bis 2012 in Betrieb. Hier war zu jeder Zeit die modernste Militärtechnik verbaut, die es gab. Man hat dann noch im Jahr 2010 Unsummen in eine neue Computeranlage gesteckt, über zwanzig Millionen Kronen glaube ich, kilometerweise Kabel verlegt und erst dann festgestellt, dass man den Turm nicht mehr braucht. Und da kommen wir zurück auf die Kühlanlage.«

»Damit die Militärs im Turm und vor ihren Radargeräten nicht so schwitzen mussten?«

»Falsch geraten. Es handelt sich um die Kühlung für einen der damals größten militärischen Großrechner in Europa. Wie gesagt, keine zwei Jahre in Betrieb. Obendrein wurde der ganze Komplex mit Bunkeranlagen versehen, strahlensicher, abhörsicher, erdbebensicher, was weiß ich. Dann noch ein riesiges Notstromaggregat, das angeblich kein einziges Mal angesprungen ist. Ein Millionengrab.«

»Ziemlich krasse Geschichte. Woher weißt du das alles?«

»Na ja, ich habe mit Ausnahme des Studiums ja mein ganzes Leben auf der Insel verbracht, das sind jetzt auch schon fünfundfünfzig Jahre. Außerdem interessiere ich mich für meine Heimat und … war erst kürzlich mit Mats im Museum.« Sie zwinkerte ihm zu.

»Verstehe. Und was hat es mit dem Flugzeug in diesem gläsernen Hangar auf sich?«

»Das ist eine MiG-15. In den Fünfzigerjahren landete ein polnischer Pilot damit auf Bornholm. Er wollte in den Westen fliehen – was ihm gelungen ist.«

»Wow, der hatte wahrscheinlich Glück, dass er nicht abgeschossen wurde.«

»Stimmt. Wundere dich übrigens nicht, wenn du immer mal wieder den einen oder anderen Kampfjet am Himmel bemerkst. Die dänische Luftwaffe ist ziemlich präsent hier. Aber nicht nur das: Ein paarmal im Jahr ›verirrt‹ sich eine russische Maschine in unseren Luftraum, und dann steigen gern auch mal NATO-Abfangjäger auf und die Diplomaten streiten sich ein wenig, bis sich der Ärger wieder legt.«

Lennart nickte. Er erinnerte sich an die Kampfjets, die während seiner Anreise über der Fähre aufgetaucht waren. Und gelesen hatte er über derartige Zwischenfälle auch schon.

Inzwischen war das Museum außer Sichtweite, und sie hatten bereits den halben Weg von Dueodde nach Gudhjem hinter sich.

»Und dieses ganze Areal gehört noch immer dem Staat?«, fragte Lennart.

»Nein. Das hat ein Verein gekauft, der auch das Museum gegründet hat. Sie haben einen Geschäftsführer, der sich um alles kümmert und mit den Events entsprechend vermarktet. War übrigens ein Schnäppchen: angeblich nur 400000 Kronen. Allerdings ohne den Supercomputer, der rattert jetzt in Kopenhagen.«

Lennart, der nach der langen Zeit, die er im Euro-Ausland verbracht hatte, noch im Kopf umrechnete, war erstaunt: keine 55 000 Euro für das riesige Areal? Tatsächlich kein schlechter Preis.

»Wahrscheinlich war der Staat froh, als er es loshatte«, mutmaßte Britta. »Nicht billig im Unterhalt. So, jetzt aber genug Inselgeschichte. Soll ich dir stattdessen noch ein bisschen über mein Heimatstädtchen erzählen?«

»Oder wir hören einfach ein bisschen Musik.«

»Auch okay, ich will dich nicht überfordern«, sagte Britta lächelnd und schaltete das Autoradio ein.

***

Gedankenverloren war Lennart weiter durch die Landschaft geglitten und hatte fast vergessen, dass seine Kollegin neben ihm saß.

»Gleich da vorn rechts runter, bei der Tankstelle«, meldete die sich jetzt, als sie Gudhjem erreicht hatten. Lennart nickte, setzte den Blinker und bog in ein schmales, steiles Sträßchen ab, das von der Hauptstraße, die oben auf einem Felsplateau über dem Meer verlief, nach unten ins Dorfzentrum und zum alten Hafen führte.

»Ab jetzt schön langsam, nicht dass uns am Ende irgendein wildgewordener Tourist seine Wanderstöcke übers Dach zieht, weil er sich von deinem Auto belästigt fühlt«, mahnte Britta.

»Wie kommst du jetzt ausgerechnet auf so ein Szenario?« Lennart legte fragend die Stirn in Falten. »Könnte es sein, dass dir das schon mal passiert ist?«

Brittas Wangen röteten sich merklich, ein sicheres Zeichen, dass er mit seiner Vermutung richtiglag.

»Ich hab nichts gegen die Leute, die unsere Insel besuchen. Wir leben von denen, auch ich. Aber manchmal, da geht es mir über die Hutschnur. Die sind doch nicht allein da!«

Lennart fuhr jetzt nur noch Schrittgeschwindigkeit. Tatsächlich glich die Gasse, die sie passierten, einer Fußgängerzone. Auf beiden Seiten war das Sträßchen gesäumt von Geschäften, die auch vor der Ladentür Postkarten, Strohhüte, Strandaccessoires oder Spezialitäten der Insel feilboten, unterbrochen von den Tischen einiger Cafés oder Eisdielen.

»Du lebst von den Touristen? Als Polizistin?«

»Nein. Aber als Geschäftsfrau und Künstlerin. Wenn Mats und ich nur das Polizeigehalt hätten, könnten wir unser Haus nicht halten. Aber so trägt es sich.«

Lennarts Neugier auf Brittas Zuhause wuchs noch ein bisschen mehr. Er war gespannt, was ihn erwarten würde. Allerdings konnte das noch eine Weile dauern, denn die schlendernden, Softeis schleckenden Touristen schienen sich nur in Zeitlupe fortzubewegen.

»Jetzt links«, sagte Britta, als sie fast am Hafen angekommen waren. »Vorausgesetzt, die Herrschaften schaffen es noch, ihren Kinderwagen von der Kreuzung zu räumen.«

Lennart grinste.

»Und ... stopp!«, befahl seine Kollegin schließlich, als sie vor einem flachen, einstöckigen Fachwerkbau angekommen waren, der in sonnigem Gelb getüncht war und die Werkstatt eines Goldschmieds beherbergte. Britta zeigte auf ein kleines Tor in der Gebäudezeile, das den Übergang zu einem weiteren langgestreckten Bau markierte. Es besaß ein Stockwerk mehr und war weiß gekalkt. Lennart blickte skeptisch auf den engen Torbogen mit dem unebenen Kopfsteinpflaster, das zwei tiefe Fahrrillen aufwies. Sie ließen vermuten, dass sich hier seit der Zeit von Ochsenkarren und Pferdefuhrwerken wenig verändert hatte.

»Du musst nur ein bisschen ausholen, dann geht es schon. Ich fahr den Polizeibus auch immer rein, und der ist größer als dein Mercedes. Na los, trau dich einfach.«

Lennart nickte seufzend und kurbelte die Scheibe herunter, um besser sehen zu können. Nicht dass ein Kratzer ihn wahnsinnig gestresst hätte, aber diese Blöße wollte er sich vor Britta nicht geben.

»Zunge rein, Chef!«, sagte die augenzwinkernd, als er die Engstelle fast passiert hatte. Erschrocken stellte er fest, dass er sie in den Mundwinkel geklemmt hatte, wie schon als Kind, wenn ihm etwas besondere Konzentration abverlangt hatte.

»Willst lieber du fahren?«, brummte er.

»Beim nächsten Mal gern. Du kannst gleich hier links vor dem Wohnhaus stehen bleiben.«

Sie deutete auf die Rückseite jenes Gebäudes, das man von draußen gesehen hatte und aus dessen Tür eben ein Mann trat. Er hatte schulterlanges graues Haar, trug ein dunkelblaues Hemd über einer hellen Leinenhose, die nackten Füße steckten in Lederschlappen. Mit der rechten Hand balancierte er ein Backblech, in der anderen trug er einen Sixpack Milchflaschen.

»Das ist kein Parkplatz, Mister«, sagte er, als er Lennarts Fahrertür passierte. »Sie müssten sich unten am Hafen oder oben auf dem Großparkplatz was suchen. Das hier ist Privatgrund, und ich muss hier dauernd raus und rein. Auch wenn Ihr SLC durchaus eine Zierde für meine bescheidene Hütte ist, das muss ich zugeben.«

Britta sprang aus dem Wagen und baute sich, die Hände in die Hüften gestützt, vor dem Mann auf. »Hast du gerade wirklich *meine Hütte* gesagt? Wenn ich mich recht erinnere, handelt es sich um unseren gemeinsamen Besitz, oder?«

Noch bevor der Mann reagieren konnte, drückte ihm Britta einen dicken Schmatzer auf den Mund. »Hallo, mein Schatz! Darf ich vorstellen: Das im Mercedes ist mein Chef. Also, mein Lennart, meine ich. Ipsen. Zumindest hattet ihr beiden jetzt schon einen ganz tollen Einstieg. Spielst du jetzt auf einmal den bösen Hausmeister, oder wie?«

»Unsinn, Britta, ich wusste schließlich nicht, dass ihr es seid! Und ich hatte heute schon zwei Motorradfahrer aus Holland, die meinten, sie könnten hier parken.« Er stellte den Kuchen und die Milch auf dem Gartentisch vor dem Haus ab, kam auf Lennart zu, der inzwischen ausgestiegen war, und streckte ihm die Hand entgegen.

»Wie schön, dass wir uns endlich kennenlernen. Ich bin Mats. Mats Lund. Brittas bessere Hälfte, Betreiber dieses Hofcafés, Teilzeitbäcker, Glasschmuckmacher, böser Hausmeister und Mädchen für alles. Entschuldige die holprige Begrüßung.«

Er zwinkerte Lennart mit breitem Lächeln zu. Der ergriff seine Hand und schüttelte sie. Mats' Gesicht war sonnengegerbt, seine weißen Brusthaare schauten aus dem halboffenen Hemd heraus. Auf den ersten Blick passte er eher auf ein Segelboot an der Côte d'Azur.

Lennart sah sich in dem erstaunlich großen Innenhof um. Der war vollständig von altem Kopfsteinpflaster bedeckt, aus dessen Fugen Moos, Grasbüschel und Blumen wuchsen. Links erhob sich das Wohnhaus, dessen weiße Fensterflügel sich, wie so oft in den alten Inselhäusern, nach außen öffneten. An diesen Trakt schloss sich im rechten Winkel ein niedrigerer Teil an, dessen Ziegeldach auf einer Länge von gut fünf Metern eingebrochen war. Davor ein ziemlich rostiges Gewächshaus, dem einige Scheiben fehlten. Die Gurken- und Tomatenpflanzen darin hingen voller Früchte. Daneben fanden sich, unter einem alten, ausladenden Nussbaum mehrere Wäschestangen, darauf bunt bedruckte Leintücher und Tischdecken. Einige verwitterte Holztische mit denselben Tischtüchern und einem Sammelsurium hölzerner Stühle, von denen keiner dem anderen glich, vervollständigten das Bild. An drei Tischen saßen Gäste und blinzelten in die Abendsonne.

»Er stellt sich gern als das ständig arbeitende Opfer dar, das von seiner Frau den ganzen Tag ausgenutzt wird! Mats, würdest du Lennart mal kurz den Hof zeigen? Ich zieh mich nur schnell um und bin gleich wieder bei euch.« Damit verschwand sie im Wohntrakt.

»Wie schön ihr es hier habt. Britta hat nur wenig erzählt, bisher.«

»Ehrlich? Dafür hat sie aber verdammt viel von dir geredet. Na, dann zeig ich dir mal die Anlage, bis die Chefin wieder unten ist.«

Lennart war gespannt, was sich hinter all den Toren und Türchen befand – und im Laden, der dem Wohnhaus gegenüberlag.

»Hier also der verfallene ehemalige Schweinestall. Unsere letzte große Aktion diesen Herbst wird sein, die Balken zu erneuern und neu einzudecken, um dann im Winter innen renovieren zu können.« Mats deutete auf das eingebrochene Dach. »Da soll später mein Atelier rein. Vielleicht fange ich dann sogar wieder an, ein wenig als Architekt zu arbeiten, mal sehen.«

»Wow, Architekt bist du auch noch?«

»Das habe ich eigentlich mal studiert und eine Weile gemacht, ja. Bevor Britta kam – und … das alles hier.«

Lennart war beeindruckt, was dieser Mann alles konnte. Im Vergleich mit Mats Lund kam er sich vor wie der Prototyp eines Bürohengstes.

»Jetzt gehen wir mal rüber in die Remise, dann siehst du das Herzstück unseres Betriebs.« Er hielt auf einen Ziegelbau im hinteren Eck des Hofes zu und schob das große Holztor auf. Dahinter lag ein hoher Raum, in dem früher offenbar die Kutschen gestanden hatten. Nun befanden sich darin rechts des Eingangs einige Metalltische mit Schalen voller bunter Glasperlen, ein großer Bunsenbrenner, eine mächtige Schleif- oder Poliermaschine, metallene Dosen mit buntem Granulat und eine Unmenge von Glasstäben, die in Eimern steckten. An der Wand stand ein elektrischer Schmelzofen.

»Deine Glasbläserwerkstatt?«, wollte Lennart wissen.

Lund schüttelte den Kopf. »Ich stelle nur Perlen her. Die klassischen mit den bunten Mustern. Dann fädle ich sie zu Ketten, mache Anhänger und Ohrringe daraus, solche Sachen. Das Blasen hab ich nie gelernt. Ist mir auch zu heiß, irgendwie. Ja, und das hier ist das Reich meiner Frau, wenn sie nicht gerade die bösen Buben auf der Insel jagt.«

»Vergiss mir nicht die bösen Mädchen«, mahnte Britta, die gerade den Raum betrat. Sie trug jetzt ein langes blaues Sommerkleid mit stilisierten aufgedruckten Fischen. In ihrem Haar steckte eine übertrieben große Sonnenbrille.

»Wenn ich vorstellen darf: Britta Nummer zwei, die Künstlerin«, sagte Mats und ging auf seine Frau zu, um sie in den Arm zu nehmen. »Mir persönlich die liebere der beiden.«

Sie küssten sich, dann löste sich Britta aus der Umarmung und trat an einen großen Tisch, unter dem eine Menge breiter Holzrahmen nebeneinander aufgereiht waren. Diverse Spachteln, Rakeln und Farbdosen standen in einem Regal an der Rückwand der Scheune.

»Hier arbeite ich im Siebdruckverfahren. Ich zeichne die Vorlagen, suche dann die Farben aus, stelle die Motive passend zu den Stoffen zusammen und fertig. Magst du mal ein paar Motive sehen? Ich mache auch T-Shirts und Poster. Also, wenn du in deinem Haus noch allzu kahle Wände hast, sag Bescheid.« Sie führte ihn zu einem Ständer, wo in großen Mappen die Druckbeispiele aufgefächert waren.

»Herr Ober, haben Sie unseren Kuchen vergessen? Wir warten hier schon seit einer Ewigkeit«, hörte man von draußen eine Frauenstimme auf Deutsch rufen. *»Hello, Mister waiter? Where stays our cake?«*, versuchte die Dame ihr Glück nun auch noch in Englisch.

»Mist, ich habe ja die Gäste mit dem Pflaumenkuchen ganz vergessen. Und die anderen wollten Latte Macchiato.« Mats hob entschuldigend die Hände und eilte nach draußen. »Bin gleich wieder bei euch.«

»Unsere Kellnerin ist ausgefallen. Sie hatte ein Urlaubssemester gemacht, den Sommer hier verbracht und den ganzen Laden geschmissen. Aber heute musste sie nach Stockholm, um sich dort neu einzuschreiben. Tiermedizin«, erklärte Britta und klang dabei so stolz, als handle es sich um ihre eigene Tochter.

»Verstehe«, sagte Lennart und blätterte ein wenig in den Motiven. Es waren schön gestaltete Grafiken mit modern wirkenden Motiven, von denen einige wie Heringe, Langusten, Hummer oder Muscheln maritim waren, andere wie die Malvenblüten oder die Margeriten floral-verspielt wirkten, weitere wieder eher zufällig gewählt wie ein Hirschkäfer, ein Jaguar E-Type, ein alter VW-Bulli oder eine Glock-Pistole aus den Siebzigerjahren.

»Vielleicht mache ich mir mal eine Druckvorlage mit der Silhouette deines SLC. Ich find die Linienführung von dem ja fast genauso interessant wie die eines 911ers. Ist nur nicht ganz so ausgenudelt, irgendwie. Hat eben nicht jeder.«

»Wenn du möchtest, kannst du ihn kaufen. Über den Preis werden wir uns bestimmt einig.«

Britta winkte ab. Sie hatte zwei Stoffservietten aus einem Regal geholt und breitete sie auf ihrem riesigen Tisch aus.

»Ich will euch nicht mehr weiter aufhalten, ihr habt ja jede Menge zu tun hier. Ich fahr nach Hause.«

»Unsinn!«, gab Britta bestimmt zurück. »Du bleibst hier. Ich mache nur schnell zwei Probedrucke für die Kundin, die gleich reinschneien wird. Geh doch raus zu Mats, lass dir einen Kaffee bringen oder schau dich in unserem Lädchen um. Nimm mal Tempo aus deinem Leben. Das geht hier verdammt gut. Und in einer Stunde essen wir eine Kleinigkeit zusammen, ja?«

Lennart wollte widersprechen, schließlich war es ein verdammt langer Tag gewesen. Aber Brittas Bemerkung über das Reduzieren des Lebenstempos traf genau ins Schwarze. Er lächelte sie an und ging ohne weiteren Kommentar nach draußen. Links von der Remise lag der kleine Laden, vor dem einige Körbe und Kleiderstangen voller bedruckter

Textilien standen. Er trat ein und winkte Mats zu, der an einer mächtigen chromglänzenden Espressomaschine stand und lautstark Milch aufschäumte. Aus einer kleinen Box tönte *Break on through* von den Doors gegen die Geräuschkulisse an, ein paar Räucherstäbchen verbreiteten ihren typischen süßlich-herben Duft. Das halbe Geschäft war vollgestopft mit Shirts, Decken und Handtüchern, die Brittas Drucke in teilweise aberwitzigen Farbkombinationen trugen. Alle waren signiert mit dem Logo B&L, unter dem die Namen Blomdal und Lund in Großbuchstaben prangten. Die andere Hälfte nahmen Vitrinen mit dem Glasschmuck ein, den Mats herstellte. Zudem gab es jede Menge verschiedener Perlen zum Selbstauffädeln zu kaufen. Im Inneren standen keine Tische, die beiden betrieben also ein reines Sommercafé im Freien, von denen es einige auf der Insel gab.

»Einen Cappuccino und ein Stückchen Pflaumenkuchen für dich?«, fragte Mats.

»Den Cappuccino gern, aber mit Kuchen hab ich's nicht so. Ich bin eher fürs Salzige zu haben.«

»Du weißt nicht, was dir bei meinem selbst gemachten Kuchen entgeht, aber dein Wunsch ist mir Befehl. Such dir ein schattiges Plätzchen, ich bring's dir.«

Lennart musste grinsen. Den Satz mit dem selbst gebackenen Kuchen hatte er heute im fast gleichen Wortlaut bereits von Britta zu hören bekommen. Er setzte sich unter den Apfelbaum und schloss für einen Moment die Augen.

»Cappuccino und eine kleine Überraschung für den Herrn Polizeipräsidenten«, riss Mats ihn kurz darauf aus seinem Minutenschlaf. Lennart brauchte eine Sekunde, um zu wissen, wer und wo er war. Mats stellte ihm eine Tasse, ein kleines Glas Leitungswasser, einen Teller mit Gebäckstangen und ein Schälchen mit hellbrauner Paste hin.

»Sesamstangen mit *Kantereller*-Dip. Die Pfifferlinge dafür habe ich selbst gesammelt«, erklärte Mats, setzte sich zu ihm und machte sich ein Bier auf.

»Prost, Lennart, freut mich. Auch ein kleines Blondes?«

Lennart lehnte dankend ab. »Später vielleicht, Mats. Ihr habt euch hier ein echtes Paradies geschaffen, aber das wisst ihr wahrscheinlich selbst, oder?«

»Ja, das tun wir. Wobei ich nicht gedacht hätte, dass man auch im Paradies so viel Arbeit hat, aber wahrscheinlich wäre es sonst langweilig.«

»Kommst du auch von der Insel?«, wollte Lennart wissen.

»Nein, ich bin aus Kopenhagen. Habe Britta bei einem Praktikum kennengelernt, das ich hier absolviert habe. Dann haben wir zusammen in Berlin und Kopenhagen studiert, sind später nach Rønne gezogen. Eine Weile war ich nur am Wochenende da, weil ich in Kopenhagen an einem Architekturbüro beteiligt war. Irgendwann haben wir diesen Platz hier gefunden und sofort gewusst, dass wir hierbleiben wollen, auch wenn am Anfang alles so ausgeschaut hat wie unser Schweinestall. Dann bin ich aus meinem Beruf ausgestiegen. Britta wollte das für sich nie – und ein bisschen bin ich auch froh, dass wir ihr sicheres Gehalt haben.«

»Aber woher kannst du das alles?«, fragte Lennart beeindruckt.

Mats zündete sich eine Zigarette an. »Na ja, können ist relativ. Allerdings musst du als Architekt ein paar Praktika machen, da lernt man ein bisschen was. Und das mit den Glasperlen war früher schon mein Hobby. Was das Backen angeht, das teilen wir uns auf, ich habe mir viele Tutorials angesehen und bin mittlerweile ganz gut darin, glaub ich. Ja, und schließlich hab ich mir einen Barista-Kurs in Trastevere gegönnt.«

»Anscheinend recht erfolgreich«, sagte Lennart und nippte an seinem Cappuccino, in dessen Milchschaum sich eine symmetrische Palme abzeichnete.

»Danke, da werde ich ja gleich genauso rot wie Britta immer!«, sagte Mats lachend. »Und was machst du so, in deiner Freizeit?«

Lennart stutzte. Eine gute Frage. Und eine, die einen wunden Punkt traf. Vielleicht war es das, was ihn in den letzten Monaten so tief hatte fallen lassen: Er hatte kein Hobby. Über Jahre hatte er nur zwischen Job und Familie oszilliert. Andrea und er hatten sich ab und an mit Freunden getroffen, mal die Schwiegereltern besucht und am Wochenende zugesehen, dass sie mit Einkäufen und den Schularbeiten der Kinder einigermaßen über die Runden kamen. Früher war er öfter mit Freunden beim Segeln gewesen, war Motorrad gefahren – sogar Geige hatte er bis zum Ende seiner Schulzeit gespielt, wenn auch mit mäßigem Erfolg. Doch nichts davon hatte er in sein jetziges fünftes Lebensjahrzehnt retten können. Vielleicht brauchte er etwas, für das er brannte, bei dem er abschalten und die Welt vergessen konnte. Das Problem war nur, dass die meisten Hobbys auch gewisse Fertigkeiten oder Geschick voraussetzten. Mal sehen, vielleicht würde er trotz seiner fehlenden Begabungen eines Tages einen richtigen Oldtimer restaurieren, Bienen züchten oder Briefmarken sammeln. Er beschloss, in den nächsten Wochen Inspirationen für eine mögliche Beschäftigung zu sammeln.

»In meiner Freizeit?«, wiederholte er. »Ach, weißt du, so dies und das. Ich habe ja jetzt hier auch einen Garten, und dann ist da noch der Mercedes und so …«

Mats grinste ihn an. »Also falls dir langweilig wird: Hier ist immer was zu tun.«

»Das glaube ich dir aufs Wort.«

»So viel, dass ich selber gar nicht mehr zu meinem eigentlichen Hobby komme.«

»Dein Hobby?«, fragte Lennart ungläubig nach. »Ist nicht das alles dein Hobby?«

»Das hier ist mein Leben. Mein Hobby sind Bücher. Große Schriftsteller in der Originalsprache. Zurzeit bin ich am Gesamtwerk von Proust.«

»Du sprichst auch noch Französisch?« Allmählich wurde ihm Brittas Mann ein wenig unheimlich.

»Nein, das nicht, bin ja schließlich kein Universalgenie. Ich hatte nie Unterricht in Französisch. Aber ich kann Spanisch, immerhin.« Lennart war ein wenig beruhigt. »Ich schaue alles, was ich nicht verstehe, im Wörterbuch nach. Deshalb hoffe ich, mit Proust durch zu sein, bis ich ins betreute Wohnen ziehe.« Lund lachte kehlig auf und strich sich über den grauen Dreitagebart. »Und? Vermisst du die Stadt, die große weite Welt, Lennart? Britta hat mir erzählt, dass du schon in Brüssel und Lyon und weiß Gott wo gelebt hast.«

Lennart schüttelte vehement den Kopf. »Mir fehlt hier nichts.«

»Das kommt schon noch.«

»Fehlt dir Kopenhagen, Mats?«

»Manchmal so, dass es fast wehtut. Das Pulsieren der Stadt, die Museen, Theater, die Läden, wo du einfach alles bekommst, die Restaurants – wobei, wir haben auf der Insel ja immerhin das *Argousier*, das ist schon was.«

»Und was machst du gegen dieses Heimweh?«

»Ich fliege zweimal im Monat hin, ganz einfach.«

»Wow, Respekt. Geht das nicht ziemlich ins Geld?«

»Schon, aber es sind vorwiegend Geschäftsreisen. Ich verkaufe an jedem zweiten Mittwoch meine und Brittas Sachen im *Riget*. Sie haben da so einen Handwerkermarkt für die Patienten.«

Lennart nickte. Das *Rigshospitalet*, kurz *Riget*, war die größte Klinik Kopenhagens und eine der renommiertesten des Landes. »Und da geht was?«

»Es zahlt den Flug und meinen Besuch im Café, reicht auch noch fürs Hotel, wenn ich mal über Nacht bleibe, um mich mit alten Freunden zu treffen. Es bleibt sogar noch ein bisschen was übrig, so dass ich Britta ab und zu was Nettes aus der Hauptstadt mitbringen kann. Pralinen, ein schönes Buch, eine Handtasche oder einen Schal.«

»Was du eigentlich viel zu oft machst. Dabei bin ich gar kein Glamourgirl.«

Britta war aus ihrer Werkstatt gekommen, legte ihrem Mann von hinten die Hände auf die Schultern und küsste ihn auf den Kopf. »Da kommt auch schon meine Kundin. Wir sehen uns, die Herren!«, sagte sie und ging auf die Frau zu, die eben den Innenhof betreten hatte.

***

Zwei Stunden später saßen die drei am großen Gartentisch vor dem Wohnhaus. Lennart fühlte sich so wohl wie lange nicht. Seine beiden Gastgeber hatten ihn auf ein wunderbares, entspanntes Abendessen ohne viel Chichi eingeladen: Ihm zu Ehren hatte es *Sol over Gudhjem* gegeben, die Spezialität des Ortes, die weit über dessen Grenzen, sogar weit über die der Insel hinaus bekannt war. Dabei handelte es sich eigentlich nur um frisches Roggenbrot mit Butter, ein paar Zwiebeln, Schnittlauch und Radieschen, darauf frisch geräucherter Hering, der berühmte goldene Bornholmer, lauwarm, und über dem allem ein frisches Eigelb – die »Sonne« in der »Sonne über Gudhjem«.

Britta hatte mehrmals nachgefragt, ob es wirklich in Ordnung sei, dass es etwas Geräuchertes gebe. Mats hatte angeboten, schnell ein wenig Pasta zu machen. Doch Lennart hatte auf dem Nationalgericht der Insel bestanden und es definitiv nicht bereut. Der Salat aus dem eigenen Garten war ebenfalls ganz nach seinem Geschmack gewesen, noch dazu, weil Mats ihn mit einem Dressing aus regionalem Senf und eigens angesetztem Essig mit Erdbeeren und Holunderblüten beträufelt hatte. Dazu hatte Lennart zwei Gläser Weißwein getrunken – was das wohlige Gefühl in seinem Kopf noch einmal erheblich verstärkte.

»Das war kurz gesagt sensationell!«, konstatierte er also und tupfte sich mit einer bedruckten Stoffserviette den Mund ab. »Ihr seid tolle und total relaxte Gastgeber. Doch das wisst ihr wahrscheinlich.«

»Man hört es aber immer wieder gern, stimmt's, Mats?«

Mats lächelte.

»Aber warte mal ab, bis du bei den Nygaards warst. Rosa kocht auf, da legst du die Ohren an.«

»Ah, der Antrittsbesuch beim Vorgänger steht also ins Haus?«, kommentierte Mats. »Wird vielleicht nicht gleich so richtig relaxed, am Anfang sind die beiden ein bisschen förmlich. Aber das gibt sich, und sie sind wirklich schwer in Ordnung. Und Britta hat recht: Rosa ist eine Virtuosin am Herd.«

»Na, da bin ich ja gespannt«, seufzte Lennart, und Britta setzte sich in ihrem Stuhl auf und strahlte ihn an. »Du gehst also hin?«

»Hab ich eine Wahl?«

»Eher nicht«, fand Mats.

»Du gehst zu Morten, das muss gefeiert werden. Los, darauf trinken wir einen winzigen Absacker, ja? Mats, holst du noch ein Fläschchen?«

***

Was für ein Paar, dachte Lennart auf dem Rückweg in sein kleines Häuschen. Er hatte sämtliche Scheiben des SLC heruntergekurbelt und ließ sich die jodgeschwängerte Luft um die Nase wehen, die als laue Brise vom Meer aufs Land blies. Womöglich war heute einer der letzten warmen Abende des vergehenden Sommers.

Lennart ließ die letzten Stunden mit Britta und Mats Revue passieren. Wenn ihn sein erster Eindruck nicht trog, schafften die beiden etwas, wovon er selbst immer geträumt hatte: Sie liebten sich, ohne sich zu vereinnahmen. Nicht, weil sie irgendwann geheiratet hatten oder weil es sich gehörte, zusammenzubleiben nach all der Zeit, oder weil sie schlicht zu bequem waren, sich zu trennen. Nein, sie liebten sich, weil sie ein gemeinsames Ziel, ein Zentrum gefunden hatten, um das sie kreisten: ihren wundervollen alten Hof in Gudhjem. Und weil sie sich noch immer etwas zu sagen hatten, zusammen lachten und weinten, sich interessant, spannend, aufregend, seltsam oder lustig fanden. Wenn auch bestimmt nicht jeden Tag. Aber dafür war Mats ja regelmäßig in Kopenhagen und traf sich mit Freunden, und Britta konnte zu Hause ihr Ding machen. Selbst er als Außenstehender hatte gemerkt, dass das gemeinsame Fundament der beiden in Ordnung war. Sie in dieselbe Richtung schauten, ohne sich deshalb ständig in die Augen blicken zu müssen.

Andrea und er hatten das hingegen nie hinbekommen. Seine Schuld? Auch, aber nicht allein. »Hey, Siri, spiele *Salut les amoureux* von Joe Dassin«, befahl er seinem Handy, drehte das Radio auf und sang laut mit. Er hatte Angst, dass ihn die Traurigkeit wieder gefangen nehmen würde. Und das hier, an seinem neuen Glücksort. Nein! Sie durfte ihn nicht wieder in ihre dunklen Nebel hinabziehen.

Zu Hause angekommen, war er einigermaßen beruhigt: Nicht Traurigkeit hatte sich eingestellt, nur zäh-klebrige Melancholie. Kein Wunder bei dem Lied, das er auf der Fahrt in Endlosschleife gehört hatte. Über eine Trennung ohne große Bitterkeit. Er stellte den Motor aus, schloss den Wagen ab und beschloss einfach, sich für Britta und Mats zu freuen, anstatt seine eigene Situation zu bedauern. Ihm fehlte ja letztlich nichts. Außer ein paar Freunden, von denen er heute Abend schon zwei gefunden hatte.

Kaum hatte er sich dem Haus genähert, sprang der Bewegungsmelder an, und gleich drei Halogenstrahler tauchten den Hof in grellweißes Licht. Lennart hielt die Hand schützend vor die Augen, die sich während der Fahrt an die lichtschwachen Scheinwerfer des Mercedes gewöhnt hatten.

Er schloss auf und sah, dass der Anrufbeantworter auf der Kommode im Hausgang blinkte. Also warf er den

Schlüssel in die getöpferte Schale neben dem Telefon und drückte auf den rot blinkenden Knopf.

»Junge? Junge, bist du das?«, klang es nach einem Piepsen näselnd aus dem winzigen Lautsprecher.

»Na wer wohl sonst, Papa?«, murmelte er.

»Also, Junge, wenn du zu Hause bist, nimm mal kurz ab. Hier ist Papa, hörst du?«

Pause.

»Junge? Lennart? Na, bist wohl tatsächlich nicht daheim, wie? Also, ich spreche dir einfach eine Nachricht auf. Ich komme dich besuchen. Wenn es dir passt. Ich kann hier ein paar Tage weg, im Garten ist ja alles geerntet. Nur die Äpfel kommen noch. Ich kann im neuen Haus vielleicht zur Hand gehen, was meinst du? Und Pilze habt ihr da oben ja auch, die könnten wir trocknen oder einfrieren. Mirjam will eine Ayurvedakur machen, da braucht sie mich nicht. Sie ist dann auch immer so misslaunig, weil sie streng fastet. Und sich daran stört, wenn ich normal weiteresse.«

Lennart grinste. Die letzten Sätze hatte sein Vater geflüstert, damit ihn seine Lebensgefährtin Mirjam, dreizehn Jahre jünger als er, nicht hörte. Auch wenn sie ganz anders war als seine verstorbene Mutter, mochte Lennart sie. Außerdem hielt sie seinen alten Herrn auf Trab und sorgte dafür, dass er nicht einrostete.

»Na ja, meld dich mal, wenn du wieder zurück bist«, tönte sein Vater weiter vom Band. »Halt die Ohren steif. Du machst das schon!«

Lennart nickte. Er würde seinen Vater morgen zurückrufen. Ein bisschen Hilfe im Garten könnte er tatsächlich gebrauchen. Nicht, dass er wirklich Interesse hatte, sich darum zu kümmern, jedenfalls nicht mehr als im Mietvertrag festgelegt: Rasen mähen, Laub rechen, Hecke schneiden, dazu ab und an den Hof kehren. Zu mehr würde er sich nicht hinreißen lassen, er hatte einfach keinen grünen Daumen. Wäre da nicht noch jener Passus im Vertrag, der Lennart inzwischen im Traum nachging: die Sache mit den Bienen. Er wusste selbst nicht mehr, warum er das leichtfertigerweise zugesagt hatte. Vom Imkern hatte er keine Ahnung.

Er ging an den Kühlschrank und trank eine halbe Flasche Wasser. *Auch so eine deutsche Angewohnheit, Mineralwasser in Flaschen nach Hause zu schleppen, statt sich einfach das Leitungswasser aus dem Hahn zu zapfen*, dachte er. Er musste wieder ein dänischerer Däne werden.

Beim Zähneputzen wurde er dann noch einmal an die sechs Bienenvölker hinter dem Haus erinnert: Eines der Insekten hatte sich ins Bad verirrt und flog unablässig ins Licht der Neonröhre. Er öffnete das Fenster. Vielleicht würde sie es zu ihrem Stock zurückschaffen. Was, wenn die Völker nicht überlebten, weil er schlicht nicht in der Lage war, sich darum zu kümmern?

Die Erinnerung an eine Begebenheit aus seiner Schulzeit ließ ihn lächeln: Vor den großen Ferien, er musste in der zehnten oder elften Klasse gewesen sein, hatte der Biologielehrer gefragt, wer sich eine gute Note fürs nächste Jahr verdienen wollte. Lennarts Finger war wie ein Pfeil nach oben geschnellt. Eine gute Note konnte er brauchen – denn weder Themen wie die Mendel'sche Vererbungslehre noch die Milchsäuregärung entsprachen wirklich seinen Interessen. Doktor Pedersen, der stets in einem weißen Labormantel durch die Schule lief, hatte ihm dann die Bedingung für den Bonus erläutert: Er solle sich um die Fruchtfliegenstämme der Schule kümmern, da der Lehrer eine sechswöchige Afrikareise der von ihm gegründeten ornithologischen Gesellschaft leitete. Anhand der verschiedenen Augenfarben der Insekten hatte Pedersen ihnen ausschweifend genetische Prinzipien zu erklären versucht. Und so kam es, dass gleich mehrere Weckgläser voll emsiger Fruchtfliegen in Lennarts Jugendzimmer einzogen, nebst zwei Flaschen Apfelessig und einem Kilo Kristallzucker als Futter.

Lennart jedoch hatte dem Strandbad weit mehr Beachtung geschenkt als seinen neuen Mitbewohnern, und so waren die bereits nach zwei Wochen bis auf einen kärglichen Rest dezimiert. Auch die wenigen Exemplare, die bis dahin überlebt hatten, waren unweigerlich dem Tode geweiht gewesen. Schließlich hatte sein Vater, der damals noch als Volksschullehrer arbeitete, im Schulbedarf telefonisch neue Fliegen bestellt und sicherheitshalber erst für den letzten Ferientag per Post liefern lassen, wofür Lennart immerhin gleich zwei mündliche »sehr gut« sowie ein geradezu episches Lob für die Tier-Fürsorge von Doktor Pedersen eingestrichen hatte. Warum die Fliegen dann allerdings alle dieselbe Augenfarbe hatten, konnte sich der Biologielehrer bis zu seiner Pensionierung nicht erklären.

Lennart spülte den Mund aus und blickte entschlossen in sein Spiegelbild. Er hatte das Haus für ein Jahr gemietet. Wenn alle Stricke reißen sollten, würde er im Imkerbedarf einfach neue Völker bestellen.

Er ließ sich auf sein ungemachtes Bett fallen, löschte das Licht, steckte sich die AirPods in die Ohren und ließ sein Hörbuch weiterlaufen. Ein Venedig-Krimi, mit dem er irgendwie nicht weiterkam, weil er ständig darüber einschlief. Auch heute döste er nach kurzer Zeit weg und riss sich die

Kopfhörer erst mitten in der Nacht fluchend aus den schmerzenden Ohren, nachdem sich eine riesenhafte Biene mit einem roten und einem weißen Auge und dem Gesicht seiner Stiefmutter Mirjam über ihn hergemacht hatte, um ihn gänzlich auszusaugen. Nassgeschwitzt und mit pochendem Herzen lag er im Bett und hoffte, nicht noch einmal von einem Alptraum heimgesucht zu werden.

Mittwoch

»Britta, was ist passiert?«, fragte Lennart schlaftrunken und mit belegter Stimme in sein Handy, die Augen erst halb geöffnet.

»Britta? Hier ist nicht Britta, Junge. Ich bin's, dein … also, Papa eben.«

Lennart sah ungläubig auf die Uhr. Es war noch nicht einmal sieben. »Papa, ist was passiert, geht's dir nicht gut?«

»Mir geht's prächtig. Hab nur ein bisschen verschlafen heute. Fast bis sechs. Wer ist denn Britta? Hast du wieder jemanden? Das ging ja schnell. Aber recht hast du!«

Lennart ließ den Kopf wieder auf sein Kissen sinken und schloss die Augen. Er hatte mit dem Schlimmsten gerechnet, befürchtet, man rufe ihn zu nachtschlafender Zeit an, weil man wieder eine geräucherte Leiche gefunden und man es womöglich mit einem perversen Serientäter, dem Schinkenripper, zu tun habe. Doch nichts davon. Nur sein Vater, der ihn sinnlos früh aus dem Schlaf riss, um ihm Tipps zu seinem Beziehungsstatus zu geben? Er schüttelte ungläubig den Kopf, drehte sich zur Seite und legte sich mit einem Ohr aufs Handy.

»Nein, ich … habe niemanden, wie du das nennst. Aber was gibt's denn schon so früh?«

»Soll ich später wieder anrufen?«

Jetzt war er schon wach, also konnte sein Vater auch weiterreden. »Nein, bitte nicht. Ich meine, lass uns jetzt gleich sprechen.«

»Nicht dass ich störe.«

»Papa!«

»Ja?«

»Was? Ist? Los?«

»Ach so, natürlich. Ich wollte nur sagen, dass es am Freitag klappt.«

»Was klappt?«

»Na, ich komme dich besuchen und helfe dir ein wenig im Haus und im Garten. Ich weiß doch, wie sehr du Gartenarbeit hasst, und irgendjemand muss sich ja kümmern.«

Lennart runzelte die Stirn. Am Freitag schon? Er hatte frühestens in zwei, drei Wochen mit einem Besuch gerechnet. Ausgerechnet jetzt, mitten in seinem ersten Mordfall …

»Freust du dich, Junge?«

»Klar, Papa«, antwortete er schnell. »Aber ist echt nicht nötig, ich habe inzwischen sogar richtig Gefallen gefunden am Garten«, log er. »Ruh dich einfach mal aus, das hast du bestimmt nötig.«

»Papperlapapp. Ich fühle mich prächtig. Ausruhen kann ich im Grab noch lange genug.«

»Spar dir die Sprüche, ja? Und was sagt denn Mirjam, wenn du …«

»Ach was, Mirjam, Mirjam. Sie versteht schon, dass ich mich um meinen Sohn kümmern muss. Und mir tut es auch ganz gut, wenn ich mal von ihr … ich meine, wenn ich mal von zu Hause wegkomme.«

»Alles klar, wann soll ich dich abholen?«

»Sag ich dir noch. Muss erst noch ins Reisebüro und den Flug buchen. So, jetzt lese ich aber in Ruhe Zeitung. Bis dann, Junge.«

»Bis dann, Papa«, antwortete Lennart, doch sein Vater hatte bereits aufgelegt.

Seufzend rieb sich Lennart die Augen und stand auf. Dann sollte es eben so sein, schließlich konnte er seinen alten Herrn nicht einfach ausladen, und letztlich freute er sich auf den Besuch, auch wenn es sicher einen passenderen Zeitpunkt dafür gegeben hätte.

Er hatte sich gerade mit seinem ersten Kaffee an den Küchentisch gesetzt, als ein blechernes Pingen den Eingang einer WhatsApp vermeldete. Sie stammte von Ida, seiner jüngeren Tochter:

Morgen, Papa! Haben Freitag und Montag keinen Unterricht. Katastrophenschutzübung oder so, für alle Lehrer. Mama auch. Kommen am Freitag mit der Fähre zu dir, bis Montag. Musst uns in Rønne abholen. Ist das Zimmer fertig? Brauchen wir Schlafsäcke? Haben dich lieb.

Lächelnd schüttelte er den Kopf. Volles Haus ab Freitag also. Das würde ein richtig gemütliches Familienwochenende werden. Allerdings hatte Ida in ihrer Nachricht an einen wunden Punkt gerührt: Er hatte versprochen, ihnen ein hyggeliges Zimmer einzurichten. Und geflunkert, dass dieses so gut wie fertig sei. Bis jetzt allerdings standen darin nur zwei Holzbetten und ein Kleiderschrank, alles noch in Einzelteilen in Kartons verpackt. Er hatte die Sachen zwar bestellt, die Montage aber immer vor sich hergeschoben.

Er seufzte. Wie er es hasste, dieses Zeug zusammenzubauen. Immer fehlte irgendeine Schraube, und aus den kargen Anleitungen wurde man nie schlau. Aber irgendwie würde er das bis zum Wochenende hinbekommen. Für seinen Vater musste er das kleine Gästezimmer von den noch nicht ausgeräumten Umzugskartons befreien und dann alles ein bisschen aufräumen, das Haus durchputzen, lüften, den Garten ansehnlich machen, Getränke und Essen einkaufen … so viel zum Thema Hobby, nach dem ihn Mats gestern gefragt hatte: Er hatte ja noch nicht einmal Zeit, sich um alles zu kümmern, was sonst anstand.

***

Kurz vor neun betrat Lennart sein Büro. Es gab keine fixen Zeiten, zu denen er vor Ort sein musste, der Polizeiposten war von den uniformierten Kollegen ohnehin rund um die Uhr besetzt. Dennoch hatte sich auch schon nach der kurzen Zeit ein gewisser Rhythmus etabliert: Tao kam jeden Morgen bereits um acht und genoss die Ruhe bis zum Eintreffen von Lennart, der es bis jetzt noch immer bis neun geschafft hatte. Brittas Arbeitszeit war von Wochentag zu Wochentag verschieden, und seit gestern wusste Lennart auch, dass das davon abhing, ob sie noch auf irgendeinen abendlichen Handwerkermarkt musste oder Kunden bestellt hatte. So konnte es auch vorkommen, dass sie manchmal schon kurz nach sieben begann oder bis acht Uhr abends blieb. Heute war sie offenbar noch nicht da, wie ihre verschlossene Bürotür verriet.

»Morgen, Lennart!«, rief ihm Tao aus ihrem Zimmer zu.

»Guten Morgen!«, grüßte er zurück und stellte sich in den Türrahmen. »Na, schon so früh wieder im Einsatz?«

Tao, heute mit Oversize-Hoodie und Jogginghose, nickte ihm mit hochgezogenen Brauen zu. »Klar. Ich hab gestern noch ewig am Handy rumgebastelt, leider ohne Erfolg. Das Ding ist wirklich ’ne harte Nuss. Irgendwie beißt sich die Software daran ständig die Zähne aus.«

Lennart wollte eben sein Angebot erneuern, das Gerät von den Spezialisten in der Hauptstadt entsperren zu lassen, da ging die Tür zum Treppenhaus auf.

»Morgen, ihr zwei!«

Britta kam mit einem großen Einkaufskorb herein, warf ihren Schlüssel auf den schmalen Aktenschrank im Korridor, drückte sich neben Lennart durch die Tür zu Taos Zimmer und kniete sich neben den Kühlschrank.

»So, Tao, hier wie versprochen die Punschtorte«, sagte sie, ohne aufzusehen, und schob eine große, runde Kuchenform mit Plastikhaube in den Kühlschrank. Lennart legte die Stirn in Falten. Hatte sie tatsächlich gestern Nacht noch eine Torte gemacht?

»Und für dich Pizzaschnecken mit Chorizo«, erklärte sie und holte eine weitere Tupperbox aus dem Korb. Diese Frau war einfach ein Phänomen. »Was macht ihr denn für nachdenkliche Gesichter?«, fragte sie dann Tao und Lennart.

»Ich fummle immer noch an Kristensens Handy rum«, antwortete Tao zerknirscht.

Lennart kam eine Idee. »Sag mal, Tao, das ist doch ein relativ neues iPhone, oder?«, wollte er wissen.

»Stimmt. Was das Ganze für uns nicht leichter macht. Die Dinger werden immer sicherer.«

»Es hat also schon Face-ID, oder?«, dachte Lennart laut.

Britta blickte ihn skeptisch an. »Du denkst doch nicht etwa dran, das Telefon …« Sie stockte.

»… über das Gesicht von Kristensen zu entsperren?«, vervollständigte Tao den Satz ihrer Kollegin.

Lennart zuckte mit den Schultern.

»Prinzipiell ein guter Gedanke«, sagte Tao vorsichtig. »Wenn es um Touch-ID ginge, zumindest bei den ersten

Versionen der Software. Bei Face-ID wird aber erst dann entsperrt, wenn man wirklich in die Kamera reinsieht. Sonst könnte man es ja auch mit einem Foto knacken. Und man hat nur drei Versuche, dann ist sowieso wieder der Code gefragt. Gab es erst kürzlich ein Rundschreiben dazu, auch über die rechtlichen Möglichkeiten für die Ermittlungsbehörden, wenn der Handybesitzer noch am Leben ist und sich weigert, den Code rauszugeben.«

»Okay, verstehe«, murmelte er peinlich berührt. War er doch schon ein Weilchen zu lange aus dem operativen Geschäft eines Todesfallermittlers raus, dass er über so etwas nicht Bescheid wusste? *Vielleicht*, konstatierte er selbstkritisch und nahm sich vor, die zahlreichen informierenden Mails aus dem Hauptquartier der Reichspolizei, die allen Abteilungsleitern regelmäßig zugestellt wurden, künftig nicht mehr unbesehen in den Papierkorb wandern zu lassen.

»Wusste ich auch nicht«, gab Britta zu. »Ich hätte es auch ganz schön makaber gefunden.«

»Also, Tao, wenn dem so ist, würde ich vorschlagen, wir schicken das Handy …«, begann Lennart, doch seine junge Kollegin fiel ihm ins Wort: »Ach so, was ich noch gar nicht erwähnt hatte: Den Computer-Code habe ich schon geknackt. Der hatte nur vier Ziffern.«

Stolz hielt sie ihrem Chef Kristensens Notebook hin.

»Respekt«, sagte der und nahm das Gerät. »Gute Arbeit. Dann schaue ich mir den mal an.«

»Ähm, du hast allerdings heute Vormittag noch einen Termin bei Gabriel Vega, der die Ferienhäuser vermietet. Gleich um elf«, mahnte Tao. »Du wolltest ja, dass ich das für dich klarmache.«

»Okay, danke, Tao.« Von wegen Entschleunigung, seine Kolleginnen sorgten schon dafür, dass es ihm nicht langweilig wurde. »Zur gleichen Zeit ist aber auch die Obduktion bei Doktor Eklund«, gab er zu bedenken und warf Britta einen fragenden Blick zu.

»Das stimmt«, bestätigte die. »Allerdings fände ich es wichtig, dass du nicht allein zu Vega gehst. Ein spezieller Typ, ich hab schon von ihm gehört. Wäre besser, wenn ich mit dir komme. Tao, das heißt, du müsstest Doktor Eklund übernehmen.«

Tao sah sie zweifelnd an. »Kann es sein, dass ich neuerdings die Idiotenjobs bekomme, die kein anderer machen will?«

»Dafür kannst du den Rest der Punschtorte heute Abend mit nach Hause nehmen. Na, ist das was?«

»Meine Mutter fällt mir vor Glück um den Hals. Sie liebt deine Torten, das weißt du.«

»Deal?«, fragte Britta augenzwinkernd.

»Deal«, erwiderte Tao zähneknirschend. Dann lächelte sie ihrem Vorgesetzten zu. »Wenn ich in ein paar Jahren deinen Job hier übernehmen will, Lennart, muss ich ja alles mal gemacht haben. Und jetzt würd ich mich wieder dem Handy widmen, wenn ihr nichts dagegen habt.«

Lennart nickte, bat Britta, bei der Schwester des Toten einen Besuch anzukündigen, und ließ die beiden stehen.

***

Kaum hatte Lennart den Computer aufgeklappt, merkte er, wie das alte Jagdfieber zurückkehrte. Wenig verhieß so viel objektive Aussagekraft wie Rechner oder Handy eines

Menschen. Während bei der Befragung von Zeugen, Hinterbliebenen oder Freunden alles immer subjektiv geprägt war, bekam man es hier ungefiltert mit: die Kontakte, Nachrichten, Mails, die besuchten Websites, die am häufigsten gewählten Nummern, die Skype-Partner, die Social-Media-Verläufe. Erstaunlich viele Menschen schrieben sogar Tagebuch auf dem Computer.

Lennart war überrascht, als sich Kristensens virtueller Schreibtisch vor ihm aufbaute. Erstens, weil er statt des erwarteten Standard-Hintergrundbilds das Foto eines Hafens an einem sonnigen Morgen zu Gesicht bekam. Der von Gudhjem, wenn ihn nicht alles täuschte. Zum Zweiten war es die Ordnung, die ihn in Staunen versetzte: zwei Ordner, in denen der Landwirt Rechnungen und weitere Geschäftsbriefe gespeichert hatte, einen für Kontoauszüge und den Maileingang, einen für Rezepte und Inhaltslisten der Produkte, die er verkaufte. Dazu ein landwirtschaftliches Verwaltungsprogramm und die App, um bei der EU die entsprechenden Fördermittel zu beantragen. Und noch einen »Krimskrams«-Ordner mit ein paar Bildern seines Enkelsohns und von Fischausflügen, auf denen Lennart Mikael Hansen erkannte. Kein Dokument, kein Bild, das nicht eingeordnet oder archiviert war. Wieder zog Lennart ein wenig verschämt den Vergleich zu seiner eigenen Benutzeroberfläche – und kam sich unorganisiert und schlampig vor.

Die Anzahl der Dokumente jedoch überforderte Lennart. Vielleicht konnte Tao am Nachmittag all die geschäftlichen Schreiben sichten und eine Liste der Geschäftspartner erstellen, mit denen Kristensen den meisten Kontakt gehabt hatte.

Im Moment zog ein weiterer Ordner Lennarts Aufmerksamkeit magisch auf sich. Er trug den Namen »Sonne über Gudhjem« und befand sich direkt im Zentrum des Bildschirms. Er erinnerte sich an sein gestriges Abendessen bei Britta und Mats und musste unwillkürlich lächeln. Hatte Kristensen hier die besten Rezepte für *Sol over Gudhjem* gesammelt? Andererseits: Brauchte es dafür wirklich ein Rezept?

Neugierig klickte Lennart auf das Dateisymbol. Nur ein einziges Word-Dokument wurde ihm angezeigt, das den schnöden Namen »Text« trug. Neugierig klickte er darauf und begann zu lesen:

Vorwort

Dass ein einfacher Bauer wie ich, Steffen Kristensen, mal ein Buch schreiben würde, hätte sich wohl niemand vorstellen können. Ich übrigens am wenigsten, so viel steht fest. Womöglich wird dieser Text nie veröffentlicht, weil er zu schlicht geschrieben ist, zu viele Fehler enthält oder zu langatmig ist. Oder er wird nie zu einem Ende kommen, weil ich gestorben bin, bevor er fertig war. Dann soll es so sein.

Lennart hielt inne und sah mit hochgezogenen Brauen von seinem Schreibtisch aus zum Hafen hinüber. Er hatte des Gefühl, völlig unerwartet auf etwas ziemlich Brisantes gestoßen zu sein. Hatte ausgerechnet der von seinen Mitmenschen als grobschlächtig und gefühlskalt beschriebene Kristensen, dem die Geschäfte mit seinen Schweinen und deren Schinken über alles zu gehen schienen, auf einmal literarische Ambitionen verspürt? Und warum hatte er bereits im ersten Absatz die Vorahnung seines bevorstehenden Todes thematisiert?

Lennart überprüfte das Erstellungsdatum der Datei und stutzte erneut: Es hatte sich tief in sein Gedächtnis eingebrannt, schließlich handelte es sich dabei um den Tag seiner eigenen Ankunft auf Bornholm vor knapp zwei Wochen. Dann warf er einen Blick auf die Länge des Textes. »Fuck!«, entfuhr es ihm. Gerade mal knapp fünf Seiten, mehr war aus dem Buchprojekt offenbar nicht geworden, bis Kristensen … Er schluckte. Lag in diesem kurzen Text-Dokument die Lösung zu ihrem Mordfall? Neugierig las er weiter.

Ich schreibe dieses Buch nicht, weil ich glaube, dass ich dazu berufen oder begabt bin, so etwas zu tun. Wahrscheinlich sind die Schweinemast und das Räuchern so ziemlich die einzigen Dinge, in denen ich einigermaßen gut bin. Darüber hinaus war ich wohl weder ein besonders guter Vater, Ehemann, Liebhaber und vielleicht nicht einmal ein richtig guter Kumpel. Wahrscheinlich werden nach meinem Tod alle von mir behaupten, ein Stinkstiefel gewesen zu sein. Recht haben sie.

Lennart blickte auf. Auch wenn er Steffen Kristensen nie gekannt hatte: Die Art und Weise, wie er in diesen Zeilen über die Zeit nach seinem Tod sprach, der nun durch einen kaltblütigen Mord herbeigeführt worden war, jagte ihm Schauder über den Rücken. Noch dazu, weil das Opfer mit seiner Selbsteinschätzung und den Prophezeiungen genau ins Schwarze traf.

Mir ist etwas passiert, über das ich schreiben will. Damit alle es erfahren können, die sich dafür interessieren. Und wenn das niemand tut, dann mache ich es für mich. Um mich davon zu befreien und die Geschichte so zu erzählen, wie sie wirklich war. Heute ist etwas geschehen, was mir gezeigt hat, dass es höchste Zeit ist. Es duldet keinen Aufschub.

Denn sie werden wiederkommen. Ganz bestimmt. Die Schatten, die über mich hinwegziehen wie die finsteren Wolken böser Vorahnungen. Die nur Kälte hinterlassen und Dunkelheit.

Lennart kratzte sich am Kopf. Diese Sätze hatten eine ganz eigene Kraft, sie drückten mit beeindruckender Wucht das aus, was er aus eigener Erfahrung kannte: Schatten, die aus heiterem Himmel auftauchten und es vermochten, einem den letzten Rest Wärme aus der Seele zu saugen.

Er schloss die Augen und atmete tief ein, um die Gedanken an seine eigenen Schatten zu vertreiben und wieder ins Hier und Jetzt zurückzufinden. Was ihm auch gelang. Der Ermittler in ihm kam schnell und unaufhaltsam zurück an die Oberfläche. Und sagte ihm, dass das hier durchaus etwas mit dem Tod von Kristensen zu tun haben könnte. Hatte ihm jemand übel mitgespielt und ihn dadurch in die Verzweiflung getrieben? Bis er sich gewehrt hatte – mit bekanntem Ausgang? Vielleicht fanden sich ein paar Namen, die ihm weiterhelfen würden. Gespannt las er weiter.

Vielleicht sehen mich einige danach in einem anderen Licht. Wir werden sehen. Besser gesagt: Ihr werdet sehen. Und damit zu mir und der kleinen Insel, auf der ich lebe. Zu dem Hof, der meine Heimat ist. Mein gesamtes Leben lang.

Kapitel 1. Kindheit auf dem Land.

Ich, Steffen Kristensen, wurde als erster Sohn des Schweinebauern …

Lennart zog die Stirn in Falten: Kristensen hatte sprichwörtlich bei Adam und Eva angefangen. Er ließ die Augen über den Text wandern und überflog die nächsten Seiten. Dann ballte er seine Rechte zur Faust und ließ sie auf die

Tischplatte donnern. »Verdammt! Wäre ja auch zu schön gewesen!«

»Was denn? Dachtest du, du hättest in der Lotterie gewonnen?« Britta stand als lebendes Fragezeichen in der Tür.

Lennart schüttelte resigniert den Kopf. »Nein. Ich dachte, wir hätten was.«

Seine Kollegin verzog den Mund. »Wir hätten … was?«

»Kristensen hatte anscheinend vor, ein Buch zu schreiben. Über sein Leben. Aber er kam nicht weiter als bis zu seinem Schuleintritt. Verstehst du?« Damit winkte er sie zu sich, deutete auf den Bildschirm und forderte sie auf zu lesen.

»Mysteriös«, konstatierte Britta, als sie ihre Lektüre beendet hatte. »Ausgerechnet der schreibt seine Memoiren. Was meint er bloß mit dem, was ihm im Leben passiert ist? Und was hat es mit den Schatten auf sich?«

Lennart zuckte die Achseln. »Das Geheimnis nimmt er wohl mit ins Grab. Aber vielleicht kann uns seine Schwester wenigstens ein bisschen weiterhelfen. Immerhin wird sie auf den ersten fünf Seiten mehrmals erwähnt. Haben wir denn schon einen Termin bei ihr?«

»Ja, ich habe uns für fünfzehn Uhr angekündigt und keinen Widerspruch vernommen.«

»Gut so, dann werde ich mir jetzt noch seine häufigsten Kontakte rausschreiben, die müssten wir dann auch beizeiten abklappern.«

Britta lächelte ihn nickend an, machte aber keine Anstalten, in ihr eigenes Büro zurückzukehren.

»Gibt's noch was?«

»Ja, hast du was für heute Abend? Zum Mitbringen?«

»Heute Abend?« Lennart hatte keine Ahnung, worauf sie hinauswollte. »Was ist denn heute Abend? Und wem, bitte, soll ich was mitbringen?«

»Das ist jetzt nicht dein Ernst. Du nimmst mich auf den Arm, oder?«

Lennart stand völlig auf dem Schlauch.

»Wir haben gestern extra darauf angestoßen, dass du den Nygaards zusagen willst, hast du das schon wieder vergessen?«

»Ach das! Nein, natürlich nicht«, log er.

»Hast du ihnen gestern Abend noch geschrieben?« Britta klang erleichtert.: »Ich dachte, du hättest es verbaselt.«

»Nein«, erwiderte Lennart kopfschüttelnd.

»Haben sie schon geantwortet? Sorry, geht mich ja nix an, aber …«

»Ich habe nicht gestern Abend geschrieben, sondern heute Morgen …«, begann Lennart, doch seine Kollegin wandte sich, beide Hände als Entschuldigung erhoben, schon zum Gehen. Er wartete, bis sie draußen war, und vollendete murmelnd seinen Satz: »… werde ich ihnen wohl noch schreiben.«

Seufzend schob er Kristensens Laptop beiseite und zog sein eigenes Macbook zu sich heran. Er würde beim Ehepaar Nygaard seinen Besuch für den Abend ankündigen, wie Mama Britta es verlangte.

»Morten hat ein Faible für richtig guten Überseerum und schweren Rotwein. Seine Frau stirbt für Konfekt. Und wenn du Wollreste hast, darüber freut sie sich auch immer«, trällerte es aus dem Nebenzimmer. »Nur so als Tipp, falls du noch kein Gastgeschenk haben solltest.«

Lennart musste unwillkürlich grinsen. Und verwendete

tatsächlich im Folgenden einige Zeit darauf, an seiner schriftlichen Zusage zu feilen. Schließlich durfte er dabei weder zu begeistert oder gar unterwürfig, andererseits auch nicht abweisend klingen. Beinahe hätte er Britta gebeten, einen prüfenden Blick auf die Mail zu werfen, schickte sie nach mehrmaligem Durchlesen jedoch einfach ab. Ihr wäre der Text bestimmt viel zu sachlich und reserviert gewesen.

Dann machte er sich an eine Liste zu Kristensens Mailkontakten, war damit aber erst ungefähr zur Hälfte fertig, als Britta in seiner Tür stand und ihn an den Termin beim Chef von *Nordicsummer* erinnerte.

***

Der Fußweg zur Firmenzentrale des größten Ferienhausvermieters auf der Insel dauerte nicht einmal drei Minuten, dann hatten sie das zweistöckige Backsteingebäude erreicht. Es lag direkt am Ausgang des Fährterminals, alle Touristen kamen automatisch hier vorbei. Im Moment war es ruhig, nur drei vollgepackte Autos standen auf dem weitläufigen Parkplatz. Eigentlich hatte Lennart zur Vernehmung das Notizbuch und den Stift seiner Töchter mitnehmen wollen, die beiden Dinge aber noch immer nicht gefunden.

Britta und Lennart passierten mehrere metallene Gitterwägen mit Bettwäschesets und Handtüchern, dann stiegen sie in den ersten Stock, wo sie einen großen Saal betraten, an dessen linker Seite ein halbes Dutzend Tresen installiert war. Nur zwei davon waren besetzt. Der Raum musste früher einmal als Turnhalle oder Tanzsaal gedient haben. Durch bodentiefe Fenster fiel von drei Seiten aus Licht herein, ausgetretenes Holzparkett bedeckte den Boden. Eine blonde Mitarbeiterin im gestreiften *Nordicsummer*-Shirt winkte die Polizisten lächelnd zu sich.

»Hallo ihr beiden, herzlich willkommen auf Bornholm, ich bin Greta. Ich hoffe, ihr hattet eine angenehme Anreise. Mögt ihr mir die Buchungsnummer eures Ferienhauses verraten? Ach ja, und ich bräuchte eure Ausweise.«

Lennart schmunzelte. »Hallo, Greta. Vielen Dank für die nette Begrüßung, aber wir sind schon etwas länger auf der Insel. Ich denke, unsere Ausweise genügen.« Damit reichte er der jungen Frau seinen Dienstausweis.

»Oh, fuck, ich mein ... oh sorry, ich hab ja nicht gewusst ... ist was mit einem der Häuser?«, fragte sie schon deutlich weniger enthusiastisch.

»Nein, wir haben einen Termin mit Herrn Vega.«

»Mit Gabriel? Ach so, das ist was anderes. Er weiß, dass Sie kommen?«

»Das sollte er, ja.«

»Okay, dann sag ich ihm schnell Bescheid. Augenblick.«

Damit verließ sie den Raum durch eine schmale Tür. Keine zwei Minuten später war sie zurück und führte Britta und Lennart eine enge Holztreppe hinauf. Ein dunkelhaariger, klein gewachsener Mann kam ihnen aus einer offenen Tür entgegen. Er musste in Lennarts Alter sein, war braun gebrannt, steckte in einem beigen Leinenanzug samt Weste und hatte eine Sonnenbrille auf der Stirn.

»Gabriel Vega. Was verschafft mir die Ehre?«, fragte er in jovialem Ton und streckte ihnen die Hand hin. Lennart hielt dem Mann seinen Ausweis unter die Nase.

»Vielen Dank, dass Sie sich Zeit nehmen für uns, mein Name ist ...«

»Schöne Frau, sind Sie etwa auch bei der Polizei?«, trällerte Vega da mitten in Lennarts Satz hinein und ergriff Brittas Hand. Streng genommen bemächtigte er sich ihres gesamten Arms, den er sanft tätschelte, was sie sich gern gefallen ließ.

Dann folgten sie Vega in ein schmales Büro. Es roch nach Zedernholz, kaltem Zigarrenrauch und etwas, das Lennart mit dem Begriff »Moschus« assoziierte.

»Setzen Sie sich, schöne Señora«, turtelte der Mann weiter und schob Britta einen Stuhl hin.

»Sie müssen entschuldigen, Kommissar, aber wir Spanier können nicht anders: Zuerst müssen wir sicherstellen, dass es den Damen gut geht. Zumal solch bezaubernden. Etwas Wasser für Sie beide?«

Die beiden lehnten dankend ab.

»Sagen Sie: Lennart Ipsen? Ein Spross des Müllimperiums?«

»Weder verwandt noch verschwägert«, erklärte Lennart knapp.

»Schade, ich hätte einige Vorschläge zur Mülltrennung in den Ferienhäusern.«

Lennart zuckte die Achseln und setzte sich ungefragt auf den Stuhl neben Britta. Dann sah er sich im Raum um: Decke und Wände waren mit dunklem Holz vertäfelt, alte Terrakottafliesen bedeckten den Boden. Die linke Wand bestand aus einer Glasfront, durch die man nach unten in den großen Empfangssaal blicken konnte. An der Decke drehten sich gemächlich drei Ventilatoren, an den Wänden hingen kitschige Porträts von Stierkämpfern und Flamencotänzerinnen. In einem Bücherregal hinter Vegas schwerem antiken Schreibtisch standen neben einigen Ordnern ein Flaggenhalter mit dänischer und spanischer Standarte, einige Flaschen Sherry und ein schwarzer Keramikstier. Lennart hatte das Gefühl, in einer Touristen-Bodega an der Costa Brava gelandet zu sein. Wahrscheinlich kam als Nächstes eine Andalusierin mit Rüschenkleid herein und brachte ihnen eine Kanne Sangría. Von einem *Nordic Summer* war diese Atmosphäre Lichtjahre entfernt.

Vega ließ sich in seinen Chefsessel fallen. Lennart beschloss, endlich zur Sache zu kommen. »Wir sind hier, weil Ihr Name im Zusammenhang mit einem Todesfall aufgetaucht ist.«

»Der alte Kristensen?«

»Sie sind im Bilde?«

»Die Insel ist klein, und ich bin gut vernetzt«, sagte Vega mit überlegenem Lächeln. »Obwohl man mich nur *den Spanier* nennt, bin ich längst einer von ihnen.«

Fragt mich nach meiner Lebensgeschichte, konnte Lennart in großen Lettern auf Vegas Stirn lesen, doch er dachte nicht daran, ihm diesen Gefallen zu tun.

»Wie kommt es denn, dass Sie als waschechter Spanier so einen zutiefst dänischen Betrieb führen?«, hörte er Britta neben sich fragen.

Vega lehnte sich in seinem Sessel zurück, faltete die Hände und bereitete sich offensichtlich auf eine längere Erklärung vor.

»Das werde ich oft gefragt. In meinen Adern fließt zwar das Blut der Stierkämpfer. Ich bin in Spanien geboren, in Jerez de la Frontera. Die Heimat des Sherry, auch die Vegas betrieben dort eines der großen Weinhäuser. Doch das Schicksal wollte, dass mein Vater sich unsterblich in eine strohblonde Bornholmerin verliebte: Wer kann es ihm verdenken, wenn man sich Frauen wie Sie ansieht, Señora?«

Lennart staunte: Statt zu protestieren und die schmierigen Schmeicheleien zurückzuweisen, warf Britta Vega einen schmachtenden Blick zu.

»Als ich fünf war, zogen wir auf die Insel. Und als der Bruder meiner Mutter diese Vermietungsagentur hier übergeben wollte, fiel die Wahl auf mich, seinen einzigen Neffen.«

»Vielleicht kommen wir zum Punkt«, grätschte Lennart dazwischen. »Sie kannten Kristensen also – in welchem Verhältnis standen Sie zu ihm?«

»Verhältnis? Eigentlich gab es da gar keines. Kristensen hatte einen gänzlich anderen Blick auf die Insel als ich. Aus professionellen Gründen. Während mir daran gelegen ist, dass die Gäste einen unbeschwerten Urlaub in den Sommerhäuschen am Strand verbringen können, geht es den Schweinebauern darum, Ertrag mit ihren Tieren zu machen. Das kann nebeneinander existieren – bei ein wenig Rücksichtnahme. So ist das ja auch in Spanien, wo der *Pata-Negra*-Schinken hergestellt wird. Herrlich, nicht mit dem zu vergleichen, was man hier Schinken nennt.«

»Absolut«, stimmte Britta schwärmerisch zu. »*Pata Negra* auf einem angewärmten Teller mit frischem Olivenöl und etwas grobem Salz …«

»Am liebsten Sal de Ibiza, ein hervorragendes *Flor de Sal* …«

»Sagen Sie: Die Häuser, die Sie vermieten, gehören die alle Privatleuten, oder haben Sie auch einen Bestand von eigenen Immobilien?«, unterbrach ihn Lennart, der endgültig genug vom Spanien-Gesülze hatte.

»*Nordicsummer* hat keine eigenen Häuser und tritt nur als Dienstleister auf. Für die Touristen und uns Hauseigentümer.«

»*Uns* Eigentümer?«

»Ja, ich habe im Lauf der Jahre das eine oder andere erworben, allerdings nichts in der Gegend von Dueodde.«

»Wie viele denn?«

»Ein knappes Dutzend.«

»Also elf?«

»Exakt.«

Ferienimmobilien im Wert von mehreren Millionen. *Nordicsummer* schien gut zu laufen. »Geht das denn? Ich meine, dürfen Sie als Spanier überhaupt kaufen?«

Vega winkte ab. »Laut Pass bin ich Däne. Doch mein Herz gehört beiden Welten. Bald zieht mich die eine, bald die andere in ihren Bann. Wie zwei Geliebte, die kühle Blonde und die rassige Südländerin.«

Lennart hatte Mühe, seinen aufkeimenden Brechreiz niederzuringen. Britta hingegen gurrte: »Wie poetisch Sie das ausdrücken!«

»Kristensens Nachbarn, die Winklers, haben uns gesagt, dass Sie mit ihm im Clinch lagen.«

»Die Winklers!« Er lachte kurz auf. »Sie haben jahrelang gemietet, bevor sie sich das Haus neben Kristensens Hof gesichert haben. War nie ganz einfach mit ihnen, sie wollten immer gleich den Chef sprechen, wenn irgendetwas nicht gepasst hat. Der Duft von Schweinemist zieht eben vom Kristensen-Hof über den Wald von Dueodde, wenn der Wind ungünstig steht, was ihnen missfiel.«

»Und dann haben sie sich ausgerechnet ein Haus direkt neben der Quelle des Gestanks gekauft?«

»Habe ich auch nie verstanden. Als Winkler das Haus bezogen hatte, hat er trotzdem weiterhin bei mir angerufen, schließlich sei es doch auch in meinem Sinne, wenn man etwas gegen den Gestank machen würde. Ich habe ihm zu erklären versucht, dass wir nicht nur eine Ferieninsel, sondern auch eine landwirtschaftlich geprägte Gegend sind. Das macht ja auch den Charme aus. Stellen Sie sich Bornholm ohne die goldgelben Kornfelder vor, die den Kontrast zum Blau der baltischen See bilden.«

Lennart musste ihm recht geben. In jeder Hinsicht, denn auch aus anderen touristischen Gegenden kannte er den Streitpunkt, dass die Menschen, die dort lebten und ihrem Alltag nachgingen, auch ihre Bedürfnisse hatten.

»Haben Sie je mit Kristensen über die Geruchsbelästigung gesprochen?«, wollte Ipsen wissen.

»Das habe ich. Ich habe ihn sogar zweimal aufgesucht, um Möglichkeiten zu diskutieren. Die Winklers waren nicht die Einzigen, die sich daran störten, sie waren nur besonders vehement.«

»Und was hat der Bauer Ihnen geantwortet?«

»Er war ungehalten, schließlich stehe seine Existenz auf dem Spiel. Zudem müssten die Touristen auch etwas essen, also gehe es nicht ohne Landwirtschaft. Einmal kam Winkler vom Nachbargrundstück, als ich gerade da war. Kristensen solle seine Ställe hermetisch schließen und eine Klimaanlage mit Geruchsfilter einbauen. Da hat der seine Mistgabel geschnappt und ist ihm brüllend bis zum Gartenzaun hinterher. Ich kam mir vor wie in einem Regio-Krimi.«

»Und wie sind Sie mit Kristensen verblieben?«

Vega zuckte die Achseln. »Letztlich gar nicht. Er war immer ziemlich ruppig, hat aber irgendwann kapiert, dass ich verstand, worum es ihm ging. Einmal schlug er vor, ich solle ihm fünfzig Millionen Kronen geben, dann würde er die Schweine verkaufen, sich in Lederschürze vor sein Haus setzen und für die Touristen Holzfigürchen schnitzen.«

»Wo waren Sie gestern Abend?«, fragte Lennart unvermittelt. Er hielt Vega zwar nicht wirklich für einen realistischen Verdächtigen, wollte ihn aber noch ein wenig piesacken, schon, weil ihm dessen Gehabe auf die Nerven ging.

»Müssen Sie das wirklich wissen? Ich kann nämlich nicht darüber reden.« Er sah hilfesuchend zuerst zu Britta und dann zu Lennart. »Und Sie können mir wirklich vertrauen, dass ich nichts, aber auch gar nichts mit Kristensens Tod zu tun habe.«

Sogar Britta reagierte jetzt nicht mehr auf diesen Unsinn, den Vega da von sich gab. Schweigend warteten sie beide mit strenger Miene, dass Vega weitersprach.

»Na gut, ich war bei einer Bekannten«, murmelte dieser schließlich. »Eine kleine Liebelei, ein Überbleibsel des Sommers.«

Dann verstummte er wieder, woraufhin ihn Britta und Lennart auffordernd anblickten.

»Ich habe Familie«, erklärte er, den Blick gesenkt.

»Und Ihre Frau soll nichts davon erfahren?«, mutmaßte Lennart.

»Exakt. Sie geht davon aus, dass ich die Nacht in der Hauptstadt verbracht habe.«

Lennart zog die Brauen hoch. »Kopenhagen oder Madrid?«

»Kopenhagen.«

Wie kleinlaut Vega auf einmal auftrat. »Wie heißt denn die Glückliche?«, bohrte Lennart nach.

»Meine Frau?«

»Nein, die Dame, die Ihnen ein Alibi geben könnte.«

»Alibi, wie das klingt. Halten Sie es wirklich für nötig, dass man meine Bekannte damit behelligt?«

»Es geht um polizeiliche Ermittlungen.«

»Schön, aber lässt es sich denn wenigstens vermeiden, dass meine Frau davon erfährt?«

»Das kann ich Ihnen nicht versprechen.« Lennart genoss, wie sich sein Gegenüber wand. Wenn er ihm nur nicht so schrecklich unsympathisch gewesen wäre.

»Aber zunächst ist es nicht nötig«, räumte Britta jetzt doch ein, und Lennart nickte zögerlich.

Vega griff sich einen schweren schwarz-goldenen Füllfederhalter und eine Briefkarte, auf die er in ausladenden, schwungvollen Lettern Namen, Adresse und Telefonnummer seiner Freundin schrieb. Er wedelte kurz damit in der Luft herum, um die Tinte trocknen zu lassen, und schob sie schließlich Britta hin. Was noch einmal klarmachte, wem von ihnen beiden er vertraute und wem nicht.

***

»Was ist das denn für einer!«, brummte Lennart, als sie wieder zu zweit unten vor dem Haus standen. Er sog die Hafenluft in seine Lungen, froh, endlich dem schwülstigen Geruch von Vegas Büro-Bodega entgangen zu sein.

»Ich finde ihn eigentlich ganz apart.«

»Das hab ich gesehen.«

»Was soll das denn jetzt heißen?«

Lennart lachte. »Dass du dich fast von diesem halbspanischen Aushilfstorero hättest einlullen lassen.«

»Ich wollte nur freundlich sein!«, protestierte Britta.

»Schon gut, jeder nach seinem Gusto«, gab Lennart grinsend zurück.

Er wartete vergebens auf eine weitere Replik von Britta. Die kramte stattdessen stirnrunzelnd in ihrer Tasche. »Oh, ich glaube, ich muss noch mal hinauf, ich hab was vergessen.«

»Was denn?«

»Nicht so wichtig.«

»Na gut, gehen wir noch mal hoch.«

»Ich mach das schnell allein, dann musst du dich nicht noch mal mit ihm abgeben. Nur eine klitzekleine Kleinigkeit. Sorry …«, sagte sie und war bereits wieder in der Eingangstür verschwunden.

Lennart sah ihr verwundert nach. Wollte sie Vega womöglich noch ihre private Telefonnummer für ein Treffen in die Hand drücken? Er schüttelte den Kopf. Das passte doch gar nicht zu ihr. Er zuckte die Schultern, setzte sich auf die Bank am Kai des Hafenbeckens, streckte die Beine aus und reckte sein Gesicht der Sonne entgegen.

***

Kurz darauf gesellte sich Britta fröhlich pfeifend wieder zu ihm.

»Und, was hattest du noch zu erledigen?«

»Wie gesagt: nicht der Rede wert. Was steht bei uns jetzt auf dem Programm?«

»Ich will erst wissen, was du dort oben zu tun hattest«, insistierte Lennart.

»Und wenn das meine Privatsache wäre?«

»Wir sind dienstlich hier.«

Britta zuckte unbeeindruckt die Achseln. Dass sie ein derart harter Brocken sein konnte, hätte Lennart nicht vermutet. »Ich kann warten«, sagte er ruhig.

»Und ich erst.«

Zwei Minuten später war es Lennart, der das Schweigen nicht mehr aushielt. »Entweder du sagst es mir, oder ich gehe nicht zu Nygaard.«

»Da schneidest du dich nur ins eigene Fleisch und stehst blöd da.«

Verdammt, fluchte er innerlich. Wenn nicht einmal die Sache mit Nygaard zog ... »Okay, verstehe. Geht mich ja nichts an. Aber wenn Mats rausbekommt, dass du dich mit anderen Männern triffst ... Überleg doch, was du aufs Spiel setzt!«

Britta verfiel in ein hysterisch klingendes Lachen. »Du denkst doch nicht, dass ...«, begann sie, dann jedoch änderte sich ihr Gesichtsausdruck. Sie wirkte für ihre Verhältnisse geradezu erbost. »Dass du mir so etwas zutraust, schockiert mich. Ich dachte, wir würden uns schon besser kennen.«

»Ich auch«, gab Lennart ruhig zurück.

»Na schön, wenn du es unbedingt wissen willst: Ich habe Vega lediglich einen Stapel Flyer von mir dagelassen, damit die Angestellten sie den Touristen beim Check-in mitgeben können. Schon seit langem warte ich auf so eine Gelegenheit.«

Lennart war hin- und hergerissen zwischen der Genugtuung darüber, sie mit seiner Provokation doch noch geknackt zu haben, und der Verstimmtheit, weil sie erneut Privates und Dienstliches vermischte.

»Dann bin ich ja beruhigt. Auch für Mats natürlich. Aber wegen der Flyer: Du kannst Vega doch nicht um einen Gefallen für dein Geschäft bitten. Er erwartet, dass wir seiner Frau nichts von seiner Affäre sagen, und teilt dafür im Gegenzug dein privates Werbematerial aus?«

Britta winkte lächelnd ab. »So läuft das hier auf der Insel. Eine Hand wäscht die andere. Ohne böse Hintergedanken.«

»Ohne böse Hintergedanken?«, wiederholte Lennart ungläubig.

»Genau. Und jetzt musst du mich zum Essen einladen, weil du mir allen Ernstes zugetraut hast, dass ich hinter Vega her sein könnte.«

Resigniert schüttelte Lennart den Kopf und stand auf.

***

»Das mit der Essenseinladung geht klar«, sagte Lennart, als sie – zurück vor dem Polizeigebäude – in den Mercedes stiegen. »Was schlägst du vor?«

»Die Räucherei in Hasle? Der warmgeräucherte Lachs dort ist der beste auf der Insel. Und dann dieser Kartoffelsalat mit Dill und Forellenkaviar …«

»Vielleicht was anderes als eine Räucherei?«, bat Lennart, der überzeugt war, noch immer den Geruch von gestern Morgen in der Nase zu spüren.

»Hm, ja, dann …«

»McDonald's? Ich hätte echt Lust auf ein bisschen Fastfood.«

Britta lachte. »Das gelbe M wirst du auf der Insel vergeblich suchen. Und zum Glück gibt es hier bedeutend mehr

Slow- als Fastfood. Aber wenn dir nach Burger ist: Lass uns doch zur *Torvehal* im alten Schlachthaus gehen. Die haben gute regionale Sachen, und man sitzt nett draußen im Hof.«

Der Vorschlag gefiel Lennart, weil er schon von diesem Regionalmarkt und dem zugehörigen Café im besonderen Ambiente des ehemaligen Schlachthofs gehört hatte.

***

Eine Stunde später hatten sie bereits gegessen und bekamen gerade eine Tasse Filterkaffee aus der einzigen Rösterei der Insel serviert. Lennart kannte sie vom Namen her, da sie unweit seines Hauses lag. Hin und wieder, wenn der Wind günstig stand, zog sogar der Duft von frisch geröstetem Kaffee durch seinen Garten. Sie saßen im gekiesten Innenhof der Markthalle, der Lennart anschließend noch einen kurzen Besuch abstatten würde, um sich mit ein paar Insel-Spezialitäten einzudecken, die er am Wochenende den Mädels und seinem Vater kredenzen konnte.

»Oh, Tao schreibt. Die Obduktion ist gerade vorbei«, vermeldete Britta.

»Vielleicht will sie ja vorbeikommen und uns berichten«, schlug Lennart vor.

Britta nickte und tippte etwas in ihr Handy. Kaum zehn Minuten darauf bog Taos dunkelgrüner Fiat 500 auf den Hof, die junge Kollegin stieg aus und kam auf die beiden zu. Lennart merkte, dass sie ziemlich angezählt wirkte.

»So schlimm?«, fragte Britta mitfühlend.

»Schlimmer, glaubt mir!« Tao warf ihren Rucksack auf einen der Holzstühle und erklärte, sie müsse sich jetzt unbedingt ganz gründlich und in aller Ruhe die Hände waschen und desinfizieren.

Lennart stand auf, ging zur Bar und bestellte ihr einen vegetarischen Burger, eine Flasche Cola und einen Schokocookie. Sein schlechtes Gewissen plagte ihn, und Tao sah aus, als könnte sie eine Stärkung vertragen. Vielleicht hätte er doch selbst zur Obduktion gehen sollen.

»Das Krasseste war echt der Präparator, der ist eigentlich Pfleger im Krankenhaus von Rønne, hilft aber der Doktor Eklund, weil er früher in Kopenhagen an der Uni als Präparator gearbeitet hat.« Tao hatte bereits mit dem Reden begonnen, noch bevor sie überhaupt saß.

»Oh ja, den kenn ich«, bestätigte Britta.

»Das ist so ein makabrer Typ, der Sachen von sich gibt wie ›Die Leber ist einfach ein unglaublich ästhetisches Organ‹ und der bei den Augen sagt: ›Kommt her, meine kleinen Scheißerchen‹«, fuhr die junge Kollegin angewidert fort. »Jedenfalls hat der echt einen an der Klatsche: Irgendwann holt der seine Pausenbox raus und isst sein Vollkornbrot, direkt neben dem Seziertisch. Gerade mal, dass er seine Handschuhe ausgezogen hat. Und dann betont er noch dauernd, wie schade es sei, dass er sich kein Schinkensandwich gemacht habe, weil er auf einmal so großen Hunger drauf hätte. Kranker Scheiß, wenn ihr mich fragt.«

Lennart nickte ihr wissend zu. Er kannte diese Typen aus der Gerichtsmedizin nur zu gut, die durch ihre nassforsche Art Eindruck schinden wollten. Auch wenn das sicher oft nur ein Versuch war, die Belastungen zu überspielen, die der Beruf mit sich brachte, hielt er wenig davon. Schließlich ging jedem unnatürlichen Tod das tragische Ableben eines

Menschen voraus, und dessen Würde hörte auch mit dem letzten Atemzug nicht einfach auf zu existieren.

Die Kellnerin brachte das Essen, das sie auf Lennarts Zeichen vor Tao stellte.

»Für mich?«

»Kleine Entschädigung vom Chef, dass du zu Doktor Eklund musstest, stimmt's?«, mutmaßte Britta.

Lennart lächelte, während Tao sich bedankte und nach der Colaflasche griff, die sie in einem Zug bis zur Hälfte austrank.

»Alles vegetarisch übrigens«, erklärte Lennart und zeigte auf Burger und Cookie. »Zu welchem Ergebnis kam denn die Gerichtsmedizinerin?«

»Ach ja, sorry«, entschuldigte sich Tao mit vollem Mund, da sie vorher beherzt in ihren Burger gebissen hatte. Sie kaute hinunter, spülte mit einem Schluck Cola nach und fuhr schließlich fort: »Kristensen hat einen Schlag auf dem Kopf bekommen, mit dem berühmten *stumpfen Gegenstand*. Das wisst ihr ja schon vom Tatort. Womit, das kann Doktor Eklund nicht genau sagen. Habt ihr am Hof irgendwas gefunden, was dafür in Frage kommen würde?«

Britta und Lennart blickten sich kopfschüttelnd an. »Anscheinend ist es nach der Tat nicht zurückgelassen worden«, schloss Lennart.

»Also weiter. Der Schlag war nicht die Todesursache. Kristensen wurde mutmaßlich in die bereits angeheizte Räucherkammer gestoßen, dann wurde die Tür von außen verriegelt. Irgendwann muss er wieder aufgewacht sein. Das verraten nicht nur die Spuren im Inneren, sondern auch seine Hände und Fingernägel. Er hat mit allen Mitteln versucht, die Tür aufzubekommen – vergeblich. Je mehr er sich angestrengt hat, desto mehr Rauch hat er inhaliert. Die Hauptfrage war, ob er letztlich an der Rauchvergiftung, der hohen Temperatur oder dem fehlenden Sauerstoff gestorben ist. Sie zu beantworten sei schwer möglich, meint Doktor Eklund. Aber sie ist sich sicher, dass letztlich alle drei Faktoren für sich allein auch ausgereicht hätten, Kristensen umzubringen. Krass fand sie, dass er durch den Rauch in der Lunge letztlich auch inwendig geräuchert war.«

Lennart schluckte und schloss für einen Moment die Augen.

»Kein schöner Tod«, bemerkte Britta leise.

»Ganz und gar nicht. Er muss da drin echte Höllenqualen gelitten haben. Wenn sein Hof nicht so abgelegen gewesen wäre, hätte man seine Schreie bestimmt gehört, meint Doktor Eklund.« Tao biss ein weiteres Mal in ihren Burger.

»Verstehe«, murmelte Lennart. »Wenn ihr mich fragt: Diesen Umstand hat der Täter zumindest in Kauf genommen.«

»Glaubst du?«, fragte Britta nachdenklich.

»Glaube ich.«

»Gehen wir eigentlich sicher davon aus, dass es sich bei dem Mörder um einen Mann handelt?«, fragte Britta.

»Na ja, also ... muss nicht zwingend sein. Schließlich haben wir bislang keinen Anhaltspunkt dafür, dass man das Opfer in die Räucherkammer getragen oder geschleppt hat, oder dergleichen. Er kann also genauso gut bereits drin gewesen sein, als ihm der Schlag von hinten die Lichter ausgeknipst hat. Insofern war keine besonders kräftige körperliche Konstitution vonnöten. Fazit: männlich wie weiblich möglich.«

»Wenn man die Statistik außer Acht lässt«, merkte Tao an.

»Inwiefern?«, wollte Lennart wissen.

»Na ja, die sagt schließlich, dass nicht einmal fünfzehn Prozent aller Gewaltverbrechen überhaupt von Frauen begangen werden.«

»Und der Rest?«

»Dürften folglich vorwiegend Männer sein«, sagte Britta trocken.

»Und wie steht es mit Transgender … also, ihr wisst schon, eben Leute, die …?«

Tao nickte. »Das wäre tatsächlich mal interessant für eine neue Statistik. Die aktuelle geht noch von binären Geschlechterrollen aus, es dürfte sich also bei den Täterinnen und Tätern vorwiegend um Cis-Frauen und Cis-Männer handeln, die ja nach wie vor den überwältigenden Teil der Bevölkerung ausmachen.«

»Meinst du denn, das wird sich ändern?«, fragte Britta und klang dabei fast ein wenig ängstlich.

Lennart, der sich in letzter Zeit von seinen Töchtern immer wieder wegen seiner aus ihrer Sicht völlig veralteten Sichtweise der Genderdiskussion Rüffel eingefangen hatte, beschloss, da lieber keine Prognose zu wagen.

Tao zuckte nur die Schultern und nestelte demonstrativ am regenbogenbunten »Pride«-Armband ihrer Smartwatch herum. »Weiß man's? Ich fände jedenfalls, es gäbe weitaus Schlimmeres.«

Lennart seufzte. »Schon möglich. Wie dem auch sei, wir müssen alle existierenden Geschlechter ins Kalkül ziehen.« Seine Mädels wären sicher stolz auf seine progressive Antwort.

»Ach ja, beinahe hätte ich es vergessen: Kristensen war ansonsten nicht nur völlig gesund, sondern sogar erstaunlich fit für sein Alter. Laut Doktor Eklund hätte er hundert werden können: keine hohen Blutfettwerte, keine Anzeichen für Diabetes, Leberschäden oder andere Probleme. Und sein Lungenvolumen spricht für gute Ausdauer. Er wirkte gut und gern fünf bis sieben Jahre jünger als sein biologisches Alter, hat sie gemeint.«

Lennart war erstaunt, das zu hören: Zwar hatte Kristensen hart gearbeitet, was auch einen Trainingseffekt hatte. Dennoch hatte er den Eindruck, dass der Mann zu Lebzeiten nicht sonderlich auf sich geachtet hatte, noch dazu, wo seine Ernährung mutmaßlich vorwiegend aus Schinken bestanden hatte.

»Und sein Mageninhalt ...« Tao hielt kurz inne und sah ihre beiden Kollegen an. »Ihr habt ja schon gegessen: Seine Henkersmahlzeit waren zwei gekochte Eier, Essiggurken, Toast und reichlich Wacholderschinken. Doktor Eklund hat noch gemeint, er sah nicht nur wie ein Schinken aus, er war auch noch gefüllt damit. War das krass, es hat ausgesehen wie Pastete und gerochen wie ...«

Die junge Kollegin hielt inne, sprang unvermittelt auf und rannte über den kleinen Innenhof auf die Toiletten zu, die im Nebengebäude untergebracht waren. Mit hochgezogenen Brauen sah Lennart ihr nach. Wieder meldete sich sein schlechtes Gewissen, dass er die Obduktion auf Tao abgewälzt hatte.

Als diese wieder zurück zum Tisch kam, war ihr Gesicht blass, Schweißtropfen standen ihr auf der Stirn. »Fuck, sorry. An die Sache mit dem Magen werde ich mich wohl noch eine Weile erinnern.«

Britta klopfte ihr aufmunternd auf die Schulter. »Jeder von uns hatte sein erstes Mal, Tao, nach zwei, drei weiteren Obduktionen ist es nicht mehr so schlimm.«

Von wegen, dachte Lennart.

»Dein Wort in Gottes Ohr, Britta«, sagte Tao zerknirscht und schob ihr restliches Mittagessen so weit es ging von sich weg. Dann erst fuhr sie fort: »Themawechsel: Ich hab nämlich das Handy von Kristensen noch knacken können, bevor ich zur Obduktion gefahren bin. Es handelte sich doch um eine reine Zahlenkombination, ich weiß auch nicht, wieso sich meine digitalen Helferchen so lange die Zähne daran ausgebissen haben. Aber jetzt haben wir es. Es war die 200786, falls das jemanden interessiert.«

Lennart zuckte die Achseln. »Das Geburtsdatum seiner Tochter?«

»Nein, habe ich überprüft, sie ist erst 1989 geboren. Auch nicht sein Hochzeitstag oder so. Vielleicht nur eine Zufallskombination.«

»Und, hast du schon mal einen Blick drauf geworfen?«, fragte Lennart.

»Na klar, was denkt ihr denn! Ob ihr es glaubt oder nicht: Seine Geschäftskontakte waren überwiegend Frauen. Privat hatte er es eher mit Männern zu tun. Ich stelle noch eine Liste zusammen, mit wem er wann am meisten kommuniziert hat.«

Britta zwinkerte ihr zu und strich ihr über den Arm. »Wusste ich doch, dass du es schaffen wirst und wir keine Unterstützung vom Festland brauchen. Stimmt's, Chef?«

»Stimmt. Respekt, Tao«, gab der zurück. Dass Britta am Anfang nicht wirklich von Taos Können überzeugt gewesen war, behielt er für sich. Er war schließlich selbst auch nicht besser gewesen. »Das mit der Liste ist eine prima Idee, kannst du dafür vielleicht auch noch die Mails aus dem Laptop sichten und einfließen lassen? Ich mein nicht inhaltlich, mir geht es nur darum, mit wem er überhaupt Kontakt hatte. Britta und ich fahren jetzt zur Schwester von Kristensen, daher werde ich heute nicht mehr dazu kommen.« Er machte eine Pause und fügte seufzend an: »Vor allem, weil ich ja heute Abend noch zu den Nygaards muss.«

Die beiden Frauen funkelten ihn aus zusammengekniffenen Augen an.

»Darf, meinte ich natürlich.«

Ihre Mienen hellten sich auf.

»Klar, mach ich. Laptop- und Handykontakte. Gleich, wenn ich im Büro bin«, sagte Tao dienstbeflissen, setzte sich kerzengerade hin und rutschte auf der Sitzfläche ganz nach vorn, als wolle sie jeden Moment aufbrechen. »Ich melde mich telefonisch, wenn ich die Aufstellung habe. Und dann schaue ich noch, ob ich mehr über die Finanzen der Tochter rausbekommen kann.«

»Reicht beides morgen Vormittag«, winkte Lennart ab. Er hatte das Gefühl, bei Tao ein wenig auf die Bremse treten zu müssen, um nicht durch sie wieder in das alte hektische Fahrwasser zu geraten, das ihm und seiner Psyche in den vergangenen Jahren alles andere als gutgetan hatte.

Bevor sie aufbrachen, ließ sich Lennart noch von Britta durch die ehemalige Schlachthaushalle führen, die seit einigen Jahren als Markt für regionale Lebensmittel genutzt wurde. Ihm gefiel die spezielle Atmosphäre, und die Kühle hier drinnen war ein wohltuender Kontrast zur grellen frühherbstlichen Sonne draußen. Gemüse und Obst, Schnaps und Sanddornprodukte wurden ebenso verkauft wie Craft-Biere und sogar der Wein aus dem einzigen Weingut der Insel, dazu Brot, Wurst und Käse von regionalen Produzenten. Und natürlich gab es auch Kristensen-Schinken, in einer eigenen Kühltheke an einer der Querseiten des Raums.

Lennart ging darauf zu und besah sich die vakuumierten Päckchen. Überrascht stellte er fest, dass Steffen Kristensen offenbar wirklich ein Händchen dafür gehabt hatte, seine Produkte geschickt zu vermarkten. Die Schinkenstücke waren in appetitliche Häppchen verpackt, die beigen Etiketten zierte der Umriss der Insel. Vor allem aber waren es die besonderen Sorten, über die er sich wunderte: Speck mit einer Auflage aus getrockneten Steinpilzen und Pfifferlingen, geräucherte Filetstücke mit Sanddornkruste, mit wilder Petersilie von der nahen Insel Christiansø oder mit getrocknetem wildem Bärlauch aus den Küstenwäldern in Bornholms Süden. Alles wirkte, als sei es von einem wahren Enthusiasten für gutes Essen hergestellt worden, einem Menschen mit gutem Geschmack und sicherem Gespür für das Feine und Schöne. Und hatte somit keinerlei Entsprechung in dem, was Lennart bislang über Kristensen gehört oder in dessen Wohnhaus gesehen hatte.

»Wo hat Kristensen seine Schweine eigentlich geschlachtet? Und dann alles zerlegt, mit Kräutern und Pülverchen verfeinert, verpackt, etikettiert und gelagert?«, fragte er Britta, die sich hinter ihm gerade aufmerksam die Zutatenliste einer Packung Hanfkekse durchlas.

»Wie?«

»Wo hat Kristensen das alles hergestellt? Weißt du das?«

»Also, im Bericht der Spurensicherung ist von einem ziemlich großen Kühlraum die Rede, außerdem ist ein bestehendes Nebengebäude zur Küche umgebaut worden, mit professionellen Waagen und einer modernen Vakuumier- und Etikettiermaschine.«

»Und hat er auch selbst geschlachtet?«

Britta zuckte die Schultern. »Einen Schlachtraum habe ich nicht gesehen, und davon stand auch nichts im Bericht. Ich könnte mir vorstellen, dass er das extern hat machen lassen, um dann die Schinken und die anderen Fleischteile bei sich auf dem Hof weiterzuverarbeiten. Vielleicht sogar hier um die Ecke, im großen Schlachthof.« Sie zeigte durch die Eingangstür nach draußen, dem gegenüber eine Industriehalle lag, auf der unverkennbar das Logo des mit Abstand größten dänischen Fleischherstellers prangte. »Die machen auch Lohnschlachtung, wenn mich nicht alles täuscht.«

»Na ja, sicher werden uns seine Geschäftsbücher Aufschluss darüber geben.«

»Übrigens hat in dem Bericht der Kriminaltechnik nicht wirklich etwas gestanden, was uns weiterhelfen würde. In den Wohnräumen haben sie nichts Relevantes gefunden, der Außenbereich und die Stallungen sind voll anderer Fasern, Staub und Dreck. Und in der Räucherkammer seien schon zu viele rumgestiefelt, einschließlich Mikael Hansen, Rettungsdienst und Uniformierte.«

Lennart nickte. Er musste unbedingt demnächst mal ein Briefing über das korrekte Vorgehen am Tatort anberaumen.

Als sie die *Torvehal* verließen, trug Lennart eine schwere, bis an den Rand gefüllte Papiertüte. Britta hatte ihm für die Bewirtung seiner Gäste neben mehreren Käsespezialitäten auch zwei Flaschen vom Inselwein, einige spezielle hausgemachte Marmeladensorten und das angeblich beste Frühstücks-Granola empfohlen, das sie kenne. Den Rest der Tüte hatte sie mit Pralinen sowie Kartoffelchips einer kleinen Manufaktur aus dem Norden der Insel gefüllt, unter anderem mit dem Geschmack von Blauschimmelkäse und Räuchergarnelen. Lennart war gespannt, wie das bei seinen beiden Mädchen ankommen würde, vor allem aber bei seinem Vater, der kulinarischen Experimenten eher skeptisch gegenüberstand. Aber egal – er hatte ohnehin keine Chance gesehen, sich den Einkaufstipps seiner Kollegin zu widersetzen.

***

Der Hof von Steffen Kristensens Schwester Pernille Juul lag idyllisch auf einer Anhöhe oberhalb von Gudhjem und bot einen atemberaubenden Blick über einige Stoppelfelder und die felsige Küste bis aufs offene Meer. Als Lennart auf den unbefestigten Feldweg einbog, der zum vierseitigen Gehöft führte, stoppte er kurz den Wagen, um die Aussicht auf sich wirken zu lassen. Ob diese sanft abfallenden Hügel mit ihren ausgedehnten Getreidefeldern, die von hier oben direkt ins tiefe Blau der Ostsee überzugehen schienen, für ihn jemals ihre Faszination verlieren würden? Im Moment waren sie jedenfalls meilenweit davon entfernt.

»Schön hier«, merkte auch Britta an. »Schon was anderes als der Hof des Bruders, oder, Chef?«

Lennart nickte. Genau das war ihm schon bei der Abzweigung von der Hauptstraße durch den Kopf gegangen. »Wollen wir noch mal kurz zusammentragen, was wir über Pernille Juul wissen, Kollegin?«

Britta nickte und zog das kleine Heft aus der Tasche, in dem sie die Fakten des aktuellen Falls notierte. Lennart schluckte. Er hatte noch immer keinen blassen Schimmer, wo sich sein eigenes Notizbüchlein samt Kugelschreiber befanden. Bis Freitag musste er es unbedingt wieder gefunden haben, sonst würden seine Töchter ihm die Hölle heißmachen.

Britta blätterte einige Seiten um. »Sie ist verheiratet mit dem pensionierten Apotheker Gustav Juul.«

»Der sich vor ein paar Jahren öffentlich mit seinem Schwager geprügelt hat«, merkte Lennart an.

»Genau. Er ist inzwischen achtundsiebzig, Pernille allerdings erst dreiundsechzig Jahre alt. Sie haben keine Kinder, weder jeder für sich noch zusammen.«

»Und sie hält Pferde, das hat mir Kristensens Tochter erzählt.«

Lennart beschleunigte den SLC wieder. Sie hatten vielleicht noch zweihundert Meter bis zu ihrem Ziel. Links, zur Landseite hin, lag ein langgezogenes Fachwerkgebäude mit Ziegeldach, die Backsteine waren ochsenblutrot gestrichen. Wahrscheinlich der Stall. Ihm gegenüber, in Richtung Meer gelegen, befand sich das Wohnhaus in gleicher Bauweise und mit zahlreichen Fenstern, von denen einige nach außen offen standen. Daneben ein Fahnenmast mit der typischen langgezogenen dänischen Fahne. Sie tanzte im Wind, der jetzt am frühen Nachmittag kräftig vom Meer her wehte. Lennart lenkte den Mercedes durch ein breites offenes Tor auf den gepflasterten Innenhof, in dem mehrere mächtige Feigen- und Nussbäume für Schatten sorgten. Um einen war ringsum eine weiße Baumbank angebracht, weitere Sitzgelegenheiten standen zu kleinen Grüppchen formiert herum, dazu ein großer Esstisch vor dem Hauseingang. Ein alter roter Traktor, wahrscheinlich ein McCormick aus den Fünfzigerjahren, daneben einige Zubehörteile aus derselben Zeit, mit denen man früher die Äcker bestellt hatte. In einigen Trögen und verzinkten Wannen blühten bunte Blumen. In der rechten Ecke, vor dem Querriegel, der ein wenig niedriger als Wohnhaus und Stalltrakt und in derselben Farbe getüncht war, parkte ein englischer Kleinwagen, ein weißer Austin Minor aus den Sechzigern. Daneben stand eine auf Hochglanz polierte schwarze Kutsche. Bereits auf den ersten Blick war zu erkennen, dass hier keine Landwirtschaft mehr betrieben wurde. Was herumstand, diente den Juuls lediglich zur Dekoration ihres Anwesens.

Lennart stellte den Wagen ab. Beim Aussteigen stieg ihm als Erstes der unverkennbar süßliche Geruch von Pferdemist in die Nase. Sie gingen auf die Haustür zu und zogen an einem Messinggriff, der mit einer Glocke im Inneren des Hauses verbunden war. Es dauerte eine Weile, bis sich dort etwas rührte, schließlich aber näherte sich jemand mit langsamen, kleinen Schritten den Milchglasscheiben in der Eingangstür. Ein älterer Mann in Hemd und langer Hose öffnete ihnen, seine nackten Füße steckten in Cordpantoffeln. Ein Seidenschal gab Gustav Juul etwas Dandyhaftes, auch wenn sein volles weißes Haar nach allen Seiten vom Kopf abstand. Er war wohl eben erst von seinem Mittagsschlaf aufgestanden.

»Ja, bitte?«, fragte er und richtete umständlich seine Brille. Er wirkte derangiert, hatte offenbar nicht mit Besuch gerechnet. Lennart stellte sich und Britta vor.

»Ja, natürlich, meine Frau hat mir von Ihrem Kommen erzählt. Pernille ist drüben im Stall.« Er hob zittrig seine

Rechte, streckte einen Finger aus und zeigte auf das Gebäude gegenüber. »Wie immer um diese Zeit. Die Tiere brauchen Regelmäßigkeit, sagt sie.«

Dem hageren, erstaunlich braun gebrannten Mann war anzusehen, dass er mal eine stattliche Erscheinung gewesen sein musste, nun aber unter einer Krankheit litt, die ihn gebrechlich wirken ließ. Oder war es nur das Alter? Lennart dachte an seinen Vater, der exakt genauso alt war wie Juul. Er sah nicht nur gut fünfzehn Jahre jünger aus, sondern hatte auch noch die Energie eines Mittsechzigers. *Gott sei Dank*, dachte Lennart.

»Könnten Sie sie vielleicht kurz holen, damit wir uns unterhalten können?«, bat er Juul, doch der schüttelte den Kopf. »Nein, gehen Sie doch bitte rüber zu meiner Frau.« Er lachte kehlig auf. »Sie finden sie ganz einfach: immer dem Zigarettengeruch nach. Ich muss mich jetzt erst ein wenig zurechtmachen. Pernille weiß Ihnen über ihren Bruder ohnehin mehr zu erzählen als ich. Sollten Sie mich danach noch brauchen, finden Sie mich in der Remise.« Ohne weitere Umschweife drückte ihnen der Mann die Tür vor der Nase zu.

***

Es war tatsächlich ein Leichtes, Pernille Juul zu finden, und das nicht nur wegen des Zigarettenrauchs, sondern auch weil sie lautstark mit dem Pferd redete, das sie in einer der Boxen, die links und rechts der Stallgasse lagen, striegelte. Die meisten davon schienen leer zu sein, nur aus den beiden ersten reckten zwei weitere Tiere neugierig die Köpfe heraus. Die Frau stand links neben einem hochgewachsenen

Apfelschimmel und nickte ihren Besuchern freundlich zu, als sie von ihnen Notiz nahm. Dann ging sie zur Mistschubkarre, die auf dem Korridor stand, drückte eine halb aufgerauchte Zigarette darin aus, legte die Pferdebürste beiseite und hielt Britta und Lennart ihr rechtes Handgelenk hin.

»Meine Hand ist leider ziemlich schmutzig, die gebe ich Ihnen lieber nicht. Sie müssen von der Polizei sein und kommen wegen dem Tod meines Bruders, nicht wahr?«

Die beiden nickten und stellten sich vor.

»Interessanter Name, hier auf der Insel«, sagte die Frau mit verschmitztem Lachen, das sich zu einem rasselnden Husten steigerte. Nach einer Weile hatte sie sich wieder gefangen. »Kennen Sie denn auch den echten Lennart Ipsen?«

»Den ... *echten*?« Lennart runzelte die Stirn.

»Na, das Original eben. Den vom Müll. Mit den blauen Autos.«

»Ach so, ich ... nein, ich wohne noch nicht so lange hier«, hörte er sich sagen. Er wunderte sich selbst über seine Worte, die klangen, als sei es selbstverständlich, dass er jedem Einwohner früher oder später mal für ein Pläuschchen über den Weg laufen würde.

»Vom Festland?«

»Genau.«

»Na, vielleicht treffen Sie Lennart ja mal. Ein aufrechter Kerl. Übrigens einer der besten Fahrer bei den Trabrennen hier auf der Insel.«

Lennart wusste, dass viele Bornholmer ein Faible für den Trabrennsport hatten, es hatte sich allerdings noch keine Gelegenheit ergeben, bei einem der Derbys auf der großen Rennbahn im Zentrum der Insel dabei zu sein.

»Ich hatte immer wieder mit ihm zu tun, in der Zeit, in der ich noch als Tierärztin gearbeitet habe.«

»Ach, Sie hatten eine Praxis?«, wollte Britta wissen.

Pernille Juul schüttelte den Kopf. »Das nicht. Ich war Amtstierärztin in Rønne und vor allem für den Schlachthof von *Meats of Denmark* zuständig. Außerdem habe ich mich unentgeltlich um die Pferde, Esel und sonstigen Viecher meines Bekanntenkreises gekümmert. Und war ehrenamtlich für die Traber tätig. Das ist aber alles lange vorbei.«

»Darf ich fragen, warum?«, hakte Britta nach.

»Dürfen Sie. Es ist wegen Gustav, meinem Mann. Er hat Ihnen doch die Tür geöffnet, hoffe ich?«

Britta nickte.

»Gut.« Die Frau klang erleichtert. »Dann konnte er immerhin aufstehen. Ihm geht es heute wieder nicht gut, wissen Sie? Er leidet seit Jahren an einer Parkinson-Erkrankung und hat zunehmend Probleme mit der Mobilität. Ich konnte nicht mehr zur Arbeit gehen und ihn den ganzen Tag allein lassen. Also habe ich mit sechzig meinen Hut genommen und auch das mit den Trabern an den Nagel gehängt. Aber wie auch immer, kommen wir zum Grund Ihres Besuchs: kein schönes Ende für meinen Bruder«, wechselte Pernille Juul unverwandt das Thema. »Das hat er nicht verdient.«

Lennart musterte die Frau, die vor ihnen stand. Die langen aschblonden Haare zu einem Zopf gebunden trug sie eine dunkelblaue Reithose, eine passende Steppweste und schwarze Lederreitstiefel. Sie sah älter aus als dreiundsechzig, strahlte aber im Gegensatz zu ihrem Mann Energie und Vitalität aus, auch wenn man ihr sofort ansah, dass sie zu viel rauchte. Ihr hageres Gesicht war fahl, einer der mittleren oberen Schneidezähne fehlte. Ihre Stimme klang so tief, dass sie am Telefon sicher hin und wieder für einen Mann gehalten wurde. An den Fingern der rechten Hand hatten sich gelbliche Beläge gebildet.

»Das stimmt. Mein Beileid«, sagte Lennart.

»Danke. Das sagt man so, nicht wahr?« Sie ließ die rhetorische Frage erst verhallen, bevor sie weitersprach. »Wissen Sie, mich trifft Steffens Tod wirklich. Aber dass ich leide, könnte ich nun wirklich nicht sagen.«

Stirnrunzelnd sahen Britta und er die Frau an, die sich dadurch schließlich gemüßigt fühlte weiterzusprechen. »Das klingt jetzt vielleicht hart, aber wir hatten in den letzten neun Jahren so gut wie keinen Kontakt mehr. Sicher, Bruder bleibt Bruder, aber Steffen ... Er war verbittert, vor allem, seit seine Frau das Weite gesucht hat.«

Lennart hob seine Hand. »Und das war vor neun Jahren?«

»Nein«, sagte Pernille Juul, »das war schon ein Jahr früher, glaube ich. Vor neun Jahren sind meine Eltern gestorben. Beide gleichzeitig.«

»Ein Unfall?«

»Genau. Wirklich tragisch. Bei einem Rundflug über die Insel, den ich ihnen zur goldenen Hochzeit geschenkt hatte. Sie hatten den Gutschein so lange liegen gelassen, bis er beinahe verfallen wäre. Darum habe ich sie dazu gedrängt, habe auf eigene Faust einen Termin mit dem Piloten ausgemacht. Niemand weiß, warum die Maschine auf der Ostseite der Insel auf einmal Feuer fing und ins Meer stürzte. Einige Touristen, die an der Küste unterwegs waren, haben von einem Knall und einem regelrechten Feuerball gesprochen. Letzten Endes ging man von einem Motorschaden oder einer defekten Kraftstoffleitung aus. Es war der erste und letzte Flug, den meine Eltern jemals gemacht haben, müssen Sie wissen. Sie waren noch nicht einmal nach Kopenhagen geflogen. Hatten immer nur gearbeitet, die Insel so gut wie nie verlassen.« Wieder wurde Pernille Juul von einem rasselnden Husten geschüttelt.

»Und Ihr Bruder hat Ihnen die Schuld am Tod der Eltern gegeben?«, sprach Britta die Frage aus, die auch Lennart auf den Lippen lag.

»Natürlich. Und was soll ich sagen: Das hätte ich auch getan an seiner Stelle. Sie nicht?«

Natürlich hätte er das. Er hätte sich unendliche Vorwürfe gemacht, wenn ...

»Ich habe mir unendliche Vorwürfe gemacht. Und werde nie vergessen, wie Steffen auf der Beerdigung regelrecht zusammengebrochen ist. Dieser baumlange Kerl hat geweint wie ein Schlosshund. Und als Agnes und ich ihn trösten wollten, hat er bloß wie wild um sich geschlagen. Ja, es waren schlimme Umstände, unter denen unsere Eltern gehen mussten, wir konnten uns nicht vorbereiten auf ihr Ableben. Aber mein Bruder war damals schon über fünfzig. Er blieb nicht gerade als Waisenkind zurück, wenn Sie verstehen, was ich meine. Trotzdem ist etwas unwiederbringlich in ihm zerbrochen am Tag, an dem Mama und Papa starben.«

»Und er hat es Ihnen all die Jahre nie verziehen?«, wollte Lennart wissen.

»Nein. Dazu kam dann noch die Sache mit dem Erbe.«

Britta zog die Brauen hoch. »Ach ja?«

Pernille Juul nickte, langte in ihre Westentasche und holte eine neue Zigarette heraus, die sie erst in aller Ruhe anzündete, bevor sie weiterredete. »Ach ja«, wiederholte sie. »Sie sagen es. Es war letztlich ein Fehler von mir. Von Gustav und mir, um genau zu sein.«

Die Beamten sahen sie fragend an.

Erst nach zwei gierigen Zügen an der Zigarette sprach sie weiter. »Na ja, vielleicht habe ich mich wirklich falsch verhalten. Gustav und ich waren damals gerade mit der Renovierung unseres Gehöfts hier durch. Geldprobleme hatten wir keine, Gustav hatte durch den Verkauf seiner drei Apotheken in Aalborg einiges auf der Seite, der Laden in Rønne lief bestens. Dennoch bestand Gustav darauf, dass ich mir wenigstens einen Teil meines Erbes auszahlen ließ.«

»Und Sie? Wollten Sie lieber verzichten?«, fragte Lennart.

»Meine Eltern haben nie ein Testament gemacht. Wir hatten auch nie explizit darüber gesprochen, Steffen hatte längst den Hof übernommen. Aber meine Eltern halfen weiter mit, damit er sich um die Sache mit den Schinken kümmern konnte. Das kam kurz vor ihrem Tod erst so allmählich ins Laufen. Mir hatten meine Eltern das Studium finanziert, dazu zwei längere Aufenthalte in Argentinien. Aber irgendwie war unausgesprochen klar, dass da irgendwann noch was für mich kommen musste.«

»Und das sah Ihr Bruder anders?«

»Komplett anders, ja. Wie gesagt, ich hätte vielleicht klein beigegeben, aber Gustav hatte eine klare Meinung, die er Steffen auch mitgeteilt hat. Obwohl ich ihn gebeten hatte, sich rauszuhalten. Aber mit den beiden, das war eine explosive Mischung. Ich habe schließlich gegenüber meinem Bruder auf die Zahlung eines Betrags bestanden, der etwa einem Drittel des Erbes entsprach. Ich fand das nicht unangemessen, hatte das Gefühl, es sei fair Gustav gegenüber.«

»Es gab mal eine Schlägerei zwischen Ihrem Mann und Steffen Kristensen …«

»Eine?« Pernille Juuls Lachen ging erneut in einen bedrohlichen Hustenanfall über. »Die erste gab es am Tag, an dem ich Gustav meiner Familie vorgestellt hatte.«

Lennart horchte auf. »Aber einmal wurde es aktenkundig. Vor der Apotheke …«

»Ach, das meinen Sie. Da habe ich mich richtig für die beiden geschämt. Gustav war damals schon Ende sechzig.«

»Das war vor neun Jahren, ging es da also um die Erbstreitigkeiten?«

»Das können Sie sich ja denken. Steffen kam in die Apotheke und hat rumgepöbelt. Er hatte gerade Kredite unterschreiben müssen, um mich auszuzahlen. Er hat sich furchtbar aufgeregt. Und mein Gustav ist ein Choleriker. Ich weiß nicht, wie lange er danach an seinen Blessuren herumgedoktert und Sälbchen auf sein blaues Auge geschmiert hat.« Beim letzten Satz zwinkerte sie Lennart grinsend zu. Der konnte dabei nicht anders, als auf ihre Zahnlücke zu starren. Warum ließ sich eine Frau wie sie einen derartigen Defekt nicht einfach reparieren? Aus Angst vor dem Zahnarzt? Aus Geldmangel bestimmt eher nicht. Als könnte sie seine Gedanken lesen, schloss sie den Mund und zog noch ein letztes Mal an der Zigarette, um auch die schließlich in der Mistschubkarre auszudrücken. Sie tätschelte ihr Pferd, das die ganze Zeit völlig unbeeindruckt dagestanden hatte, und machte den Strick los, mit dem es angebunden war. Als seien die Polizisten gar nicht mehr da, zog sie in aller Ruhe Halfter und Zaumzeug aus. Als sie fertig war, wandte sich

Pernille Juul wieder den Polizisten zu. »Die beiden sind einfach zu verschieden. Gustav ist in den Augen meines Bruders ein Snob gewesen, der sein Geld im Vorbeigehen verdient und sich als was Besseres vorkommt als er. Aber das stimmt nicht, und er hat ihm auch nicht das Gefühl gegeben. Jedenfalls in den ersten Jahren nicht. Später hat er ihn auch manchmal provoziert, hat ganz besonders einen auf Lebemann gemacht. Aber mittlerweile ist auch Gustav ruhiger geworden.«

»Herrschte denn Funkstille zwischen Ihnen beiden und Ihrem Bruder seit der Geschichte vor der Apotheke?«

»Das nicht gerade. Steffen hat sich von Zeit zu Zeit bei mir gemeldet, oder wir sind uns zufällig begegnet. Man kann sich auf einer Insel dieser Größe ja gar nicht völlig aus dem Weg gehen. Mal ein Anruf zu Weihnachten, zum Geburtstag oder wenn es um die Grabpflege ging. Mein Bruder hat immer nur das Nötigste gesprochen. Dabei hatte ich ihm sogar angeboten, nach seinen Schweinen zu sehen. Er kam aber nie darauf zurück.«

»Und Ihr Mann, hat der Ihren Bruder nach dem Zwischenfall gemieden?«

Pernille Juul schüttelte resigniert den Kopf. »Schön wär's gewesen. Aber außer der Erbsache hatten sie noch ein weiteres Schlachtfeld.«

»Wie meinen Sie das?«, hakte Britta ein.

»Gustav ist Förderer des *Cold-War-Museums* in Dueodde. Unten, am Bornholmerturm.«

Lennart schenkte Britta ein kurzes Lächeln. Erst gestern hatte sie ihn mit Wissen darüber versorgt, und schon jetzt konnte er es brauchen. »Und das störte Ihren Bruder?«, fragte er erstaunt.

Die Frau räusperte sich, wandte den Kopf ab und spuckte auf den Boden. »Das störte ihn, ja. Er konnte mit dem Museum und dem Eventgelände um den Turm nichts anfangen. Das sei ein Schandfleck, eine Bausünde, die man sprengen solle, hat er immer gesagt. Dabei hat er sonst auf Ästhetik nicht das Geringste gegeben.«

Ziemlich gut auf den Punkt gebracht, fand Lennart. Pernille Juul hatte in dieser Hinsicht eindeutig mehr Stil, das sah man an ihrem Hof und sogar an ihrem Stalloutfit. Auch wenn ihre Erscheinung durch die Zahnlücke, das Kettenrauchen und den allzu hageren Körperbau ein wenig verwegen wirkte, sah man doch, dass man es mit einer Dame zu tun hatte, die in jungen Jahren attraktiv gewesen sein musste. Doch der Zahn der Zeit – und womöglich auch ein ausschweifender Lebenswandel – hatten an ihr genagt. Bestimmt war sie auch einem Gläschen Wein oder Schnaps nicht abgeneigt.

»Was genau bei ihm diese Ablehnung ausgelöst hat, weiß ich nicht. Dazu kann Ihnen Gustav vielleicht mehr sagen. Wollen Sie sich mit ihm unterhalten? Dann gebe ich den Pferden noch rasch etwas Heu, wasche mich und stoße später wieder zu Ihnen, ja?«

Pernille Juul wandte sich bereits zum Gehen, doch Lennart hielt sie auf. »Eine Frage noch, die ich Ihnen gern allein stellen würde …«

»Ja, bitte?«

»Wir haben ein Testament bei den Unterlagen Ihres Bruders gefunden, in dem auch Sie bedacht sind.«

»Ach wie schön«, ätzte sie und wandte den Blick zu Boden. »Hatte er also wirklich so wenige Leute, dass er uns etwas von seinem Geld vermacht hat!«

»Nun, nicht Ihnen beiden, und es geht auch nicht um …«

»Statt dass er sich um Agnes und den Jungen … Er hat sich viel zu wenig um sie gekümmert. Was war er nur für ein Eisklotz! Wissen Sie, unserer Elterngeneration hat man vorgeworfen, dass sie gefühlskalt war. Aber er war doch viel schlimmer als die Alten! Hat einen Enkelsohn um die Ecke und schert sich nicht drum. Immer war nur der Hof wichtig, seine Arbeit, das verdammte Geld!«

Pernille Juul war laut geworden. »Haben Sie denn je mit ihm darüber geredet?«, fragte Lennart ruhig.

»Natürlich. Nicht nur einmal. Habe ihm gesagt, dass Fynn nur einmal klein ist. Und nur einen Opa hier auf der Insel hat. Und was war seine Antwort? Keine Zeit, kein Interesse.«

Lennart nickte. Er verstand, was sie meinte. Auch sein Großvater hatte sich nicht besonders für ihn interessiert, obwohl er ihn immer angebettelt hatte, etwas mit ihm zu unternehmen, etwas zu basteln, schwimmen zu gehen. Und irgendwann, als Jugendlicher, war dann auch sein eigenes Interesse am Opa erloschen, und sie hatten sich nur noch zu ein paar Familienfesten getroffen.

»Ich versuche, der kleinen Familie so etwas wie eine Ersatzoma zu sein. Und mein Mann bemüht sich auch um Fynn, zumindest so gut er es noch kann«, fuhr Pernille Juul fort. »Gustav und ich haben keine Kinder und brauchen das Geld nach wie vor nicht. Es sollten doch Agnes und Fynn sein, die erben. Schon, damit Agnes' Mann endlich Ruhe gibt. Der hat schon immer mal rumgestänkert, weil er meinte, dass Steffen die Familie ruhig mehr unterstützen könnte, so wie seine eigenen Eltern das getan haben. Die Leier konnte ich mir letzten Montag wieder anhören, als er Fynn abgeholt hat. Ob ich deswegen noch mal mit Steffen reden würde. Aber das hätte sowieso nichts gebracht.«

Lennart stutzte – hatte Bjarne Holst nicht behauptet, den ganzen Tag zu Hause gewesen zu sein? Vielleicht verwechselte Pernille Juul da etwas. »Bjarne Holst war bei Ihnen? Am Montag? Wann war das denn ungefähr?«

»Ist das wichtig? Ich schaue selten auf die Uhr, wenn ich hier draußen bei den Pferden bin, noch dazu, wenn der Junge da ist – wird am späten Nachmittag gewesen sein. Aber sein Besuch hat auch nicht lange gedauert. Als er gemerkt hat, dass er nicht weiterkam bei mir, hat er den Jungen eingeladen und ist gefahren.«

Merkwürdig. Lennart nahm sich vor, noch mal mit dem Mann zu reden. Und Tao nach den Ergebnissen ihrer Recherche zu den Finanzen der Holsts zu fragen.

»Frau Juul, Sie werden kein Geld bekommen, das geht in der Tat alles an Ihre Nichte Agnes«, übernahm Britta, nachdem ihr Chef vorübergehend in Gedanken versunken war. »Und auch der Junge ist explizit im Testament bedacht. Aber Ihr Bruder hat Ihnen das Klavier Ihrer Eltern und zwei Gemälde vermacht. Er schreibt zudem, Sie könnten sich an Erinnerungsstücken nehmen, was Sie wollten.«

Pernille Juuls Züge wurden auf einmal wieder weicher, ihr Gesichtsausdruck milder. »Ist er sentimental geworden, der alte Knochen«, sagte sie sanft. »Nachdem er das Klavier all die Zeit nie gestimmt hat und es inzwischen wahrscheinlich mehr Risse als Saiten hat, bekomme ich es also doch noch. Dabei hat Gustav mir längst einen Flügel geschenkt. Und dann die alten Ölschinken, die schon bei meinen Eltern über dem Bett hingen. Aber irgendwie rührend, dass er an mich gedacht hat.« Lennart hörte ihren Worten nach. Fühlte sie sich tatsächlich geschmeichelt?

»Ich möchte nicht indiskret wirken, aber es steht sogar drin, dass er Ihnen im Grunde nichts nachträgt und Ihnen verzeiht. Und dass er Verständnis für Ihren Standpunkt hatte«, merkte Britta an.

»Das freut mich. Aber bestimmt hat er in seinem letzten Willen auch noch einen Seitenhieb auf Gustav versteckt, oder?«

»Versteckt? Nein, das nicht. Er hat ihn offen platziert«, erklärte Lennart, erstaunt darüber, wie gut Pernille Juul ihren Bruder einzuschätzen vermochte.

»Das sieht ihm ähnlich!«, kommentierte sie kopfschüttelnd.

»Wussten Sie übrigens, dass er begonnen hat, seine Memoiren zu schreiben?«

Sie sah ihn ungläubig an. »Steffen? Niemals, da verwette ich meine letzte Schachtel Zigaretten.«

»Hat er aber, wir haben sie auf seinem Laptop gefunden.«

»Bizarr! Er und schreiben!« Sie schüttelte den Kopf.

»Er kam allerdings nicht sehr weit mit seiner Lebensbeschreibung.«

»Besser so, dabei wären wir wohl nicht besonders gut weggekommen!«

»Wer weiß. Übrigens erwähnt er in der Einleitung etwas Schlimmes, das ihm widerfahren ist – und spricht von dunklen Schatten, vor denen er sich fürchtet. Haben Sie vielleicht irgendeine Ahnung, was er damit meinen könnte?«

»Nein, tut mir leid. Das Einzige, was ich mir denken kann, ist, dass er damit den Tod meiner Eltern meint. Vielleicht ist er wirklich nie drüber weggekommen … Aber Steffens Tod war ja bestimmt kein Selbstmord, oder?«

Lennart ignorierte die Frage und ging stattdessen zum Angriff über. »Wo waren Sie und Ihr Mann eigentlich in der Nacht, in der das mit Ihrem Bruder passiert ist?«

»Nicht Ihr Ernst«, gab die Frau lachend zurück.

Lennart zuckte die Achseln.

»Zu Hause, was denken Sie denn? Wie jeden Abend, seit … fünf Jahren? Sechs?«

»Verstehe«, murmelte Lennart.

»Also, wie gesagt: Gustav müsste drüben in der Remise bei seinen Schätzchen sein. Einfach die Stallgasse lang, hinten die rechte Tür raus und dann im Neunzigradwinkel wieder rein. Immer dem Benzingeruch nach, können Sie gar nicht verfehlen. Bis gleich.«

Damit wandte sie sich wieder ihrem Pferd zu.

***

»Recht explosive Mischung, die beiden«, flüsterte Britta, als Lennart und sie die Stallung verließen und über den Hof auf den Eingang der Remise zusteuerten.

»Wie meinst du das?«

»Na ja, ihre Zigaretten und sein Benzingeruch – explosive Mischung eben.«

Lennart lachte. »Anscheinend hat Gustav Juul, um im Bild zu bleiben, in der Tat eine ziemlich kurze Lunte, nach dem zu schließen, was wir eben gehört haben.«

»Aber jetzt ist er ja ruhiger, wenn man seiner Frau Glauben schenken darf.«

Die schmale Holztür knarrte, als Lennart sie aufzog.

Seine Augen brauchten einen Moment, um sich nach der gleißenden Nachmittagssonne an das schummrige Dämmerlicht hier drin zu gewöhnen. Dann bot sich ihm ein Anblick, den er so nicht erwartet hatte. Das langgezogene Gebäude bestand aus einem einzigen riesigen Raum, der von ein paar Stützpfeilern getragen wurde. Er lag ein wenig tiefer als das Gelände drumherum und damit auch niedriger als der Eingang, von dem aus einige Metallstufen hinunterführten. Der Dachstuhl war nach oben offen, durch ein paar kleine Dachluken fiel Licht in die Halle, deren Wände keinerlei Fenster besaßen. Es roch nach Benzin, Gummi, Lack, Motoröl und Lösungsmitteln.

Der Grund für dieses olfaktorische Potpourri lag auf der Hand: Auf der gesamten Fläche – sicherlich weit über hundert Quadratmeter – parkten Autos Stoßstange an Stoßstange. Was hieß schon Autos, korrigierte sich Lennart: Das hier war die größte und wertvollste private Oldtimersammlung, die er bislang zu Gesicht bekommen hatte. Er war tief beeindruckt. Auf den ersten Blick konnte er mehrere englische Fahrzeuge, darunter einen Jaguar-E-Type, einen riesigen Bentley, mehrere Morgans und MGs erkennen, eine andere Ecke wurde dominiert von französischen Automobilen wie einer Wellblechente, einem Citroën Traction Avant, einer Déesse, einem Peugeot 504 Cabrio und einem Renault Alpine Typ 1. Dann mehrere Mercedes – darunter ein nahezu unbezahlbarer 300 SL Flügeltürer –, ein herrlicher Porsche 356 Speedster, zwei alte, auf Hochglanz polierte VW-Busse. Hier standen Automobile im Wert von mehreren Millionen.

Mit den Augen suchte Lennart die Reihen der Fahrzeuge ab, konnte Gustav Juul allerdings nirgends entdecken. Er wollte eben rufen, als er ein lautes Scheppern vernahm – wahrscheinlich ein heruntergefallenes Werkzeug. Das Geräusch kam aus dem hinteren Teil der Halle, wo Lennart jetzt auch die offene Motorhaube eines metallicblauen Fiat Spider erkannte.

»Herr Juul?«, rief Britta in den Raum.

»Hier hinten, ich … aua!« Sie sahen, wie der Mann, der ihnen vorher die Haustür geöffnet hatte, sich den Hinterkopf rieb, den er sich offenbar gerade an der Motorhaube gestoßen hatte. »Kommen Sie doch bitte zu mir, ich bin nicht mehr so agil auf den Beinen. Aber geben Sie Acht, die Wagen sind recht eng geparkt.«

Als Lennart und seine Kollegin sich schließlich durch die Reihen von Oldtimern gekämpft hatten, empfing Gustav Juul sie an dem blauen Cabriolet. Die Motorhaube war nun wieder geschlossen, der Mann putzte sich die ölverschmierten Hände an einem Lappen ab.

»Optisch in meinen Augen deutlich schöner als sein viel bekannterer Bruder, der Alfa Spider. Nur der Motor macht ständig Mucken wie eine kapriziöse italienische Operndiva. Aber das werden Sie wahrscheinlich kennen von Ihrem Mercedes. Ein V8, nehme ich an?«

»Nein, nur ein Reihensechszylinder. 280er.«

»Ah, seien Sie froh, die Achtzylinder sind ja so anfällig. Schöner Wagen.«

Moment, schoss es ihm durch den Kopf, war das etwa seine Chance, die Karre loszuschlagen und sich endlich ein vernünftiges Auto zuzulegen?

»Ja, ich liebe ihn heiß und innig«, log Lennart, »aber ich trage mich mit dem Gedanken, ihn zu veräußern. Falls Sie also Interesse hätten …«

Juul winkte lachend ab. »Danke, nein, ich bin versorgt, denke ich. Und verstehen Sie mich bitte nicht falsch, wenn ich sage, dass das Modell für meine Sammlung leider ein wenig zu alltäglich ist.«

Wäre ja auch zu schön gewesen, dachte Lennart. »Da haben Sie wohl recht.«

»Haben Sie ihn selbst restauriert?«

»Nein, ein Erbstück, noch im Originalzustand. Ich fahre ihn einfach nur, ehrlich gestanden.«

Juul nickte. »Das sieht man, aber ist auch kein Fehler. Etwas Patina schadet diesen Kisten nicht.«

Britta räusperte sich vernehmlich, wahrscheinlich um das aus ihrer Sicht stupide Männergespräch zu beenden und zum eigentlichen Grund ihres Besuchs zu kommen. Dann fragte sie: »Steffen Kristensen und Sie waren sich nicht grün, oder?«

Der Mann lehnte sich mit dem Rücken an das Cabriolet, bevor er antwortete. Hätten sie nicht gewusst, dass er unter Parkinson litt, wären sie nicht darauf gekommen. Seine Bewegungen wirkten zwar ein wenig steif und ungelenk, doch das hätte man auch einfach dem Alter zuschreiben können.

»Wir waren grundverschieden. Er hat mich nie als den Mann an Pernilles Seite akzeptiert. Ich war ihm zu alt – und vermutlich verfügte ich in seinen Augen auch über zu viel Geld.«

»Aber Sie haben dafür gearbeitet …«, begann Britta, doch Juul hob seine Hand.

»Teilweise, ja. Aber ich will nicht verhehlen, dass ich mir das hier alles …«, er ließ den Blick über die Fahrzeuge schweifen, »auch wegen meines Erbes habe anschaffen können. Meine Eltern besaßen ein großes Pharmaunternehmen, eine Pillenfabrik, wie es damals noch hieß. Mein Bruder führte sie bis vor einigen Jahren weiter, ich habe mich aber schon früh ausbezahlen lassen.«

Britta nickte. »Ihr Schwager war also neidisch auf Sie?«

Juul dachte kurz nach, bevor er antwortete: »Das würde ich gar nicht mal sagen. Sicher, er musste härter arbeiten, um sein Geld zu verdienen. Aber letztlich hätte er mein Leben nie gewollt. Sein erster Eindruck von mir war der eines reichen Arschlochs, und er hat sich nie die Mühe gemacht, ihn zu revidieren. Bei meinem ersten Besuch auf dem Hof von Pernilles Eltern bin ich mit weißem Hemd im Cabrio vorgefahren. Ich liebe es, mich schön zu kleiden, und habe ein Faible für teure Uhren.« Er schüttelte sein rechtes Handgelenk, an dem eine mächtige Rolex prangte. »Da war für ihn die Sache klar.«

»Und wie würden Sie ihn charakterisieren?«, wollte Lennart wissen.

»Dass er ein Kotzbrocken war, haben Ihnen wahrscheinlich bereits alle gesagt, mit denen Sie über ihn gesprochen haben. Und er hat absichtlich einen auf ruppiger Bauer gemacht, das war seine Masche. Aber sein Grundproblem war seine Unzufriedenheit. Er wollte wohl ursprünglich eine andere Laufbahn einschlagen, hat sich dann aber verpflichtet gefühlt, den Hof zu übernehmen. Pernille hat immer erzählt, dass er vor seiner Militärzeit noch ein ganz anderer gewesen sei. Er habe anfangs sogar überlegt, Berufssoldat zu werden. Er hatte Spaß an den Schiffen, hat sich aber auch für die Fliegerei interessiert und hatte sich für Tests der Luftstreitkräfte angemeldet. Ja, und irgendwann sei da ein Punkt gekommen, an dem er seine Pläne überraschend begrub und seinem Vater eröffnete, er werde den Betrieb weiterführen. Auch weil Pernille nie daran dachte, in die Landwirtschaft zu gehen.«

»Für Ihre Frau war immer klar, dass sie nicht in die Landwirtschaft wollte? Sie ist aber letztlich nicht so weit von dem Bereich entfernt mit ihrem Beruf«, merkte Britta nachdenklich an.

»Das ja, sie liebt Tiere, ist ein bodenständiger Mensch. Aber sie wollte raus aus dem Inselmief, studieren, dann ist sie für ein paar Jahre nach Argentinien gegangen. Das war genau ihr Ding, sie wollte die Welt sehen, bevor sie wieder hierher zurückkam.«

»Worum drehte es sich bei dem Konflikt, den Sie wegen des Museums am Bornholmerturm austrugen?«

»Das Dokuzentrum am *Tårnet*? Ja, das war auch so ein Ding!«

Man sah Gustav Juul an, dass ihn das Stehen anstrengte, daher schlug Lennart vor, sich draußen in die Sonne zu setzen.

»Gute Idee«, erklärte Juul und klang ein wenig erleichtert. »Sie müssen mir nur etwas Zeit geben, ja?«

Mit kleinen Schritten ging Juul nach draußen, die beiden Polizisten folgten ihm. Britta bot ihm einen Arm zum Einhaken an, was er jedoch ablehnte.

Während sie langsam hinter ihm hergingen, dachte Lennart über all das nach, was er bisher über diesen Mann und seine schwierige Beziehung zu Kristensen gelernt hatte. Aber selbst wenn seine Frau gelogen hatte und Gustav Juul im Alter doch nicht ruhiger geworden war – wäre er in seinem Zustand wirklich in der Lage, einen Menschen niederzuschlagen und dann in die Räucherei zu schleppen?

Alleine wohl kaum. Wenn ihm jedoch jemand zu Hilfe gekommen wäre, womöglich schon.

***

»Wo waren wir stehen geblieben?«, fragte Gustav Juul, als sie am Gartentisch Platz genommen hatten.

»Beim Museum.«

»Genau. Steffen hat es gehasst, hat nach dem militärischen Abzug von Beginn an die Idee einer Dokumentationsstätte abgelehnt. Weil es etwas Neues war. Und weil er die Leute nicht mochte, die das vorangetrieben haben – mich eingeschlossen.«

»Ach, Sie sind aktiv daran beteiligt?«

Er winkte ab. »Ich würde sagen, ich gehöre zum Unterstützerkreis. Das alles ist ja privatwirtschaftlich organisiert, ohne Zuschüsse seitens der öffentlichen Hand. Ich habe mich eingebracht, wo ich es am besten konnte: Den Willys Jeep, den Sie im Museum sehen können, und auch der schwarze GAZ 24 aus russischer Produktion stammen von mir. Und ich habe meine Beziehungen spielen lassen bei der Restaurierung der alten polnischen MiG, die damals auf dem Bornholmer Flughafen gelandet war. Die damalige Graspiste hatte dem Ding nicht gutgetan, und es gammelte lange vor sich hin. Jetzt können es die Leute wieder sehen, sich an die besondere Atmosphäre des Kalten Kriegs erinnern und sich über die Hintergründe informieren. Ist doch wichtig, gerade im Hinblick auf das, was in Osteuropa gerade vor sich geht.«

Das fand Lennart auch. »Und trotzdem hat Ihr Schwager sich öffentlich gegen das Museum ausgesprochen?«

»Und wie. Er hat in Leserbriefen an die Zeitung dagegen gewettert, Eingaben bei der Gemeinde gemacht, ja sogar versucht, gerichtlich Einspruch einzulegen. Keine Ahnung, warum er sich so ereifert hat, aber er war letztlich erfolglos. So wie die Handvoll anderer, die den Turm als Schandfleck ansahen.«

»Ein Schandfleck ... war das auch die Begründung von Kristensen?«

»Das und seine These, dass man durch den Turm jeden Tag an dunkle Zeiten erinnert wird. Als ob er unter dem Kalten Krieg gelitten hätte! Es handelt sich dabei schließlich um einen wichtigen Teil der Geschichte Europas, und am *Tårnet* wird sie live erlebbar. Sollte jeder mal gesehen haben.«

»Und irgendwann hat Kristensen sich damit abgefunden?«, wollte Lennart wissen.

»Was hätte er tun sollen? Ja, er hat Ruhe gegeben, angeblich war er sogar einmal dort und hat sich alles angesehen, ist auf den Turm gefahren und hat seinen Hof von oben fotografiert. Dass der Mann seiner Schwester aber dabei mitgeholfen hat, das Museum zu gründen, das hat er nach wie vor als persönlichen Affront gesehen.«

»Ach, hier seid ihr!«, hörten sie die tiefe Reibeisenstimme von Pernille Juul. Die Frau kam mit energischem Schritt aus dem Stall, stellte sich hinter ihren Mann und legte ihm die Hände auf die Schultern.

»Gibt es noch viel zu besprechen? Ich müsste zum Zahnarzt, heute ist Vorbesprechung für das Implantat, das hier vorn rein soll. Hab nämlich meinen Schneidezahn verloren.«

Als ob wir das nicht längst bemerkt hätten, dachte Lennart.

»Ein Unfall?«, fragte Britta und klang ehrlich interessiert.

»Häusliche Gewalt. Gustav hat mich die Kellertreppe runtergestoßen, als ich aus dem Keller Fertigpizza und Bier holen wollte. Und das alles nur, weil ich nicht kochen kann, stimmt's, Gustav?«, erklärte sie mit ihrem rasselnden Lachen und küsste ihren Mann aufs Haar. »Blödes Missgeschick im Stall. Egal. Passiert eben.«

Lennart stutzte. Für einen Moment hatte er eine Szenerie vor Augen: Die alternden Geschwister auf dem Hof von Kristensen, die sich zuerst anschreien, um dann schließlich handgreiflich zu werden. Pernille Juul, die ungünstig stürzt, sich den Zahn ausschlägt, blutet. Ihr Mann, der eingreifen will, aber weiß, dass er einer Schlägerei wie noch vor Jahren wegen seines Gesundheitszustands nicht mehr gewachsen ist. Er greift sich die nächstbeste Eisenstange auf dem Bauernhof und zieht sie dem Schwager über den Kopf. Beide denken, sie hätten ihn umgebracht, und schleppen ihn gemeinsam in die Räucherkammer, schließen die Tür von außen und fahren davon. Schon schied Gustav Juul nicht mehr als Täter aus. Es machte sogar Sinn, dass sein Schlag nicht kräftig genug gewesen war, Kristensen gleich endgültig zu erledigen.

»Wir sind eigentlich durch, lassen Sie sich nicht aufhalten, Frau Juul«, hörte er Britta sagen. Er beschloss, die Kollegen von der Spurensicherung zu bitten, am Tatort noch einmal explizit nach fremdem Blut und womöglich einem verlorenen Zahn zu suchen. Vielleicht brachte sie das tatsächlich weiter.

Pernille Juul wandte sich schon zum Gehen, da fiel ihr noch etwas ein: »Wann kann man meinen Bruder denn beerdigen? Ich würde Agnes bei der Organisation gern unter die Arme greifen.«

Britta erklärte, dass der Leichnam nach erfolgter Obduktion normalerweise rasch freigegeben würde, dass sie die Details allerdings noch mit der Gerichtsmedizin abklären müsse. Pernille bedankte und verabschiedete sich, hielt dann aber noch einmal kurz inne und fragte ihren Mann, was er gern zu Abend essen würde.

»Bring doch einfach was Fertiges vom Schlachter mit. Du weißt schon, aus der heißen Theke. Oder noch einmal einen Schinken. Werden die ja nicht mehr lange im Angebot haben.«

»Sie mochten Kristensens Erzeugnisse?«, fragte Lennart, der ein gewisses Erstaunen nicht verbergen konnte.

»Klar, das konnte er wirklich. Der Heißgeräucherte mit Wacholder – ein Gedicht.«

Lennart hob die Brauen. Hatte nicht Tao erzählt, dass sich Wacholderschinken in Kristensen Magen befunden hatte? Anscheinend eine besonders beliebte Sorte. »Pernille macht ihn immer gleich in der Verpackung warm. Dazu fertigen Kartoffelsalat aus dem Supermarkt und ein wenig aufgewärmte Tiefkühlerbsen. Das hat sie wirklich drauf.« Schließlich fügte er mit gedämpfter Stimme an: »Aber auch nur das.«

***

Britta und Lennart hatten das Anwesen der Juuls eben verlassen und waren auf die Hauptstraße eingebogen, als das Handy klingelte. Tao rief an, um ihm mitzuteilen, dass sie die Kontaktlisten aus Handy und Laptop inzwischen zusammengeführt und ein Ranking nach Häufigkeit erstellt habe.

»Das ist toll, Tao, aber ich hatte doch gesagt, dass das bis morgen Zeit hat«, sagte Lennart, als er sich in Ermangelung einer Freisprecheinrichtung endlich einen seiner drahtlosen Kopfhörer ins Ohr gefummelt hatte.

»Mir war danach. Ich schick sie dir gleich aufs Handy und zusätzlich noch als Mail, okay?«

Lennart seufzte. »Tao, leg sie mir einfach auf den Schreibtisch.«

»Ich soll sie ausdrucken?«, fragte sie ungläubig. »Warum das denn?«

»Weil ich …« Wie sollte er seinen Satz beenden? *Weil ich ein alter Sack bin, der lieber noch auf Papier liest?* »Dann schick es mir als Mail, bitte.«

»Okay, sieh es dir einfach schnell durch und gib mir Bescheid, was ich machen soll.«

»Feierabend.«

»Wie?«

»Feierabend. Du sollst Feierabend machen«, wiederholte Lennart. »Wie ich auch. Und Britta.«

»Aber ich kann doch nicht einfach mitten am Nachmittag …«

»Doch, das kannst du. Es ist höchste Zeit nach einem solchen Tag.« Ihr Besuch bei den Juuls hatte zwar durchaus ein paar neue Ansätze mit sich gebracht, aber er musste jetzt erst mal seine Gedanken ordnen. Und morgen war schließlich auch noch ein Tag.

»Aber wir haben noch was Wichtiges vergessen, verdammt!«, blaffte Tao. Lennart wunderte sich über ihre heftige Reaktion. »Was?«, fragte er alarmiert.

»Die Punschtorte und deine Pizzadinger stehen noch immer unangetastet im Kühlschrank.«

Lennart musste lachen. »Auch für die ist morgen noch Zeit. Also, ab nach Hause mit dir.«

»Lennart, wirklich, ich …«

»Ciao, Tao, bis morgen.«

Er zog sich den Kopfhörer aus dem Ohr und beendete das Telefonat. »Wir müssen ihr wirklich beibringen, dass man auch Pausen braucht, wenn man langfristig Leistung bringen will«, konstatierte er und wunderte sich selbst ein wenig über das, was er da gesagt hatte. Er schien allmählich im eher gemächlichen Rhythmus der Insel anzukommen. Eine gute Entwicklung, die ihn fröhlich stimmte. Britta grinste. »Es ist noch ein ganzes Stück Arbeit, aber wir werden den nötigen Schlendrian schon noch in sie reinbekommen. Und apropos: Jetzt dürftest du mich nach Hause fahren, Chef!«

***

Als Lennart den Mercedes vor seinem Haus geparkt hatte und die Eingangstür aufschloss, atmete er tief ein. War es schon so weit? Roch es in seinem Flur bereits nach daheim? Herrschte hier bereits jener unverwechselbare Duft, den es nur in dem einen Haus gab, in dem man den Gutteil seines Lebens verbrachte und der sich auch über Jahrzehnte nicht grundlegend änderte?

Er nahm tatsächlich einen Geruch wahr, hoffte jedoch inständig, dass ihm der nicht über Jahrzehnte erhalten blieb, denn er hatte schlicht vergessen, den Müll rechtzeitig rauszubringen. Er ging als Erstes in die Küche und zog die übervolle Tüte aus dem Metalleimer. Zu heißen wie die Bornholmer Mülllaster, damit hatte er sich inzwischen abgefunden. Auch noch wie sie zu riechen, darauf konnte er ganz gut verzichten. Er entsorgte seinen Abfall also in der Tonne vor dem Haus. Und seufzte, als sein Blick auf die beiden Nuss- und Apfelbäume neben der Einfahrt fiel. Der Boden darunter war übersät von überreifen Früchten, die ungenutzt vom Baum gefallen waren. Im Garten hinter dem Haus sah es nicht besser aus: Die Gemüsebeete wirkten verwahrlost, der Rasen müsste gemäht werden. Und auch die mächtigen Stockrosen hätte man längst stutzen sollen, die verblühten Hortensien zurückschneiden … Verdammt!

Er verfluchte sich dafür, dass er sich leichtfertig auf den Deal eingelassen hatte, sich um den Garten zu kümmern. Sicher, bis der Besitzer des Hauses von seinem einjährigen Aufenthalt in Kanada zurückkäme, war noch lange hin. Aber was würde sein Vater am Freitag zu diesem Chaos sagen? Der führte sein Gärtchen seit jeher mit einer Akkuratesse, die Lennart immer wieder aufs Neue in Staunen versetzte. Er besaß zum Beispiel neben einem Vertikutierer auch eine ganze Batterie an Rasentrimmern. Sein alter Herr würde sich außerdem schrecklich über die Vergeudung der gesamten Ernte aufregen, das wusste Lennart jetzt schon. Denn was der Herrgott in einem Garten wachsen ließ, das musste als Geschenk angesehen und durfte nicht vergeudet werden. Weshalb Karl Ipsen jedes Jahr derartige Mengen Marmelade einkochte, dass er im Keller inzwischen kaum noch Platz für die Gläser fand: Er aß die Konfitüre aus Johannisbeeren, Himbeeren und das Zwetschgenmus nämlich selbst gar nicht besonders gern. Die getrockneten Pflaumen, Apfelringe und Birnen hingegen waren zum

Niederknien. Lennart hoffte, dass er am Freitag eine große Tüte mitgebracht bekäme. Auch die Mädchen liebten das Zeug.

Er seufzte. Freitagabend also würden sie alle kommen. Nicht mehr als eineinhalb Tage blieben ihm, egal wie man es auch drehte und wendete. Höchste Zeit anzupacken, um dem guten alten Karl Ipsen zu zeigen, aus welchem Holz sein Sohn geschnitzt war. Das kleine Gästezimmer war quasi bezugsfertig, und um das andere, in dem seine Töchter schlafen würden, konnte er sich morgen noch kümmern. Jetzt war erst einmal der Garten dran.

Ohne sich umzuziehen, steuerte Lennart auf den Geräteschuppen neben den Bienenstöcken zu und schnappte sich den Rasenmäher. Nachdem er die Kopfhörer eingesetzt und in seinem Handy das Live-Album von Bruce Springsteen gestartet hatte, das er schon so lange nicht mehr gehört hatte, ging ihm die Arbeit auch wirklich gut von der Hand. Er genoss es, an nichts anderes zu denken als daran, ob der Fangkorb wohl schon voll war und der Sprit für den Rest der Fläche reichen würde. Immer wieder sah er über die Wildrosen- und Hortensienhecken aufs Meer und merkte, wie gut ihm diese Umgebung tat. Dass er bei *The River* ein wenig sentimental wurde, dafür gab er allein Springsteen die Schuld, nicht seinen aktuellen Lebensumständen.

Nach seiner Mähaktion sah der Garten schon gepflegter aus. Nein, korrigierte er sich in Gedanken: Er sah ein bisschen weniger ungepflegt aus. Lennart sah auf die Uhr: noch gut zweieinhalb Stunden bis zu seiner Einladung bei den Nygaards. Er wollte pünktlich sein, ein terminlicher Lapsus würde ihm von Britta die nächsten Wochen vorgehalten werden. Gastgeschenke hatte er bereits auf dem Rückweg von Pernille Juul gekauft, und wenn man die schnelle Dusche, das Umziehen und die Fahrt abzog, blieben ihm fast noch zwei Stunden. Und die würde er nutzen.

Eine ganze Weile später hatte er Zwiebeln, Lauch und Sellerie geerntet, Rote Beete und Karotten aus der Erde gezogen, Walnüsse aufgeklaubt und die noch essbaren Feigen gepflückt, dazu den Hof gekehrt und den fast schon wie Unkraut wuchernden Dill abgeschnitten. Zufrieden blickte er auf das Ergebnis. Wobei dieses bereits wieder ein neues Problem barg: Auch wenn er sich schon darauf freute, Britta und Mats demnächst mal ausgiebig zu bekochen – was um alles in der Welt sollte er ausgerechnet jetzt mit dem ganzen Zeug anfangen, das da in Weidenkörben, Plastikschüsseln und Holzkisten vor ihm auf dem Pflaster der Terrasse stand? Er würde das niemals alles auf einmal essen können und hatte weder vor, Suppengrün einzufrieren, noch Nüsse, Dill oder Feigen zu trocknen.

Er ließ sich auf einen der Gartenstühle sinken. Sein Vater hatte recht: Man konnte die Sachen nicht einfach auf den Kompost kippen, schließlich hatte sie der Vermieter im Frühjahr angepflanzt. Irgendwie würde es ihm vorkommen wie ein Verrat. Am Vermieter, an seinem Vater, der Natur, vielleicht sogar an etwas, das man Schöpfung nannte. Ob er es den Nachbarn schenken sollte? Oder Britta etwas davon ins Büro mitbringen? Nein, die hatten schließlich selbst Gärten und bestimmt mehr als genug von alldem. Aber vielleicht konnten Taos Eltern, die den Imbiss betrieben, die Sachen ja brauchen. Andererseits: Ob die in ihrem Streetfood-Wok wirklich besonders oft Dill und Rote Rüben zubereiteten? Er überlegte. Es musste eine andere Möglichkeit geben, Abnehmer für seine Ernte zu finden. Touristen waren schließlich auf den Straßen der Insel trotz Nachsaison noch immer genügend unterwegs.

Natürlich! Die Straße! Schließlich befand sich vorn, am Ende des kleinen Feldwegs, der zu seinem gelben Häuschen am Meer führte, eine der wichtigsten Verbindungsstraßen der Insel. Und er hatte im Schuppen etwas gesehen, was er für sein Vorhaben gut brauchen konnte.

Als Lennart schließlich aus dem Kiesweg auf die 158 zwischen Svaneke und Gudhjem einbog, warf er noch einmal einen stolzen Blick auf das Ergebnis seiner Arbeit. Der hölzerne Verkaufswagen in Form eines altertümlichen Handkarrens mit rot-weiß angestrichenen Wagenrädern stand am Straßenrand, sein schrankartiger Aufbau war gefüllt mit allem, womit ihn seine eigene Scholle so reich bedacht hatte. *Die eigene Scholle.* Er war fast ein wenig benommen von seinen eigenen, zugegeben etwas schwülstigen Gedanken. Er hatte alles gesäubert und dann portionsweise in die braunen Tüten abgefüllt, die er in der Vorratskammer gefunden hatte. Die Feigen standen in kleinen Pappschälchen daneben. Über all dem prangten zwei große Bretter, auf die er mit großen weißen Lettern »zu verschenken« gepinselt hatte. Ja, so ging das. Ganz allmählich wurde ein echter Bornholmer aus ihm.

***

Mit einem tiefen Seufzen hatte Lennart auf den Klingelknopf am Haus des Ehepaars Nygaard gedrückt, die am Stadtrand von Nexø, einer kleinen, schmucklosen Stadt im Süden der Insel, wohnten. Sofort war ihm der gepflegte, weitläufige Garten mit großem Gemüseteil aufgefallen, in dem alle Beete wie mit dem Lineal gezogen wirkten. Was für ein Unterschied! Nach Übergabe der Gastgeschenke, die einigermaßen gut anzukommen schienen, gab es einen Aperitif – Holunderblütensekt, dazu selbst gebackene Käsekräcker von Rosa Nygaard, die auf ein Lob Lennarts hin bescheiden abwinkte.

Morten Nygaard schaltete sich sofort ein und erklärte, er habe recht, die Kräcker seien etwas ganz Besonderes, gemacht mit feinstem französischem Käse. Das Kochen liege seiner Frau einfach im Blut, sie lese ein Kochbuch nach dem anderen, und schließlich habe sie schon mehrere Kurse bei Maren Fabricius, der Inhaberin des *Argousier*, besucht.

»Es klingt immer so, als sei mein Mann froh, dass ich wenigstens *etwas* kann. Aber danke fürs Kompliment, Lennart.«

»Sie kann natürlich auch andere Dinge. Schließlich war sie bis letztes Jahr Grundschullehrerin und widmet sich jetzt mit Hingabe ihren Kunstprojekten.«

Rosa winkte erneut ab. »Er gibt immer so an mit mir, aber das lässt nach, wenn wir uns besser kennen, keine Sorge. Dann prahlt er nur noch mit unseren Kindern, die beide auf dem Festland leben und Ärztin und Anwalt sind. Aber darauf können sie sich doch allenfalls selbst was einbilden, nicht wir.«

»Wobei wir schon unser Möglichstes getan haben, sie zu fördern, vor allem Rosa natürlich«, schaltete sich jetzt wieder Morten ein.

»Ach was, Morten war einfach weniger zu Hause, als er noch gearbeitet hat.«

Lennart sah zwischen Morten und Rosa hin und her, die die ganze Zeit nicht miteinander, sondern immer nur übereinander sprachen. Er fühlte sich wie ein Zuschauer bei einem Tennismatch. Ihm fielen die strahlend blauen Augen der Frau auf, die leuchteten, als gehörten sie einem jungen Mädchen. Auch sonst sah man der kleinen, zierlichen Frau mit dem braunen Pagenkopf ihr Alter nicht an. Morten mit seinen grauen Locken konnte sein Alter weniger gut verbergen, aber auch er wirkte durch seine kräftige Statur, das braun gebrannte, nicht sonderlich faltige Gesicht und die dunkle Stimme erstaunlich fit.

»Ich hole jetzt die Vorspeise, und Morten soll dir den Wein kredenzen«, sagte Rosa schließlich und verschwand in der Küche.

Nach einem kurzen Vortrag über den noch in den Kinderschuhen steckenden Weinanbau auf der Insel brachte Rosa Nygaard die Vorspeise: Lachsforellen-Ceviche mit Granatapfelkernen und einer frischen Maracuja-Marinade zu selbst gebackenen Haferblinis.

Sie setzten sich und aßen eine Weile schweigend. An Lennarts Gesichtsausdruck konnte Rosa offenbar erkennen, wie gut es ihm schmeckte, denn noch bevor er auch nur ein Wort sagen konnte, legte sie ihre Hand auf seinen Unterarm und erklärte: »So schön, dass es dir schmeckt, Lennart. Morten hat nämlich ursprünglich vorgeschlagen, dass wir *Fiskeboller* als Entrée essen, weil er dir die traditionelle Inselküche näherbringen will. Aber diese Ceviche, deren Rezept übrigens auch von Maren Fabricius stammt, konnte ich dir nicht vorenthalten. Apropos: Kennst du sie?«

»Wen?«, fragte Lennart.

»Maren Fabricius.«

Er schüttelte den Kopf.

»Das solltest du schleunigst ändern. Eine tolle Frau.«

»Lass doch, Rosa, Lennart will vielleicht gar nicht ständig über Essen und Köchinnen reden, sondern uns von seinem Werdegang bei der Polizei erzählen. Und von seinem aktuellen Fall.«

Rosa kicherte. »Er will dich nur aushorchen. Überlege dir gut, was du preisgeben willst! Morten vergisst nichts, sein Gedächtnis ist legendär. Er ist echt ein toller Ermittler.«

»Sie übertreibt«, gab Morten nun den Bescheidenen.

»Ehre, wem Ehre gebührt. Weißt du: Morten kann ja nicht so wahnsinnig viel, aber fürs Garteln, Imkern, Nachdenken und Ermitteln hat er schon eine gewisse Begabung. Und für das Führen von Verhören. Also viel Spaß bei deinem, Lennart«, sagte Rosa, zwinkerte Lennart zu, stand auf und drückte ihrem Mann im Vorbeigehen einen Kuss auf die Wange.

»Sie meint es nicht so, ich denke schon, dass sie auch meine Arbeit im Haushalt schätzt, ich bringe mich viel ein, seit ich im Ruhestand bin«, erklärte Morten, als sie außer Hörweite war.

Lennart lächelte milde. Schließlich war die mit der Pensionierung spontan aufkeimende Häuslichkeit von Ehemännern, die zuvor jahrelang eine Führungsposition innehatten, Stoff mehrerer Filme und Romane. Warum also sollte ausgerechnet er seinem Vorgänger die trügerische Illusion nehmen, von einem Tag auf den anderen zu Hause gebraucht zu werden?

»Du musst weder das Gefühl haben, bei einem Vorstellungsgespräch zu sein, noch brauchst du mir Interna hinsichtlich eurer Arbeit preiszugeben. Das hast du doch nicht etwa befürchtet?«

»Nein, ganz und gar nicht«, log Lennart und fragte Morten kurzerhand nach dem spektakulärsten Fall seiner langjährigen Laufbahn. Der Pensionär erzählte Lennart ausführlich davon, und da es sich um ein Verbrechen aus den späten Siebzigerjahren handelte, bekam er gleichzeitig Einblicke in die Geschichte der Polizeiarbeit in der Provinz. Und in ein Bornholm, das sich vom heutigen gar nicht so sehr zu unterscheiden schien, auch damals konkurrierten Landwirtschaft und Tourismus offenbar bereits um den Titel des wichtigsten Wirtschaftszweiges. Das Verbrechen, von dem Morten erzählte und das er aufgrund Indizien aufgeklärt hatte, passte da schon eher ins Provinz-Klischee: Ein Fischer hatte einen Kollegen auf dessen Boot erschlagen, weil er ihm die Frau ausgespannt hatte, und ihn anschließend in irgendeinem Schacht einer alten, leerstehenden Industriehalle begraben.

»Ich wusste, dass er es sein musste, aber mir fehlte der letzte schlüssige Beweis – und obendrein die Leiche«, berichtete Morten. »Dann habe ich einer Eingebung folgend irgendwann das Auto vom Bruder des Täters untersucht. Das war ein großer Kombi, der Täter fuhr nur einen winzigen Wagen. Und da habe ich eine Quittung vom Kieswerk gefunden, über Rollkies, der einen Tag nach der Tat in die Industriehalle geliefert worden war. Wir haben gegraben und: Bingo.«

»Die Geschichte vom Fischer und seiner Frau?«, fragte Rosa, als sie mit dem Hauptgang kam.

Die Männer nickten.

»Schön, und ich kann dir bestätigen: Sie scheint exakt so zu stimmen, wie er sie dir erzählt hat. Ich hab sie nämlich bestimmt schon zwanzig Mal gehört – und immer gleich.«

Morten zuckte die Achseln, Lennart lächelte unsicher.

»Dann hätten wir hier eine mit konfiertem Knoblauch gespickte Schulter vom Insellamm«, nahm Rosa dem Moment mit ihrer erfrischenden Art jeden Anflug von Peinlichkeit. »Dazu Rosmarinkartoffeln, eine Soße mit eingelegten schwarzen Nüssen und Rahmporree aus Mortens Garten. Guten Appetit!«

Als sie den hervorragenden Gang – nach doppeltem Nachschlag – beendet hatten, stand Lennart auf, um seinen Teller in die Küche zu bringen und beim Abdecken zu helfen, wurde aber von beiden Nygaards daran gehindert.

»Rosa macht das, keine Sorge«, verkündete Morten, und seine Frau präzisierte: »Ganz genau. Ich bring das aber alles nur in die Küche und lass es stehen. Wenn ich morgen früh aufstehe, hat mein Göttergatte alles bereits abgewaschen und aufgeräumt. Wir teilen uns die Arbeit. Funktioniert wie eine gut geölte Maschine.«

Lennart war erstaunt. Die beiden schienen sich blind zu verstehen, redeten jedoch den gesamten Abend aneinander vorbei, als sei der andere gar nicht da. Interessant, wie manche Beziehungen funktionierten.

Rosa verschwand wieder in der Küche, da brachte Morten das Thema dann doch noch wie von ihr vermutet auf Lennarts bisherige Karriere und den aktuellen Fall. Lennart kam Rosas Warnung nach und hielt sich bei den bisherigen Ermittlungsergebnissen zurück.

Als sie die Beerengrütze auf Milchreis und das hausgemachte Roseneis mit getrockneten Rosenblättern aus dem Garten auch noch verspeist hatten, holte Rosa eine Flasche Rum und drei Gläser aus dem Wohnzimmerschrank, goss ungefragt alle drei bis zur selben Höhe voll und schob ihrem Mann und Lennart je eines hin.

»Zur Verdauung«, kommentierte sie und ließ den Inhalt des Glases in einem Zug ihre Kehle hinunterlaufen. »Und jetzt ist noch ein wenig Zeit, dass Morten dir seinen Gruselkeller zeigt. Darauf freut er sich schon, seit du zugesagt hast.«

Lennart sah sie fragend an, doch sie sagte nichts weiter. Ihm schwante Böses. Der Gruselkeller eines ehemaligen Kriminalers – das konnte alles Mögliche bedeuten. Er kannte Kollegen, die Asservaten ihrer spektakulärsten Fälle aus dem Archiv schmuggelten, andere pflasterten ganze Kellerräume zu, um neue Thesen zur Aufklärung aufzustellen. Er war gespannt, welche Leiche sein Vorgänger so im Keller hatte.

»Schön. Magst du dir vorher noch eine Zigarre aussuchen? Ich hatte in der Einladung ja versprochen, dass es welche geben würde.«

Lennart schüttelte den Kopf. »Nein, danke. Ich habe vor ein paar Wochen mit dem Rauchen aufgehört und bin heilfroh, dass ich es bislang durchhalte.«

»Dann werde ich auch nicht rauchen«, sagte Morten schnell.

»Natürlich wirst du das, Morten. Kein Problem«, gab Lennart zurück.

»Na gut, dann stopfe ich mir aber schnell eine Pfeife, deren Geruch ist für Passivraucher meines Erachtens weitaus angenehmer als der von Zigarren.«

Lennart hatte keine Einwände, lehnte aber einen weiteren Digestif mit dem Hinweis, er wolle bei seiner Heimfahrt keine Scherereien mit den uniformierten Kollegen riskieren, ab. Dann stieg er hinter Morten die Kellertreppe hinab. Sie betraten einen kurzen Flur und gingen an einer geschlossenen Tür vorbei. An ihr klebte ein Plakat, das für Honig aus eigener Imkerei warb. Natürlich, Rosa hatte vorhin erwähnt, dass sich Morten mit Imkerei auskannte. Vielleicht sollte er ihn mal auf sein Bienenproblem ansprechen? Andererseits musste er erst mal sehen, wie sich ihre Beziehung entwickeln würde, bevor er ihn um einen persönlichen Gefallen bat. Auch wenn der Abend bisher erstaunlich angenehm verlaufen war, konnte er Morten Nygaard doch noch nicht richtig einschätzen.

Morten riss ihn aus seinen Gedanken, indem er eine Tür am Ende des Korridors öffnete und das Licht in dem Raum einschaltete, den sie betraten. Lennart brauchte einen Moment, um zu verstehen, was er sah. Es handelte sich um eine Mischung aus Herrenzimmer, Bibliothek und Modelleisenbahnausstellung.

»Ich schalte schon mal den Abzug ein, dann kann ich mir beruhigt die Pfeife anstecken«, erklärte Morten und betätigte einen Schalter. »Ich habe ja keine Fenster hier drin, da braucht es eine vernünftige Lüftungsanlage. Na, bist du schockiert von meinem … Gruselkeller, wie Rosa ihn immer nennt?«

Lennart ließ den Blick über die Regale aus schwerem dunklen Holz gleiten, die alle vier Wände des Raumes einnahmen. Die Büchersammlung darin, mehrere Hundert Bände schätzte er, war nach Themen geordnet und umfasste die Bereich Kriminalistik und Kriminalpsychologie ebenso wie die einschlägigen Gesetzestexte, Handbücher und Erfahrungsberichte von Polizisten. Den weitaus größten Teil aber machten die klassischen Werke der Kriminalliteratur aus: Maigret, Poirot, Wallander, Harry Hole, Sherlock Holmes und Miss Marple waren nur die Ermittlerfiguren, die ihm auf den ersten Blick ins Auge fielen. Was Lennarts Aufmerksamkeit jedoch mit Abstand am meisten auf sich zog, war eine große Platte in der Mitte des Raums, auf der sich als Relief die Umrisse Bornholms abzeichneten. Sie hatte gut und gern die Größe von zwei Billardtischen, man konnte aber dennoch gut von allen Seiten um sie herumgehen. An der Stirnseite des Raumes standen zwei Clubsessel, daneben ein Mahagonitischchen samt Aschenbecher und Feuerzeug sowie eine Messing-Stehlampe.

Während sich Morten in einen der Sessel fallen ließ, sein Pfeifenbesteck und einen Tabaksbeutel aus der Hosentasche holte und begann, sich in aller Seelenruhe seine Pfeife zu stopfen, ließ er Lennart keinen Moment aus den Augen.

Der war noch immer gebannt von der Modelllandschaft. Hier waren Strände und Wälder nachgebaut, die Umrisse der Städte eingezeichnet, der Flughafen Rønne, Hammershus, der Bornholmerturm und das Museum ebenso wie die diversen Leuchttürme und Häfen der Insel. Unweit des Leuchtfeuers von Dueodde erkannte Lennart ein silbernes Fahrzeug – seinen alten SLC.

»Was ist denn …«

»Ja, sieh es dir genau an«, bat Morten, der sich bemühte, seine Pfeife in Gang zu bringen.

Das Auto, das im Maßstab deutlich zu groß war, stand zusammen mit einem Polizeiwagen derselben Größe vor einem Haus mit Nebengebäuden, das entfernt an den Hof von Steffen Kristensen erinnerte. Daneben Buchstaben aus Plastik: L, B und K. Jetzt erkannte Lennart auch, dass in

Rønne unweit des Hafens ein T und ein V herumlagen, und in Hammerhavn ein A.

»Du findest die Liste der Namenskürzel hinter dir im Regal.« Morten war inzwischen in einer Wolke aus Pfeifenrauch verschwunden und nur noch in Umrissen zu erkennen. Aus dem Augenwinkel wirkte er auf Lennart ein wenig wie Kommissar Maigret in den Filmen mit Rowan Atkinson. Oder sah er eher aus wie Gunnar Barbarotti, der etwas schwermütige italienischstämmige Ermittler aus den Romanen des Schweden Håkan Nesser? Er schien jedenfalls ganz in seiner Rolle aufzugehen.

»War es hart für dich aufzuhören?«, fragte Lennart ehrlich interessiert.

Morten überlegte kurz und antwortete dann erstaunlich offen: »Härter, als ich mir jemals hätte träumen lassen.«

»Wirklich?«

»Na ja, meinst du, ich hätte mich sonst fast jeden Tag im Büro blicken lassen?«

Lennart lachte.

»Es war, als würde ich in ein Loch ohne Boden fallen. Britta und Tao werden es dir ja erzählt haben: Ich habe sogar ohne Bezahlung weitergemacht, bis die Stelle schließlich mit dir besetzt war. Nach und nach bin ich dann schon besser klargekommen. Rosa hat mir viel geholfen, wie auch unser Freundeskreis. Ich bin ja hier aufgewachsen, da kennt man Gott und die Welt.«

Wie das bei mir wohl mal sein wird?, fragte sich Lennart und wusste keine Antwort. Im Moment jedenfalls war er froh, dass sich dieses Problem erst in knapp zwanzig Jahren stellen würde – oder mehr, je nachdem, bis zu welchem Alter man dann arbeiten musste.

Lennart drehte sich um und griff sich den Ausdruck, von dem Morten gesprochen hatte. Die Namenszuordnung überraschte ihn nicht: B stand für Britta, L für ihn selbst, K für Kristensen, V für Vega, T für Tao und A für Agnes Holst.

»Normalerweise ziehe ich kleine Bindfäden zwischen den Personen und dem Opfer, die ich an Stecknadeln befestige. Manchmal entsteht dadurch ein regelrechtes Spinnennetz an Beziehungen. Ich räume die Szenerien erst ab, wenn die Fälle gelöst und die Täter verurteilt sind.«

Lennart schüttelte ungläubig den Kopf. Er kannte so etwas nur aus Kriminalromanen. Wenn er sich recht erinnerte, zog der französische Kommissar Dupin immer irgendwelche Fäden durch sein Büro oder seine Wohnung. Aber bei einem echten Ermittler hatte er so etwas noch nie gesehen. Wieder blickte er zu Morten, der ihn nach wie vor neugierig musterte. Er schien auf die Fragen seines Nachfolgers zu warten.

»Woher weißt du das alles?«, murmelte der nur.

Morten grinste. »Ich bitte dich: Deine Mitarbeiterinnen sind zwei Plaudertäschchen. Aus ihnen werde ich auch problemlos alles herausbekommen, was du mir heute vorenthalten hast«, sagte er augenzwinkernd. »Aber mach dir keine Sorgen: Das alles verlässt unter keinen Umständen meinen Keller, darauf gebe ich dir Brief und Siegel.«

»Das glaube ich dir ja. Aber du weißt selbst, dass das streng genommen …«

Morten legte den gestreckten Zeigefinger an die Lippen, bis Lennart verstummte. »Vielleicht brauchst du mal einen Rat von mir, und dann bin ich schon auf dem aktuellen Stand. Falls du mein Inselmodell übrigens mal verwenden willst, um dir über gewisse Zusammenhänge zwischen Orten und Personen klar zu werden, dann sag Bescheid. Du bist mir immer herzlich willkommen.«

»Danke, das ist nett«, sagte Lennart nur. Er hatte nicht vor, je auf das Angebot zurückzukommen, aber das musste er seinem Gastgeber ja nicht auf die Nase binden.

»Sogar der Meeresboden um Bornholm mit seinen Untiefen und den Wracks, die da verstreut liegen, dürfte relativ maßstabsgetreu sein«, erklärte Morten, erhob sich und kam auf Lennart zu. Er zeigte auf die kleinen zerbrochenen Schiffsmodelle, die im blau eingefärbten Meer überall vor der Küste lagen. »Wusstest du, dass man in den Wracks wunderbar Dorsche fischen kann? Einige Eigner von Kuttern machen sich das zunutze und veranstalten Angelfahrten dorthin, die ziemlich beliebt sind. Bei Touristen wie bei Einheimischen. Die gesunkenen Schiffe haben eine magische Anziehungskraft auf die Fische, wirken wie ein natürliches Riff, in dem sie Nahrung finden.«

»Auch die abgestürzten Flieger?«, wollte Lennart wissen, der zwischen den Schiffen am Meeresgrund auch einige Flugzeuge ausgemacht hatte.

Morten hob die Achseln. »Wahrscheinlich.«

»Warum liegen da denn gleich mehrere Maschinen?«, wollte Lennart wissen.

»Bornholm ist im Kalten Krieg immer wieder Schauplatz von großen NATO-Manövern gewesen, dazu übt die königliche dänische Luftwaffe vom Flugplatz Rønne aus jeden Sommer mit den Kampfjets. Vergiss nicht: Wir sind hier nach wie vor an der östlichen NATO-Außengrenze. Na ja, und dann gibt es ab und an ein paar tückische Winde – Gründe genug für eine Handvoll Abstürze über die Jahrzehnte, bei denen allerdings meistens nur hoher Sachschaden entstanden ist. Dem Schleudersitz sei Dank.«

Lennart erinnerte sich an seine Überfahrt mit der Fähre und an die russischen Kampfjets, die über das Schiff gedonnert waren. »Und was ist mit den berüchtigten Überflügen des Warschauer Pakts beziehungsweise heute Russlands?«

»Was soll mit ihnen sein?«, fragte Morten stirnrunzelnd.

»Gibt es sie wirklich so oft?«

»Immer wieder, ja. Wobei … das variiert je nach politischer Weltlage. In den Jahren vor 2020 war es relativ ruhig. Aber in Krisenzeiten wie den unseren nimmt auch das Säbelrasseln zu. Wird vielleicht nicht lange dauern, bis die meisten Kampfjets nicht mehr mit Erreichen des dänischen Hoheitsgebietes abrupt abdrehen, sondern es deutlich mehr Überflüge gibt als nur ein paar im Jahr. Geplante Provokationen, auch wenn sie offiziell als Versehen hingestellt werden. Ja, so kommt auch die große Weltpolitik ab und zu im kleinen Bornholm an.«

»Verstehe.«

»So, jetzt wollen wir dich nicht mehr länger beanspruchen. Du willst bestimmt nach Hause, hattest ja sicher einen anstrengenden Tag.«

»Das stimmt allerdings«, seufzte Lennart demonstrativ und sah heimlich auf die Uhr. Kurz vor halb elf. Wie angekündigt endete die Abendeinladung pünktlich auf die Minute.

Sie gingen nach oben, wo Rosa Nygaard auf dem Sofa saß und häkelte. Sie legte ein neongelb-schwarz gestreiftes Gebilde weg, als sie die beiden kommen sah.

»Ah, eine Mütze für den kommenden Herbst?«, wollte Lennart wissen.

Rosa schüttelte lächelnd den Kopf. »In den Farben? Da würde man mich womöglich als verwirrte Alte einliefern! Das wird eine Koralle für mein Riff.«

Lennart verstand nicht.

»Das ist Rosas Kunstprojekt. Sie verwandelt unsere Garage mithilfe von aus aller Welt mitgebrachten Steinen und gehäkelten Korallen in ein Riff«, erklärte ihr Mann, und Rosa schob nach: »Bei deinem nächsten Besuch zeige ich es dir, heute ist es schon zu spät. Ach ja, wenn du Wollreste hast: immer her damit. Je bunter, desto besser. Oder kannst du vielleicht sogar häkeln?«

Lennart verneinte und verabschiedete sich. Morten brachte ihn zum Auto, bedankte sich noch einmal für Lennarts Kommen und schob nonchalant nach: »Ach ja, wegen der Gegeneinladung: Du kannst sie für die Zeit nach der Lösung des Falles einplanen, sollte nur nicht später als in zwei Wochen sein.«

Noch vor zweieinhalb Stunden hätte Lennart innerlich rebelliert und den Standpunkt vertreten, er lasse sich keinesfalls vorschreiben, wann er wen einzuladen habe. Doch nun blieb sein Widerstand seltsamerweise aus, und er setzte einfach zu einem Nicken an. Irgendetwas an diesem Abend schien sein Unterbewusstsein davon überzeugt zu haben: Wenn Morten Nygaard etwas sagte, würde er bestimmt einen guten Grund dafür haben.

***

Es war noch vor elf, als Lennart an seinem Häuschen ankam. Wider Erwarten war es ein netter, wenn auch bizarrer Abend geworden – und obendrein ein recht lehrreicher. Er hatte mehr über die Nygaards, die Insel, ihre Bewohner und die Kriminalfälle der letzten Jahrzehnte erfahren als erwartet – und das alles in einer fast schon freundschaftlichen Atmosphäre. Er nahm sich vor, die beiden bald einzuladen, vielleicht am besten zusammen mit Britta, Mats und Tao.

Beim Aussteigen fiel ihm auf, dass sich ein leichter Muskelkater ankündigte, offensichtlich weil er die Gartenarbeit überhaupt nicht gewohnt war. Er freute sich auf sein Bett und kramte in seiner Hosentasche nach dem Wohnungsschlüssel, da bemerkte er ein Blatt Papier, das zwischen Türblatt und Rahmen geklemmt worden war. Was konnte das sein? Und von wem? Mit gerunzelter Stirn schloss er auf, schaltete das Licht ein, faltete das Papier auseinander und las den klein gedruckten Text:

»Werter Nachbar! Leider kennen wir Ihren Namen noch nicht, weil Sie in den Tagen, die Sie hier wohnen, noch keine Zeit gefunden haben, sich bei uns vorzustellen. Das lässt sich nicht ändern. Wir freuen uns, dass Sie sich heute um den Garten gekümmert haben. Er hatte es bitter nötig. Ebenso erfreut haben wir, Ihre beiden Nachbarsfamilien, die sich mit Ihnen denselben Feldweg teilen, zur Kenntnis genommen, dass Sie seit heute Abend den Verkaufsstand Ihres Vermieters verwenden. Verzeihen Sie uns den Hinweis: Es handelt sich um einen Verkaufsstand, nicht um einen Verschenkstand. Ein kleiner Unterschied, und doch ein entscheidender. Hier auf der Insel ist es üblich, Dinge aus dem eigenen Garten an die Straße zu stellen, um sie zu verkaufen. Nicht, um sie zu verschenken. Das ist so, seit wir denken können. Eine liebgewonnene Tradition. Die Leute sind es gewohnt, Geld in eine vorgesehene Kassette zu stecken. Diese jedoch fehlt bei Ihnen. Wir haben uns daher erlaubt,

die Schilder mit der Aufschrift »zu verschenken«, abzunehmen. Stattdessen haben wir Ihre Ware mit marktüblichen Preisen versehen, die entsprechende Preisliste finden Sie im Verkaufswagen, ebenso wie die Einnahmen von zweiundfünfzig Kronen sowie drei Euro, offenbar von ausländischen Käufern.

Wir hoffen, dass Sie uns diese Aktion nicht übelnehmen, aber es ist wichtig, dass sich alle an die Gepflogenheiten halten. Nur so werden Sie es schaffen, ein echter Bornholmer zu werden. Sie können es womöglich erreichen, auch wenn der Weg dorthin noch weit sein wird.

Herzliche Grüße. Ihre Familien Paulsen und Lind.«

Lennart wusste nicht, ob er schmunzeln oder sich aufregen sollte. Er hatte keine Ahnung, wo diese beiden Familien überhaupt wohnten, die sein Leben offenbar auf Schritt und Tritt verfolgten. Vielleicht waren im Garten Überwachungskameras angebracht, mit denen sein Wohlverhalten als Wahlbornholmer dokumentiert wurde. Ziemlich übergriffig und nicht ohne gewisse Ressentiments Fremden gegenüber. Andererseits war der Brief so pointiert formuliert, dass er sich schließlich fürs Schmunzeln entschied.

Er las das noch kleiner gedruckte P.S.: *Falls Sie über derart hohe finanzielle Mittel verfügen, dass Sie nicht wissen, was Sie mit den Einnahmen anfangen sollen, können wir Ihnen auf Wunsch gern eine Liste mit karitativen Organisationen der Insel zukommen lassen.*

Er legte den Brief zur Seite und ging mit dem festen Vorsatz ins Bett, sich in frühestens drei Monaten einmal ganz spontan und ungezwungen bei den Paulsens und den Linds vorzustellen.

Donnerstag

»Sonne über Gudhjem.«

Lennart verstand nicht. Als er die Räume seiner Abteilung betreten hatte, war ihm Tao sofort entgegengekommen, hatte ein wichtiges Gesicht gemacht und nichts als diese drei Wörter gesagt.

»Sonne über Gudhjem«, wiederholte jetzt auch Britta, die mit einer Tasse Kaffee und einem Stück der gestern mitgebrachten Punschtorte im Türrahmen zu ihrem Büro lehnte.

»Guten Morgen. Leider hatte ich bis jetzt nichts als einen schwarzen Kaffee und bin deshalb vielleicht geistig noch nicht auf eurem Niveau, also sagt mir eure ziemlich kryptische Begrüßung gar nichts.«

»*›Sol over Gudhjem‹*«, erklärte Tao, »ist der Text der letzten SMS, die Steffen Kristensen in seinem Leben geschrieben hat. Ergänzt um die Wörter ›heute‹ und ›kein Aufschub‹. Wir versuchen uns gerade einen Reim drauf zu machen.«

Lennart seufzte. »Okay, lasst mich einfach ganz kurz ankommen, und dann setzen wir uns zusammen und überlegen?«

Tao nickte, und Britta schlug vor: »Schön, du kommst an, Tao macht Kaffee, ich kümmere mich ums Frühstück und wir treffen uns in zehn Minuten in deinem Büro.«

Lennart nickte. Das klang nach einem vernünftigen Plan.

Eine Viertelstunde später hatte er nicht nur zwei von Brittas Chorizo-Pizzaschnecken vertilgt, sondern auch bereits akribisch Bericht über seinen Besuch beim Ehepaar Nygaard erstattet. Und wahrheitsgemäß eingeräumt, dass es ein ungewöhnlicher, aber angenehmer Abend geworden war, was Tao und Britta sichtlich freute.

»Rosa ist wirklich eine Wucht«, schloss er. »Und bevor ihr fragt: Ja, es wird eine Gegeneinladung geben, an der ihr beide teilnehmen müsst. Termin folgt. Und damit zu unserem aktuellen Fall.«

Lennart brannte darauf, die Neuigkeiten zu erfahren, die sich aus den Inhalten des Mobiltelefons und des Laptops ergeben hatten. Er forderte Tao auf, ihnen davon zu berichten.

»Also, zunächst mal das mit der letzten SMS vom Morgen vor der Tat«, begann die junge Polizistin. »Sie geht an drei Empfänger, von denen wir einen schon kennen: Mikael Hansen.«

»Verstehe, dann lasst mich raten: Die anderen sind dieser Fischer, Bjerg, und der Busfahrer … Wie heißt er noch …«

»Rahbek. Lars Rahbek«, half ihm Britta.

»Also sind das die Gruppenmitglieder?«

»Ganz genau«, antwortete Tao.

»Mit denen ist Kristensen doch immer mal wieder zum Fischen rausgefahren. Was, wenn er ihnen mit *›Sol over Gudhjem‹* einfach sagen wollte: Leute, heut ist schönes Wetter, lasst uns eine kleine Angelpartie unternehmen.«

Die beiden Frauen schüttelten die Köpfe. »Irgendwie ergibt das nicht wirklich Sinn«, konstatierte Tao und stellte ihr großes Tablet so auf den Besprechungstisch, dass es alle drei im Blick hatten. »Noch dazu dieses ›kein Aufschub‹.« Sie tippte ein wenig auf dem Bildschirm herum, bis ein Chatverlauf erschien.

»Ich hab hier mal die komplette SMS-History der Vierergruppe zusammengesucht, die von Kristensen vor einem halben Jahr gegründet wurde. Unglaublich, wie wortkarg die Typen waren.«

»Männer eben«, murmelte Britta.

Lennart überflog die Zeilen. Seine junge Kollegin hatte die einzelnen Beiträge mit Namen und Datum versehen. Alle waren kurz und einsilbig wie »heute Treffen« oder »Hafen Hasle, heute 6 Uhr«. Meist stammten sie von Kristensen, und die anderen hatten darauf geantwortet. Einmal fragte Flemming Bjerg »Morgen Ausfahrt?«, worauf er als Antworten seiner drei Freunde nur jeweils ein »Ja« bekam.

»Seltsame Art, unter Freunden zu kommunizieren, oder?«, fand Britta. Lennart überlegte. Sicher, das war es. Andererseits handelte es sich bei ihnen um Männer um die sechzig, ausgiebige Chat-Plauderei war von denen nicht zu erwarten.

»Könnten aber schon Terminvereinbarungen für Angelfahrten sein. *›Sol over Gudhjem‹* kommt nur einmal vor, oder?«, wollte Lennart wissen.

Tao nickte. »Nur am Tag seines Todes. Zwei haben darauf zurückgeschrieben. Von Rahbek kam ein ›ohne mich‹. Ohne Erklärung, ohne *sorry* oder so. Und etwas später schickte dann Bjerg einen schlichten Daumen nach unten.«

»Verstehe. Und Hansen?«

»Hat nicht geantwortet, aber dazu komme ich gleich«, erklärte Tao.

»Was, wenn er die drei anderen einfach zu einem deftigen Imbiss einladen wollte, mit dem berühmten Heringsbrot?«, mutmaßte Lennart.

»Kann sein. Aber wie passt das zu ›kein Aufschub‹?«, wandte Tao ein.

»Es duldete keinen Aufschub, weil der Fisch wegmusste, bevor er verdarb.«

Die junge Asiatin presste die Lippen zusammen. »Lasst uns mal vom Essen absehen. Es gibt noch anderes, was so heißt. Aber mit dem krassen Hip-Hop-Song *Sol over Gudhjem* wird es wohl kaum zu tun haben, oder?«

»Können wir wahrscheinlich ausschließen, nicht die Musik unseres Opfers«, befand Britta. »Aber wisst ihr was: Gibt es nicht auch einen Traber, der so heißt? Was, wenn Kristensen auf ein Rennen anspielt, von dem er meint, *Sol over Gudhjem* könne es gewinnen?«

»An dem Abend war aber kein Rennen, die sind doch immer mittwochs«, wandte Tao ein.

Britta nickte. »Auch wieder wahr.«

»Nicht zuletzt lautet so der Titel seiner Autobiographie oder was das auf Kristensens Computer werden sollte. Irgendetwas muss es also damit auf sich haben. Nur was?« Lennart stützte den Kopf in seine Hand, Britta stieß hörbar die Luft aus. »Wir kommen so nicht weiter.«

»Dann lasst uns die verbliebenen drei Herren einfach gleich mal befragen, oder? Vielleicht bringt uns das ja die Erkenntnis.«

»Müssten wir sowieso machen«, befand Tao. »Aber vorher habe ich noch etwas anderes für euch. Auf dem Laptop nämlich ...«

»Moment, Tao«, unterbrach Lennart seine Kollegin, »lass uns noch einen Augenblick bei Kristensens Handy bleiben. Wie sieht es mit Anrufen am Montag aus?«

»Er hat am späten Vormittag bei Mikael Hansen angerufen. Aber nur für ein paar Sekunden.«

»Das heißt, die Mailbox ging ran, und er hat kurz draufgesprochen?«, mutmaßte Lennart. »Oder er hat einfach aufgelegt.«

»Wahrscheinlich, ja. Mikael Hansen hat ihn gegen drei Uhr zurückgerufen. Das Gespräch dauerte knappe zehn Minuten.«

»Immerhin, die beiden hatten sich was zu sagen.«

»Wir müssen Hansen dringend fragen, worum es ging. Sicher auch um Kristensens seltsamen Spruch mit der Sonne über Gudhjem«, sagte Lennart.

»Wahrscheinlich haben sie sich bei der Gelegenheit gleich zum Pilzesammeln verabredet«, ergänzte Britta.

Lennart nickte bedächtig. »Sonstige Anrufe?«

»Am Morgen des Auffindens vier Anrufe von Hansen, von denen er uns ja berichtet hat. Interessanter ist da schon der Umstand, dass Kristensen am Vortag ein Gespräch mit Tine Borup geführt hat. Respektive zwei.« Man merkte Tao an, dass sie es um jeden Preis spannend machen wollte.

»Echt? Die Glasbläserin? Inwiefern ist das denn interessant?«

»Na ja, sie haben insgesamt immerhin sieben Minuten telefoniert. Beim ersten Mal fünf, keine halbe Minute später noch einmal für zwei Minuten. In beiden Fällen ging der Anruf von Kristensen aus.«

»Du meinst, es war ein Streitgespräch, Tine Borup hat ihm irgendwann den Hörer draufgeknallt und Kristensen hat gleich noch mal angerufen, weil er sich das nicht bieten lassen wollte?«

Tao grinste. »Wenn du das mit dem Hörer im übertragenen Sinn meinst: ja.«

»Aber worum könnte es dabei gegangen sein?«, fragte Britta.

Lennart dachte nach. »Na ja, schließlich haben wir beim Opfer den Borup-Prospekt gefunden, auf den er die Wörter ›Schlange‹ und ›Miststück‹ oder so ähnlich gekritzelt hat«, erinnerte sich Lennart.

»›Geldgierige Schlange‹ und ›falsches Miststück‹«, präzisierte Tao. »Das alles wird noch brisanter, wenn man sich das hier ansieht.«

Wieder tippte Tao auf dem Tablet herum, bis ein Text-Dokument erschien.

»Was ist das?«

»Ein angefangener Brief, den ich auf Kristensens Laptop gefunden habe. Und zwar an Tine Borup.«

Lennart wunderte sich. Er hatte sich den Computer am Tag zuvor ebenfalls angesehen, das Dokument hier war ihm jedoch nicht aufgefallen.

»Eine Mail, die als Entwurf in seinem Postfach gespeichert war.«

Das erklärte es. Lennart begann zu lesen: *Hallo, Tine! Ich schreibe diesen Brief, weil ich klarstellen will: Ich lasse mir nicht drohen, von Leuten wie dir schon gar nicht. Glaubt ihr wirklich, ich hätte Angst vor euch und eurem Einfluss auf der Insel? Angst, dass ihr meinen Ruf zerstört oder mir etwas antut? Sicher nicht. Ich kenne keine Angst mehr. Nicht vor einer Tine Borup und ihrer Familie, nicht vor irgendjemand anderem. Ich weiß Dinge über dich, von denen du nicht willst, dass man sie erfährt. Also nimm dich in Acht, denn ich werde ganz sicher nicht*

Damit endete die Mail.

»Das ist tatsächlich ein Knaller!«, rief Lennart und sprang auf. »Höchste Zeit, der Dame mal einen Besuch abzustatten.«

»Halt, bevor du gehst: Ich sollte mich doch noch nach den Finanzen der Holsts erkundigen …«, bremste Tao ihn aus.

Lennart setzte sich wieder. »Und? Was hast du herausgefunden?« Jetzt erinnerte er sich auch wieder an das Gespräch mit Pernille und dass es ja noch die Frage nach Bjarnes Alibi zu klären gab.

»Na ja, so eine offizielle Bankauskunft ist eine ziemlich heikle Sache, das dauert ein bisschen. Aber weil das gestern irgendwie dringlich klang, habe ich mal meine Beziehungen spielen lassen …« Tao wurde automatisch leiser, während sie weitersprach, so dass Lennart und Britta sich zu ihr vorbeugen mussten. »Ich kenne jemanden bei der Bank, bei der die Holsts Kunden sind. Wir waren auf derselben Schule. Er macht Baufinanzierungen und so. Den habe ich angerufen und ein bisschen bearbeitet. Mit konkreten Zahlen wollte er auch nicht rausrücken, aber er hat angedeutet, dass die Holsts wegen des Umbaus ziemliche Schulden haben. Das Haus gehört wohl eher der Bank als der Familie. Bjarne hat aber in Gesprächen mit dem Bekannten von mir immer wieder mal angedeutet, dass er vielleicht bald zu mehr Kohle kommt und einen Teil womöglich auf einmal abzahlen kann. Spannend, oder?«

Das war in der Tat spannend. »Spitze, Tao, das sollten wir weiterverfolgen. Ruf doch bitte bei Holst an und bitte ihn, hier auf dem Revier vorbeizukommen. Am besten ohne seine Frau, dann spricht er vielleicht offener.«

»Mach ich.«

»Danke dir. Aber jetzt«, Lennart sprang wieder auf, »widme ich mich mal der Glasbläserin.«

Er schlug gar nicht erst vor, dass ihn eine seiner beiden Kolleginnen nach Svaneke in die *Glaspusteri Tine Borup* begleitete. Nachdem sich so viele neue Fakten ergeben hatten, war es für ihn höchste Zeit, in Ruhe ein wenig über den Fall zu sinnieren. Und das ging am besten allein im Auto. Besonders heute, zum Sound der Guano Apes. Erst mal würde er jetzt der Sache mit der Mail an Tine Borup nachgehen, sie zu Kristensens Anruf am Tag seiner Ermordung und vor allem zur Drohung befragen, von der das Opfer geschrieben hatte. Dann würde er sich mit Kristensens drei Freunden befassen und herausfinden, was es mit der Nachricht *»Sol over Gudhjem«* auf sich hatte. Und auch der Sache mit Bjarne Holst musste er auf den Grund gehen. Schließlich log man nicht ohne Grund, wenn man nach einem Alibi gefragt wurde.

***

Lennart wischte sich ein paar Schweißtröpfchen von der Stirn. Er war zu warm angezogen, es war noch zu früh für Flanellhemd und Boots. Obwohl sich der Morgen bewölkt und beinahe herbstlich gezeigt hatte, strahlte nun die Sonne wieder vom makellos blauen Himmel und sorgte erneut für fast hochsommerliche Temperaturen, die sich in der Glasbläserei geradezu potenzierten. Gut zehn Minuten stand er nun schon zwischen ein paar Urlaubern in der ersten Reihe und sah der schlanken Frau mit den kurzen blonden Haaren dabei zu, wie sie eine Vase herstellte. Vom Foto auf dem Werbeprospekt wusste er, dass es sich um die Chefin handelte. Tao hatte ihn noch mit der Information versorgt, dass Tine Borup fünfundvierzig Jahre alt und ledig war und keine Kinder hatte.

Sie trug eine Art Fischerhemd über einer Jeans, dazu

weiße Sneakers, jedoch weder Schutzbrille noch jene dicke Lederschürze, die Lennart erwartet hätte. Das Publikum, vor dem sie ihre Kunst vorführte, schien sie gar nicht wahrzunehmen, so sehr war sie auf ihre Arbeit konzentriert. Aus zwei gasbefeuerten, modernen Öfen drang gleißendes Licht aus Öffnungen, die nur gerade so groß waren, dass die Glasbläserin mit ihrem Werkstück, das an der Spitze eines langen metallenen Rohrs befestigt war, hindurch kam. Er wusste nicht genau, mit welchen Temperaturen hier gearbeitet wurde, aber selbst auf die Entfernung nahm man die Strahlungshitze noch als bedrohlich wahr.

Die typischen Metallrohre standen überall im Arbeitsbereich herum, dazu Metalleimer mit Wasser, einige Gießkannen aus Zinkblech und in einem großen Regal fingerdicke Stangen aus eingefärbtem Rohglas. Direkt vorn an der Absperrung befand sich eine hölzerne Werkbank, an der eine Menge Zangen, Scheren und Spatel hingen. Interessanterweise war der Boden weder gekachelt noch aus Beton, sondern mit dicken Holzplanken belegt, die nur überraschend wenige Brandspuren trugen. Hier wurde exakt gearbeitet. Immer wieder setzte sich die Glasbläserin auf den Hocker vor ihrem Werktisch, drehte das glühende Glasgebilde, verjüngte es dabei fast wie eine Töpferin mittels der Zangen und eines kräftigen Bunsenbrenners zur Vasenform, um diese kurz darauf durch Drehen und das gezielte Einblasen von Luft zu voller Größe zu bringen. Dann musste das Werkstück wieder und wieder in einen der Öfen.

Auf Lennart übte die Vorführung jene Faszination aus, die er stets bei Handwerkern oder Künstlern spürte, die ihr Metier in Perfektion beherrschten. Alles schien völlig selbstverständlich zu passieren, die Arbeitsabläufe gingen harmonisch ineinander über, wirkten leicht und unaufgeregt, nie hatte man den Eindruck von Hektik oder Stress. Fast kam er sich vor wie bei einer Ballettvorführung, was vielleicht auch dadurch hervorgerufen wurde, dass im Hintergrund Musik lief. Bon Jovi passte gut zu dem Spektakel, dem Lennart und die zehn, vielleicht auch fünfzehn weiteren Zuschauer, die sich jetzt am Vormittag in dem weitläufigen Laden befanden, beiwohnten.

Lennart ließ den Blick durch das moderne, lichtdurchflutete Geschäft wandern, das sich direkt im Zentrum von Svaneke befand, ein Stück oberhalb des pittoresken Hafens. Das industrielle Flair wirkte stimmig, die modernen, angenehm schnörkellosen Glasobjekte – darunter auch funktionelle Dinge wie Trinkgläser, Wasserkaraffen oder Windlichter und nicht zuletzt die fragilen Lampenschirme – passten zum zurückhaltenden Charme des loftartigen Raums. Die vor den Augen der Kunden hergestellten Objekte wurden auf langen Holzregalen vor den Fensterfronten präsentiert, in der Mitte standen andere Waren, auf denen das Logo mit dem großen orangefarbenen B prangte: Lakritzprodukte in diversen Darreichungsformen und Packungsgrößen – Lennart war die Marke sogar aus Läden in Deutschland bekannt – sowie eine ganze Palette anderer Dinge.

Er wandte sich ab und sah sich die Auslage genauer an. Senf von der Insel in verschiedenen Geschmacksrichtungen, eine ganze Reihe an Sanddornzubereitungen und Marmelade aus allem, was die Insel an Früchten hergab. Es folgte eine Reihe an Rapsölen, die man mit Kräutern aromatisiert hatte. Am Ende des Regals eine Kühltheke. Dort lag Käse, wie der weit über Bornholm hinaus bekannte Blauschimmelkäse St. Clemens. Daneben fielen Lennart die fünf oder sechs Sorten geräucherten Schinkens auf. Sie erinnerten an jenen, den Steffen Kristensen vertrieben hatte, etwa in der *Torvehal* in Rønne. Nur trugen die Fleischstücke hier nicht Kristensens Etikett, sondern das eines gewissen Jens Borup. Auch waren sie mit dem großen orangefarbenen B versehen und hatten wohlklingende Namen. Der Dunkelgeräucherte etwa *Rauchiger Troll*, der mit Knoblauch *Sanfter Knobold*. Und die Preise spielten in einer ganz anderen Liga als die von Kristensens Schinken.

Dem Eis der Marke Borup, das nebenan in einer Tiefkühltruhe lag, schenkte Lennart gar keine Beachtung mehr, denn inzwischen hatte die Glasbläserin ihre Präsentation beendet und die Vase zum Abkühlen gestellt. Ein paar der Zuschauer spendeten ihr dünnen Applaus, Tine Borup bedankte sich mit einer angedeuteten Verbeugung und griff zu ihrem Handy, das auf der Werkbank gelegen hatte, um Fotos von ihrem neu geschaffenen Objekt zu schießen. Dann nahm sie, weiter in ihr Mobiltelefon vertieft, auf dem Hocker davor Platz.

»Frau Borup, kann ich mich kurz mit Ihnen unterhalten?«, fragte Lennart.

Die Frau hob den Kopf und blickte ihn aus wachen wasserblauen Augen an. »Sicher. Worum geht es denn? Interessieren Sie sich für etwas Spezielles, oder möchten Sie einfach mehr über die Tradition der Glasbläserei auf der Insel wissen? Dann könnte ich Ihnen unsere Schautafeln im hinteren Teil unserer Werkstatt empfehlen. Dort können Sie auch Gläser selbst gravieren.«

»Nein, ich bräuchte einfach nur ein paar Informationen von Ihnen.« Er langte nach seinem Portemonnaie mit dem Dienstausweis.

»Ach, sind Sie der Reisejournalist?«, kam ihm Tine Borup zuvor. »Wollten Sie nicht erst morgen kommen?«

»Ich bin Lennart Ipsen von der Polizei in Rønne. Wir sind damit befasst, das Tötungsdelikt an Steffen Kristensen aufzuklären, von dem Sie vielleicht schon gehört haben.« Die einzige Zeitung auf der Insel und einige Regionalsender hatten längst davon berichtet.

»Ah, verstehe. Ihr Ausweis?«

Lennart reichte ihr das Dokument. Er erwartete die inzwischen fast schon obligatorische Anspielung auf seinen Namen, die jedoch überraschenderweise ausblieb.

Tine Borup gab ihm das Kärtchen zurück. »Auch wenn ich nicht wüsste, wie ausgerechnet ich Ihnen bezüglich des Todes von Kristensen weiterhelfen könnte: Möchten Sie mich in unsere Cafeteria begleiten? Ich könnte einen Kaffee vertragen.« Dabei zeigte sie auf einen kleinen Tresen, hinter dem eine große chromglänzende Espressomaschine stand, die noch beeindruckender war als das Exemplar, das er bei Mats gesehen hatte, und die besser in eine italienische Bar als in eine dänische Glasbläserei gepasst hätte. Da auch Lennart nichts gegen einen vernünftigen Espresso einzuwenden hatte, streckte er den Daumen nach oben und folgte der Frau in die Kaffeeecke, in der einige der Barhocker bereits von Touristen belegt waren.

Sie setzten sich an einen abseits stehenden Bistrotisch, und Tine Borup winkte der jungen Frau an der Kaffeemaschine. Die nickte und kam schnellen Schrittes an ihren Tisch.

Tine Borup bestellte einen Café Americano und eine Flasche des hausgemachten Johannisbeersafts, Lennart doppelten Espresso und auf Empfehlung der Kellnerin Minz-Kombucha der Marke Borup.

»Danke, dass Sie sich die Zeit nehmen«, nahm Lennart das Gespräch wieder auf.

»Ich mache zwischen zwei Vorführungen ohnehin immer zwanzig Minuten Pause. Die Zeit haben Sie, aber damit müssten Sie sich auch begnügen. Ich habe heute noch einiges an Büroarbeit vor mir. Übrigens wäre es schön, wenn Sie sich beim nächsten Mal vorher anmelden würden, dann kann ich besser planen.«

Lennart war überrascht, wie schnell die Frau, die ihm gegenübersaß, sich von einer gedankenversunkenen Kunsthandwerkerin in eine taffe Geschäftsfrau verwandelt hatte.

»Spontanbesuche lassen sich in meinem Metier nicht immer vermeiden«, gab er sich ebenso selbstbewusst. »Aber dann lassen Sie uns besser keine Zeit verlieren. Im Zusammenhang mit Kristensens Tod taucht mehrmals Ihr Name auf, deshalb bin ich hier.«

Tine Borups Blick drückte Erstaunen aus. Ob echtes oder gespieltes, vermochte Lennart nicht zu sagen. »Inwiefern?«

»Erstens haben Sie am Tag seines Todes miteinander telefoniert.«

»Am … Montag? Stimmt, er hat mich zweimal angerufen. Aber wieso ist das für Ihre Ermittlungen relevant?«

»Sie waren einer der letzten Kontakte des Opfers. Worum ging es bei Ihrem Gespräch?«

»Einfach nur hinstellen, okay?«, herrschte Tine Borup die Kellnerin an, die eben das Tablett mit den bestellten Getränken brachte. Die nickte und verschwand wieder. Dann schenkte die Firmenchefin Lennart ein kühles Lächeln.

»Worum es ging? Wie immer ums Geschäft. Ansonsten verkehrte ich übrigens in keiner Weise mit Kristensen, falls das Ihre nächste Frage sein sollte.«

Lennart zuckte die Schultern, nahm einen Schluck Espresso und sah sie abwartend an, sie sprach jedoch nicht weiter. »Inwiefern hatten Sie geschäftlich mit ihm zu tun?«

»Sie wissen, dass er seinen Schinken über diverse Verkaufsstellen auf der Insel vertrieb?«

Lennart zeigte keine Regung.

»Er war als Lieferant einer von vielen Kooperationspartnern der *Borup Group*. Mehr nicht.«

»Mehr nicht?«, war es nun Lennart, der sich verwundert gab.

»Mehr nicht«, beharrte die Frau und nippte an ihrem Kaffee.

»Hatten Sie Streit?«

Tine Borup sah zur Decke, als suche sie dort nach der passenden Antwort auf die Frage. »Streit … sagen wir, es gab Meinungsverschiedenheiten darüber, wie wir seine Produkte vermarkten. Da war seine Sichtweise anders als die unsere.«

»Aber der Schinken, den Sie verkaufen, stammt ja gar nicht von Kristensen, sondern von Jens Borup.«

Auf dem Gesicht der Frau erschien ein Lächeln, das Lennart nicht deuten konnte.

»Ihr Bruder?«

Sie schüttelte den Kopf, noch immer seltsam grinsend.

»Cousin? Onkel?«

Sie schien eine Weile zu überlegen, dann erklärte sie: »Es hat wohl keinen Sinn, einem professionellen Ermittler unseren kleinen Marketingkniff zu verheimlichen.«

Lennart verstand nicht.

»Jens Borup existiert gar nicht.« Sie ließ die Worte eine Weile wirken und musterte Lennart neugierig.

»Sondern?«

»Sondern ist eine Erfindung unserer Marketingagentur. Alles bei uns heißt Borup. Säfte, Kaffeebohnen, Senf, Marmeladen. Die Idee dahinter ist die einer starken Marke, die für exzellente Qualität stehen soll. Hochwertige Waren, bei denen die Kundinnen und Kunden auch dadurch Mehrwert erhalten, dass sie eine gut erzählte Geschichte bekommen.«

Lennart nickte. »Im Fall des Schinkens also die Geschichte von Jens Borup.«

Tine Borup nickte eifrig. »Genau. Jens Borup, der in einer kleinen Manufaktur feinste Schinken veredelt, sie dann über besonderem Holz räuchert, mit regionalen Zutaten verfeinert und aus jeder schnöden Tranche Fleisch ein exklusives Einzelstück macht.«

»Moment: Sie haben eine Manufaktur, in der Sie Kristensens Produkte veredeln?«, hakte Lennart stirnrunzelnd ein.

Sie schüttelte erneut den Kopf. »Was wir hier in der Kühltheke liegen haben, ist alles noch Ware direkt von Kristensen.«

»Mit der Sie was getan haben?«

»Sie in kleinere Einheiten verpackt, das sorgt für edleres Flair. Dann die Sache mit den besonderen Namen … und unsere Etiketten wirken auch sehr hochwertig.« Wieder grinste sie.

»Und die Leute nehmen das einfach so hin?«

»Natürlich. Sicher, bei einer Blindverkostung würde man wohl merken, dass es sich eins zu eins um Kristensen-Produkte handelt, aber wer macht sowas schon.«

»Ist es streng genommen nicht Betrug, wenn Sie …«

»Nein, ist es nicht«, unterbrach ihn die Frau vehement, bevor er ausgesprochen hatte. »Auf unseren Schinken prangt deutlich lesbar die EU-Nummer von Kristensens Betrieb. Jeder kann nachvollziehen, woher das Fleisch kommt.«

»Trotzdem, Sie gaukeln den Leuten etwas vor, was so nicht stimmt.«

Tine Borup stieß hörbar die Luft aus. »Wenn Sie es so sehen wollen. Genauso wie die großen Lebensmittelerzeuger den Konsumenten vorgaukeln, ihre Markenware unterscheide sich von den No-Name-Artikeln, die sie den Discountern liefern. Meinen Sie wirklich, dänischer Blauschimmelkäse bei Netto oder Lidl ist ein anderer als der bei *Coop* und *Daglì Brugsen*? Oder im feinen Käsegeschäft in der Altstadt? Wie gesagt: Wir verkaufen nur eine zusätzliche Geschichte zu ansonsten ehrlichen Produkten.«

»Eine *unehrliche* Geschichte«, beharrte Lennart.

»Aber eine, die die Leute zufrieden zurücklässt.«

»Zu horrenden Preisen.«

»Angebot und Nachfrage regeln die Preise. Wenn einer nur schnöden Schinken kaufen will, kann er in den Supermarkt gehen. Bei uns gibt es das Besondere.«

Wie kaltschnäuzig diese Frau ihr zweifelhaftes Geschäftsgebaren rechtfertigte: Die Menschen, zumeist Touristen, zahlten hier für eine halb so große Schinkenpackung den doppelten Preis.

»Verstehe. Kristensen hat das also bemerkt und Sie damit konfrontiert? Weil er nicht wollte, dass seine Marke verwässert wurde und Ihre Kunden zu viel für seine Produkte zahlen mussten?«

Sie lachte laut auf. »Seine Marke? Die war diesem Bauern doch völlig egal. Ihm ging es nur ums Geld. Er wollte, dass ich ihm mehr gebe, weil ich höhere Endkundenpreise verlange. Immer wieder kam er mit demselben Gewäsch daher, ich müsste ihn beteiligen, sonst würde er an die Presse gehen. Dabei blieb es ja *sein* Schinken, er hätte also genauso blöd dagestanden wie wir. Und je mehr er nachgebohrt hat, desto mehr habe ich ihn im Preis zu drücken versucht. Ich gebe zu, dass mir das Freude bereitet hat. Irgendwann hab ich ihm schließlich angeboten, er könne mir seine Schinken im Ganzen liefern, unverpackt und unzerteilt, das hätte uns das lästige Umpacken und erneute Etikettieren erspart, und auch ihm deutlich weniger Arbeit gemacht. Zum selben Preis. Eigentlich eine Win-win-Situation. Die Produkte sind ordentlich und laufen prima bei uns. Aber da zeigte er sich auf einmal stur und uneinsichtig. Fast schon paranoid. Hat dann auch einen auf moralisch gemacht und gesagt, er würde den Betrug nicht mehr mitmachen.«

»Und die anderen Produzenten? Die Senfmühle, die Kaffeerösterei, die Molkerei in Klemensker, die Ihnen wahrscheinlich den exklusiven Borup-Blauschimmelkäse liefert?«

»Ich sehe, Sie haben das Geschäftsmodell bereits durchdrungen«, sagte sie anerkennend. »Was soll mit diesen Produzenten sein?«

»Die hatten kein Problem mit Ihrem Geschäftsgebaren?«

»Geschäftsgebaren, wie hässlich das klingt! Sagen wir es so: Wenn da anfangs beim einen oder der anderen Zweifel bestanden, dann gelang es mir stets schnell, diese auszuräumen.« Sie sagte das in einem seltsamen Ton, den Lennart nicht recht zu deuten vermochte.

»Wie?«

»Indem ich ihnen die Vorteile vor Augen geführt habe. Schließlich bin ich eine gute Abnehmerin. Auch wenn ich hart verhandelt und ordentlichen Discount rausgeschlagen habe.« Sie strahlte. »Neben der Glasbläserei ist das Geldverdienen seit jeher meine große Leidenschaft.«

Tine Borup wurde Lennart mit jedem Wort, das aus ihrem Mund kam, unsympathischer. »Kristensen wollte Ihnen also keinen Nachlass einräumen, sondern verlangte im Gegenteil mehr Geld für seine Ware.«

»Das hatte ich Ihnen bereits zu sagen versucht.«

Er beschloss, dass es an der Zeit war, seinen größten Trumpf aus dem Ärmel zu ziehen, sein Wissen um Borups Drohung, auf die Kristensen in seiner Mail Bezug genommen hatte. Er versuchte, sich ein wenig zu beruhigen, um nicht allzu emotional rüberzukommen, und sagte möglichst sachlich: »Zurück zu Ihrem Telefonat am Montag: Ging es dabei um die Drohung, die Sie Kristensen gegenüber ausgesprochen hatten?« Dabei blickte er forschend ins Gesicht der Frau, gespannt, wie die Worte bei ihr ankommen würden. Doch was er sah, war nichts als Erheiterung.

»Drohung? Ist das Ihr Ernst?« Sie lachte gekünstelt, Lennart hingegen blieb ungerührt.

»Wir haben den Entwurf einer Mail an Sie auf dem Rechner des Toten gefunden, in der er davon spricht, dass er sich von Ihnen nicht drohen lässt.«

Noch immer sah sie ihn belustigt an. »Das Einzige, womit ich gedroht habe, ist, seine Ware nicht mehr zu verkaufen. Dann besorge ich mir das Zeug eben bei einem der großen Konzerne. *So what?*«

Lennart überlegte. Hätte Kristensen eine solche Ankündigung wirklich als Drohung empfunden? Nicht unwahrscheinlich, schließlich schien ihm sein Profit wichtiger als alles andere gewesen zu sein.

»Frau Borup, kann es sein, dass das nicht alles war?«, fragte er, einem Impuls nachgebend.

»Schön, ich gebe zu, ich habe durchblicken lassen, dass ich meine Kontakte spielen lassen könnte, falls er sich weiterhin derart stur stellte.«

Na also, befand Lennart nicht ganz ohne Stolz, *ging doch*. Nun war er es, der ein kühles Lächeln aufsetzte. »Lassen Sie mich einen kleinen Gedankenfaden spinnen: Sie haben damit gedroht, durch die Nutzung Ihres verzweigten Kontaktnetzwerks auf der Insel dafür zu sorgen, dass ihm die anderen Händler seinen Schinken nicht mehr abnehmen, woraufhin er sich in seiner Existenz gefährdet sah und verständlicherweise gereizt reagiert hat. Im Gegenzug hat er Ihnen mit Herrschaftswissen gedroht. Denn in der angefangenen Mail ist von Dingen die Rede, die Kristensen von Ihnen weiß und von denen Sie nicht wollen, dass sie an die Öffentlichkeit kommen. Die Sache mit dem erfundenen Jens Borup? Der Umstand, dass Sie Sachen umetikettiert haben und stets vorgeben, Ihre Waren seien hochwertiger, als sie es in Wirklichkeit sind?«

Sie schüttelte ungläubig den Kopf. »Dass so etwas gut genug ist, um von der Polizei eines Kapitalverbrechens verdächtigt zu werden, würde man nicht für möglich halten.«

»Ach ja? Darum ging es doch aber bestimmt auch in den beiden Anrufen Kristensens bei Ihnen, kurz vor dem Mord.«

»Ich habe nicht gegen Gesetze verstoßen, sonst hätte ich Ihnen wohl kaum freiwillig und ohne Umschweife von meinen Vermarktungsstrategien erzählt.«

»Vielleicht, aber Ihr Ruf wäre beim Teufel gewesen.«

»Meinen Sie, irgendeine deutsche Touristin hätte je davon erfahren?«, sagte sie kühl.

»Das vielleicht nicht. Aber Ihre regionalen Abnehmer wie Restaurants und Hotels, die Ihre Glaswaren beziehen?«

»Die kriegen genügend Discount, dafür, dass sie mit den Produkten für mich werben. Und sie wissen, dass sie gute Ware bekommen.«

Diese Frau war aalglatt. »Wo waren Sie Montagabend?«, fragte Lennart, ohne weiter auf Tine Borups letzte Äußerungen einzugehen.

»Hier, im Atelier. Ich habe mit einer leicht modifizierten Form unserer Weingläser experimentiert. Allein, falls das Ihre nächste Frage sein sollte. Aber es haben immer mal wieder Touristen durchs Fenster gesehen. Die müssten Sie ermitteln, wenn Sie der Ansicht sind, dass ich ein Alibi brauche.«

Lennart runzelte die Stirn und überlegte, was er sagen sollte, da kündigte ein Piepsen den Eingang einer SMS an. Er warf einen Blick auf sein Handy. »Ruf mich gleich an. Sehr dringend«, las er. Sie stammte von Tao.

»Wir müssen ein andermal weitersprechen«, erklärte Lennart, hielt sein Telefon hoch und stand auf. »Wiedersehen, und danke für Ihre Zeit«, sagte er noch im Gehen, legte einen Hundert-Kronen-Schein für seine Getränke auf den Tisch und verließ die Glasbläserei.

***

Nach dem Ortsausgang von Svaneke lenkte er den Wagen an den Straßenrand und rief Tao an.

»Lennart, cool, dass du dich gleich meldest«, hörte er Taos Stimme.

»Was gibt's denn?«

»Eine seltsame Sache«, erklärte seine Kollegin. Lennart horchte eine Weile in die Stille, die folgte, doch sie redete nicht weiter.

»Und … dürfte ich noch erfahren, worum es sich dreht?«

»Ach so, ja klar. Hab nur gerade noch nebenher eine Mail abgeschickt. Maren Fabricius hat auf Brittas Apparat angerufen. Der Name wird dir jetzt vielleicht nicht viel sagen, aber sie ist die Inhaberin und Küchenchefin des *Argousier*. Du bist im Bilde?«

»Der noble Fresstempel.«

»Genau. Sie hat sich von sich aus gemeldet, weil sie in Bezug auf Kristensens Tod, von dem sie aus der Presse erfahren hat, mit uns reden will.«

»Verstehe. Und worüber?«

»Das will sie uns persönlich sagen. Sie hat gemeint, sie könne ins Büro kommen, aber ich habe ihr angeboten, dass du vorbeifährst. Fand sie eine prima Idee. Sie erwartet dich also, sobald es dir reinpasst. Sag Bescheid, wenn du dort bist, Britta nimmt den Van und kommt auch dazu.«

»Okay, ich kann gleich losfahren, bin momentan aber noch in Svaneke.«

»Gut. Britta kommt nach, aber so schnell schafft sie es nicht, ruft sie mir gerade zu.«

»Gibt's noch was, was ich über Maren Fabricius wissen müsste?«

»Das habe ich dir alles gerade geschickt. Die Mail ging nämlich an dich. Ich habe mir erlaubt, dir stichpunktartig ein paar Informationen über die Starköchin zusammenzustellen. Falls du noch was Spezielles wissen möchtest, ruf einfach kurz durch.«

Lennart bedankte sich, beendete das Telefonat und beglückwünschte sich im Stillen, eine Mitarbeiterin wie Tao im Team zu haben. Eine, die mitdachte, extrem fleißig war und auch kein Problem damit hatte, anderen zuzuarbeiten, statt selbst im Mittelpunkt zu stehen. Er öffnete die Mail und überflog sie.

Maren Fabricius, 35 Jahre, ledig, keine Kinder.

Nach dem Abitur in Kopenhagen Ausbildung zur Köchin im Noma, *Kopenhagen (3 Sterne Michelin, gilt als bestes Restaurant der Welt), danach Arbeitsstellen in Paris, Lyon, Saint-Tropez, Dubai und Kitzbühel.*

2016 Gründung Restaurant Argousier *(französisch für Sanddorn) am Strand von Sømarken / Aakrirkeby, Bornholm. Erster Michelinstern 2017, zweiter 2019. Gault Millau 18 Punkte. Best female Chef im Gault Millau 2020.*

Wohnt unmittelbar neben ihrem eigenen Restaurant, direkt am Strand.

Mitarbeit in mehreren TV- und Streaming-Formaten, unter anderem »Nordic Eats«, *was in sieben Sprachen auf Netflix lief. Das* Argousier *hat nur im Sommer geöffnet, im Winter TV- und Buchprojekte (gefragte Kochbuchautorin!). Häufig ausgedehnte Reisen zu Recherchezwecken in dieser Zeit.*

Engagement bei Greenpeace, Slow Food und zerowaste.dk (Organisation gegen Lebensmittelverschwendung).

Erfolgreiche Food-Bloggerin, knapp 80 000 Follower auf Insta. (das ist echt viel!!)

Lennart runzelte die Stirn über den letzten Kommentar. Anscheinend wirkte er auf Tao zu alt, um die Followerzahl der Köchin richtig einordnen zu können. Dabei war er nicht nur auf den für seine Generation gängigen Plattformen Facebook und Instagram vertreten, er postete sogar hin und wieder etwas. Und verfolgte natürlich neugierig, was seine Töchter alles in ihren Storys teilten. Dass Tao ihn diesbezüglich derart unterschätzte, nagte an ihm. Er musste sich wohl ein wenig heutiger und moderner geben. Schließlich gehörte er mit seinen siebenundvierzig Jahren noch immer zu den jungen Leuten. Zumindest fühlte er sich so. Manchmal.

Lennart schloss die Mail, steckte sein Handy am Ladekabel an und gab die Adresse des *Argousier* in die Kartenapp ein. Dann startete er die Playlist »Musik von heute«, die ihm seine Töchter kürzlich zusammengestellt hatten, damit er nicht ganz den Anschluss an den aktuell vorherrschenden Musikgeschmack verlor, und machte sich auf den Weg.

***

Zu einem Soundtrack aus Songs von Harry Styles, Taylor Swift und Olivia Rodrigo fuhr er zum Strand von Sømarken. Bei *Good for you* hatte er mehrmals auf Repeat gedrückt, mit Billie Eilish hingegen konnte er sich beim besten Willen nicht anfreunden. Das Zeug klang für ihn alles gleich langweilig.

Eine halbe Stunde bildete er sich also musikalisch weiter, dann knirschte der Kies, als Lennart auf den Parkplatz des Sternelokals fuhr. Er schaltete das Radio aus. Die Lage des Restaurants war schlichtweg atemberaubend: Von der Düne aus, die üppig mit Heckenrosen bewachsen war, blickte man auf eine friedliche Bucht, die sanften Wellen der

Baltischen See und den weißen Sandstrand. Lennart stieg aus und ging bis an die Kante eines schmalen Weges, der sich nach unten als steile hölzerne Treppe fortsetzte. Für einen Moment fühlte er sich an seine Hochzeitsreise an die amerikanische Ostküste erinnert, kam sich eher vor wie auf Cape Cod oder Martha's Vineyard als in Dänemark. Und das, obwohl die rote Flagge mit dem weißen Kreuz über ihm an einem Fahnenmast im Wind flatterte. Er setzte sich kurz auf die Holzbank, die ein Stückchen darunter stand, und ließ den Blick eine ganze Weile auf dem Horizont ruhen, wo das dunkle Blau des Meeres in den makellosen Himmel überging. Was war das nur für ein Herbstanfang, hier auf der Sonneninsel. Fast, als wollte dieser Sommer einfach nicht loslassen, nicht dem natürlichen Lauf der Dinge folgen und nicht angesichts der bevorstehenden Macht des Winters kapitulieren.

Ein vernehmliches Knirschen riss ihn aus seinen Gedanken. Ein weiteres Auto war auf den Parkplatz gefahren, Lennart hörte das Schlagen von Autotüren, deutsche Wortfetzen, dann Schritte, die sich näherten.

»Excuse me, is this your car, the Mercedes-Benz?«, hörte er eine Stimme hinter sich und wandte sich um. Ein Mann und eine Frau mittleren Alters kamen auf ihn zu.

»Ja, das ist meiner«, sagte Lennart auf Deutsch. »Interessieren Sie sich dafür?«

Der Mann schüttelte vehement den Kopf. »Nein, sicher nicht«, erklärte er bestimmt, »aber Ihre Fahrertür steht offen.«

»Ah, danke, ich … habe das gar nicht bemerkt«, antwortete Lennart, stand auf und ging auf sein Auto zu. Tatsächlich war die Tür sperrangelweit geöffnet. Wäre ihm vor ein paar Wochen auch noch nicht passiert, aber der spektakuläre Blick beim Aussteigen eben hatte ihn so in seinen Bann gezogen, dass er vergessen hatte, sie zuzumachen. Das holte er jetzt nach und sperrte den Wagen ab.

Dann ging er auf das niedrige Gebäude zu, das er vorhin ebenfalls einfach nicht weiter beachtet hatte. Man hätte es dem ersten Eindruck nach für eine schnell zusammengezimmerte Strandbude halten können, vielleicht auch für ein schlichtes, unaufwendig gebautes Sommerhaus. Sicher aber nicht für einen Gourmettempel, der bereits mehrere internationale Auszeichnungen erhalten hatte. Ein einstöckiger Riegel mit Pultdach, verkleidet mit rauen Brettern, die schwarz getüncht waren. Zwei schlichte Blechlampen, auf dem Dach ein hoher Metallschornstein. Lennart ging um das Gebäude herum. Hier, zum Meer hin, besaß es eine Front aus einfachen weißen Holzfenstern, davor eine schmale gepflasterte Terrasse mit demselben sensationellen Blick, den er eben noch von der Bank aus genossen hatte. Lediglich eine Tafel, die an einem der groben, etwas verwitterten Holztische lehnte, verriet den Namen des Restaurants. *»Argousier. Dinner 6 to 10 p.m.«* stand mit Kreide darauf geschrieben.

Lennart ging auf die gläserne Eingangstür zu, auf der er vergeblich die einschlägigen Aufkleber der Feinschmeckerführer suchte. Er blickte durchs Fenster und nahm einen ziemlich kargen Raum wahr, dominiert vom einfachen Holzfußboden und einer weiß gekalkten Bretterdecke, und erkannte dieselben Tische wie auf der Terrasse, nur dass auf jedem der Stühle ein Schaffell lag. Lennart drückte die Klinke, doch der Eingang war verschlossen. Also überquerte er die schmale Terrasse, um schließlich vor einem

Kräutergärtchen und einem gläsernen Gewächshaus zu stehen, in dem er Tomatenpflanzen erkannte, die bis hinauf zum Dach über und über mit Früchten behangen waren. Hinter dem Haus war links ein kleiner, noch niedrigerer Teil angebaut, der anscheinend als Geräteschuppen und Lager diente, rechts davon stand eine Tür offen, die offenbar in die Küche führte.

Lennart hörte bereits das Klappern von Töpfen, noch bevor er die schlichte Edelstahleinrichtung der modernen Gastro-Küche sah. Was ihn auf den ersten Blick verwunderte, war deren Größe. Sie hatte geschätzt etwa dieselbe Fläche wie der Gastraum. Entlang der Arbeitsfläche, zwischen Herden, Backöfen und von der Decke herabhängenden Töpfen werkelten mehrere junge Leute, alle in derselben grauen Kochkluft, alle mit Tüchern auf dem Kopf. Unter den diversen Küchenklängen lag sanfte Reggae-Musik, ein Duft nach Kräutern und Gewürzen wehte ihn an.

Lennart blieb in der offenen Tür stehen, woraufhin sich ein junger Mann mit roten Haaren und Vollbart nach ihm umdrehte und ihn fragend ansah.

»Hallo, ich würde gern mit Frau Fabricius sprechen. Sie erwartet mich. Ipsen, von der Polizei in Rønne.«

Der junge Koch nickte und rief über seine Schulter in jenen Teil des Raumes, den Lennart von seiner Position aus nicht einsehen konnte: »Maren, Besuch für dich!« Dann wandte er sich wieder ihm zu und sagte mit unverkennbar irischem Akzent: »Komm schon mal rein, Maren befüllt gerade noch den Dehydrator, aber sie hat bestimmt gleich Zeit für dich.«

Vorsichtig ging Lennart weiter, wie ein neugieriger Eindringling, der zum ersten Mal ein fremdes Universum betritt – schließlich hatte er mit der Welt der Gastronomie, noch dazu von solchem Rang, bislang allenfalls hin und wieder als Gast Kontakt gehabt.

Die anderen jungen Köche grüßten freundlich, als er an ihnen vorbeiging. Interessiert warf Lennart ihnen einen Blick über die Schulter zu, doch was er sah, war nicht sonderlich spektakulär: Der Rothaarige war damit beschäftigt, Tomaten zu entkernen und auf ein Backblech zu legen. Das Mädchen am Posten neben ihm, deren blaugrünlich gefärbte Rastas unter ihrem Kopftuch herausschauten, war dabei, einen riesigen Berg Knoblauch zu schälen, die Zehen fein säuberlich in Schraubgläser zu schichten und diese mit Öl aufzufüllen. Der typisch scharfe Geruch biss Lennart in der Nase. Eine ihrer Kolleginnen drehte gerade Teigplatten durch eine Nudelmaschine, aus der unten schmale Tagliatelle herausfielen.

»Da links, wo die ganzen *Karl Johan* liegen, das ist Marens Posten«, rief ihm der Ire zu und deutete hinter sich. Der putzige dänische Name klang aus seinem Mund besonders lustig.

Lennart ging langsam in die angewiesene Richtung und staunte: Mehrere große Körbe mit insgesamt bestimmt zwanzig Kilo herrlich frischen Steinpilzen standen auf der metallenen Arbeitsplatte. Jetzt drang auch deren Duft nach feuchter Erde und Wald in seine Nase. Sofort formten sich Bilder seiner Kindheit in seinem Kopf, von den Pilztouren im Frühherbst mit seinem Vater. Sie waren oft völlig ziellos durch den Wald geirrt, ohne Weg, hatten immer wieder scheinbar die Orientierung verloren, um dann am Ende doch zurück zu ihrem Auto zu finden. Schöne Erinnerungen. Seine Mutter war dabei nie mitgekommen, es war eine

Sache zwischen Vater und Sohn gewesen. Beide hatte sie dann dasselbe Jagdfieber gepackt, und wenn die Pilzstellen ergiebig waren, hatten sie gierig und auf allen vieren alles eingesammelt, was sie zwischen die Finger bekamen. Und sich zu Hause von der Mama loben lassen für ihre »Ernte«, die sie dann putzte, schnitt und einfror. Meist hatten ihn in den darauffolgenden Nächten wirre Träume von Waldlichtungen mit so vielen Steinpilzen heimgesucht, dass er sie mit Händen gar nicht mehr tragen konnte.

»Das ist ein besonders schönes Exemplar, das du da in Händen hältst. Aber manchmal sind die allerschönsten viel weniger spannend und aufregend als die, die eine kleine Macke haben.«

Lennart riss die Augen auf und sah einer Frau ins Gesicht, die er auf Mitte dreißig schätzte. Er war völlig in Gedanken gewesen und hatte nicht bemerkt, dass sie auf ihn zugekommen war. Sie trug Jeans und Jeansbluse, darüber eine Schürze aus demselben Material und in derselben Farbe wie die Kluft der restlichen Köchinnen und Köche des *Argousier*. Oben links waren in Grün die beiden Buchstaben MF eingestickt. Die braunen Haare hatte sie zu einem ziemlich chaotischen Knoten hochgesteckt, ihrem fröhlichen Gesicht sah man an, dass sie oft und ausgiebig lachte.

»Bei den Pilzen meinte ich. Da haben solche, die einen kleinen Makel haben, oft eine viel intensivere Note.« Sie stellte mehrere Bleche mit getrockneten Pilzen auf die Arbeitsplatte und hielt ihm die Hand hin. »Hi. Ich bin Maren. Und du?«

»Ich? Ipsen. Also … Lennart. Ich bin Lennart Ipsen. Von der Polizei in Rønne.«

»Dachte ich mir doch gleich.«

»Wieso, sieht man mir den Polizisten so arg an?«

Maren Fabricius schüttelte lachend den Kopf. »Ach was! Das ist doch sowieso nur so eine Floskel aus alten amerikanischen Krimis, wo irgendwelche Ganoven mit dunkler Sonnenbrille, zertrümmerter Nase und Revolver im Hosenbund Sätze sagen wie: *Dass der schräge Vogel von der Polente ist, seh ich gleich an seiner verbeulten Visage!*«

Lennart musste lachen. Sie hatte den Ton dieser Filme gut getroffen. »Meine Kolleginnen haben mir mitgeteilt, dass du gern mit mir sprechen willst«, blieb auch er beim legeren Du, das hier alle verwendeten.

»Das stimmt.«

»Es geht um den Tod von Steffen Kristensen?«

»Genau. Mir brennt da was unter den Nägeln. Aber macht es dir was aus, wenn ich vorher die getrockneten *Karl Johan* noch abfülle?«

Lennart schüttelte den Kopf und sah der Köchin dabei zu, wie sie die trockenen Pilzscheibchen in große Einmachgläser gleiten ließ, die sie danach sorgfältig mit Glasdeckeln verschloss. Sie tat das ruhig und ohne Hektik, ihr zufriedener Gesichtsausdruck war begleitet von einem versonnenen Lächeln. In ihrem Tun schien sie ebenso aufzugehen wie Tine Borup in der Glasherstellung. Nur dass ihm Maren Fabricius schon jetzt um Längen sympathischer war.

»Fertig«, sagte sie schließlich nach vier weiteren Blechen. »Den Rest muss ich nachher noch putzen, alles vor dem Abendservice«, sagte sie mit einem breiten Lächeln, bei dem sich zwei tiefe Grübchen in ihren Wangen bildeten.

»Woher kommen die denn alle?«

»Wir haben einige ältere Herren, die uns gern etwas von ihrer Ausbeute verkaufen. Oft finden sie so viel, dass ihre Frauen zu Hause mit dem Verarbeiten gar nicht mehr hinterherkommen. Und weil die Männer ihnen nicht helfen wollen, liefern sie die überschüssige Ernte bei uns ab und verdienen sich ein paar Kronen nebenher. Oder sie kommen mit ihren Frauen zu uns zum Essen.«

»Tun das viele?«, wollte Lennart wissen.

Die Köchin schüttelte den Kopf. »Die wenigsten. Den meisten ist es viel zu *fancy*, was wir hier machen – und sie gehen für den Gegenwert lieber ein paarmal woanders hin. Aber das ist völlig okay. Wir kochen nicht für den Massengeschmack. Sonst könnten wir nicht so arbeiten, wie wir das tun.«

»Wie meinst du das?«

»Na ja, wenn wir hier mehr Leute verköstigen wollten – was wir müssten, wenn wir günstigeres Essen anbieten würden –, könnten wir nicht den lieben langen Tag Pilze trocknen, Tomaten entkernen und Knoblauch konfieren. Dann müssten wir Kartoffeln schälen und Frittenfett filtern, verstehst du?«

Maren Fabricius nahm jetzt die Gläser mit den Pilzen und versuchte, sie auf Zehenspitzen auf das oberste Bord des Küchenregals zu stellen, wo schon diverse andere getrocknete Früchte und Kräuter lagerten.

»Warte«, versetzte Lennart, nahm ihr die Gläser aus der Hand und schob sie mühelos neben die anderen, was sich Maren Fabricius gern gefallen ließ.

»Danke. Ich bin einfach zu klein für diese Küche. Dabei habe ich sie selber geplant, wie blöde kann man bloß sein? Wahrscheinlich hatte ich erwartet, noch zu wachsen.

Schließlich würde mein Gewicht locker für einsachtzig reichen!« Sie lachte herzhaft über ihren eigenen Scherz.

Lennart hingegen lächelte verlegen. Er hatte keine Ahnung, was er darauf sagen sollte. Musste man empört widersprechen, wenn eine Frau mit ihrem Gewicht oder ihrer geringen Körpergröße kokettierte? Oder war es besser, eine Solidaritätsbekundung à la »Was soll ich denn da bitte sagen?« vom Stapel zu lassen?

Aber er hatte keine Gewichtsprobleme. Und wenn er recht nachdachte, war es auch wirklich nicht eventuelles Übergewicht, was ihm bei Maren Fabricius als Erstes ins Auge sprang. Sicher, sie war nicht groß – vielleicht gerade mal einen Meter sechzig – und das, was man gemeinhin als moppelig bezeichnete. Aber man nahm eben vielmehr die Quirligkeit dieser energiegeladenen Frau wahr, ihr offenes Lachen, ihre Selbstsicherheit und die angenehme Stimme.

»Du musst mir nicht widersprechen«, schien Maren Lennarts Gedanken zu erraten. »Ich weiß, dass ich ein paar Kilos zu viel auf den Rippen hab. Aber wenn du mich fragst: an den richtigen Stellen. Ich bin gern so, wie ich bin, und schließlich kann ich nichts dagegen machen: Als ambitionierte Küchenchefin muss ich alles probieren, bevor es zum Gast rausgeht, oder?«

»Bestimmt«, versetzte Lennart mechanisch. Er dachte an Andrea. Sie war, seit er sie kannte, gertenschlank gewesen und damit so ziemlich das Gegenteil von Maren Fabricius. Das hatte ihm an ihr immer gefallen, zunehmend fand er aber auch Frauen mit ein paar weiblicheren Rundungen attraktiv.

»Aber du bist nicht gekommen, um über die Herkunft und Lage meiner Speckröllchen zu reden, sondern über

Kristensen. Weißt du was? Wir setzen uns rüber in den Gastraum, da haben wir unsere Ruhe. Und wenn du magst: In einer halben Stunde gibt es Personalessen. Loredana macht uns frische Tagliolini aus ihrer Heimat, dem Piemont. Ein Rezept von ihrer Nonna. Mit Kürbis, geflämmtem Lauch und – du wirst es kaum glauben – Steinpilzen.« Dabei zeigte sie auf die junge Frau an der Nudelmaschine.

»Danke, ich bin …«, begann Lennart, wusste aber nicht, was er wirklich darauf sagen sollte.

»Im Dienst?«

Lennart überlegte.

»Auf Diät? Du Hungerhaken sicher nicht.«

»Nein, ich bin einfach …«

»Zu schüchtern, da haben wir's.«

Lennart musste lachen.

»Ich lasse nur gelten, wenn du Kürbis oder Pilze hasst. Oder kein Mehl verträgst.«

»Weder noch. Aber meine Kollegin kommt später noch vorbei …«

»Na, die kriegen wir auch noch satt. Du weißt ja: Gieß Wasser zur Suppe und so.«

Lennart nahm eine schnelle Abwägung vor: Einerseits konnte man es ihm als Vorteilsannahme auslegen, wenn er sich hier, noch dazu während einer laufenden Ermittlung, im Gourmetrestaurant einladen ließ. Andererseits handelte es sich nur um ein einfaches Nudelgericht, das auch das Personal aß. Zudem liebte er frische Pasta, und das Rezept von Loredanas Oma war sicherlich zum Niederknien. Und vielleicht stieß er beim Essen ja auf nützliche Informationen, die ihn im Fall weiterbrachten. Die Sachlage war also ziemlich eindeutig, fand er. »Na dann gern.«

»Freut mich«, sagte die Köchin und rief: »Loredana, wir sind heute Mittag zwei mehr.«

Die junge Frau drehte sich zu ihr um und reckte den Daumen nach oben.

»Also, auf in die gute Stube«, sagte Maren Fabricius, nahm ihre Schürze ab, warf sie auf die Arbeitsplatte, und verließ zusammen mit Lennart die Küche.

***

Sie nahmen an einem der Tische direkt am Fenster Platz, von dem aus sie freien Blick über die Bucht hatten. Maren Fabricius hatte Kaffee, eine Kanne Leitungswasser und zwei Gläser besorgt, die unverkennbar aus der Werkstatt von Tine Borup stammten.

»Glas aus Svaneke?«, fragte Lennart, obwohl er die Antwort bereits kannte.

Die Köchin nickte. »Gute Qualität und schöne Ware. Man hilft sich gegenseitig auf der Insel. Und wenn es nur dadurch ist, dass man lokale Produkte kauft.«

»Kennst du Tine Borup näher?«

»Nicht wirklich. Wir haben uns ein paarmal unterhalten, das war's. Ich bin mit ihr nicht unbedingt auf einer Wellenlänge.«

»Okay. Kommen wir zu Steffen Kristensen. War er auch ein Pilzlieferant?«

»Na ja, er hat mir nie frische gebracht. Dafür aber geräucherte. Die sind der Hammer, das muss ich neidlos anerkennen. Ich wäre selber nicht auf die Idee gekommen und habe sie deshalb auch immer bei ihm direkt bezogen, wollte ihm das ja nicht einfach nachmachen. Sein Pilz-Kumpel war übrigens schon vor ihm einer meiner *Mushroom-Guys*, dieser …« Sie überlegte.

»Mikael Hansen?«

»Genau der. Das ist einer von denen, die sich in Menüs bezahlen lassen. Kommt ab und zu mit seiner Frau. Er hat Kristensen den Tipp gegeben, sich mal bei mir zu melden. Wegen seines Schinkens, meine ich. Wir kamen ins Geschäft. Und darum geht's mir heute.«

Lennart war gespannt, was genau ihr Punkt war.

»Also, ich habe bei dir im Büro angerufen, weil es da einen Konflikt mit Kristensen gab. Und wo ich gehört habe, dass er einem Verbrechen zum Opfer gefallen ist … Man will ja nicht unnötigerweise in Verdacht geraten. Egal. Ich wollte mich jedenfalls gleich melden, ist auf alle Fälle besser, als wenn ihr von euch aus draufkommt, oder?«

»Worauf?«

»Na, auf den Konflikt.« Maren Fabricius wirkte jetzt ziemlich nervös.

»Worin bestand der denn?«, fragte Lennart mit ruhiger Stimme.

»Wer?«

»Der Konflikt.«

»Der … genau. Also, ich fang einfach ganz von vorn an: Steffen Kristensen stand eines Tages bei mir vor der Küchentür und hat mir mit dem Verweis auf seinen Freund Hansen ein paar Samples von seinem Schinken dagelassen. Er hat kaum was gesagt, nur dass ich ihn bei ihm beziehen könnte und dass ich mich melden soll, wenn Interesse bestünde. Ich habe die Stücke dann hauchdünn aufgeschnitten und auf einem angewärmten Teller meinen Mitarbeitern zusammen mit selbst gebackenem Brot und meinen

Essiggürkchen zum Personallunch serviert. Die waren völlig von den Socken, weil es sie alle an ihre Kindheit erinnerte. Richtig geiles Schinkenbrot eben. Nicht mehr und nicht weniger. Kristensen hatte tolle Geschmacksrichtungen, das Zeug war astrein. Also hab ich ihn angerufen, das war vielleicht vor zwei Jahren oder so. Hole ich zu weit aus?«

Lennart schüttelte den Kopf.

»Okay. Also, es lief echt gut an, ich hab mich über spezielle Räucherverfahren und so mit ihm ausgetauscht und hatte seine Produkte fest im Menü eingeplant. Es lagen sogar immer ein paar davon in der Kühlvitrine, falls jemand von den Gästen was mitnehmen wollte. Wir verkaufen nämlich ein paar Marmeladen, Pickles und so, die wir selber machen. Merchandising, wenn man so will. Und das haben wir eben auch eine Weile mit dem Schinken von Steffen Kristensen gemacht. Den mit Sanddorn, um genau zu sein. *Argousier.* Verstehst du?«

»Absolut.«

»Gut. Wir haben ihn also serviert, und ich habe ihn nicht mehr jeden Tag probiert, weil ich von gleichbleibendem Geschmack ausgegangen bin. Dann habe ich mir eines Tages selber mal wieder ein Schinkenbrot gemacht. Und war völlig entsetzt über die Qualität, hab Kristensen gleich angerufen. Das Zeug war schlecht.«

»Der Schinken war verdorben?«, hakte Lennart ein.

Maren schüttelte den Kopf. »Nein, nicht verdorben, einfach nur schlecht.« Sie hielt inne und zog eine einzelne Braue hoch. »Das Fleisch war zäh und faserig. Man merkte sofort, dass es nicht dieselbe Rasse Schwein war wie zuvor.«

Lennart sah sie erstaunt an. Eine Freundin von Andrea und ihm war Sommelière, und er war immer wieder erstaunt, dass sie nicht nur Weinsorten, sondern sogar einzelne Winzer und deren Lagen herausschmecken konnte. Aber dass jemand die Schweinerasse an der Konsistenz des Schinkens erkannte, war ihm bislang noch nicht untergekommen.

»Ich habe ihn zur Rede gestellt. Und weißt du was? Ohne Umschweife hat er zugegeben, dass er für einige Chargen Schinken nicht seine eigenen Schweine, eine wirklich gute und robuste dänische Rasse, verwendet hat, sondern billigste zugekaufte Importware. Er hat das Zeug geräuchert und als sein eigenes Fleisch deklariert. Ein Lebensmittelskandal erster Güte«, sagte Maren kopfschüttelnd. »Und das in meinem Laden, nur wegen so einem skrupellosen, geldgierigen Typen.«

Lennart dachte an die Schlagzeilen zu Verfehlungen in der Lebensmittelindustrie, die mit erschreckender Regelmäßigkeit die Zeitungen füllten. Im Vergleich dazu war das, worüber die Köchin berichtete, eigentlich nicht der Rede wert.

»Und darüber kam es zum Streit?«

»Und wie! Wir haben uns ordentlich gefetzt. Ich habe seitdem auch keine Ware mehr bei ihm gekauft. Ihm fehlte es an Unrechtsbewusstsein. Wir haben überlegt, auf Schinken von Tine Borup umzusteigen, aber irgendwie kamen wir mit ihr nicht ins Geschäft.«

Lennart ahnte warum, beschloss aber, den Mund zu halten. Was er allerdings bemerkenswert fand, war, dass Steffen Kristensen anscheinend mit seinen Produkten etwas ganz Ähnliches gemacht hatte wie Tine Borup, er hatte

Fleisch umetikettiert und damit als etwas anderes ausgegeben. Also genau das, was er bei der Glasbläserin so verurteilt hatte. Oder war sie es am Ende gewesen, die ihn erst auf die Idee gebracht hatte?

»Ähm … es könnte durchaus sein, dass ihr auf seinem Handy die eine oder andere Nachricht oder Voicemail findet, die … sagen wir mal … explizite Sprache verwendet«, fuhr Maren mit gesenkter Stimme fort. »Ich flipp schnell mal aus bei sowas, und da rutschen mir Sachen raus, die … na ja, die man in der Öffentlichkeit als erwachsene Frau eher nicht sagen sollte.«

Lennart wurde neugierig. Tao hatte nichts von solchen Nachrichten erzählt, aber vielleicht sollten sie noch einmal explizit danach suchen. Er war gespannt, welche Ausdrücke die Köchin Kristensen an den Kopf geworfen hatte, dass sie sich nun derart dafür schämte und gleich von sich aus bei der Polizei meldete.

»Ich meine, also, bloß weil ich sage, jemand soll zur Hölle fahren oder so, heißt das ja nicht, dass man das wörtlich nehmen muss …«

Die Situation war so absurd, dass Lennart alle Mühe hatte, ein Lachen zu unterdrücken. Wenn ihn nicht alles täuschte, war Maren Fabricius nicht in den Mord an Steffen Kristensen verwickelt. Dennoch schien sie sich größte Sorgen zu machen, in Verdacht zu geraten. Oder war sie einfach nur eine blendende Schauspielerin und ihre Offensive nichts als eiskalte Taktik?

»Wo warst du denn am späteren Montagabend?«

Maren Fabricius blickte ihn erschrocken an. »Du verdächtigst mich also doch?«

»Ganz ruhig. Reine Routine.«

Die Miene der Köchin hellte sich ein wenig auf. »Das ist auch so ein Ding aus den Achtzigerjahre-Krimis: *Haben Sie ein Alibi?*«, brummte sie mit verstellter Stimme.

»Und?«, mimte Lennart den taffen Ermittler. »Haben Sie denn eines?«

Sie lächelte unsicher. »Nein. Ich war hier, ganz allein. Den anderen hatte ich freigegeben, montags haben wir nämlich geschlossen. Ich habe gemütlich Musik gehört, ein paar Flechten dehydriert und kleine Steinpilze eingelegt. In Rapsöl, magst du sie sehen?«

Nun musste Lennart wirklich lachen. »Klar, ich muss sie doch fragen, ob stimmt, was du mir erzählst.«

Maren Fabricius kicherte nun ebenfalls.

»Und danach, nach dem Einlegen?«

»Bin ich nach Hause. Ich wohne gleich nebenan, hinter der Hecke da drüben liegt mein kleines Strandhäuschen.« Sie deutete hinaus zum Kräutergarten, der von einigen Sanddornbüschen begrenzt wurde.

»Das kann jemand bezeugen, nehme ich an.«

»Klar, Max«, erklärte Maren ohne Umschweife.

»Dein Mann?«

»Nein, wo denkst du hin!« Sie klang fast ein wenig empört.

»Entschuldige, dein … Freund, Lebensgefährte …?«

»Mein Kater. Dass er allerdings genaue Angaben zur Uhrzeit machen kann, wage ich zu bezweifeln«, gab sie mit einem Augenzwinkern zurück.

»So, hallo zusammen! Sorry für die Verspätung, habe es leider nicht früher geschafft!«, tönte es auf einmal vom Tresen her. Lennart zuckte zusammen, wandte sich um und erblickte den blonden Pferdeschwanz seiner Mitarbeiterin, die mit energischen Schritten auf sie zukam. Wenn es nach ihm gegangen wäre, hätte er sich auch allein weiter mit Maren Fabricius unterhalten können.

***

Als Lennart etwa eine Stunde später zusammen mit Britta das *Argousier* wieder verließ, hatte er nicht mehr viel Neues in Sachen Steffen Kristensen erfahren. Höchstens, dass der vor dem heftigen Streit mit Maren hin und wieder im Restaurant gegessen hatte. Obwohl er die Leute, die dort verkehrten, abgelehnt habe, sie seien ihm entschieden zu *»fancy«* gewesen, wie Maren es formuliert hatte.

Dafür hatten sich Lennart und Britta an Loredanas vorzüglichen Nudeln mehr als sattessen können, was letztlich zum Genuss dreier Gläschen Sanddornschnaps geführt hatte, die Lennart hier draußen an der frischen Luft jetzt merklich zu Kopf stiegen. Früher hätte er in einer solchen Situation sofort zu einer Zigarette gegriffen.

»Lass uns doch noch kurz dort hinsetzen und für einen Augenblick das Gespräch reflektieren«, schlug er seiner Kollegin vor und wies auf die hölzerne Bank in den Dünen.

»Geht klar, Chef. Reflektieren schadet nie«, stimmte Britta nickend zu, doch als sie Platz genommen hatten, fragte sie stattdessen: »Und, wann geht ihr zusammen was trinken?«

Der auffrischende Wind, der jetzt deutlich heftiger vom Meer her blies als bei Lennarts Ankunft, half ihm zwar, seine vom Schnaps leicht derangierten Gedankengänge wieder geordnet zu bekommen, den Inhalt von Brittas Frage allerdings überriss er beim besten Willen nicht.

»Wie jetzt?«

»Maren und du. Wann geht ihr mal zusammen aus?« Britta sah ihn aufmunternd an.

»Spinnst du?«

»Komm schon. Das sieht doch ein Blinder, dass es zwischen euch funkt.«

»Funkt? Blödsinn! Wie kommst du denn darauf?«

Britta lächelte. »Muss ich dir jetzt tatsächlich die Grundlagen nonverbaler Kommunikation im Zusammenhang mit dem Balzverhalten des Homo sapiens erklären?«

»Kannst du mir mal verraten, was genau du meinst?« Lennart sah sich verstohlen um. Nicht, dass jemand mitbekam, was Britta sich da zusammenfabulierte. Anscheinend zeigte der Sanddorngeist bei ihr verheerende Wirkung.

»Na komm schon, diese Blicke, das ständige Ins-Haar-Fassen, das Augenzwinkern – war doch alles wie aus dem Bilderbuch!« Britta nahm seine Hand und drückte sie fest. »Ich freu mich für dich, Lennart. Ehrlich. Ihr seid richtig süß zusammen!«

Süß? Wovon um alles in der Welt sprach sie da? Das alles klang, als hätten er und die Köchin eben ihre Verlobung bekanntgegeben. Dabei war das Letzte, woran er im Moment Interesse hatte, eine neue Beziehung. Und Maren Fabricius entsprach auch nicht einmal annähernd seinem Frauentyp. Sicher, sie war sympathisch und lustig, hatte etwas Unkonventionell-Charmantes, das einen irgendwie für sie einnahm, aber was Britta sich da einbildete, war völlig an den Haaren herbeigezogen. Er legte sich gerade die Worte zurecht, um ihr das mit Nachdruck klarzumachen, als sein Handy klingelte. Tao rief an.

»Was gibt's denn?«, blaffte er ins Telefon, was die junge Kollegin sichtlich irritierte: Sie sagte kein Wort. »Hallo? Tao?«, schob er daher etwas versöhnlicher nach.

»Ja, ich bin's. Störe ich? Soll ich nachher noch einmal …«

»Nein, ich war nur gerade … also, was ist los?«

»Könnt ihr gleich zu Kristensens Hof fahren? Brittas Bekannter, der sich um die Schweine kümmert, hat uns gerade angerufen. Anscheinend erreicht er Britta nicht, weil ihr Handy aus ist. Jedenfalls hat er riesige Probleme, weil der Nachbar, dieser Winkler, dabei ist, auf dem Hof irgendwelche Sachen abzureißen. Er muss völlig durchgedreht sein und hat wüste Drohungen ausgestoßen für den Fall, dass man sich ihm in den Weg stellt. Ich habe schon eine Streife losgeschickt, aber es schadet bestimmt nichts, wenn ihr vor Ort seid.«

»Alles klar, danke. Ist ja nicht weit, wir fahren sofort los«, antwortete Lennart knapp, beendete das Gespräch und sprang von der Bank auf. Auf dem Weg zum Parkplatz erklärte er Britta kurz die Lage.

»Wir fahren am besten mit beiden Autos hin, das signalisiert Stärke. Setz das Blaulicht auf den Bus und schalte die Sirene ein, je martialischer wir diesem Winkler begegnen, desto besser.«

***

Es musste ein bizarres Bild abgeben, als Lennart mit dem SLC auf den Hof des Mordopfers fuhr. Denn auch vom Dach des Oldtimers zuckte wild ein Blaulicht, das Lennart per Magnet dort befestigt hatte. Eine Sirene hatte er allerdings nicht einbauen lassen, schließlich wäre bestimmt bald

Schluss mit dieser Übergangslösung. Er bremste scharf ab und stellte seinen Wagen neben das Einsatzfahrzeug der Uniformierten. Direkt hinter ihm folgte Britta mit dem Kleinbus, dessen Sirenengeheul man sicher schon kilometerweit gehört hatte.

Die Blaulichter liefen weiter, während die beiden Ermittler auf die Beamten zugingen. Die versuchten, den sichtlich aufgebrachten Klaus Winkler davon abzuhalten, auf einen grauhaarigen, bärtigen Mann loszugehen, der nicht nur deutlich jünger, sondern auch um Längen kräftiger wirkte als Winkler. Das musste Brittas Bekannter mit dem Gnadenhof sein, der sich netterweise um Kristensens Tiere kümmerte.

»Tag, Kollegen! Was geht hier vor?«, fragte Lennart, als sie die Gruppe erreicht hatten.

Winkler versuchte weiter vehement, sich aus dem Griff der Polizisten zu befreien. Sein Kopf war knallrot, er war sichtlich in Rage.

»Der Nachbar hier ist total ausgetickt. Er hat angefangen, mit seiner Flex irgendwelche Sachen zu zerstören«, erklärte einer der beiden Polizisten.

»Lassen Sie mich endlich los! Ich werde Ihnen das Handwerk legen, Sie stecken doch alle unter einer Decke. Nur weil ich Ausländer bin, versuchen Sie, mich mundtot zu machen«, schrie Winkler, und Lennart entging nicht, dass sein Dänisch diesmal deutlich mehr Thüringer Einschlag besaß. Während sich Britta mit dem Grauhaarigen unterhielt, wandte Lennart sich dem Deutschen zu.

»Herr Winkler, jetzt packen Sie Ihre Verschwörungstheorien wieder ein und beruhigen sich, sonst nehmen wir Sie in Gewahrsam. Da können Sie dann erst mal runterkommen und sich geistig auf Ihren Prozess wegen Widerstand gegen Polizeibehörden, Verleumdung und Hausfriedensbruch vorbereiten. Vielleicht nimmt sich ja auch noch eine gute Seele der Frage an, wie Sie als Deutscher es überhaupt geschafft haben, sich hier ein Haus zu kaufen.«

Winkler holte eben Luft zu einer Erwiderung, da schob Lennart nach: »Und darf ich Sie auch darauf hinweisen, dass Sie sich durch Ihr aggressives, unkontrolliertes Verhalten hochgradig verdächtig gemacht haben, Ihren Nachbarn heimtückisch ermordet zu haben?«

»Sehen Sie? Schon wieder wird mir gedroht! Das ist staatliche Willkür. DDR-Methoden sind das. Aber ich lasse mich nicht einschüchtern!«, brüllte Winkler, nach wie vor mit bedrohlich rotem Kopf. »Nicht von so einem wie Ihnen.«

»Ab in den Streifenwagen«, befahl Lennart daher den Kollegen. »Wenn er sich in zehn Minuten beruhigt hat, reden wir noch mal mit ihm, wenn nicht, kommt er in Arrest.«

Die Uniformierten nickten und führten Winkler ab, der weiterhin heftige Gegenwehr leistete. Hoffentlich würde er keine Herzattacke erleiden. Schließlich hatte Hendrike Winkler das angesichts des Erregungszustands ihres Gatten schon bei ihrem ersten Besuch befürchtet.

»Wo ist denn eigentlich Ihre Frau?«, rief Lennart ihm hinterher.

Es war Brittas Bekannter, der für ihn antwortete: »Anscheinend beim Einkaufen in Rønne. Wenn die erfährt, wie der gute Klaus hier gerade abgeht, trifft sie wahrscheinlich der Schlag«, sagte der Mann in erstaunlich ruhigem Ton und mit Reibeisenstimme. Er stellte sich Lennart als Sven Nilsson vor. Lennart bedankte sich für Nilssons unbürokratischen Einsatz, woraufhin der nur abwinkte und beteuerte, für ihn sei es selbstverständlich, den armen Tieren in einer solchen Situation zu helfen. Lennart bat ihn, kurz zu berichten, was vorgefallen war.

»Na ja, ihr seht ja selber, wie der Typ so drauf ist«, erklärte Nilsson, der mit seinen riesigen Pranken und seinem freundlichen, unbekümmerten Blick etwas von einem Teddybären hatte. »Er ist mir schon die letzten beiden Tage blöd gekommen. Jedes Mal, wenn ich da war, um die Schweine zu füttern und auszumisten. Hat dauernd rumgepöbelt, wann man sie endlich zum Schlachthof bringen würde und wann der Gestank ein Ende hätte. Ich habe ihn einfach reden lassen und meine Arbeit gemacht. Aber als ich heute herkam, war er gerade dabei, die Stalltür aufzuschieben und die Tiere freizulassen. Ich hab's gerade noch rechtzeitig geschafft, Schlimmeres zu verhindern. Wer weiß, vielleicht hätten die ihn zertrampelt. Wenn die nämlich in Wallung geraten, hält sie ein rotgesichtiger Rentner nicht mehr auf. Winkler ist dann wieder verschwunden, und ich habe mir den Traktor geholt, und da sehe ich, wie er mit einer Akkuflex anfängt, an einem der Stützpfeiler des großen Futtersilos rumzusägen. Ich bin also hin und habe ihn zur Rede gestellt. Da ist er mit dem laufenden Winkelschleifer auf mich losgegangen und hat gebrüllt, ich solle verschwinden, er würde jetzt Tatsachen schaffen und das nach Fischmehl stinkende Silo beseitigen. Dabei hatte Kristensen nicht mal Fischmehl beigemischt. Aber der Typ hat sich nicht mehr bremsen lassen. Ich bin dann in den Traktor und habe versucht, Britta anzurufen. Schließlich hatte ich dann eure Kollegin in Rønne am Apparat, die die Streife geschickt hat. Währenddessen hat der Irre immer weitergesägt drüben am Silo.« Er schüttelte den Kopf, als könne er selbst kaum glauben, was er da eben erlebt hatte. »Stellt euch vor, das Riesending wäre umgekippt!«

»Aber was genau war denn sein Problem?«, wollte Lennart wissen.

»Na ja, offenbar geht es ihm nicht schnell genug, dass die Landwirtschaft endlich aufhört, eine zu sein. Denn von der fühlt er sich gestört. Und da wollte er Tatsachen schaffen.«

»Was für ein Idiot!«, zischte Britta. »Ich schwör dir, das Erste, was ich im Büro mache, ist, dem die Behörden auf den Hals zu hetzen. Und wenn man ihn enteignet, weil er sich das Haus hier erschlichen hat!«

»Jetzt flipp du bitte nicht genauso aus wie der alte Winkler, Britta!«, beruhigte Nilsson sie grinsend.

»Ach komm«, winkte sie ab. »Typen wie den hab ich echt gefressen.«

»Wo ist mein Mann? Haben Sie meinen Mann gesehen?«

Sie drehten sich um. Hendrike Winkler kam schnellen Schrittes auf sie zu. Auch sie schien aufgebracht, machte aber eher ein besorgtes als ein kampfeslustiges Gesicht.

»Ah, Frau Winkler! Guten Tag. Und *wie* wir ihn gesehen haben. Und gehört.«

»Wo ist er denn?« Ihre Stimme überschlug sich beinah. »Er wollte nur kurz draußen nach dem Rechten gucken, und jetzt sehe ich beim Nachhausekommen das ganze Polizeiaufgebot und von Klaus keine Spur. Ist etwas passiert?«

»Das könnte man so sagen, ja«, antwortete Lennart gelassen.

»Ihm ist etwas zugestoßen? So reden Sie doch!« Die Frau griff mit beiden Händen nach seinem Arm und zog hektisch an ihm herum.

»Keine Tätlichkeiten, verstanden?«, blaffte Britta sie an.

Lennart hingegen bemühte sich um ein überlegenes Lächeln und ging einfach einen Schritt zurück, damit Frau Winkler ihn losließ. »Sonst können Sie Ihrem Mann im Auto der Kollegen gleich Gesellschaft leisten.« Dabei deutete er auf den Streifenwagen, neben dem inzwischen die beiden Uniformierten standen.

»Sie haben ihn … geht es ihm gut, ist er krank?«, stammelte Hendrike Winkler.

»Krank … na ja, wie man's nimmt. Körperlich fehlt ihm anscheinend nichts«, brummte Britta. »Aber er hat sich hier auf dem Hof aufgeführt wie ein Geisteskranker.«

»Also, das ist doch die Höhe«, empörte sich die Frau, der die Erleichterung darüber, dass ihrem Mann nichts Ernsthaftes zugestoßen war, neue Kraft zu verleihen schien. »Wir lassen es nicht zu, dass wir beleidigt werden. Und jetzt will ich endlich zu meinem Klaus.«

»Liebe Frau Winkler, Sie hören mir jetzt mal gut zu«, sagte Lennart und baute sich direkt vor ihr auf. »Gehen Sie ruhig zu *Ihrem Klaus*, der sich im Moment in Gewahrsam befindet, weil er hier randaliert und Sachbeschädigungen in immensem Ausmaß begangen hat. Allerdings wäre es klug, wenn Sie insofern auf ihn einwirken könnten, dass er sich ab sofort friedlich verhält und uns Rede und Antwort steht. Ansonsten können wir – und das wohlgemerkt völlig legal und gemäß unseren Vorschriften – verdammt unangenehm werden. Denn da er Verdächtiger in einem Mordfall ist, kann ich nach der heutigen Aktion jederzeit einen Haftbefehl beantragen. Haben Sie das verstanden?«

Hendrike Winkler starrte ihn mit offenem Mund an. Sie klang deutlich kleinlauter, als sie weitersprach: »Verdächtiger? Aber wieso … ich … O Gott. Ja, sicher. Verstanden. Er wollte doch nur … wir möchten keinen Ärger haben.«

»Den haben Sie bereits. Jetzt kommt es nur noch aufs Ausmaß an«, erklärte Britta. Man sah ihr ihre Wut über das Ehepaar an.

»Ich … verstehe. Ich rede kurz mit meinem Mann, dann wird er Ihnen bestimmt alles erklären«, vermeldete die Frau und eilte auf den Streifenwagen zu.

Britta und Lennart verfolgten stumm die Szene, die sich ihnen bot: Hendrike Winkler redete durchs offene Wagenfenster gestenreich auf ihren Mann ein. Sie versuchte offenbar, ihn zu beschwichtigen, wies ihn aber auch mit ziemlich deutlichen Worten zurecht. Die beiden Polizisten schienen sich köstlich zu amüsieren. Während die Gegenwehr von Klaus Winkler sichtlich geringer wurde, steigerte sich die Redeintensität seiner Frau immer weiter, bis er mit hängenden Schultern nur noch kraftlos nickte, während sie ihm mit erhobenem Zeigefinger letzte Anweisungen gab. Dann deutete sie in Lennarts und Brittas Richtung. Er stieg aus und setzte sich trottend in Bewegung, gefolgt von seiner Frau, die ihm immer wieder etwas zuzischte.

»Mein Mann hat Ihnen etwas zu sagen«, erklärte Hendrike Winkler, als sie bei Lennart angekommen waren. »Also los, Klaus, mach schon.«

Wie ein kleiner Junge sagte der Rentner mit gesenktem Kopf: »Tut mir leid wegen eben. Mein Temperament ist mit mir durchgegangen. Ich fürchte, ich habe in letzter Zeit die Einnahme meiner Vitamin-B-Präparate vernachlässigt, was mich ein wenig reizbar macht.«

Schön gelernt, den Text, in der kurzen Zeit, lag Lennart auf der Zunge, er verkniff sich aber jeglichen Kommentar.

»Ich fühlte mich zudem durch das Verhalten dieses Herrn dort provoziert«, fügte Klaus Winkler, der schon wieder Oberwasser zu bekommen schien, hinzu. Dabei zeigte er auf Sven Nilsson.

»Provoziert? Von mir?«, wiederholte der ungläubig. »Inwiefern denn bitte? Ich habe mich ganz friedlich um die armen Schweine gekümmert. Im wahrsten Sinn des Wortes.«

»Pah! Den ganzen Mist hat er mir direkt an den Zaun gefahren. Und das Futter hat so schlimm gestaubt wie nie. Dachte wohl, ich merke das nicht!«

Um zu verhindern, dass die Situation erneut außer Kontrolle geriet, schaltete sich Lennart ein:

»Herr Winkler, erklären Sie uns bitte, was Sie mit Ihrer zerstörerischen Aktion hier bezwecken wollten«, sagte er scharf. »Für die entstandenen Schäden werden Sie übrigens zusätzlich zu den strafrechtlichen Konsequenzen in Haftung genommen.«

»Pah, den alten Schrott braucht doch sowieso keiner mehr«, brummte Winkler. »Versetzen Sie sich doch mal in meine Lage: Seit Jahren fiebere ich dem Tag entgegen, an dem diese Schweinerei hier endlich ein Ende hat. Der Gestank, der Lärm, die Fliegen, der Staub. Dann scheint es endlich so weit zu sein – und alles geht so weiter wie vorher. Können Sie nicht verstehen, dass einem da auch mal der Kragen platzt?«

»Nur noch einmal fürs Protokoll: Sagten Sie eben, dass Sie dem Tag entgegenfieberten, an dem Ihr Nachbar endlich ums Leben kommt?«, fragte Britta scharf.

Sofort schaltete sich Hendrike Winkler ein. »So hat mein Mann das doch nicht gemeint, das wissen Sie genau. Drehen

Sie uns nicht das Wort im Munde herum. Wir sind beide erschüttert über Herrn Kristensens Tod.«

»Erschüttert, na ja … sicher ist das irgendwie tragisch«, kommentierte Klaus Winkler. »Für meine Frau ist vor allem schlimm, dass sich hier ein Mörder rumgetrieben hat. Nicht auszudenken, wenn wir ihn vielleicht überrascht hätten. Zum Glück waren wir unterwegs. Hendrike kann seitdem kein Auge mehr zutun. Wieder etwas, was wir unserem lieben Nachbarn zu verdanken haben. Vielleicht hätten wir das Haus besser verkaufen sollen, als …« Er verstummte.

»Als … was?«

»Als … uns ständig mit alldem auseinanderzusetzen. Es hat uns die Aufenthalte hier sehr vergällt.«

Diese Aufenthalte gehören bald ohnehin der Vergangenheit an, wenn man dir deinen illegalen Freizeitwohnsitz wegnimmt, schoss es Lennart durch den Kopf. Schließlich hatte Winkler gerade erklärt, das Haus gehöre ihm. Doch der redete bereits weiter. »Und jetzt bekommt man als unbescholtener Bürger auch noch Ärger mit der Polizei.«

Nun platzte auch Lennart der Kragen. »Unbescholtener Bürger? Sie sind Verdächtiger in einem Tötungsdelikt, haben auf einem Grundstück randaliert, das Ihnen nicht gehört, und sich an fremdem Eigentum vergriffen, haben Herrn Nilsson bedroht und sich den Anordnungen der Polizeibehörden widersetzt. Von Ihren haltlosen Anschuldigungen uns gegenüber ganz zu schweigen. Und Sie halten sich tatsächlich für *unbescholten*?«

Er holte tief Luft und versuchte sich wieder zu beruhigen. So laut war er seit dem finalen Streitgespräch mit Andrea, das sie ohne weitere Umwege zur Scheidungsanwältin geführt hatte, nicht mehr geworden. Britta sah ihn mit großen Augen an.

»Klaus meint es nicht so«, versuchte sich Frau Winkler wieder in Deeskalation. Aber Lennart konnte dieses immer gleiche Lamento nicht mehr hören und fiel ihr ins Wort.

»Ihre Bemühungen in allen Ehren, Frau Winkler, aber Ihr Mann hat uns genügend Anschauungsmaterial geliefert, damit wir uns selbst ein Bild von ihm machen können. Sofern er im Vollbesitz seiner geistigen Kräfte ist, wird er für sein Verhalten zur Rechenschaft gezogen werden. Und nun lassen Sie uns diese unwürdige Szene beenden.« Ohne ihre Reaktion abzuwarten, wandte er sich an Klaus Winkler. »Sie werden jetzt von den beiden Kollegen nach Rønne gebracht, wo Sie zum Sachverhalt Stellung nehmen können. Dabei wird ein Protokoll angefertigt, das zur Strafverfolgung an die Staatsanwaltschaft weitergeleitet wird.«

»Kann ich mitfahren?«, mischte sich Hendrike Winkler schon wieder ein.

»Wir sind kein Taxiunternehmen«, fuhr Lennart ihr über den Mund. »Da Sie sich heute durch Ihr Handeln und Ihre zweifelhaften Aussagen zu Ihrem Nachbarn extrem verdächtig gemacht haben, werden wir auch Ihr Alibi noch einmal auf den Prüfstand stellen.« Das hatte Lennart aufgrund von Vegas Schilderung, wie aggressiv die beiden Nachbarn miteinander umgegangen waren, ohnehin vorgehabt. Nachdem er jetzt Winklers Jähzorn mit eigenen Augen gesehen hatte, bekam es aber eine ganz neue Dringlichkeit. Sie mussten unbedingt überprüfen, ob die Winklers zur Tatzeit tatsächlich Freunde auf einem nahe gelegenen Campingplatz besucht hatten. »Ich untersage Ihnen bis auf

Weiteres, die Insel zu verlassen. Sie haben sich zu unserer Verfügung zu halten und müssen auf Ihrer Handynummer zu erreichen sein. Andernfalls beantrage ich Untersuchungshaft wegen Verschleierungsgefahr. Und sollten Sie sich noch einmal unbefugt auf diesem Grundstück herumtreiben, wird Zwangsgeld erlassen. Dasselbe gilt, wenn Sie sich Herrn Nilsson nähern, ihn an seiner Arbeit hier hindern oder ihn sonst wie behelligen. Verstanden?«

Klaus Winkler stand schwer atmend da und nickte langsam. Lennarts Ausbruch schien ihm zugesetzt zu haben, er wirkte nun völlig in sich gekehrt. Vielleicht hatte er endlich die Tragweite dessen, was ihn da erwartete, erkannt. Seine Frau stand mit bebenden Lippen neben ihm und kämpfte mit den Tränen. *Interessant*, dachte Lennart, wie sich dieser Mann seit ihrem ersten Zusammentreffen vor zwei Tagen von einem überheblichen, schnoddrig wirkenden Zaungast erst zu einem unbeherrschten Randalierer und letztendlich zu einem Häufchen Elend verwandelt hatte.

Wenn man ihn jetzt so sah, wirkte es nicht, als sei dieser Vorzeigespießer in der Lage, einen Menschen kaltblütig umzubringen. Aber was, wenn sich so viel Hass, so viel gekränkte Eitelkeit und gefühlte Machtlosigkeit in dem Mann angestaut hatten, dass er völlig ausgetickt war? Wenn Kristensen ihn so lange provoziert hatte, bis eine Sicherung in Winkler durchgebrannt war?

Er bedeutete den Polizisten mit einem Nicken, den Deutschen abzuführen, was der nun ohne Gegenwehr geschehen ließ. Auch sein letztes »Das wird Ihnen noch leidtun« klang kraftlos. Frau Winkler eilte ohne weiteren Gruß zurück auf ihr Grundstück und zu ihrem Auto, wohl um dem Streifenwagen in die Inselhauptstadt zu folgen.

Lennart und Britta bedankten sich ein weiteres Mal bei Sven Nilsson, entschuldigten sich für die Umstände und versprachen die Tochter des Opfers zu erinnern, sich so schnell wie möglich um eine endgültige Lösung für die Tiere zu bemühen. Dann verabschiedeten sie sich und gingen zu den Autos.

»Glaubst du, Winkler war's?«, fragte Britta, als Lennart sich in den SLC beugte, um das Kabel des Blaulichts aus der 12-Volt-Steckdose zu ziehen. Er zuckte die Schultern.

»Möglich wär's.«

»Und jetzt?«, fragte Britta.

»Jetzt? Jetzt schauen wir mal, was Tao noch über Winklers Alibi herausfindet. Und derweil versuche ich mich als Möbelpacker und Aushilfsdekorateur«, gab er seufzend zurück und schilderte seiner Kollegin in knappen Worten, was ihn zu Hause erwartete.

***

»Himmel noch mal, was für ein verfluchter Bockmist! Und dafür verlangt ihr Geld?«

Lennart schimpfte nach Herzenslust vor sich hin. Schließlich konnte ihn niemand hören. Wie jedes Mal hatte er Probleme beim Zusammenbau der bestellten Möbel. Es war sogar viel schlimmer als üblich, da er keinerlei Hilfe hatte und die bereits zusammengesteckten Teile immer wieder auseinanderfielen, bevor er sie mit einer Schraube fixieren konnte. Er hatte bereits ernsthaft erwogen, alles zunächst mit Tape provisorisch zusammenzufügen, um es danach in Ruhe zu verschrauben. Allerdings hatte er ein wenig Angst vor den Kleberresten, die dann womöglich am

Holz hängen blieben. Also probierte er, eine Bettseite gegen die Wand zu lehnen, und drückte dann am Boden liegend mit den Zehenspitzen gegen die andere.

Doch wieder fielen die Bretter wie ein Kartenhaus in sich zusammen. »So eine Riesenscheiße, verdammt!« Er werkelte jetzt schon seit über zwanzig Minuten und hatte noch keine einzige Schraube an Ort und Stelle.

»Aber Lennart, wo ist denn deine fast schon sprichwörtliche Gelassenheit geblieben?«

Lennart runzelte die Stirn. Hörte er schon Stimmen? Sprach auf einmal der Herrgott zu ihm wie in den uralten Don-Camillo-Filmen? Das hätte durchaus einen gewissen Charme. Andererseits: Der liebe Gott würde sich zweifelsohne einen unkritischeren Gesprächspartner als ihn suchen. Er schüttelte den Kopf und blickte zum offenen Fenster.

»Lennart?«, tönte es von dort. Unten vor der Haustür, die sich direkt unter dem Fenster befand, musste jemand stehen. Und wenn ihn nicht alles täuschte, kannte er die Stimme. »Wir sind es: Mats und Britta!« Lennart lächelte beseelt. Offenbar bemühte sich der Herrgott zwar nicht selbst zu ihm herab, stellte ihm fürs Erste aber zwei recht passable Engel zur Seite. »Wenn du uns aufmachst, helfen wir dir. Mats hat sogar zwei besonders hübsche Exemplare aus seiner Akkuschraubersammlung im Gepäck!«

Lennart lachte, rappelte sich hoch und beeilte sich, die Treppe hinunterzukommen.

»Euch schickt der Himmel!«, begrüßte er seine Kollegin und ihren Mann. »Könnt ihr Gedanken lesen, oder habt ihr euch in die Spycam meiner Nachbarn reingehackt?«

Die beiden sahen ihn fragend an.

»Egal, kommt rein!«

Während Britta mit zwei Tüten voller Decken, Kissen, Stoffballen und weiterer für Lennart undefinierbarer Dekoartikel beladen war, hatte Mats einen Akkuschrauber in der rechten Hand und einen weiteren unter den Arm geklemmt. In der Linken trug er zwei alte Nachttischlämpchen aus Messing.

»Wir haben vorsichtshalber ein paar Sachen mitgebracht, um etwas dänische Hyggeligkeit ins Zimmer deiner Mädels zu zaubern. Vielleicht fällt auch noch etwas fürs Gästezimmer deines Vaters ab. Im Auto wären noch zwei Nachtkästchen, falls du die brauchen kannst. Und schließlich habe ich noch ein paar Snacks dabei, aber die gibt's erst nach getaner Arbeit.«

Lennart konnte es kaum glauben. »Ihr seid … einfach die Wucht in Tüten!«

Britta und Mats winkten ab und stiegen hinter Lennart die Treppe hoch.

»Oha, da müssen wir ja wirklich ganz von vorn anfangen«, bemerkte Mats angesichts der ganzen Einzelteile.

Lennart bemühte sich, so gut es ging zu verbergen, wie peinlich ihm seine mangelnde Begabung als Handwerker war. Insbesondere vor Mats, der ja ein wahrer Alleskönner zu sein schien. Er grinste. »Aber immerhin brauchen wir nichts auseinanderzuschrauben, was falsch montiert ist. Insofern sind wir schon ganz schön weit.«

Alle drei lachten, dann machte sich Britta daran, die Kartonverpackungen hinunterzubringen, während die Männer begannen, die Möbel zu montieren.

***

Gute zweieinhalb Stunden später saßen sie an Lennarts großem Esstisch. Da inzwischen die Sonne untergegangen war, hatte Lennart ein kleines Feuer im Schwedenofen gemacht, denn auch wenn der Sommer tagsüber ewiges Leben zu haben schien, war es heute Abend überraschend frisch geworden. Brittas Sandwiches schmeckten herrlich. Sie hatte gleich drei Varianten gemacht, eine mit Lachs, eine mit gegrilltem Gemüse und eine mit Ei, auf Schinken hatte sie wohlweislich verzichtet. Jede Sorte schmeckte anders, hatte entweder irgendeine besondere Sauce, einen bestimmten Senf oder frisches Erbsengrün als Zutat.

Lennarts schlechtes Gewissen meldete sich: Nicht nur, dass die beiden das Zimmer seiner Töchter innerhalb kürzester Zeit in einen regelrechten Schöner-Wohnen-Traum verwandelt hatten, jetzt sorgten sie auch noch für Vollverpflegung.

Dabei war er für gewöhnlich ein ganz passabler Gastgeber, auch wenn er das seit seiner Ankunft auf Bornholm noch nicht hatte unter Beweis stellen können. Ein Umstand, der sich dringend ändern musste. Wenigstens angemessene Getränke hatte Lennart zu bieten und kredenzte den in der Markthalle gekauften Inselwein. Bevor sein Vater eintraf, würde er einfach noch ein, zwei Flaschen besorgen. Schließlich kam er mit dem Wagen regelmäßig an dem kleinen, originellen Weingut vorbei, das auch über einen Hofladen verfügte.

»So, ich denke, dein Besuch kann kommen«, resümierte Mats und blickte sich um. »Echt ein schönes Haus, das du da gefunden hast. Ein richtiger Glücksgriff.«

Lennart nickte. »Ich will gar nicht dran denken, dass ich mir nächstes Jahr was Neues suchen muss, wenn mein

Vermieter wiederkommt. Es ist wirklich gemütlich und fühlt sich schon richtig nach *daheim* an, vor allem jetzt, nachdem ihr alles so toll dekoriert habt!«

Tatsächlich hatte Britta mit ein paar Accessoires aus ihrer scheinbar nie leer werdenden Tasche das ganze Haus aufgewertet, ihm Flair und Ambiente gegeben: ein Windlicht hier, ein bedrucktes Deckchen da, eine Glasschale mit von Mats hergestellten Perlen, ein paar aufs Sofa hingeworfene Kissen, Patchworkdecken auf den Betten der Kinder und im Korridor ein Kunstdruck mit einer knallbunten Pistole im Zentrum, perfekt passend für den Polizistenhaushalt. Das Motiv hatte er bereits in Brittas Atelier gut gefunden. »Und jetzt sag mir bitte ehrlich, was ich dir schuldig bin, Britta!«

»Mach dir darüber mal keine Gedanken«, erwiderte sie mit einer wegwerfenden Handbewegung.

»Das meiste waren sowieso Ladenhüter oder irgendwelcher Krimskrams, den ich vorhin auf dem Speicher zusammengesucht habe«, ergänzte Mats kauend und erntete dafür einen Rempler in die Nierengegend.

»Das stimmt zumindest teilweise«, gab Britta zu. »Außerdem kann ich dir schlecht ungefragt zwei Säcke mit Dekosachen ins Haus schleppen und dir dann alles in Rechnung stellen. Nein, das passt schon so, gibt sicher mal eine Gelegenheit, bei der sich alles wieder ausgleicht. Und damit basta.«

Lennart gab zähneknirschend klein bei. Er wusste, dass Widerstand hier zwecklos wäre. Stattdessen hoffte er, dass ihm bald etwas einfiele, womit er sich revanchieren konnte. Was die beiden gemacht hatten, war ohnehin mit Geld nicht zu bezahlen. Britta hatte einfach ein Händchen für Dekoration, Ästhetik und Stil.

Eine Begabung, die er bei sich selbst schmerzlich vermisste und auf deren Fehlen ihn seine Kinder und früher natürlich auch seine Frau bei jeder Gelegenheit hinwiesen. Entweder lag das tatsächlich an diesem einen Y-Chromosom, oder aber er kam in dieser Beziehung eher nach dem deutschen Zweig seiner Familie: Für seine Mutter war *hygge* stets ein Fremdwort geblieben, auch nachdem sie schon Jahrzehnte in Dänemark gelebt hatte. Sie war, seit er denken konnte, eine Verfechterin des Prinzips *quadratisch, praktisch, gut* gewesen, was ihn jedoch nie gestört hatte.

»Sag mal«, riss Mats ihn aus seinen Erinnerungen, »Britta hat mir von dieser SMS eures Opfers erzählt: ›*Sol over Gudhjem*‹. Hast du schon mal dran gedacht, dass unter demselben Namen auch …«

Ein undefinierbares Krachen ertönte. Mats hielt inne, stand auf und lief zum Fenster.

»Jesus Maria!«, entfuhr es Britta.

»Die Bienen!«, rief Mats. »Einer der Stöcke ist umgekippt! Wie konnte das denn passieren?«

Lennart runzelte die Stirn. Einer der Kästen stand ziemlich wackelig – trieb sich etwa einer der neugierigen Nachbarn in seinem Garten herum und war im Dunkeln dagegen gestoßen? Er schüttelte den Kopf. Ein absurder Gedanke. »Vielleicht ein Fuchs?«, schlug er stattdessen vor.

»Sicher nicht«, widersprach ihm Mats, und erklärte auf Lennarts fragenden Blick, dass Füchse seit einer Räudeepidemie in den Achtzigerjahren auf der Insel gänzlich ausgerottet waren. »Wahrscheinlicher, dass es ein Fasan oder einer der zahllosen Insel-Hasen war. Die profitieren nämlich ungemein von der Abwesenheit der roten Jäger.«

»Oh weh! Ich glaube, du müsstest schnellstens irgendwas machen, der Bienenkasten ist zerbrochen, und die Tierchen sehen nicht so aus, als würden sie sich ihre Behausung selber reparieren. Eher ziemlich panisch«, befand Britta, die nun auch ans Fenster getreten war.

Lennart schluckte. Die Bienen flogen wie wild um den havarierten Holzkasten herum, unter dem mehrere zerbrochene Waben zu erkennen waren. Was sollte er tun? Er erinnerte sich an den Ordner mit Anleitungen und Anweisungen zu Haus, Garten und eben auch zum Imkern, den der Vermieter ihm auf dem Esstisch bereitgelegt hatte. Bisher hatte Lennart sich mit dessen Inhalt noch nicht beschäftigt, jetzt aber lief er zur Kommode im Hausgang, zog die Schublade auf und blätterte die feinsäuberlich gedruckten Blätter durch. Unter der Rubrik »Imkerei« fanden sich jedoch nur allgemeine Anweisungen zur Fütterung im Spätsommer und Herbst, zu Milbenbehandlung, Überwinterung und Reinigungsflug. Vom Totalabsturz eines Bienenstocks war keine Rede.

»Die schwirren wie verrückt herum!«, sagte Britta und deutete durch das Fenster in den Garten. »Hast du keine Imkerkluft?«

»Da wäre schon eine im Schuppen. Schleier, Hut und diese alberne Pfeife. Aber ich habe nicht die geringste Ahnung, was ich damit anfangen soll. Außerdem hab ich einen Heidenrespekt vor so einem Bienenschwarm. Die sind schließlich total auf Krawall gebürstet. Ich habe gehört, wenn einen viele stechen, kann das sogar lebensbedrohlich werden.«

Britta sah ihn skeptisch an. »Bist du echt so ein Schisser?«

Mats schüttelte schmunzelnd den Kopf. »Wie redest du denn mit deinem Chef?«

»Ich … bin einfach … vorsichtig. Und ich weiß ja wie gesagt gar nicht, was zu tun ist.«

»Wenn du einfach mal deinen Vermieter anrufst und fragst?«

Lennart schüttelte den Kopf. »Keine Ahnung, wie spät es jetzt gerade in Kanada ist«, sagte er schnell. Keine gute Idee, sich von sich aus beim Vermieter zu melden, der womöglich unangenehme Fragen stellen würde.

»An der Westküste sind sie neun Stunden zurück, es ist also etwa mittags um eins, da könntest du ihn schon erwischen«, fand Britta.

»Aber er … hält sich wohl tagsüber viel in der Wildnis auf, ohne Handy und so«, fabulierte Lennart. »Ich fürchte, ich muss irgendwie selbst eine Lösung finden.«

»Ich hätte da eine Idee«, vermeldete Britta auf einmal. »Weißt du was: Lass mich mal machen.« Damit nahm sie ihr Handy vom Tisch und verschwand im Hausgang. Lennart erinnerte sich an den gestrigen Abend und ahnte schon, was sie vorhatte.

***

»Vielen Dank, Morten, dass du sofort gekommen bist. Ich hätte mir allein niemals zu helfen gewusst.«

Morten Nygaard zog die Imkerhandschuhe aus und verstaute sie zusammen mit dem Rest seiner Schutzausrüstung im Kofferraum seines Nissan Micra. Dann winkte er bescheiden ab und sagte: »Immer gern, wirklich. Wenn man sich noch nie mit Bienen beschäftigt hat, sieht das alles furchtbar kompliziert aus, ist es aber letztlich gar nicht. Ich helfe gern, aber nächstes Mal siehst du mir zu, ja? Wir müssen ohnehin noch einiges an deinen Völkern machen, damit sie gut durch den Winter kommen. Und für den kaputten Kasten müssen wir Ersatz basteln. Was ich dir heute mitgebracht habe, ist nur ein Provisorium. Und vielleicht möchtest du dir ja auch mal meine Imker-Werkstatt anschauen. Dazu sind wir gestern gar nicht mehr gekommen, könnte vielleicht ganz interessant für dich sein.«

Lennart schwante Böses. Er würde wohl doch nicht um das Imkern herumkommen. Dass es sich zu einem Hobby auswuchs, würde er allerdings zu verhindern wissen. Aber jetzt und hier war er seinem Amtsvorgänger mehr als dankbar: Der war nach Brittas Anruf sofort gekommen und hatte die verunglückten Bienen in aller Seelenruhe in einen transportablen Kasten verfrachtet, wo sie sich umgehend beruhigt hatten.

»Sicher, das machen wir dann irgendwann mal. Aber jetzt musst du Britta, Mats und mir noch bei einem Gläschen Wein Gesellschaft leisten.«

»Da sage ich nicht Nein. Allerdings nicht zu lange, Rosa wartet auf mich. Um unsere Angewohnheit, sehr pünktlich ins Bett zu gehen, weißt du ja schon.«

Sie gingen ins Haus, Morten gesellte sich zu den anderen, während Lennart ihm ein Weinglas holte.

»Na, was gibt es Neues in Sachen Kristensen?«, fragte Morten dann und bemühte sich sichtlich, es beiläufig klingen zu lassen. Lennart goss ihm das Glas voll und warf Britta einen Blick zu, doch ihr Gesicht blieb unbewegt. Sie überließ es also ihm, ob er seinem Vorgänger brühwarm die neuesten Untersuchungsergebnisse präsentieren wollte oder nicht.

Er überlegte. Mit dem Umstand, dass Morten über alles im Bilde war, hatte er sich ja inzwischen abgefunden. Dann war da natürlich auch noch Mats, doch auch bei dem konnte er fest davon ausgehen, dass Britta ihn auf dem Laufenden hielt. Hatte er nicht sogar von Kristensens letzter SMS gesprochen, kurz bevor der Bienenunfall passiert war? Na ja, auch Andrea war bei jedem von Lennarts größeren Fälle eingeweiht gewesen. Bei seiner eigenen Frau hatte er, der sich sonst strikt ans Dienstgeheimnis hielt, von Anfang an eine Ausnahme gemacht, wohl wissend, dass sie nie irgendwo etwas davon preisgegeben hätte. Im Gegenzug hatte sie ihn stets mit Geschichten über Lehrerkollegen, Schülerinnen und Schüler sowie – aus Lennarts Sicht am interessantesten – deren Elternhäuser versorgt. In manchen Berufen musste man sich eben einfach austauschen, um die Dinge von der Seele zu haben.

»Ich geh kurz raus, frische Luft schnappen«, sagte Mats in dem Moment und nahm Lennart damit die Entscheidung ab. Sehr rücksichtsvoll von ihm, nicht stören zu wollen.

Also brachte Lennart Morten kurz auf Stand. Britta konnte es nicht lassen, die Passage über ihren Besuch im *Argousier* mit Anspielungen über angebliches Flirten zwischen Lennart und Maren Fabricius zu spicken, was er erneut weit von sich wies. Als Lennart am Ende seines kleinen Berichts noch einmal auf die Frage zurückkam, die ihm den Tag über am meisten auf den Nägeln brannte – die besagte SMS mit dem kryptischen *»Sol over Gudhjem«* –, gesellte sich Mats gerade wieder zu ihnen.

»Wenn ich mich da kurz einmischen dürfte: Mir kam bei *Sol over Gudhjem* sofort der gleichnamige Wettstreit der besten Köche Dänemarks in den Sinn. Der größte seiner Art, bei dem die Elite der höchstdekorierten Küchenchefs sich hier einfindet, um ihr Können zu zeigen. Das und die

Tatsache, dass Maren Fabricius euch gestern angerufen hat – kann das wirklich Zufall sein?«

»Mats, lass doch«, sagte Britta schnell. Ihr schien die Sache unangenehm zu sein. »Ich hab dir schon gesagt, dass da die Fantasie zu sehr mit dir durchgeht.«

»Man darf natürlich keine Möglichkeit ausschließen, aber der Wettbewerb ist doch im Juni und wir haben Herbst«, gab Morten zu bedenken.

Lennart erinnerte sich an einen Fernsehbericht über die national beachtete Kochchallenge. Ein Zusammenhang drängte sich zwar in der Tat nicht direkt auf, aber der Anruf von Maren Fabricius war doch irgendwie merkwürdig gewesen – vielleicht sollte er dem doch noch mal nachgehen?

»Ihr müsst das als Code lesen«, erklärte Morten und trank bedächtig sein Glas aus.

»Inwiefern?«, fragte Britta.

»Na ja, Kristensen war noch einer vom alten Schlag. Einer, der den modernen Kommunikationsmitteln nicht so unreflektiert gegenüberstand wie die junge Generation«, erklärte er.

Lennart musste grinsen. In diesem Punkt fühlte er sich richtig jung: Er verließ sich voll und ganz darauf, dass Mails und Nachrichten nur beim Empfänger und nirgendwo anders ankamen. Vielleicht ein bisschen naiv, aber wenn man einmal anfing, daran zu zweifeln, konnte man eigentlich nur noch ganz altmodisch Briefe schreiben und diese selbst beim Empfänger in den Briefkasten stecken.

»Ich habe gehört, dass es inzwischen Leute gibt, die ihren Steuerberatern Unterlagen per Mail schicken und sogar Immobilienkäufe oder Mietverträge rein über das Internet abwickeln. Und diese Banking-Apps, gruselig«, fuhr Morten fort. »Ich möchte wetten, dass Steffen Kristensen da vorsichtiger war. Zu Recht. Und deshalb hat er für wichtige Dinge eben einen Code verwendet, den er vorab mit den anderen Beteiligten verabredet hatte.«

Lennart war skeptisch, aber in einem Punkt hatte Morten recht: Sie mussten sich endlich eingehender mit den Mitgliedern von Kristensens Männerclique unterhalten.

»Du meinst solche Sprüche wie ›Die Kuh ist vom Eis‹ oder ›Der Wal ist gestrandet‹, wie man sie aus alten Filmen kennt?« Britta klang skeptisch.

Morten nickte.

»Ach komm, Bauer Kristensen war doch kein James Bond. So etwas wäre einem wie dem viel zu viel Chichi gewesen.«

»Hat er keinen Wehrdienst geleistet?«, wollte Morten wissen.

»Doch, das schon«, erklärte Lennart.

»Seht ihr? Da lernt man das. Und vergesst nicht, dass er jahrzehntelang im Schatten des großen Horchturms gewohnt hat. So etwas prägt einen Menschen, glaubt mir.«

Lennart legte die Stirn in Falten. »Vielleicht hast du ja recht, Morten. Aber was *genau* wollte er mit diesem mysteriösen *Sol over Gudhjem* sagen?«

Morten kratzte sich am Kopf und räusperte sich vernehmlich, was Lennart als Zeichen wertete, ihm Wein nachzuschenken. Morten nickte ihm dankbar zu, trank ausgiebig, um dann bedeutungsschwer zu brummen: »Das herauszufinden, meine Lieben, ist jetzt nicht mehr meine Aufgabe. Dafür seid ihr zuständig. Aber ich werde darüber nachdenken und euch Bescheid geben, wenn ich zu einem Ergebnis gekommen bin.« Ja, eindeutig eher Maigret als

Barbarotti. Es fehlte nur noch die Pfeife für eine filmreife Kopie des in sich gekehrten und ein wenig verschrobenen Ermittlers aus Paris. »Jetzt aber muss ich wirklich gehen. Rosa wartet bestimmt schon mit meinem Schlummertrunk. Geht doch nichts über ein Glas Milch mit eigenem Honig«, verkündete er dann und erhob sich. Auch Britta und Mats nahmen das zum Anlass aufzubrechen.

Nachdem Lennart sich noch einmal bei allen ausgiebig bedankt und zugesagt hatte, im Gegenzug an einem der nächsten Handwerker- und Flohmärkte der Region nicht nur am Stand von Britta, sondern auch beim Honigverkauf von Morten zu helfen, schloss er die Tür hinter seinen Besuchern und stieg die knarrende Holztreppe hoch. Während die anderen sich draußen noch kurz unterhielten, betrat er im Dunkeln das Zimmer seiner Töchter, blickte aus dem Fenster auf die drei Menschen, mit denen er den heutigen Abend verbracht hatte, und lächelte. Das also waren sie nun: seine ersten richtigen Freunde auf der Insel. Eine bizarre kleine Truppe aus etwas schrägen Typen, die manchmal zwar ein wenig nerven konnten, im Grunde aber wirklich liebenswert waren. Jetzt fehlte nur noch Tao, der weibliche Computernerd, um das Bild zu vervollständigen.

Als er den Blick noch einmal durch das liebevoll eingerichtete Zimmerchen wandern ließ, realisierte er zum ersten Mal, wie sehr er sich auf den bevorstehenden Besuch der beiden Mädchen und des Vaters freute. Und auf ein ganz besonderes Wochenende.

Freitag

Mitten in der Nacht wachte Lennart auf. Er fühlte sich wie gerädert, was sicher auch daran lag, dass er in voller Montur auf einem der neu aufgebauten Betten im Gästezimmer geschlafen hatte. Er erinnerte sich, dass er sich hingelegt, an die Decke gestarrt und ein wenig vor sich hin sinniert hatte – und dann ganz offensichtlich eingenickt war. Er sah auf die Uhr. Drei Uhr siebzehn. Gute drei Stunden zu früh, um aufzustehen, drei zu spät, um ins Bad und sein eigenes Bett zu gehen. Er langte nach der Patchworkdecke am Fußende, zog sie sich notdürftig über Beine und Oberkörper und drehte sich wieder um.

Als er das nächste Mal wach wurde, war es halb sieben. Eine einigermaßen vertretbare Zeit also, den neuen Tag zu beginnen. Nach einer ausgiebigen Dusche zog er sich an, ließ sich eine Tasse Kaffee aus der Maschine, räumte den Esstisch ab, befüllte die Spülmaschine und machte sich – das immer noch etwas aufgeregte Summen der Bienen in ihrem Behelfsbienenstock geflissentlich ignorierend – auf den Weg ins Büro.

Wie üblich war Tao bereits da und versorgte ihn gleich mit ein paar Informationen: Das Gespräch mit Bjarne Holst würde bis mindestens Montag warten müssen, denn der war aufgrund eines dienstlichen Termins in Kopenhagen und kam erst Sonntagabend zurück. Gabriel Vegas Alibi war überprüft, seine Geliebte hatte ohne Umschweife bestätigt, dass sie den Tatabend und die darauffolgende Nacht mit dem Chef der Ferienhausvermietung verbracht hatte.

Schließlich hatte sie versucht, die Bekannten des Ehepaars Winkler zu erreichen, um deren Angaben zu verifizieren – allerdings ohne Ergebnis: unter der angegebenen Nummer ging niemand dran, und am angegebenen Campingplatz hatte man ihr erklärt, die Gäste seien am Vortag abgereist.

Lennart überlegte. Den Termin mit Bjarne Holst auf nächste Woche zu verschieben kam ihm eigentlich ganz gelegen. Er hatte im Moment genug auf dem Zettel, und Holst lief ihm sicher nicht weg. Ärgerlicher war die Sache mit den Bekannten von Winklers. Lennart bat seine junge Kollegin, deren Abreisedatum mit den Angaben der Fährgesellschaft abzugleichen, schließlich hatten sie die Namen und das Kennzeichen. Notfalls würde er eben die deutschen Behörden in Erfurt, dem Wohnort der Leute, um ihre Mithilfe bitten müssen. Irgendwie fand er die Sache seltsam. Ob doch Winkler ihr Täter war?

»Hast du eigentlich was von den Kollegen gehört, die Klaus Winkler gestern Abend noch zu seiner irren Aktion auf Kristensens Grundstück vernommen haben?«, fragte Lennart.

Sie schüttelte den Kopf. »Noch besser, ich war bei der Vernehmung selbst dabei. Das ist ja ein heißer Vogel!«

»Und wie!« Lennart war ein weiteres Mal beeindruckt von Taos Engagement. Sie war ein echter Workaholic und erinnerte ihn damit fatal an sein altes Ich. Er musste wirklich mal mit ihr reden. Jetzt aber ließ er sich kurz von dem Gespräch berichten, das genau so abgelaufen war, wie er es sich vorgestellt hatte: Winkler hatte sich unkooperativ verhalten, war wiederholt aufbrausend geworden und ließ nach wie vor jegliches Unrechtsbewusstsein vermissen. Immer wieder war seine Frau, die auf dem Korridor warten musste, ins Zimmer gestürmt und hatte sich eingemischt. Nach über einer Stunde hatte man den Mann schließlich gehen lassen, nicht jedoch ohne ihm mitzuteilen, dass man seinen Fall der Staatsanwaltschaft zur Eröffnung eines Verfahrens übergeben werde.

Danach rief Lennart bei Kristensens Tochter an, um sie über die Beschädigungen am Silo zu unterrichten und wegen der Tiere nachzuhaken. Die Frau versprach, sich darum zu kümmern.

»Gibt es schon einen konkreten Verdacht, wer meinen Vater getötet haben könnte?«, fragte sie im Gegenzug. Lennart atmete tief ein und schloss für einen Moment die Augen. Dann ratterte er den Satz herunter, den er und seine Kolleginnen und Kollegen so oder so ähnlich wieder und wieder bemühen mussten: »Ich kann dazu im Moment aus ermittlungstaktischen Gründen leider noch nichts sagen, bin aber sehr zuversichtlich, dass wir schon bald zu einem Ergebnis kommen werden, das wir Ihnen natürlich sofort mitteilen werden.«

Damit sie nach dieser nichtssagenden Floskel keine Rückfragen mehr stellen konnte – er wollte ihr definitiv keinen Hinweis darauf geben, dass auch ihr Mann zum Kreis der Verdächtigen gehörte –, beeilte er sich, das Telefonat zu beenden.

Seufzend stützte er den Kopf in die Hände. Agnes Holsts Frage hatte ihn schmerzhaft daran erinnert, wie wenig Fortschritt sie bisher in der Ermittlung gemacht hatten. Zwar hatten die Befragungen von Leuten aus Kristensens Umfeld zusammen mit der Auswertung der sichergestellten persönlichen Gegenstände ein ziemlich gutes Bild ergeben, was für ein Mensch das Opfer zu Lebzeiten gewesen sein musste. Aber hatte sich daraus ein konkreter Verdacht ergeben? Er runzelte die Stirn und ging in Gedanken die Leute durch, die sie vernommen hatten.

Klaus Winkler war ein cholerischer alter Idiot, der sich in Stresssituationen nur schwer im Griff hatte. Lennart traute ihm trotz seines Alters zu, in Rage irgendjemanden körperlich anzugreifen. Aber ein kaltblütiger, geplanter Mord wie der an Kristensen? Er zuckte die Schultern. Möglich, aber nicht sehr wahrscheinlich.

Kristensens Schwager hatte zwar ein Leben lang im Clinch mit dem Opfer gelegen, aber da er ja körperlich eher nicht in der Lage gewesen wäre, den Schweinebauern zu überwältigen, hätte seine Frau ihm helfen müssen. Für einen Brudermord sah Lennart allerdings einfach kein Motiv, es sei denn, die Tat wäre im Affekt begangen worden. Sie würden sich den Tatort daraufhin noch mal genauer anschauen.

Tine Borup? Ihr Konflikt mit dem Bauern war der aktuellste, von dem sie wussten. Schließlich hatte sie am Tattag zweimal mit ihm telefoniert und einen ernsten Streit eingeräumt. Blieb also auf der Liste.

Und die ungewöhnliche Köchin? Sie schien auf den ersten Blick weniger als Täterin in Frage zu kommen, obwohl sie natürlich bluffen konnte. Lennart rief sich die Diskussion vom Vorabend in Erinnerung und nahm sich vor, noch mehr über diesen Kochwettbewerb und Maren Fabricius' Rolle dabei in Erfahrung zu bringen. Vielleicht hatte Kristensen ja von irgendwelchen Machenschaften in dem Zusammenhang erfahren und die Köchin erpresst? Zuzutrauen war es ihm.

Gabriel Vega, der spanische Gockel, schien ihm im Vergleich harmlos. Hier fehlte ein echtes Motiv, zudem hatte er ein bestätigtes Alibi. Allerdings konnte er vielleicht wichtige Informationen über den illegalen Hauskauf der Winklers liefern. Er würde den Kollegen, die sich darum kümmerten, auf jeden Fall den Tipp geben.

Dann waren da noch die Tochter oder der Schwiegersohn. War es ihnen um ihr Erbe gegangen, das die junge Familie von jeglichen finanziellen Sorgen befreien würde? Ein paar Verdachtsmomente gegen Bjarne gab es ja mittlerweile, und wenn sie mit ihm gesprochen hatten, würden sie auch klären müssen, inwieweit Agnes involviert war. Schließlich hatte sie das falsche Alibi ihres Mannes mit keinem Wort korrigiert, auch wenn Lennart sich jetzt erinnerte, dass sie seltsam reagiert hatte.

Und zu guter Letzt Mikael Hansen und der Rest der Angeltruppe. Hansen hatte den Toten aufgefunden. Was, wenn das kein Zufall gewesen war? Wenn auch er ihnen nur Theater vorgespielt hatte? Auch die geheimnisvolle *Sol over Gudhjem*-SMS verwies auf den Freundeskreis. Was genau nur hatte es damit auf sich?

Eine Menge potenzieller Verdächtiger und viele offene Fragen, die sie noch zu klären hatten. Aber nachdem ihm keine mehrköpfige Soko zur Verfügung stand und die »Sonne über Gudhjem« sich wie ein Leitmotiv durch diese Ermittlungen zu ziehen schien, würde er jetzt erst einmal dieser SMS auf den Grund gehen.

Er suchte aus der von Tao säuberlich angelegten elektronischen Akte die Telefonnummer von Mikael Hansen heraus und rief bei ihm an. Schon beim zweiten Klingeln hob der ab. Nach einer kurzen Begrüßung fragte Lennart ihn, was Kristensen mit seinem kryptischen Post wohl gemeint haben könnte.

»Ach das!« Hansen zögerte kurz. »Er wollte unbedingt mal wieder mit uns in die Gudhjemer Räucherei gehen, um Heringsbrot zu essen. Das war alles.«

Lennart runzelte die Stirn. »Ach ja? Aber warum schrieb er dann ›kein Aufschub‹?«

Ein gezwungenes Lachen. »Wir haben ihn immer wieder vertröstet, wissen Sie? Er liebte die Bornholmer Heringe über alles. Mehr noch als seinen Schinken. Wir anderen hingegen waren keine großen Fans von Räucherfisch. Was Sie ja wahrscheinlich an den Reaktionen in der Gruppe gemerkt haben, oder?«

Lennart kniff die Augen zusammen. Was Hansen da erzählte, widersprach diametral dem, was ihm Agnes Holst erzählt hatte: dass ihr Vater Fisch hasste.

»Ja. Ich habe allerdings auch gemerkt, dass *Sie* Ihrem Freund gar nicht geantwortet haben.«

»Das stimmt«, antwortete Hansen prompt. »Ich telefoniere lieber. Also habe ich Steffen später zurückgerufen, ihm wegen der Räucherei abgesagt und unsere Pilztour für den Morgen vereinbart.«

»Mhm«, brummte Lennart. Die Sache mit dem Heringsgericht nahm er Hansen nicht ab. Der Mann hatte ihm nicht die ganze Wahrheit gesagt, das spürte er. Und dieser Ungereimtheit musste er auf den Grund gehen. Jetzt.

***

Angekommen am Hafen von Hasle, einer kleinen Ortschaft nördlich von Rønne, lehnte sich Lennart erst einmal an den

Mercedes und wandte das Gesicht der Sonne zu. Er genoss die Wärme und das Licht auf seinen geschlossenen Lidern, versuchte so noch einmal Extrasonne für den nahenden Herbst zu sammeln.

Es war kurz vor halb zwölf. Lars Rahbek, der Angelfreund des Opfers, der als Busfahrer arbeitete, würde laut Auskunft des regionalen Verkehrsunternehmens hier um elf Uhr dreißig einen planmäßigen Aufenthalt von knapp neunzig Minuten haben. Das würde Lennart reichen, um sich ein Bild von dem Mann zu machen.

Den Vormittag hatte er damit verbracht, mit Tao und Britta noch einmal die bisherigen Zeugenaussagen durchzugehen und ihr weiteres Vorgehen zu planen. Tao hatte angeboten, sich um das Alibi der Winklers und um die restliche liegen gebliebene Büroarbeit zu kümmern. Unter anderem hatte Lennart ihr noch den Auftrag gegeben, bei der Spurensicherung anzurufen, ob am Tatort ein abgebrochener Schneidezahn gefunden worden war.

Britta war mitgekommen, vor einer Weile aber im kleinen Hafenkiosk verschwunden, um Kaffee zu organisieren. Lennart blickte sich um. Rechts von ihm ragte die ungewöhnlich geformte Holztribüne des Hafenschwimmbads auf, die auch als eine Art Sprungturm diente. Ein modernes hölzernes Gebäude, das ein wenig an die Architektur des Kiosks in Hammerhavn erinnerte, lag der Anlage gegenüber. Das Becken war menschenleer, denn auch wenn nach wie vor die Sonne schien, war die Badesaison aufgrund der fallenden Wassertemperaturen für dieses Jahr beendet, selbst für die kälteerprobten Dänen. Hinter dem Schwimmbad befanden sich der Ruder- und Segelklub sowie eine der größten Marinas der Insel. Sie war umsäumt von zweistöckigen, ebenfalls modern anmutenden Häusern. Lennart hatte gelesen, dass es sich hierbei um Ferienimmobilien im Privatbesitz handelte – mit ihrem direkten Zugang zum Segelboot bestimmt attraktive Urlaubsdomizile.

Der kleine Platz, auf dem Lennart den Mercedes abgestellt hatte, diente als Omnibusbahnhof und gehörte zum kommerziellen Hafen der Ortschaft. An dessen Kai hatten ein paar Fischerboote festgemacht, Netze waren auf dem Asphalt zum Trocknen ausgebreitet. Etwas weiter hinten lagen zwei Schnellboote der Küstenrettung sowie ein metallener Kahn, der über und über mit Bojen beladen war. Daneben schließlich das weitaus größte Schiff im Becken, die MS Mona. Ein Transparent, das an Deck aufgespannt war, warb für ein- bis dreitägige Angelreisen an Bord des Kutters zu den Dorschgründen vor Bornholm. Zwei Fotos auf dem Werbebanner zeigten Angler mit kapitaler Beute und die Unterwasseraufnahme eines Schiffswracks, in dem sich ein Fischschwarm tummelte.

Morten hatte von diesen Angeltouren zu den untergegangenen Schiffen erzählt, und etwas wehmütig dachte Lennart an die ehrgeizigen Pläne für seine Freizeit, die er bei Ankunft auf der Insel gehabt hatte. Vielleicht würde er es ja doch mal schaffen, selbst bei so einem Törn mitzufahren. Mit seinem Vater war er als Kind immer wieder beim Angeln gewesen und hatte schon damals die Ruhe ebenso genossen wie den Kick, wenn ein großer Fang an den Haken ging, den man minutenlang müde kämpfen musste.

Das Dröhnen eines Dieselmotors ließ ihn aufblicken und beendete seine nostalgischen Gedanken. Der Linienbus, der den Süden der Insel mit den Orten im Norden verband, bog eben von der Straße her ein. Das musste der von Lars Rahbek sein. In dem Moment rief Tao an: Die Spurensicherer wussten nichts von irgendeinem abgebrochenen Zahn. Und sie solle ihm vom Leiter der Spurensicherung ausrichten, dass auch bei der Überprüfung der Mülltonnen in der Umgebung des Bauernhofs weder die Tatwaffe noch irgendetwas anderes Interessantes gefunden worden sei und man sich diese unappetitliche Aktion hätte sparen können.

»Falls du noch mal mit ihm redest, sag ihm einen schönen Gruß, was überprüft wird und was nicht, ordne ich als Leiter der Ermittlung an.«

»Wem soll ich das ausrichten?«, fragte Tao.

»Na dem … du weißt schon, dem Oberspurensicherer eben.« Wieder fiel ihm der Name des Kollegen nicht ein.

»Okay, geht klar. Sonst noch was?«

Lennart verneinte, bedankte sich und legte auf. Während er wartete, bis alle Fahrgäste ausgestiegen waren, stieß auch Britta wieder zu ihm – allerdings ohne Kaffee.

»Maschine ist kaputt«, beantwortete sie entschuldigend den fragenden Blick ihres Vorgesetzten.

»Mist, den hätte ich jetzt wirklich gut gebrauchen können«, brummelte er misslaunig und ging auf die offen stehende Vordertür des hellblauen Omnibusses zu. Er musterte den Fahrer, der etwas in sein Handy eintippte und noch nicht von ihnen Notiz genommen hatte. Lars Rahbek musste laut Unterlagen Anfang sechzig sein, sah aber jünger aus. In seinem vollen blonden Haar war kaum eine graue Strähne zu erkennen. Er war braun gebrannt, hatte seine Sonnenbrille auf die Stirn geschoben und summte eine Melodie vor sich hin. Lennart räusperte sich, woraufhin der Mann den Kopf hob und ihn und Britta anblickte.

»Tut mir leid, ich habe Mittagspause und fahre erst dreizehn Uhr sechs wieder weiter. So lange müssten Sie sich gedulden«, sagte er.

Lennart schüttelte den Kopf und stellte sich und seine Kollegin kurz vor.

Rahbeks Miene trübte sich sichtlich ein. »Sie sind wegen Steffens Tod hier, nicht wahr?«

»So ist es.«

»Furchtbare Sache. Wir waren eine kleine Gruppe alter Freunde. Steffen, Mikael, ich und …«

»Und Flemming Bjerg?«, hakte Lennart ein.

»Genau. Mikael hat uns gleich informiert, auch über die Begleitumstände. Wissen Sie schon, wer es getan hat?«

»Wären wir dann hier?«, fragte Britta.

»Wahrscheinlich nicht, nein. Wollen Sie sich vielleicht kurz zu mir in den Bus setzen? Wie gesagt, ich habe jetzt eine längere Pause, und drinnen können wir uns besser unterhalten.«

Britta und Lennart nickten sich zu, stiegen ein und nahmen auf der vorderen Sitzbank nebeneinander Platz. »Was hat Ihnen Ihr Freund denn erzählt?«, wollte Lennart wissen.

»Dass er Steffen gefunden hat, morgens, als sie in den Wald wollten. Und wie man ihn … Sie wissen schon …« Er stockte. Jegliche Fröhlichkeit war nun aus seinem Gesicht gewichen, er wirkte grauer und Jahre älter als eben. Die Sache schien ihm nahezugehen. »Wie kann ich Ihnen helfen?«, fragte er.

»Zunächst: Wo waren Sie am Montagabend?«, fragte Britta.

Die Stirn des Busfahrers bewölkte sich. »Verdächtigen Sie mich?«

»Nicht mehr als alle anderen in Kristensens näherem Umfeld.«

»Sie glauben, dass jemand von seinen Freunden …«

»Was wir glauben, ist im Moment unerheblich«, sagte Lennart.

»Na gut. Ich war bis kurz vor acht im Depot der Pferdestraßenbahn in Svaneke, meinem Heimatort. Eine Institution, die nicht nur bei Touristen, sondern auch bei uns Einheimischen beliebt ist. In meiner Freizeit arbeite ich dort als Kutscher und kümmere mich um den Unterhalt des alten Wagens. Ich hatte an dem Abend einige Schönheitsreparaturen zu erledigen, rechtzeitig vor dem Handwerkermarkt am Wochenende. Da hat die Bahn wieder einen großen Einsatz.«

»Verstehe«, murmelte Lennart. »Und danach waren Sie zu Hause?«

»Nein, bei einem Freund in Nexø. Wir haben ein, zwei Bier getrunken und geredet.«

Lennart wollte eben nach dem Namen des Freundes fragen, als sein Blick durch die Frontscheibe fiel und er das Gesicht eines Mannes erkannte. Der stand keine fünfzig Meter entfernt dem Bus gegenüber im Schatten eines Baumes und sah unverwandt in ihre Richtung: Mikael Hansen.

»Moment«, rief Lennart, stürmte aus dem Bus und lief auf Hansen zu. Als der sich gewahr wurde, dass der Polizist auf ihn zukam, wandte er sich ab und schien einen Augenblick lang zu überlegen, ob es sich lohnte, die Flucht zu ergreifen. Dann kam er wohl zu dem Schluss, wie sinnlos das sein würde, drehte sich wieder zu Lennart um, sein Gesichtsausdruck eine Mischung aus Resignation und Panik.

»Verdammt, was machen Sie denn hier?«, keuchte Lennart. Sein kurzer Sprint hatte ihn außer Atem gebracht. Er musste dringend wieder anfangen, regelmäßig zu joggen.

Hansen sah ihn unsicher an. Man merkte, dass er nach einer Ausrede suchte, doch etwas Vernünftiges schien ihm nicht einzufallen. »Ich bin ... nur einfach ... weil ich einen Ausflug ...«

»Jetzt sagen Sie bloß nicht, dass Sie zufällig da sind, das glaubt Ihnen sowieso kein Mensch!«

Der andere zögerte, schien mit sich zu ringen.

»Ich kann Sie auch auf unsere Dienstelle bringen lassen.«

Schließlich schüttelte Hansen den Kopf und murmelte: »Ich wollte einfach mal mit Lars reden. Von Mann zu Mann, über die Sache mit Steffen. Wir waren schließlich befreundet. Und da ist auch noch die Frage, ob wir eine Schale fürs Begräbnis ...«

»Soso«, brummte Lennart. »Und warum tun Sie das nicht offen?«

»Ich habe Sie gesehen und ... ich wollte nicht stören, weil Sie doch mit ihm ...«

»Unsinn!« Der Mann verheimlichte ihm offensichtlich etwas und schien zudem richtig Schiss zu haben. Wovor, würden sie noch herausfinden. »Sie kommen jetzt mal mit in den Bus, und wir unterhalten uns zu viert.«

Lennart machte kehrt, Hansen trottete mit gesenktem Kopf hinter ihm her.

»Hey, Mika!«, grüßte Rahbek, als sie in den Bus stiegen. »Was sollte das denn? Wieso rufst du mich nicht einfach an, sondern drückst dich in den Büschen rum?«

Hansen hob müde seine Hand zum Gruß. »Ich wollte nicht stören.«

»Jetzt fehlt eigentlich nur noch, dass Bjerg um die Ecke biegt«, bemerkte Britta. »Dann wäre die Truppe vollständig.«

»Als hätten Sie's geahnt«, erklärte Rahbek vom Fahrersitz aus und deutete schräg vor sich auf das Hafenbecken, in das eben ein blau-weißer Fischkutter einfuhr.

»Ist er das wirklich?«, fragte Lennart erstaunt.

Hansen nickte. »Schon. Es sei denn, Piraten hätten die *Frida Marie* gekapert. Ansonsten wüsste ich nicht, wer sonst hinter dem Steuer des alten Kahns stehen könnte als Flemming.«

»Wenn man gleich Rauch aus dem Fenster seiner kleinen Kabine aufsteigen sieht, können wir ganz sicher sein«, merkte Lars Rahbek an. »Er zieht gute zwei Schachteln am Tag durch. Dafür hustet er auch wie ein kranker Seehund.«

»Haben Sie drei hier ein Treffen vereinbart?«, fragte Britta.

Die beiden Männer sahen sich an. »Das nicht. Flemming legt immer freitags um die Zeit hier an«, sagte Rahbek. »Zum Verkaufen. Eigentlich liegt sein Kahn ja in Nexø. Seine Kundinnen warten schon auf ihn, wenn er einläuft. Obwohl er immer einen auf rauer Seebär macht, hat er regelrechte Groupies. Oder vielleicht gerade deshalb …«

Jetzt sah Lennart auch die kleine Schlange, die sich an einer der Anlegestellen neben einem Schild gebildet hatte.

»Also konnten Sie davon ausgehen, dass Sie sich treffen würden, auch wenn Sie nichts explizit vereinbart hatten?«, beharrte Britta.

Die beiden zuckten die Schultern.

»Himmel, es ist ja nicht verboten, dass Sie sich verabreden. Warum machten Sie denn so ein Gewese darum?« Britta wirkte genervt.

»Wir sind … eben Leute, die sowas eher spontan machen. Ohne sich groß zu verabreden … wie heute auch. Drei Freunde kommen einfach so kurz zusammen«, murmelte Hansen, wobei Lennart nicht der fragende Blick entging, den der Busfahrer ihm zuwarf.

»Dann nehme ich Herrn Bjerg am besten gleich mal in Empfang und heiße ihn in Hasle willkommen«, verkündete Lennart. »Britta, machst du mit den beiden Herren kurz allein weiter?«

»Klar, Chef!«

***

Tatsächlich waren es ausnahmslos Frauen, die am Rande des Hafenbeckens standen und dabei zusahen, wie Bjerg seinen Kutter an einem der eisernen Poller festmachte. Ein ziemlich in die Jahre gekommener Schäferhund musterte sie kurz von Bord aus, bevor er gelangweilt zurück in die Kajüte trottete.

Flemming Bjerg war im selben Alter wie seine Freunde, trug einen groben blauen Troyer, das weiße Haar war ebenso kurzgeschoren wie der graue Vollbart. In seinem Mundwinkel hing eine Zigarette. Man sah seinem zerfurchten, von Sonne, Wind und Gischt gegerbtem Gesicht an, dass er die meiste Zeit seines Lebens draußen verbracht hatte.

Er hatte die *Frida Marie* inzwischen festgemacht, und die Kundinnen sahen geduldig dabei zu, wie der Fischer einige der Plastikkisten an Deck umstapelte, ein Schneidbrett auf einem Metallbock befestigte, eine altertümlich aussehende Waage an einem Haken aufhing und einige Plastiktüten bereitlegte. Schließlich entnahm er einer Schublade unter seinem Arbeitstisch zwei große Messer, die er ausgiebig an einem Wetzstahl schärfte. Erst als er sie fein säuberlich auf dem Brett abgelegt und sich eine nicht mehr ganz saubere Plastikschürze umgebunden hatte, drehte er sich zu den wartenden Frauen um und gab der ersten in der Reihe zu verstehen, dass der Verkauf nun losgehen konnte. Lennart beschloss, ihn zunächst seine Arbeit machen zu lassen, bevor er sich mit ihm unterhalten würde. Schließlich hatten es einige der Damen bestimmt eilig, nach Hause zu kommen und ihre Einkäufe zuzubereiten.

Er lehnte sich also in angemessener Entfernung gegen einen Laternenmast und dachte nach. Mikael Hansen hatte sich mehr als seltsam benommen mit seiner Heimlichtuerei und halbherzigen Flucht. Warum stand er nicht offen dazu, dass sie sich alle hier verabredet hatten? Mit zusammengezogenen Brauen sah er zum Bus. Inzwischen stand Britta mit den beiden Männern davor, und auch der Fischer schien von der kleinen Gruppe Notiz genommen zu haben. Zumindest sah er immer wieder in ihre Richtung. Zwar wusste er wahrscheinlich nicht, dass die Frau mit dem Zopf, die sich da mit seinen Freunden unterhielt, Britta Blomdal von der Polizei in Rønne war, aber allein die Unterhaltung selbst schien ihn nervös zu machen.

Lennart runzelte die Stirn. Dass sie sich nicht schon längst näher mit dieser seltsamen Freundesgruppe beschäftigt hatten, mochte ein Fehler gewesen sein. Ein Fehler, der ihm als Ermittler in Kopenhagen nicht unterlaufen wäre. Vielleicht hatte die Zeit bei Interpol ihn doch einrosten lassen – oder hatte er sich bereits nachhaltiger auf den gemächlichen Inselgroove eingelassen, als er gedacht hatte?

Er musste seinen kriminalistischen Spürsinn dringend wieder auf Touren bringen. Erneut packte ihn die Ungeduld. Einen Moment lang überlegte er, den Fischer hier und jetzt, ohne Rücksicht auf die Essenspläne der anwesenden Damen zur Rede zu stellen. Als hochdekorierter und professioneller Ermittler sollte er sich von solchen Befindlichkeiten doch wirklich nicht aufhalten lassen. Dann jedoch fiel sein Blick auf Britta, die ebenso entspannt wie freundlich mit den beiden Männern zu plaudern schien. Prompt bekam der nonchalante Neu-Insulaner wieder die Oberhand und ließ die Superbullen-Attitüde vom Festland in sich zusammenfallen.

Als Bjerg bei seiner letzten Kundin, einer etwas schrulligen Dame in Jogginghose, rosa Puschelhausschuhen und gelbem Plüschwestchen, angekommen war, ging auch Lennart zum Kai hinüber. Die Frau ließ sich drei kleinere Dorsche filetieren und schäkerte dabei mit dem Fischer, der sich das bei allem Seebärenimage gern gefallen ließ. Dann war Lennart an der Reihe.

»Tag! Was darf es sein, junger Mann? Damit Sie es gleich wissen: Die Seezungen sind aus, aber ich habe noch ein paar kleinere Schollen und wirklich ordentliche Dorsche.«

»Ipsen, Polizei Rønne. Wir müssten uns unterhalten.«

Bjerg stutzte kurz, nickte dann aber seufzend, zündete sich eine neue Zigarette an, zog seine Schürze aus, um sie an einen Haken neben der Waage zu hängen, und brummte: »Wegen Kristensen. Schon klar. Wüsste nicht, was ich Ihnen dazu zu sagen hätte.«

»Ach ja? Immerhin waren Sie Freunde, da liegt es doch nahe, dass …«

»Freunde, Freunde!«, wiederholte Bjerg verächtlich. »Wir sind ab und zu zusammen zum Angeln rausgefahren. Das war alles.«

Mit der Zigarette im Mundwinkel machte er sich daran, die Messer zu säubern.

»Wie würden Sie Ihre Beziehung denn dann nennen?«

»Beziehung? Im Ernst jetzt?«, brummte er, ohne die Kippe aus dem Mund zu nehmen.

Mit einem Schlauch spülte Bjerg seinen Arbeitstisch sauber und warf die Fischabfälle, die er in einer metallenen Schüssel gesammelt hatte, über Bord ins Hafenbecken. Lennarts fragenden Blick beantwortete er mit einem gemurmelten: »Die Krebse und Möwen freuen sich über das Zeug.«

»Lars Rahbek sprach davon, dass Sie eng befreundet waren und sich schon lange kannten.«

»Lange, ja, das schon. Aber wir haben nie so ein Gewese drum gemacht. Das gilt auch für die anderen. Lars, dieser gefühlsduselige Idiot, soll nicht irgendeine sentimentale Scheiße erzählen!«

Die Augen des Mannes funkelten, als er in Richtung des Omnibusses blickte. Seltsame Reaktion, fand Lennart. »Was ist denn so schlimm daran?«

»Ach, ich kann einfach mit diesem Gedöns nichts anfangen, das ist alles. Wir waren Bekannte, das war's«, ruderte Bjerg ein wenig zurück. Lennart nahm sich vor, später noch mal auf die Sache zurückzukommen.

»Waren Sie gar nicht schockiert über die Nachricht von Kristensens Tod?«

Bjerg zog gierig an seiner Zigarette. »Klar, schon seltsam, dass ihn jemand ins Jenseits befördert hat. Aber wenn man sich mit allen anlegt, gerät man eben irgendwann an den Falschen.«

»Geht Ihnen sein Tod denn nicht nahe?«

Der Fischer dachte kurz nach, dann zuckte er die Schultern und verstaute die Waage in einer Kiste. »Irgendwann müssen wir alle gehen. So sehe ich das. Klar, Steffen hätte wohl noch ein paar gute Jahre gehabt. Aber vielleicht wäre er auch ein Pflegefall geworden oder hätte Krebs gekriegt!«

Er schnippte seine Kippe aufs nasse Deck und hustete ausgiebig. Stirnrunzelnd horchte Lennart den Worten nach. Eine mehr als ungewöhnliche Reaktion auf den gewaltsamen Tod eines Freundes, der gerade mal knapp über sechzig war. War der Typ tatsächlich ein solcher Eisklotz? Zumindest schien er sich nicht im Geringsten darum zu scheren, was die Polizei über ihn dachte.

»Es ist ungewöhnlich, dass einen die Ermordung eines … Bekannten so gar nicht berührt«, fasste er seine Gedanken in Worte.

»Mag schon sein. Aber Trauer, das ist jedem seine Privatsache«, erklärte Bjerg und kam nun bis an den Rand seines Kutters auf Lennart zu. »Wenn Sie es genau wissen wollen: Ich habe vor zwei Jahren meine Frau verloren. Brustkrebs. Nichts zu machen. Meine Kinder haben den Kontakt zu mir eingestellt. Die Fangquoten werden immer lächerlicher und die Kunden unverschämter. Und dann ist mir vor vier Wochen auch noch einer von meinen zwei Hunden eingegangen. Mein Trauervorrat ist irgendwie alle, verstehen Sie das?«

Lennart nickte verhalten.

»Kristensen hat's doch immerhin hinter sich, oder?« Bjerg spuckte aus und ging zurück zu seinen Fischkisten.

»Ich würde gern noch mit Ihnen dreien gemeinsam sprechen«, sagte Lennart und deutete auf Hansen und Rahbek, die sich noch immer vor dem Bus mit Britta unterhielten.

Achselzuckend brummte Bjerg: »Von mir aus. Wird sowieso Zeit für meine Mittagspause. Ich lege nur noch meinen Fang auf Eis. Wir können in der Räucherei was zusammen essen, die warten auf eine Lieferung Heringe.«

Damit öffnete er eine große Kühltruhe, stapelte seine Fischkisten hinein, entnahm ihr drei kleinere Boxen, holte aus der Kajüte eine Sackkarre und reichte sie Lennart an Land.

»Können Sie die mal kurz nehmen?«

***

Wenig später trafen sie sich alle vor der *Hasle Røgeri* wieder. Britta, Hansen und Rahbek waren die wenigen Hundert Meter mit dem Bus gefahren, Lennart hatte den Mercedes genommen, der ohnehin im Parkverbot gestanden hatte, und Bjerg war mit seinen Fischen gelaufen. Mit denen war er bereits im Inneren des großen, langgestreckten Gebäudes mit den drei typischen weißen Schornsteinen verschwunden. Lennart hielt sich zum Schutz vor der Mittagssonne die Hand vor die Augen, als er zu den gemauerten Kaminen hochsah. Aus einem kam dichter weißer Rauch.

Britta nahm Lennart kurz beiseite und berichtete von ihrem Gespräch mit den beiden Männern: Beide waren als Erklärung für die SMS *»Sol over Gudhjem«* bei dem angeblich geplanten Heringsessen geblieben.

»Und dass Kristensen anscheinend keinen Fisch mag?«, wandte Lennart ein.

»Davon wollten sie nichts wissen. Anscheinend sind sie immer mal wieder in Räuchereien zum Essen gewesen.«

Sie betraten den Gastraum und bestellten an der Theke, Lennart entschied sich für heißgeräucherten Lachs und Pommes, Britta und die anderen für Fish and Chips. Dann nahmen sie an einem der Holztische draußen Platz, wobei sie darauf achteten, einen abseits stehenden zu nehmen, um in Ruhe sprechen zu können. Um diese Tageszeit wurde die Räucherei von jeder Menge Touristen in bunten Windjacken besucht.

Als Bjerg sich schließlich mit einer Portion *»Sol over Gudhjem«* zu ihnen gesellte, entgingen Lennart nicht die finsteren Blicke, die der Fischer Rahbek und Hansen zuwarf.

»Herr Bjerg«, begann Lennart ohne Umschweife, »Steffen Kristensen hat Ihnen allen am Tag seiner Ermordung eine Nachricht geschrieben. *›Sol over Gudhjem‹*. Was wollte er damit sagen?«

»Keine Ahnung«, brummte Bjerg und blickte in die Runde. »Er hat immer wieder mal irgendeinen Unsinn geschrieben. Und fragen können wir ihn ja schlecht.«

»Sie haben ihm aber gleich darauf geantwortet«, beharrte Lennart. Wie bereits bei ihrem Gespräch am Kutter hatte er das Gefühl, an dem Mann abzuglitschen wie an einem frisch gefangenem Dorsch.

»Habe ich das?«

»Allerdings, mit einem Daumen nach unten.«

»Flemming, du wolltest Steffen sicher sagen, dass du keine Lust auf Heringsbrot am Abend hattest, nicht wahr?«

Bjerg sah Hansen kurz in die Augen und antwortete dann: »Mika hat recht. So war es. Abends Hering, das ist … zu fett.«

»Weil Kristensen ständig Hering essen wollte und Sie alle davon schon genervt waren, ist es das?«, fragte Lennart in die Runde.

»Nein, das ist Unsinn. Es ist viel mehr so, dass …«, begann Bjerg, doch wieder mischte sich Mikael Hansen ein: »Natürlich war er ein ausgesprochener Heringsfan.«

»Sicher, das war doch ganz oft Thema!«, bekräftigte Lars Rahbek.

»Ja, das schon, aber … wir waren … davon nicht genervt. Also … eigentlich nicht. Nur so … abends«, stammelte Bjerg. Er klang nicht wirklich überzeugt.

Nun wurde es Lennart wirklich zu bunt. Er spürte Adrenalin in sich aufsteigen. »Jetzt hören Sie mir mal gut zu, meine Herren«, verlangte er mit Nachdruck. »Könnten Sie endlich damit aufhören, hier herumzueiern. Was ist denn nun eigentlich mit diesem gottverdammten *Sol over Gudhjem*?«

»Ich habe hier nur dreimal Fish and Chips und einmal den heißgeräucherten Lachs«, hörte er hinter sich eine helle Stimme sagen. Er drehte sich um und sah in die wasserblauen Augen der jungen Kellnerin, die ein großes Tablett mit vier Tellern abstellte. »Tut mir leid, aber wenn Sie *Sol over Gudhjem* bestellt hätten, hätten Sie es gleich an der Theke bekommen, wie Herr Bjerg hier. Wir bringen nämlich nur die warmen Gerichte zum Tisch«, sagte sie dann ein wenig indigniert. »Ist das so jetzt in Ordnung?«

»Wir … ja, natürlich, ich hatte nicht Sie gemeint«, gab Lennart mit einem entschuldigenden Lächeln zurück, doch das Mädchen wusste offensichtlich nicht, was sie davon halten sollte, und entfernte sich.

»Von Kristensens Tochter weiß ich, dass ihr Vater Fisch verabscheute, und Sie wollen mir jetzt weismachen, dass er sich geradezu danach verzehrte?«

Die Männer sahen sich an. »Wir können ja nur erzählen, wie er uns gegenüber war«, sagte Rahbek beinahe entschuldigend. »Und wir als Steffens engste und älteste Freunde wissen vielleicht besser über seine Vorlieben Bescheid als seine Tochter, die er alle heilige Zeit mal gesehen hat. Wir drei waren doch seine Vertrauten.«

»Bullshit, Vertraute. Du mit deinem sentimentalen Müll!«, pampte Bjerg zurück und zog sich den Teller mit dem Heringsbrot näher heran. »Ein paar Männer, die zufälligerweise ab und zu mit meinem Boot beim Angeln waren. Das war's.«

Lennart sah zu Britta. Auch sie schien nicht einordnen zu können, was da vor sich ging.

»Na komm, Flemming, wir kennen uns schon doppelt so lange, als wir uns nicht kennen«, meldete sich Rahbek noch einmal. »Das hat uns schon zusammengeschweißt!«

»Red für dich, nicht für mich, verdammt!«, maulte Bjerg, schnitt sich einen großen Bissen Heringsbrot ab und spießte ihn mit der Gabel auf. »Am besten hältst du einfach mal dein Maul, wie wär das denn, hm?«

»Muss ich mir von einem wie dir den Mund verbieten lassen? Nicht dass ich wüsste.«

Bjerg sprang auf und sah aus, als wolle er Rahbek gleich an die Gurgel gehen. »Wäre aber vielleicht besser für dich, sonst könnten dir bald ein paar Zähne fehlen!«, blaffte er, behielt seine Fäuste jedoch bei sich.

»Hör auf, mir zu drohen, Arschloch!«

»Fresse halten, klar? Pass bloß auf, was du sagst, sonst …«, zischte Bjerg mit bitterer Miene und drohte Rahbek jetzt mit der Faust.

»Sonst was?«, hakte Lennart ein.

»Er weiß schon, was ich meine. Mehr sag ich nicht.« Damit senkte Bjerg den Blick und verfiel in demonstratives Schweigen. Warum sich der Mann so seltsam benahm und worum es bei diesem Streit überhaupt ging, würde Lennart in einem Gespräch unter vier Augen herausfinden müssen. Also wandte er sich erst mal den anderen beiden zu. Auf die Frage, was sie an dem Abend der Tat gemacht hatten, gab Mikael Hansen an, er habe sich zu Hause in seiner Mühle aufgehalten und an einer Steinskulptur gearbeitet.

»Und Sie, Herr Rahbek, hatten ja gesagt, Sie seien zur relevanten Zeit bei einem Bekannten gewesen.«

»Genau«, bestätigte der Busfahrer. »In Nexø. Bei Flemming auf dem Kutter.«

Der nickte kauend, ohne aufzublicken.

»Wir haben ein paar Netze repariert und auf dem Laptop ein paar Folgen dieser Sendung über Krabbenfischer in Alaska angesehen. Das machen wir ab und zu. Und haben ein, zwei Gläser dazu getrunken«, präzisierte Rahbek.

»Und wann waren Sie wieder zu Hause?«

Er überlegte. »So gegen halb zwölf, glaube ich. Ich habe nicht auf die Uhr gesehen. Meine Frau hat jedenfalls schon geschlafen.«

»Können Sie das bestätigen, Herr Bjerg?«, fragte Britta.

»Dass meine Frau geschlafen hat? Ich hoffe nicht!«, versuchte Rahbek die Stimmung aufzulockern. Keiner lachte.

Bjerg nickte widerwillig. »Ja, kann ich.«

»Wie sind Sie nachts nach Hause gekommen?«, wollte Britta vom Busfahrer wissen.

»Mit dem Wagen natürlich. Ich konnte noch problemlos fahren, wenn Sie deshalb fragen. Ich gehe diesbezüglich kein Risiko ein, ohne meinen Führerschein könnte ich gleich einpacken.«

»Und Ihr Treffen hier, heute Mittag …«

»War, wie ich bereits sagte, um zu besprechen, ob wir zur Beerdigung eine Schale mit einer Schleife oder so machen wollen. Und um ein wenig über Steffen zu reden«, erklärte Mikael Hansen schnell.

Lennarts Blick ging zu Bjerg. Der war wieder in Schweigen verfallen und seufzte nur bedeutungsschwer.

***

Zwei Stunden später hatte Lennart Britta im Büro abgesetzt und saß nun allein im Mercedes. Er hatte das Auto direkt vor dem Fußgänger-Ausgang des Fährterminals abgestellt. Hier würden in zwanzig Minuten seine Töchter ankommen.

Er kurbelte das Fenster herunter und sog die Seeluft in seine Lungen. Die Pommes, die er zu seinem Lachs gegessen hatte, lagen ihm schwer im Magen. Er ließ den Tag Revue passieren. Beim weiteren Gespräch mit den drei Männern hatten sich keine neuen Erkenntnisse mehr ergeben, Lennart musste sich Rahbek und Bjerg noch einmal allein zur Brust nehmen. Dann würde er bestimmt hinter das Geheimnis dieses Konflikts zwischen den beiden kommen, der sich heute gezeigt hatte. Schließlich war er es, den man früher bei der Reichspolizei in Kopenhagen geholt hatte, wenn Leute in Verhören zum Reden gebracht werden sollten.

Doch all das musste erst einmal warten, schließlich stand ein Familienwochenende ins Haus.

»Unglaublich«, hörte er sich selbst sagen. Er schüttelte unwillkürlich den Kopf. Früher hätte er keinen Gedanken daran verschwendet, eine laufende Ermittlung für sein Privatleben zu unterbrechen. Nicht einmal bei der Geburt seines ersten Kindes war er dabei gewesen, weil er die Beschattung eines jugendlichen Drogendealers nicht kurz vor dem bevorstehenden Zugriff hatte unterbrechen wollen. Zwar hätte er durchaus an seine Kollegen übergeben können, doch stattdessen hatte er Andrea in einer knappen SMS mitgeteilt, dass er es nicht mehr rechtzeitig in den Kreißsaal schaffen würde.

Den Dealer hatten sie dann zwar überführt, doch schon nach drei Monaten hatte der seine Sozialstunden abgeleistet und ging wieder eifrig seinem illegalen Geschäft nach. Bei Andrea jedoch hatte sich die Aktion ins Gedächtnis eingebrannt. Er konnte die Gelegenheiten nicht mehr zählen, an denen sie ihm die Sache vorgehalten hatte.

Und dennoch hatte sie irgendwann die unumstößliche Prämisse akzeptiert: Der Job kam bei ihm vor dem Privaten, und zwar weil er es wollte, nicht, weil man das von ihm verlangte. Dass Privates dann irgendwann schlicht nicht mehr stattgefunden hatte, war vielleicht die logische Folge gewesen. Denn sein Beruf war immer raumgreifender geworden, je mehr Verantwortung er übernahm – und weil er immer weniger in der Lage gewesen war zu delegieren. In der irrigen Auffassung, alles selbst machen zu müssen, weil nur er es richtig konnte. Dass er sich nur auf sich selbst wirklich verlassen konnte. Eine Mischung aus Selbstüberschätzung und Arroganz – die ihn schließlich im Burnout und jenem grauen Gefühl hatte enden lassen. In dieser Lethargie, in der ihm nichts mehr Freude machte, nichts die Monotonie im Kopf unterbrach, nichts mehr lebenswert war, nicht einmal mehr die gemeinsame Zeit mit den Töchtern. Die die furchtbaren Panikattacken gebracht hatte und die ständige Angst, an einer schweren Krankheit zu leiden.

Ironischerweise tat er das da längst, nur eben nicht körperlich. Ein Umstand, der ihn in eine Klinik geführt hatte, in der man die Dinge für ihn wieder einigermaßen zurechtgerückt hatte. Danach hatte er verstanden, dass er neue Prioritäten setzen musste. Weil die alten ihn an den Rand seines persönlichen Abgrunds geführt hatten.

Dass er nun nicht mit einem der Freunde von Kristensen im Verhörraum saß, nicht das gesamte Wochenende arbeitete, dass er seine Mädchen nicht angerufen hatte, um den Besuch zu canceln, war Beweis, dass diese Prioritäten noch Bestand hatten, sein Plan vom neuen Leben noch funktionierte. Auch wenn es dafür, wie im Moment, ein wenig Überwindung brauchte.

Hilfreich war da Taos und Brittas Versicherung, dass sie auch vor seinem Eintreffen auf der Insel bereits Polizeiarbeit geleistet hatten, bevor sie ihn höflich, aber bestimmt aus dem Büro hinauskomplimentiert hatten. Er schaltete das Radio ein, und der Song, der gerade lief – *Watermelon Sugar* von Harry Styles –, ließ ihn tatsächlich ein wenig in den Insel-Modus gleiten. Die Welt würde sich weiterdrehen, auch wenn sie Steffen Kristensens Mörder erst am Montag oder Dienstag dingfest machen konnten. Er schloss für einen Moment die Augen, um die Viertelstunde zu relaxen, bis die Fähre aus Sassnitz einlief.

***

»He, Papa, geht's dir nicht gut?«

Lennart riss die Augen auf und sah in das besorgte Gesicht von Magda. Dahinter erkannte er ihre jüngere Schwester, die eine große, verspiegelte Sonnenbrille trug.

»Ich … doch, wieso?«

»Na, weil du uns erstens nicht am Schiff abgeholt hast wie versprochen, und wir dich dann zweitens hier im überheizten Auto mit offenem Mund liegen sehen. Am Anfang dachten wir, du hättest 'nen Schlaganfall oder so!«

»Schlaganfall, bei euch hakt's wohl!« Damit rappelte er sich im Sitz auf, fuhr sich durch die Haare und stieg aus. »Ich bin möglicherweise für zwei, drei Sekunden eingenickt. Höchstens!«

»Na, die roten Striemen in deinem Gesicht schauen eher nach einer ganzen Stunde Autoschlaf aus.«

Er winkte ab und nahm seine Töchter in die Arme. »Willkommen auf Bornholm, meine beiden Engel! Ich hab die Fähre überhaupt nicht kommen sehen. War die denn früher da als geplant?«

»Papa, wir hatten fast vierzig Minuten Verspätung«, erklärte Ida empört.

Lennart kratzte sich am Kopf. Er hatte offenbar länger geschlafen als gedacht. Froh darüber, die Kinder endlich wiederzusehen, musterte er sie, um zu prüfen, ob sie sich in den letzten Wochen äußerlich verändert hatten, konnte aber nichts Nennenswertes feststellen, beide sahen aus wie immer: Magda mit ihren braunen schulterlangen Haaren und den braunen Augen und die blauäugige Ida, äußerlich das komplette Gegenteil mit langer blonder Mähne und einem Gesicht voller Sommersprossen. Schon als sie noch ganz klein waren, hatte man ihnen nie geglaubt, dass sie Schwestern waren.

»Okay, jetzt seid ihr ja zum Glück da und allen geht es gut. Hattet ihr eine schöne Fahrt?«, wollte er wissen, während er die Reisetaschen der Mädchen im Kofferraum des Mercedes verstaute.

»Klar, wir haben uns zwei Filme auf dem Tablet angeschaut, und schon waren wir da«, antwortete Magda. »Blöd war nur, dass der Bus zum Hafen in Sassnitz total knapp vor Abfahrt der Fähre ankam. Voll die Hektik.«

»Wie jetzt … Bus?«, fragte Lennart verwundert.

»Na, der von zu Hause zum Fährhafen. Der war voll spät dran.«

»Warum hat Mama euch denn nicht gefahren?«

»Weil sie keine Zeit hatte«, erklärte Ida und zwängte sich auf den Rücksitz. »Und Oma und Opa sind auf irgendeiner Kegelfahrt in Tübingen.«

»Thüringen, Schwachkopf!«, korrigierte ihre Schwester.

Lennart kniff die Augen zusammen. Er war fest davon ausgegangen, dass seine Ex-Frau die Töchter mit dem Wagen zur Fähre bringen würde. Sie mit dem unzuverlässigen Inselbus dorthin zu schicken passte eigentlich gar nicht zu ihr.

»Hat Mama gerade wenig Zeit für euch?«, fragte er, als sie schließlich alle im Auto saßen. Das Misstrauen in seiner Stimme konnte er nur schwer verbergen.

»Hä? Wie kommst du denn jetzt darauf?«, lautete Idas Gegenfrage.

»Na ja, wenn sie euch nicht mal zum Schiff bringt … Ist sie denn mittags regelmäßig zu Hause, wenn ihr aus der Schule kommt? Ich meine, zum Essen und so?«

Lennart entgingen nicht die fragenden Blicke, die sich seine Töchter über den Schminkspiegel in der Sonnenblende zuwarfen.

»Meistens kommen wir alle drei zusammen heim und machen uns dann was Schnelles. Und wenn sie doch mal nachmittags Schule hat – es gibt einen top Dönerladen bei uns um die Ecke. Da sind wir beide Stammkunden, stimmt's, Maggi?«, antwortete Ida von der Rückbank.

»Soso. Und abends? Ich meine, ist sie viel unterwegs, seid ihr oft allein?«

Magda zog sich ihre übergroße Collegejacke zurecht, schob sich die Sonnenbrille ins Haar und drehte sich zu ihrem Vater hin. »Sag mal, Papa, ist dir klar, wie alt wir sind?«

Lennart nickte.

»Siehst du? Also ist es auch nicht schlimm, wenn wir abends mal allein sind.«

Er zog die Brauen hoch. »Das … stimmt natürlich. Darauf wollte ich auch gar nicht hinaus, ich wollte nur wissen, ob …«

»Ob aus Mama eine Rabenmutter geworden ist, ist es das?«, fragte Magda mit ungläubigem Grinsen. Lennart wollte eben zu einer Rechtfertigung ausholen, da fügte sie an: »Oder willst du vielleicht einfach nur wissen, ob sie einen Freund hat?«

»Ich … Unsinn, was soll denn …«, stammelte er, überfahren von ihrer schonungslosen Offenheit.

»Beides ist nicht der Fall, Herr Kommissar«, sagte Ida vom Rücksitz aus.

»Wollte ich gar nicht wissen, geht mich ja nichts mehr an«, brummelte Lennart beleidigt und fuhr los.

Magda zwinkerte ihm zu. »Ach komm: Das hätten wir dir doch längst geschrieben oder beim Facetimen erzählt.«

»Hätte ja sein können, dass ihr es mir lieber persönlich sagt.«

»Was jetzt?«

»Dass ihr euch womöglich vernachlässigt fühlt.«

Seine jüngere Tochter verpasste ihm einen Klaps auf den Hinterkopf. »He, schalt mal deinen Ermittlermodus aus. Mama kriegt das schon hin. Und jetzt hör auf, uns über sie auszuhorchen, und beschäftige dich mit deinen Lieblingstöchtern.«

Vielleicht hätte er seine Fragerei ein wenig diplomatischer angehen sollen. Aber seit der Scheidung war das absolute Vertrauen in Andrea, das er all die Jahre gehabt hatte, einfach nicht mehr da. Und er wollte, dass es den beiden an nichts fehlte.

»Okay, also, sollen wir noch kurz ins Zentrum von Rønne, auf einen Kaffee oder Bubble Tea oder so?«, fragte er, um vom Thema abzulenken.

»Haben die denn auf der Insel schon einen ordentlichen Bubble Tea?«, fragte Magda skeptisch.

»Klar. So hinterher sind wir hier gar nicht! Ich hab erst neulich ein Schild gesehen, dass die das jetzt ganz neu anbieten.«

Ida grinste. »Also dann, auf zur Bornholmer Neuheit, die es in Brüssel schon vor Jahren gab!«

»Willst du jetzt eigentlich echt diese Karre weiterfahren?«, wollte Magda wissen.

Lennart zuckte die Achseln. Auf diese Frage hatte er selbst keine richtige Antwort. »Vielleicht schau ich mich nach was anderem um«, blieb er deshalb vage.

»Auf keinen Fall, Papa! Du hast mir versprochen, dass ich den Mercedes später bekomme. Der ist total cool!«, erklang es von der Rückbank.

»Laber doch keinen Scheiß, Ida! Bis du mal den Führerschein hast, ist Papa der unterm Hintern weggerostet. Außerdem ist das Ding nicht nur eine ökologische Katastrophe und unsicher, sondern auch die absolute Rentnerschleuder. Fehlt bloß noch der Dackel und die Klorolle auf der Hutablage.«

»Fehlen. Es muss fehlen heißen, Schwachkopf! Plural, schon mal gehört, große Schwester? Und jetzt rede nicht über Sachen, von denen du keine Ahnung hast. Das Auto ist geil.«

»Lern du erst mal richtig Dänisch, klar? Und werde besser im Deutschunterricht!«

»Ich kann Dänisch. Besser als du Deutsch!«

Lennart lächelte beseelt. Die Mädchen nahmen keine Notiz mehr von ihm. Alles wie immer, ein beruhigendes Zeichen also, dass seine Beziehung zu ihnen noch intakt war.

Nach einer kurzen Sightseeing-Rundfahrt durch die Inselhauptstadt hatten sie die kleine Fußgängerzone im Zentrum erreicht. Mit einem Mal unterbrachen die Mädchen ihren verbalen Schlagabtausch, der sich inzwischen von Schulleistungen über die Anzahl der Freunde und der Follower auf Instagram bis hin zu den Pickeln in Idas Gesicht vorgearbeitete hatte.

»Sag mal, Papa?«, fragte die mit strenger Stimme.

»Ja, mein Engel?«

»Wieso liegt eigentlich das Notizbuch, das wir dir geschenkt haben, samt Kugelschreiber unter dem Sitz? Ich bin gerade draufgelatscht!«

Mist, da war es also, schoss es Lennart durch den Kopf. Deshalb hatte man es weder im Kiosk von Hammerhavn gefunden, noch hatte er mit seiner Nachfrage bei Agnes Holst irgendetwas erreicht. Wie kam er jetzt nur einigermaßen elegant aus dieser Sache raus?

»Nimmst du das etwa gar nicht her? Dabei haben wir uns so Mühe gegeben!«, stimmte Magda gleich mit ein. Im Handumdrehen hatten sich wieder geschwisterliche Solidarität und Harmonie eingestellt.

»Doch, natürlich. Das … hilft mir total, bei meinen Ermittlungen und so!«, log Lennart.

»Aber hier stehen eigentlich nur die Adresse und Telefonnummer von einer … Pernille Juul und der Name Agnes Holst.«

»Das ist, weil ich erst am Anfang bin. In meinem Fall, weißt du?«

»Wer sind denn diese zwei Frauen, hm?«, wollte Ida im Miss-Marple-Tonfall wissen.

»Ist doch egal.«

»Interessant …«, stieg nun auch Magda auf das Geplänkel ihrer jüngeren Schwester ein.

»Hat mit meiner laufenden Ermittlung zu tun.«

Magda kicherte. »Sind sie denn attraktiv?«

»Die eine ist über sechzig und Kettenraucherin mit fehlendem Schneidezahn …«

»Und die andere … dreißig und blond?«

»Nein, das ist die Tochter von …«

»Sag's ehrlich: Hast *du* vielleicht eine neue Beziehung, Papa?«

»Unsinn!«

»Bist du denn auf der Suche?«, fragte Ida frei heraus, und Lennart meinte aus ihrer Stimme eine Mischung aus Argwohn und Befürchtung herauszuhören. Ob sie sich erhoffte, dass er und Andrea wieder zusammenkämen? Denn dieses Tischtuch war endgültig …

»Papa, Ida hat dich was gefragt.«

»Hm?«

»Ob du jemand Neues suchst.«

Nein, überhaupt nicht, schoss es Lennart durch den Kopf. Um gleich darauf von einem aufkeimenden Verdacht abgelenkt zu werden. Er setzte ein breites Grinsen auf. »Wer will das wissen?«, fragte er.

»Ida. Und ich.«

»Und wer noch? Mama?«

Die beiden gaben sich unwissend.

»Na kommt schon, raus mit der Sprache!«

»Kann sein, vielleicht. Aber sicher bin ich mir nicht …«, antwortete Magda und stieß die Luft aus.

»Okay. Also, fürs Protokoll: Ich bin weder auf der Suche noch gibt es irgendjemanden, der mich im Moment interessiert. Aber das mit Mama ist vorbei. Ein für alle Mal. Klar?«

»Klar«, sagte Magda kurz, und ihre Schwester nickte seufzend.

»So, und jetzt gib mir bitte mein Notizheft, Frau Hauptkommissarin«, sagte er augenzwinkernd und langte über die Schulter nach hinten, um sich das Büchlein aushändigen zu lassen. Dann klatschte er in die Hände. »Auf zum Bubble Tea. Opa landet in einer knappen Stunde.«

»So cool, dass er auch kommt!«, konstatierte Magda, als sie über den gepflasterten kleinen Platz auf das Café zuliefen, und hakte sich, wie zuvor bereits ihre Schwester, bei Lennart ein. »Wird bestimmt ein richtiges *cozy weekend.*«

Ein Gefühl des Glücks durchströmte Lennart.

»Und hoffentlich ist es bei dir auch hyggelig. Hast du unser Zimmer wirklich schön gemacht?«, fragte Ida skeptisch.

»Noch viel schöner, als ihr denkt! Lasst euch überraschen«, versprach Lennart lächelnd.

***

Fünfzig Minuten später lenkte Lennart den SLC auf den Parkplatz des einzigen Verkehrsflughafens der Insel. Der *Rønne Lufthavn* war ziemlich überschaubar, bot tagsüber aber fast stündlich die Möglichkeit, mit kleinen Maschinen in die Hauptstadt Kopenhagen, manchmal auch nach Billund oder Aarhus zu fliegen. Ab und zu waren sogar richtig große Flugzeuge darunter, was durch die beachtlichen Ausmaße der Start- und Landebahn ermöglicht wurde. Immerhin war der Airport eine Art Lebensader der Insel, die eine schnelle und bei starkem Seegang manchmal die einzige Verbindung zum Festland garantierte. Außerdem war der *Lufthavn* auch in militärischer Hinsicht eine wichtige Einrichtung. Erst vor ein paar Tagen hatte Lennart vom bevorstehenden großen Herbstmanöver der NATO gelesen, zu dem die dänische Luftwaffe nach Bornholm gerufen hatte.

Mit gemischten Gefühlen dachte er wieder an seine Fährfahrt und die Begegnung mit den fremden Düsenjets zurück. Angesichts des aktuellen weltpolitischen Konflikts war die kleine Insel wieder ein Außenposten des Westens geworden. Im vergangenen Herbst war es zum Beispiel nahe der Küste Bornholms zu mehreren großen Lecks in wichtigen Gaspipelines gekommen, für die sich Russland und der Westen gegenseitig die Schuld gaben. Nicht erst in diesem Zusammenhang hatten sowohl in der Luft als auch auf der Ostsee die militärischen Bewegungen beider Seiten bedrohlich zugenommen. Und so wunderte sich Lennart auch nicht über die fünf mobilen Shelter auf dem Rollfeld, in denen man die Triebwerke und Tragflächen mehrerer moderner Kampfjets der dänischen Armee erkennen konnte. Man rüstete die Insel auf – um einen Ernstfall zu verhindern. Er hoffte inständig, dass dies auch gelang.

Ein Blick in den Rückspiegel ließ die Sorgenfalten auf seiner Stirn wieder verschwinden. Mit so etwas sollten sich die Mädels heute nicht auseinandersetzen müssen. Nicht an ihrem ersten Bornholm-Wochenende.

»Süß, das Mini-Terminal mit der dänischen Flagge auf dem Dach!«, fand Magda. Sie parkten direkt vor dem Eingang.

»Das nächste Mal will ich auch den Flieger nehmen«, rief Ida begeistert.

»Hm«, brummte ihre Schwester. »Das wäre ja total praktisch! Müssten wir nur von Rügen aus mit dem Zug nach Berlin zum Flughafen!«

Lennart ergänzte: »Und von da aus nach Kopenhagen fliegen, wo aus ihr dann direkt ins Flugzeug nach Rønne einsteigen könnt! Nach einem Tag seid ihr dann bestimmt hier angekommen.«

»Jaja, schon gut, ihr Schlaumeier. Kann ich ja nicht wissen, von wo aus die hierherfliegen!«, gab Ida beleidigt zurück.

»War nicht böse gemeint, Süße! Wollen wir Opa drinnen abholen?«

»Klar«, riefen die beiden im Chor.

»Gibt's da einen Starbucks? Gegen einen Pumpkin-Spice-Frappuccino hätte ich nix einzuwenden!«, ergänzte Magda.

Lennart lachte laut los. Von einer Filiale der amerikanischen Kaffeehauskette war man hier noch Jahrzehnte entfernt. Obwohl auch er sich gern etwas in einem der Coffeeshops mit dem grün-weißen Logo holte, wenn er in größeren Städten unterwegs war, war Lennart ganz froh darüber. »Das gastronomische Angebot im Ankunftsbereich besteht aus einem Automaten, der neben den üblichen Kaffeezubereitungen auch heiße Schokolade und Gemüsebrühe im Sortiment hat. Und in der Abflugzone gibt es noch einen weiteren mit Snacks, wenn ich richtig informiert bin.«

Ida schlug sich die Hand vor die Augen.

»Jetzt kommt, ist ja nicht so, als hätte Binz so viel anderes als schrullige Kurcafés zu bieten, oder?«

»He, Papa, sag nix gegen *Friedas Backstube*, die haben ziemlich guten Pflaumenkuchen«, protestierte Magda vehement. »Da gehe ich mit meinen Freundinnen sogar manchmal in der Mittagspause hin!«

»Da siehst du mal, was für ein Landei aus Maggi geworden ist«, bemerkte ihre Schwester. »Von ihrem Großstadt-Livestyle ist nichts mehr übrig!«

»Du musst reden! Wer rennt denn ständig in den stinkenden Pferdestall, hm?«, konterte Magda.

»Schockierend, Kinder. Absolut schockierend! Wird Zeit für einen Wochenendtrip nach New York, Rio oder Tokio, damit ihr nicht in der Provinz versauert!«, kommentierte ihr Vater grinsend.

***

»Opa! Endlich!«

Lennart sah seinen Töchtern nach, die auf ihren Großvater zustürmten und ihn umarmten.

Auch wenn die beiden mit seinem Vater per Skype Kontakt hielten, das letzte richtige Treffen zwischen Opa und Enkelinnen lag doch schon ziemlich lange zurück. Lennarts Vater hatte die Familie im Frühling in Brüssel besucht, als die Trennung von Andrea sowie der Umzug der Mädchen und ihr nach Rügen zwar bereits beschlossene Sache, innerhalb der weiteren Familie aber noch nicht kommuniziert gewesen waren. Karl Ipsen hatte erst durch einen heftigen Streit zwischen Lennart und Andrea davon Wind bekommen. Und war aus allen Wolken gefallen. Hatte er zumindest gesagt.

Lennart freute sich, dass Ida und Magda seinen Vater so gern mochten. Es erfüllte ihn sogar ein bisschen mit Stolz, dass Karl Ipsen seine Sache als Opa auf Distanz gut machte und sich für das Leben seiner einzigen beiden Enkelkinder wirklich zu interessieren schien.

»Lennart, mein Junge!«, rief der jetzt, nachdem er die Mädchen ausgiebig geherzt hatte. »Grüß dich!«

Er umarmte seinen Sohn, klopfte ihm kräftig auf die Schulter und erklärte: »Mensch, du siehst ja richtig erholt aus! Dir tut die Seeluft gut, was? Hat sicher auch damit zu tun, dass du wieder in Dänemark lebst.«

Lennart sah ihn stirnrunzelnd an. Was für eine bizarre Begrüßung nach all der Zeit. Ob er das wirklich ernst meinte? Doch es lag wahrscheinlich daran, dass sein Vater viel mehr von seiner Krise mitbekommen hatte, als ihm das ursprünglich bewusst gewesen war. Erst neulich hatten sie sich am Telefon fast eine Stunde darüber unterhalten. Sein alter Herr hatte schon erste Warnzeichen an Lennart erkannt, noch bevor der selbst sich seiner Situation bewusst gewesen war. Und hatte sich große Sorgen gemacht. Vielleicht am meisten von allen in seinem Umfeld. Dass er seinen Sohn jetzt in derart guter psychischer Verfassung antraf, freute ihn sichtlich.

»Du musst aber auch nicht ins Solarium, so braun gebrannt wie du bist!«, gab Lennart das Kompliment zurück.

»Das liegt an der Gartenarbeit«, erklärte der.

»Los, wir fahren jetzt zu Papa und schauen endlich das Haus an«, drängelte Ida und schnappte sich den Rollkoffer ihres Großvaters.

***

Als sie alle vier zu Hause bei Lennart eintrafen, war er doch ein wenig nervös. Ob seine Lieben das kleine Häuschen mochten? Und was würde sein Vater über den Garten sagen?

Während der Fahrt war Karl Ipsen nicht müde geworden zu betonen, wie schön und beschaulich er die Landschaft fand und welche Vorteile ein Leben in Dänemark, das schließlich regelmäßig auf der Glücks-Weltrangliste die vorderen Plätze einnahm, mit sich brachte. Dann lobte er das aus seiner Sicht unvergleichliche Schul- und Sozialsystem der Dänen und sang zuletzt sogar ein Hohelied auf die Landessprache, die aus seiner Sicht weitaus melodischer war als die deutsche.

Auch wenn Lennart stets Dänisch mit seinen Töchtern redete, konnte er diesem Punkt nicht zustimmen: Beide Sprachen gehörten nach seinem Dafürhalten nicht gerade zu den klangvollsten. Trotzdem war er froh, dass die Mädchen zweisprachig aufwuchsen und durch ihre Aufenthalte in Lyon und Brüssel auch über gute Französischkenntnisse verfügten. Englisch sprachen sie wie alle ihrer Generation sowieso ohne Mühe.

»Dänemark tut einem einfach gut, oder, ihr zwei?«, schloss der Großvater, als sie von der Teerstraße abbogen und Lennarts kleinen Stand passierten, der fast vollständig leergekauft war.

Die Mädchen grinsten sich an, Lennart schüttelte den Kopf. Sein Vater war derart durchschaubar mit seinem Loblied auf seine Heimat.

»Opa, du könntest echt als Werbemaskottchen beim dänischen Fremdenverkehrsverband anfangen«, brachte es Magda grinsend auf den Punkt.

»Auch wenn es dir das Herz bricht, Papa: Die Kinder leben in Deutschland. Das wird sich so schnell nicht ändern, und das ist auch gut so«, sagte Lennart und legte seinem Vater eine Hand auf den Arm.

»So meine ich das doch gar nicht«, beteuerte der, klang für Lennart jedoch wenig überzeugend.

»Wir sind einfach die perfekte Mischung!«, tönte Ida selbstbewusst vom Rücksitz.

Lennart zwinkerte ihr im Rückspiegel zu. »Genau: Vater Däne, Mutter Deutsche. Wie ich auch. Besser geht's nicht«, sagte er. »Willst du widersprechen?«

»Nein, ich war sehr glücklich mit deiner Mutter, Lennart. Na ja, und mit dir hätte ich es auch schlechter erwischen können. Nur manchmal hast du ziemlich deutsche Marotten.«

»Ach ja? Was denn?«

»Na ja, deine Essensgewohnheiten, das Wasser in Flaschen, immer willst du alles geplant haben …«

»Dafür hast du diesen Spleen mit deinem fein säuberlich geordneten Garten, in dem alles wie mit dem Lineal gezogen ist!«

Lennart stellte den Motor ab. Karl Ipsen zuckte die Schultern, öffnete die Wagentür und warf einen Blick nach draußen. »Gefällt mir eben, wenn Ordnung herrscht. Das kann man von dir nicht behaupten, das hier sieht eher nach einem alternativen Hippiegarten aus. Wie lange hast du nichts daran gemacht?«

Lennart zog die Stirn in Falten. Er hatte doch erst vorgestern zwei Stunden geackert. Sah man das etwa gar nicht? Er entschied sich für eine ausweichende Antwort, alles andere würde ihm nur einen längeren Vortrag einbringen. »Jetzt bist du ja da und kannst dich der Sache annehmen.« Lennart entging nicht, dass sich im Gesicht seines Vaters ein stolzes Lächeln breitmachte.

Sie stiegen aus. »Junge, dieser Blick aufs Meer! Einmalig«, schwärmte Karl Ipsen. Ida hingegen wandte ihren Blick nicht ein einziges Mal von ihrem Smartphone, als sie sich zusammen mit ihrer Schwester von der Rücksitzbank schälte. Und auch Magda schien keinen Sinn für die Schönheit des Ortes zu haben. Sie tippelte von einem Bein aufs andere und bat ihn inständig, sofort die Haustür aufzusperren, weil sie dringend auf die Toilette musste.

***

Als schließlich alle im Haus waren – Karl Ipsen hatte den Garten noch einer ausgiebigen Inspektion unterzogen –, begann Lennart mit seiner kleinen Führung. Er bugsierte seine Gäste durch den engen Korridor, von dem nach rechts als Erstes die Küche mit der bodentiefen Glastür und den einfachen, aber zweckmäßigen Einbauschränken aus weißem Holz abging, und passierte von dort aus den Esstisch, der sich für ihn inzwischen zu einer Art Zentrum des Hauses entwickelt hatte. Hier begannen seine Tage mit schwarzem Kaffee, und hier endeten sie auch meist mit einem Glas Milch und ein paar Keksen oder Trockenobst, am liebsten aus der Produktion seines Vaters. Heute Morgen hatte er die grobe Holzplatte extra noch mit einer kleinen Tischdecke mit maritimen Motiven aus Brittas Laden versehen.

Ein wenig verschämt lotste er seine Besucher dann an dem kleinen antiken Sekretär vorbei, der am offenen Übergang zwischen Esszimmer und Wohnraum stand. Darauf stapelten sich die Unterlagen, die sich in seiner Zeit auf der Insel bereits angesammelt hatten. Er würde sich bald mal Zeit für die Ablage nehmen müssen.

Schließlich folgte das Highlight seines Hauses: das großzügige Wohnzimmer, dessen Parkettboden zwei Stufen tiefer als der Rest des Hauses lag und dessen Front aus Glastüren einen Blick zum Garten und dahinter bis zur Ostsee bot. Seitlich die obligatorische dänische Couchgarnitur aus schwarzem Leder mit Brittas Kissen und Decken darauf. Der Schwedenofen, den er später noch anfeuern würde. Und in einer gemütlichen Nische auf der rechten Seite seine Leseecke mit weichem Polster und einem ganzen Sammelsurium aus Kissen. Schon als er die ersten Bilder vom

Vermieter bekommen hatte, war Lennart sicher gewesen, dass das sein Lieblingsplatz werden würde: mit einem guten Buch, einer vernünftigen Tasse Kaffee, vielleicht auch einem Gläschen Primitivo, bevor er sanft wegdösen und erholt nach einer Stunde wieder aufwachen würde. Den Blick durchs Fenster auf die mal stürmische, mal friedlich daliegende Ostsee und den immer wieder andersfarbigen Himmel gerichtet.

Er schmunzelte: Tatsächlich hatte er bisher noch keine zwei Stunden dort verbracht, was zum einen daran lag, dass die Couch viel bequemer war, zum anderen, dass er nur von ihr aus auf den Fernseher schauen konnte. Seitdem er allein lebte, liefen ständig entweder das Radio, ein Hörbuch oder Podcast oder eben die Glotze. Ganz ohne Beschallung wurde es Lennart in seinem neuen Leben schnell zu still.

»Wow, Papa, die Lümmelnische ist ja der Hammer!«, rief Ida begeistert und warf sich auf die Matratze. »Da würd ich mich jeden Nachmittag reinlegen. Ist das deine Leseecke?«

Er lächelte seine Tochter an. »Theoretisch schon. Aber irgendwie kam ich bis jetzt noch nicht ganz so viel dazu.«

»Hast du denn schon wieder Stress, Junge?«

Lennart schüttelte den Kopf. Davon konnte man nun wirklich nicht sprechen.

***

Eine halbe Stunde später saßen sie alle an Lennarts wirklichem Lieblingsplatz, dem kleinen Holzdeck vor der Küche, auf Klappstühlen um einen metallenen Bistrotisch herum.

Lennart und die Mädchen hatten Cola Light vor sich, Karl Ipsen hatte sich zu einem der Insel-Craftbiere überreden lassen.

»Erstaunlich, wie warm es noch ist«, sagte er und nahm einen tiefen Zug aus der Flasche. »Ich dachte schon, ich würde frieren. Habe extra meinen langen Frotteeschlafanzug eingepackt.«

»Und ein paar lange Unterhosen, wie ich dich kenne, oder?«, merkte sein Sohn an.

»Die trage ich schon seit Anfang September. Solltet ihr auch, das schützt vor Erkältungen. Gerade auf Rügen kann es ziemlich windig und nasskalt sein, hört man«, sagte er an die Mädchen gewandt.

»Unbedingt. Würde uns sicher stehen«, brachte Magda noch heraus, dann prusteten sie und ihre Schwester los. Sie kannten die ewige Angst ihres Großvaters, möglicherweise nicht warm genug angezogen zu sein, und versorgten ihn daher immer mal wieder mit Wollsocken.

»Vielleicht nicht ganz unser Style, Opa«, fügte Ida an. »Apropos: Wir haben ja schon gesagt, wie toll wir unser Zimmer finden, aber jetzt mal ehrlich, Papa: Hast du das wirklich alles selber eingerichtet?«

Er war froh, dass die beiden es mochten. Bezüglich der Beteiligung von Britta und Mats bei der Einrichtung hatte er sich allerdings bisher bedeckt gehalten.

»Wieso fragst du?«, tat er überrascht.

»Vielleicht, weil du dich bisher nicht gerade als Deko-Queen hervorgetan hast?«

»Deko-King, wenn schon«, protestierte er. »Und ich mag diese Gabe bisher stiefmütterlich behandelt haben, aber das ja nicht heißt, dass ich nicht darüber verfüge.«

»Das nicht – aber das da oben ist ganz und gar nicht deine Handschrift!«, stieg nun auch Magda in die Diskussion ein. »Also, wer hat dir geholfen? Hast du etwa doch eine Freundin?«

»Ja, ich glaube, das habe ich tatsächlich«, strahlte er sie an. Drei Augenpaare starrten zurück.

»Dann hast du uns vorher also angelogen?«, fragte Magda entrüstet.

»Wie könnte ich?«

»Du hast gesagt, du hättest keine neue Freundin!«

»Falsch, ihr habt mich gefragt, ob ich eine neue Beziehung habe oder auf der Suche bin. Beides trifft nicht zu. Eine neue Freundin aber habe ich sehr wohl. Ihr werdet sie übrigens morgen beim Kunsthandwerkermarkt in Svaneke kennenlernen. Sie heißt Britta Blomdal, ist fünfundfünfzig, hat einen grau-blonden Zopf und ist glücklich verheiratet mit einem Glaskünstler namens Mats Lund.«

»Das Alter ist ja nicht so dramatisch, Junge. Aber dass sie verheiratet ist, kann dich in Teufels Küche bringen«, warf Karl Ipsen mit erhobenem Zeigefinger ein.

Lennart wollte lieber nicht nachfragen, ob er dieses Wissen aus einer seiner geliebten Sonntagabend-TV-Schmonzetten oder aus eigener Erfahrung bezog. »Ich verbringe auf jeden Fall viel Zeit mit ihr im Moment.«

»Zeit zu zweit ist gerade am Anfang wichtig.«

Seit wann klang sein Vater wie ein wandelnder Beziehungsratgeber? »Wir sind nicht immer nur zu zweit. Manchmal ist auch Tao dabei.«

»Wer ist das denn?«, wollte Magda wissen.

»Eine junge Frau, die wir beide kennen. Ihre Eltern kommen aus Vietnam. Sehr nett.«

»Ja, die Asiatinnen sind bekannt für ... ihren Charme«, erklärte Karl Ipsen.

Lennart musste bei Gelegenheit unbedingt mal mit seinem Vater über dessen Liebesleben sprechen.

»Du hast also noch eine *zweite* Freundin, und von der weiß diese Britta?«, fasste Magda entrüstet zusammen. Lennart grinste breit.

»Sie kennt Tao sogar schon viel länger als ich. Über sie habe ich sie ja erst getroffen. Aber Freundin ... so weit würde ich nicht gehen. Noch nicht, kann aber noch kommen. Sie ist erst vierundzwanzig.«

»Sie ist ... was?« Ida war nun endgültig die Kinnlade heruntergeklappt.

»Vierundzwanzig.«

Nun schienen auch Magda und ihr Opa die Welt nicht mehr zu verstehen.

»Papa, das ist ...«, begann Magda entrüstet, doch ihr Vater fiel ihr ins Wort: »Bevor ihr jetzt die Sittenpolizei ruft: Tao Nguyen ist meine Kollegin. Genau wie Britta.«

»Umso schlimmer!«, fand Ida. Und ihr Großvater vermeldete: »Da wäre ich vorsichtig. Es gibt da einen englischen Spruch, der heißt ... ich muss kurz überlegen ... *never* ...«

»Wir wissen, was du meinst«, fuhr ihm Lennart in die Parade. »Aber Britta und Tao sind lediglich meine beiden Kolleginnen. Zu dem, was ihr vermutet, wird es nie kommen. Darauf gebe ich euch Brief und Siegel. Und ich gestehe: Britta und Mats haben mir bei der Dekoration eures Zimmers geholfen.«

Die Mädchen waren sichtlich erleichtert.

»Deswegen ist also alles so hyggelig! Wusste ich's doch!«, rief Ida.

»Te puedes vender, cualquier oferta es buena si quieres poder«, schepperte es auf einmal vom Tisch.

Magda schüttelte den Kopf. »Noch immer kein neuer Klingelton, Papa?«

Lennart zuckte die Schultern und sah auf sein Display. Tao rief an.

»Ich geh nur schnell hin, das ist …«

»Tao, wir können lesen«, sagte Ida.

»Bin gleich wieder da«, erklärte Lennart hastig und machte ein paar Schritte in den Garten.

***

»Tao? Was gibt's?«

»Ich will dich nicht stören.«

Lennart zog die Stirn kraus. Warum rief sie dann an? »Kein Problem. Was ist passiert?«

»Flemming Bjerg wurde gerade ins Krankenhaus gebracht. Er hatte einen schweren Unfall auf seinem Boot, im Hafen von Nexø. Wie es aussieht, durch Sabotage an seinem Equipment.«

»Wie geht es ihm?«

»Er hat eine schwere Gehirnerschütterung und ist an der Schulter verletzt. Inzwischen ist er immerhin wieder bei Bewusstsein. Als man ihn gefunden hat, war er es nicht.«

»Wie ist das passiert?«

»Der Arm seines Deckkrans hat sich gelöst und ist direkt auf seinen Arbeitsplatz gestürzt, an dem er die Fische ausnimmt und so und von dem aus er auch den Kran steuern kann.«

»Wer hat ihn gefunden?«

»Ein Kollege von einem anderen Kutter. Das Unglück selbst hat der aber nicht gesehen.«

»Ist die Kriminaltechnik vor Ort?«

»Klar. Die uniformierten Kolleginnen haben alles in die Wege geleitet. Und so wie es aussieht, sind die Schrauben gelöst und nur zum Schein wieder hineingesteckt worden. Als Bjerg den Kran in Betrieb genommen hat, musste der Arm somit unweigerlich auf ihn fallen.«

»Ist Bjerg vernehmungsfähig?«

»Im Moment nicht, die Ärzte wollen ihn erst noch beobachten, weil sie nicht wissen, wie schlimm die Kopfverletzung ist. Jedenfalls muss er erst mal in die Röhre zum MRT.«

»Bleibt bitte dran, ja?«

»Sicher. Man informiert uns gleich, wenn wir zu ihm können.«

»Okay. Haltet ihr euch im Büro bereit. Ich fahre nach Nexø und rede mit den Kriminaltechnikern.«

»Moment mal«, sagte Tao. Lennart hörte sie im Hintergrund leise reden.

»Untersteh dich, Lennart!«, meldete sich Brittas Stimme aus dem Telefon. »Du hast versprochen, dich um deinen Besuch zu kümmern. Vertraust du uns etwa nicht?«

Lennart seufzte. Natürlich vertraute er den Kolleginnen, irgendwie. Aber er war schließlich ein verdammt erfahrener Ermittler, der …

»Aha. Keine Antwort ist auch eine Antwort«, sagte Britta beleidigt.

»Unsinn. Es ist nur so, weil …«

»Also? Vertraust du uns?«

»Natürlich.«

»Dann lass uns mal machen. Wir werden dich auch am Wochenende nicht mehr behelligen.«

»Moment, Britta, so geht das nicht. Ich bin der Chef. Und Dienst geht nun mal vor.«

»Das ist ja auch völlig in Ordnung. Aber es ist ja nicht so, dass sich niemand kümmert. Ich will dich nicht bevormunden, aber solltest du nicht auf deine Work-Life-Balance achten?«

Lennart schloss die Augen. Natürlich, da hatte Britta absolut einen Punkt. Aber jeder Fall war für ihn schließlich auch ein interessantes Rätsel.

»Lennart? Bist du noch dran? Sorry, wenn ich dich irgendwie …«

»Passt schon. Du hast ja recht. Aber es geht nicht, dass ihr mich einfach außen vor lasst. Das ist übergriffig.«

»Sorry, ich …«

Er fiel ihr einfach ins Wort. »Ich kriege alle zwei Stunden ein Update per SMS. Und wenn was Wichtiges passiert, ruft ihr mich sofort an.« In der Leitung blieb es still. »Ist das angekommen? Kann ich mich darauf verlassen?«

»Kannst du. Auch wenn ich finde, dass …«

»Okay. Wir gehen jetzt essen. Eure Deko kam übrigens super an, vielen Dank noch mal, auch an Mats.«

»Kein Problem. Genießt das Essen! Wohin geht's denn?«

»Ins *Lille Havfrue* nach Svaneke. Wie könnte ich mich einer deiner Anweisungen widersetzen?« Britta hatte ihm das Lokal empfohlen.

»War nur ein Tipp, sorry, wenn ich da zu …«

»Alles bestens, ich freu mich schon aufs Essen.«

»Und auf die tolle Aussicht auf den Hafen. Unvergleichlich, du wirst sehen. Bis … später dann.«

»Bis später, Britta. Und danke noch mal.«

Lennart atmete tief ein. Die Luft wurde kühl, allmählich begann es nach Herbst zu riechen. Ein wenig freute er sich schon auf den Duft von feuchten herabgefallenen Blättern und gärenden Äpfeln im Garten. Und auf jene Tage, an denen der Nebel sich nur kurz hob, um für ein, zwei Stunden der Sonne Platz zu machen. Auf die Tage, an denen er endlich zu lesen beginnen würde, in seiner Lümmelnische.

Er dachte nach. Ob es sich bei demjenigen, der den Anschlag auf den Fischer verübt hatte, auch um Kristensens Mörder handelte? Nicht unwahrscheinlich. Das würde heißen, dass die beiden mindestens einen gemeinsamen Feind gehabt hätten. Als Erstes schossen ihm die Namen Mikael Hansen und Lars Rahbek durch den Kopf. Mit Letzterem hatte Bjerg immerhin vorhin diesen schwer zu deutenden Streit gehabt. Er zog sein Handy aus der Tasche und rief noch mal bei Britta an.

»Ihr müsst euch mit Hansen und Rahbek unterhalten, wegen der Sache mit Bjerg.«

»Da waren wir eigentlich auch selber schon draufgekommen, Lennart. Und jetzt guten Appetit!«

»Okay. Danke. Und haltet mich auf dem Laufenden.«

***

Das Restaurant *Lille Havfrue* gehörte zum gleichnamigen Hotel, dessen Zimmertrakt in Hufeisenform um einen kareeförmigen, zum Meer hin offenen Garten gebaut war. Es lag direkt oberhalb des Jachthafens im Zentrum von Svaneke. Lennart parkte den Wagen unten am Kai, wo mehrere Hobbysegler festgemacht hatten, die sich an Deck Essen kochten.

»Oh cool, ein Bonbonladen!« Ida zeigte auf eines der Geschäfte in dem niedrigen, riegelartigen Bau auf dem Hafengelände. *Borup* stand auf einem stylischen Schild darüber.

»Seit wann stehst du denn auf Lakritz?«, wollte Lennart wissen.

»Lakritz? Mist, das hatte ich gar nicht gesehen!«, sagte sie angewidert.

»Keine Sorge, wir werden morgen ja für den Kunsthandwerkermarkt hier sein – und Britta hat mir verraten, dass es in Svaneke nicht nur eine sensationelle Eisdiele, sondern auch eine richtige Bonbonkocherei und eine Schokoladenmanufaktur gibt. Da sollte was für dich dabei sein, oder?«

Ida nickte strahlend, und ihr Vater legte ihr den Arm um die Schultern. Sie nahmen die paar Treppen hoch zum Restaurant. Schon als sie die namensgebende *Kleine Meerjungfrau* aus Bronze passierten und den Gastraum betraten, wusste Lennart, dass Britta mit ihrer Empfehlung ins Schwarze getroffen hatte.

Das dezente, moderne Eichenparkett, die zurückhaltend eingedeckten Tische – natürlich wieder mit Gläsern von Tine Borup: All das sah nach guter, aber nicht überkandidelter nordischer Küche aus, weniger experimentell als im *Argousier* und somit perfekt für seine Gäste.

Ein Kellner mit grober Lederschürze brachte sie zu ihrem Tisch – wie gewünscht direkt an einem der Holzfenster, deren Flügel sich nach außen öffneten.

»Hammer, der Ausblick, Papa!«, fand Magda, während ihr Opa besorgt anmerkte, dass dieses Lokal viel zu teuer sei. »Etwas Einfacheres hätte es doch auch getan. Du hattest sicher horrende Ausgaben in letzter Zeit. Spare lieber auf einen vernünftigen Wagen. Im Winter wirst du keine Freude haben mit dem alten Ding von Onkel Hans.«

»Unsinn, Opa. Der Benz ist cool«, protestierte Ida.

»Und ihr wisst doch, dass mir für euch nichts zu teuer ist«, beendete Lennart die Diskussion.

Der Kellner reichte ihnen die Speisekarten. Lennart stutzte. Statt der Vorspeisen fand sich auf der ersten Seite eine große zweisprachige Überschrift: *Sol over Gudhjem – Sun over Gudhjem.* Da war er wieder, mit voller Wucht: sein ungelöster Mordfall. Der Artikel informierte darüber, dass der Inhaber und Küchenchef der *Lille Havfrue* gleichzeitig Gründer und Organisator des Kochwettbewerbs *Sol over Gudhjem* war. Daneben fanden sich einige Bilder des Kochs mit den diesjährigen Preisträgern. Lennart überraschte es wenig, darunter auch Maren Fabricius zu sehen, die vergnügt in die Kamera lächelte. Maren Fabricius. Schon wieder.

»Ein kleiner Gruß aus der Küche, während Sie aussuchen: eine Creme aus Blauschimmelkäse mit gerösteten Walnüssen und kandierter Birne. Und Rillettes von der geräucherten Meerforelle. Dazu unser selbst gebackenes Dinkel-Mais-Brot. Guten Appetit!«, verkündete der Kellner und stellte einen Brotkorb sowie mehrere polierte Steine auf den Tisch, auf denen die Cremes angerichtet waren.

Obwohl das Brot verführerisch duftete, stand Lennart auf und folgte dem Kellner zur Bar. »Entschuldigen Sie: Könnte ich kurz mit Ihrem Chef reden?«, fragte er.

»Stimmt was nicht mit den Aufstrichen?«, fragte der Ober alarmiert.

Lennart hob beschwichtigend eine Hand. »Nein, ich habe ja noch nicht einmal davon probiert.«

Der andere sah ihn prüfend an. »Um was geht es denn dann?«

»Ich … habe da nur kurz eine Frage an ihn. Dienstlich.« Er zog seine Polizeimarke.

Der Kellner schien überrascht. »Klar, ich hole ihn, einen Moment, bitte.«

Lennart lehnte sich rückwärts an den Tresen, ließ den Blick durch den Gastraum wandern und blieb dann an seinem eigenen Tisch hängen. Während sein Vater, die obligatorische Lesebrille auf der Nase, aufmerksam die Speisekarte studierte, sahen seine beiden Töchter fragend her. Er zuckte die Schultern und winkte ab.

»Polizei? Wie kann ich denn helfen?«

Lennart drehte sich um. Nachdem er sein Anliegen kurz erläutert hatte, erfuhr er vom Koch, dass dieser den Toten nicht gekannt und auch nicht in irgendeiner Geschäftsbeziehung zu ihm gestanden hatte. In der *Lille Havfrue* hatte es nie Kristensen-Schinken gegeben, das Mordopfer wurde nicht in der Gästekartei geführt und war auch nicht als Sponsor, Teilnehmer, Standinhaber oder dergleichen beim Kochwettbewerb aufgetreten.

Lennart bedankte sich und kehrte nachdenklich zu seinem Platz zurück. Er würde noch einmal im *Argousier* anrufen und mit der Inhaberin über deren Rolle bei der Kochchallenge *Sol over Gudhjem* sprechen. Auch wenn er keinen Grund hatte, an den Ausführungen des Mannes zu zweifeln, wusste er, dass er es noch nicht gut sein lassen konnte. Er musste sich nichts vormachen: Die ganzen offenen Fragen in diesem Fall hatten sich in seine Gehirnwindungen eingebrannt, sich seines Unterbewusstseins bemächtigt und würden ihn erst wieder zur Ruhe kommen lassen, wenn sie beantwortet waren. Das würde ihn den ganzen Abend über begleiten.

»War das dienstlich gerade?«, wollte Magda wissen.

»Natürlich. Oder unterstellt ihr mir jetzt auch noch, dass ich etwas mit dem Koch habe?«

»Lennart!«, flüsterte Karl Ipsen tadelnd, als habe sein Sohn etwas Unanständiges gesagt.

»Da besteht glaube ich keine Gefahr«, sagte Ida lächelnd. »Obwohl an sich natürlich nichts dabei ist.«

»An was?«, fragte ihr Opa forschend.

»Egal, Opa. Ab jetzt gehört der Abend uns, okay?«, bat Magda.

»Versprochen«, sagte Lennart schnell, wobei er sich nicht sicher war, ob er sein Wort würde halten können. Wer wusste schon, ob er nicht doch noch von seinen Kolleginnen gebraucht werden würde.

Leider war inzwischen vom Brot, auf das sich Lennart schon gefreut hatte, sowie den Aufstrichen nichts mehr übrig. Kein Wunder bei zwei hungrigen Teenagern. Nach einem Blick in die Speisekarte entschied er sich für Fischsuppe und hausgemachte Ravioli mit einer Füllung aus Pilzen mit Artischocken. Zum einen, weil es sich gut anhörte und er Lust auf etwa Leichtes hatte – zum anderen, weil seine Töchter ihm so nicht wie üblich maßlosen Fleischkonsum vorwerfen konnten.

Sein Vater hatte damit weniger Probleme: »Ich nehme die Entenleberpastete und das Rindersteak mit Speckauflage. Ganz nach meinem Geschmack. Aber *ich* zahle die Rechnung, Junge.«

»Opa, man muss nicht immer Fleisch essen! Nimm dir ein Beispiel an Papa! Fisch und Gemüse sind viel gesünder. Und besser fürs Klima«, wies ihn Ida zurecht. Lennart klatschte innerlich mit sich selbst ab.

»Noch besser wäre es, wenn man auch noch den Fisch weglassen würde, Schwesterchen.«

»Okay, dann wissen wir beiden Alten das jetzt auch«, antwortete Lennart und zwinkerte seinem Vater zu. »Und die Rechnung zahle ich. Wer Gäste hat, muss für deren leibliches Wohl sorgen.«

Karl Ipsen seufzte. »Nichts darf man hier. Dürfte ich mir wenigstens ein zweites Bier bestellen?«

»Klar«, meldete sich Ida. »Wenn's dabei bleibt. Alkohol in kleineren Mengen soll sogar gesund sein.«

Ihr Opa grinste. »Ah, du bereitest schon mal deine Säuferinnenkarriere vor, wie?«

Ida sah ihn entrüstet an. »Spinnst du? Ich trink doch nix! Aber was Magda da neulich vom sechzehnten Geburtstag ihrer Freundin erzählt hat – bei ihr müsst ihr da mehr aufpassen, glaube ich.«

»Geht's noch, Schwachkopf?«, empörte sich Magda und boxte ihre Schwester in die Seite.

»Ist doch wahr! Hat Lena nicht erzählt, dass Rike alles vollgekotzt hätte, im Hof lag und erst nach drei Stunden wieder zu sich gekommen ist?«

»Weil sie Kreislaufprobleme hatte, das war alles!«

»Lasst uns mal den Kellner rufen«, versuchte Lennart das Thema zu beenden. Storys wie diese wollte er am liebsten gar nicht hören.

***

Das Essen verlief ruhig, Tao vermeldete lediglich ein »Nichts Neues« per Textnachricht, die Gerichte schmeckten durch die Bank vorzüglich, und Ida genehmigte ihrem Großvater sogar ein drittes Bier. Als sich die beiden Männer schließlich jeweils eine Tasse Kaffee und die Mädchen geschmorte Birnen mit Walnusskaramell und Kardamomeis als Dessert bestellt hatten, wollte Ida wissen, was sie denn am nächsten Tag unternehmen würden.

»Mit mir könnt ihr nicht rechnen. Ich kümmere mich um den Garten. Deshalb bin ich ja gekommen.«

»Aber Opa, wir wollen doch alle was zusammen machen!«, protestierte Ida.

»Das können wir ja. Am Abend. Vielleicht kochen wir eine Gartengemüsesuppe mit Würstchen und spielen alle zusammen was. Und tagsüber unternehmt ihr was Tolles. Einverstanden?«

»Du musst nicht arbeiten. Der Kunsthandwerkermarkt soll toll sein«, widersprach Lennart.

Karl Ipsen lächelte. »Nein, lass mal, da bin ich lieber im Garten. Einzukaufen ist für mich eher Last als Lust. Mirjam kann davon ein Lied singen.«

Lennart musterte ihn nachdenklich. Es war das erste Mal, dass sein Vater überhaupt von sich aus auf seine Lebensgefährtin zu sprechen kam. Ob bei den beiden etwas nicht stimmte? Er nahm sich vor, ihn in einer ruhigen Minute danach zu fragen. »Aber da ist auch ein Flohmarkt angeschlossen. Und es gibt Blumen und Pflanzen.«

Lennarts Vater schüttelte den Kopf. »Nein, ich kann doch sowieso nichts mitnehmen im Flugzeug. Geht ihr mal, und wenn ihr nach Hause kommt, ist der Garten auf Vordermann.«

Lennart gab auf.

»Und am Nachmittag?«, fragte Ida.

»Wie wär's mit ein bisschen Strand? Das Wasser ist zwar schon frisch, aber das Wetter soll gut werden«, schlug Lennart vor. »Oder wir fahren nach Hammershus.«

»Markt und dann Strand klingen gut«, befand Magda. »Aber da gehst du mit, Opa, okay?«

»Okay, mal sehen.«

»Und es gibt was anderes als Gemüsesuppe«, rief Ida.

»Schön, pass auf: Wir verkaufen das restliche Gemüse aus dem Garten am Straßenrand und gehen stattdessen morgen Abend in der Inselhauptstadt Burger essen«, schlug Lennart vor. Bevor seine Mädchen protestieren konnten, erklärte er: »Ich kenne da ein Restaurant, die haben sensationelle Patties aus Gemüse, ihr werdet sehen!« Und auf den skeptischen Blick seines Vaters hin schob er nach: »Und echt leckeres Wagyu-Rind. Hab ich mir sagen lassen.«

Samstag

Am nächsten Morgen wurde Lennart früh wach. Er lauschte kurz in die Stille und bemerkte zufrieden, dass seine Gäste noch schliefen. Auf Zehenspitzen schlich er sich ins Bad und stieg kurz darauf die Treppe hinunter, stets darauf bedacht, dass die ausgetretenen Stufen nicht knarzten. Er freute sich auf die Minuten, die er nun für sich haben würde. Bei einem Kaffee, mit einem Blick in die Tageszeitung auf dem Tablet … Vor allem aber interessierten ihn eventuelle Mails und Nachrichten auf seinem Handy: Vielleicht hatte sich ja über Nacht doch noch etwas Neues im Fall ergeben. Zumindest der verletzte Flemming Bjerg sollte inzwischen doch ansprechbar und vernehmungsfähig sein. Er setzte die Kaffeemaschine in Gang und verzog das Gesicht. Die Pumpe der Kapselmaschine war laut genug, um die anderen aufzuwecken. Doch oben blieb es ruhig.

Lennart nahm sich eine Jacke vom Kleiderständer im Flur. Dass dieser heute deutlich voller war als normalerweise, entlockte ihm ein wohliges Lächeln. Schön, dass seine Lieben zu Besuch waren.

Samt Tasse und Tablet trat er auf die Terrasse und nahm seinen Stammplatz mit Blick in den Garten ein. Mal sehen, wie der heutige Abend aussehen würde. Dann zog er sein Handy aus der Tasche: keine Nachricht von Britta oder Tao. Sicher, es war erst zwanzig nach sieben, dennoch hatte er mit einem Update gerechnet. Musste er eben Britta anrufen und fragen, was die Nacht gebracht hatte. Er wollte eben auf ihre Nummer tippen, da hörte er, wie die Tür hinter ihm geöffnet wurde.

»Morgen, Junge! Na, auch unter die Frühaufsteher gegangen? Das bringt das Alter mit sich. Senile Bettflucht, sagt Mirjam immer.«

Lennart wandte den Kopf. Sein Vater stand wie angekündigt im langen Frotteeschlafanzug im Türrahmen. »Ich … Morgen, Papa! Hab ich dich geweckt?«

»Ach was, ich bin schon seit halb sechs wach!« *Komisch*, dachte Lennart. Als er eben aus dem Bad gekommen war, hatte er ihn noch schnarchen gehört.

»Kaffee?«

Der Vater nickte, hob eine Hand und sagte: »Ich mach mir selber einen. Hab doch die gleiche Maschine zu Hause.«

Lennart nutzte den Moment, der ihm noch blieb, um Tao und Britta ein Fragezeichen zu schicken. Ohne Text, ohne Gruß. Ein kleines Mahnmal wenigstens, dass er sich schlecht informiert fühlte.

Dann kam sein Vater auch schon mit Daunenjacke, einem Kissen unter dem Arm und einer Tasse Kaffee zurück.

»Wir können auch reingehen, Papa.«

»Nein, ist doch schön hier draußen.« Karl Ipsen nahm Platz. Er trank einen Schluck Kaffee und seufzte.

»Gut geschlafen?«

»Ging so. Wie immer in der ersten Nacht in einem fremden Bett.«

Eine Weile saßen sie wortlos da, bis der Vater fragte: »Bist du nicht manchmal einsam?«

Lennart runzelte die Stirn. Wie kam er denn darauf? Vehement schüttelte er den Kopf. »Bis jetzt gar nicht.«

»Fehlt dir Andrea nie?«

»Ehrlich gesagt nicht.«

»Mir fehlt Mama. Jeden Tag.«

»Das ist etwas anderes. Ihr habt euch nicht getrennt, ihr wurdet von ihrem Tod einfach so mir nichts, dir nichts auseinandergerissen. Aber bis dahin wart ihr ein total harmonisches Paar.«

»Das waren wir, Junge, das waren wir.«

»Aber du hast ja jetzt Mirjam.«

Karl Ipsen seufzte. »Sicher, darum bin ich auch froh. Aber es ist nicht dasselbe. Mama und ich, wir waren wie … Seelenverwandte. Im Gleichklang. So wird es mit Mirjam nie werden.«

Lennart runzelte dir Stirn. »Klingt, als wolltest du dich von ihr trennen.« Seine Ahnung vom Vorabend schien ihn nicht getrogen zu haben.

Sein Vater riss die Augen auf. »Um Himmels willen, nein. Wie kommst du darauf?«

»Na ja, du scheinst nicht glücklich zu sein …«

»Das hast du jetzt vielleicht falsch verstanden«, entgegnete sein Vater. »Ich bin überhaupt nicht unglücklich. Nur eben auch nicht so glücklich wie früher. Zufrieden, das bin ich. Klar gibt es manches, was mir an ihr nicht so recht gefällt, aber es überwiegt das Positive. Das ist doch was.«

Stirnrunzelnd horchte Lennart den Worten nach. »Und allein würde es dir schlechter gehen?«

Karl Ipsen überlegte eine Weile, dann sagte er sachlich: »Ich denke nicht. Warum auch? Ich habe kein Problem mit dem Alleinsein. Aber nun ist es, wie es ist. Mirjam und ich, wir haben uns eingerichtet, daran muss man nicht um jeden Preis rütteln.« Er sah versonnen in den Garten.

»Und du? Such dir doch auch jemanden! In deinem Alter …«

»Ich muss erst mal *mich* suchen, nach alldem, was war. Und auch ich kann gut für mich sein.«

»Trotzdem, es ist doch auch praktisch, wenn man sich nicht immer um alles allein kümmern muss.«

Lennart presste die Lippen aufeinander. Nein, er würde seinem Vater nicht sagen, wie traurig er fand, was er da eben von ihm gehört hatte. Aber er selbst hoffte inständig, nie eine Beziehung aus reiner Gewohnheit weiterzuführen, aus praktischen Überlegungen oder um »eben jemanden zu haben«. Da blieb er lieber für sich. Notfalls für immer.

»Hey, was sitzt ihr denn hier rum wie die Trauerweiden! Gibt's Frühstück, Papa? Magda und ich sind schon ewig wach! Bei dem Lärm, den ihr veranstaltet …!«

Lennart war froh, seine Tochter zu sehen, die ihn verschlafen anblinzelte. Ein Anblick, der ihn sofort aus seiner Nachdenklichkeit riss. Er würde jetzt erst mal etwas zu essen machen. Endlich mal wieder für mehr Leute als für sich allein.

***

Es machte Lennart wirklich Spaß, das Frühstück zuzubereiten. Früher, in seinem alten Leben, hatte er nie die Zeit gefunden, zu kochen oder sich um die Mahlzeiten der Familie zu kümmern. Er ging gern gut essen und war offen für Experimente, hatte früher zu Studentenzeiten auch immer wieder mal für andere gekocht. Eigentlich hatte er sich bei seiner Ankunft auf der Insel vorgenommen, wieder öfter in der Küche zu stehen, aber für eine Person lohnte der Aufwand letztlich nicht.

Umso schöner, dass er heute in die Vollen gehen konnte: Trockenobst von Opa Ipsen, Granola, Avocadotoast, Rührei mit einer ordentlichen Portion Speck – zur Freude von Lennarts Vater – und mit ein wenig Trüffelsalz, das beim Einzug im Küchenschrank gestanden hatte. Dazu das überraschend gute Gebäck aus der unweit von seinem Haus liegenden Landbäckerei und frisch gepresster Orangensaft.

»Sagt mal, sollen wir statt des Burgers heute Abend nicht doch lieber was kochen?«, fragte er, als er sich gerade den dritten Kaffee des Tages aus der Maschine ließ.

»Klar, Junge. Umso besser. Aber mach dir nicht zu viele Umstände. Was Einfaches genügt! Wie gesagt, Gemüsesuppe ist doch immer fein.«

Die Mädchen jedoch sahen ihn mit hochgezogenen Brauen an, ihre Blicke verrieten eine Mischung aus Skepsis und Enttäuschung.

Lennart nickte. »Okay, also Burger im *Café Babalù*.«

Gerade als die Mienen seiner Töchter sich wieder aufhellten, klingelte sein Telefon. Britta rief an. Endlich. Er verließ die Küche und nahm ab.

»Wird auch Zeit! Was gibt's?«, fragte er ungeduldig.

»Dir auch einen wunderschönen guten Morgen, lieber Lennart!«

»Ja, guten Morgen, guten Morgen! Britta, Mann, ihr wisst, dass ich hier auf Kohlen sitze! Also, was hat Bjerg gesagt?«, gab er entnervt zurück.

»Der hat noch gar nichts gesagt, weil die Ärzte finden, es sei noch zu früh für eine Vernehmung.«

»Aber ihr habt denen klargemacht, dass die Zeit drängt?«

»Aber sowas von.«

»Und die melden sich bei euch?«

»Das tun sie, ja. Streng genommen melden sie sich bei Tao, weil ich ja schon auf dem Kunsthandwerkermarkt in Svaneke bin. Aber ich bin jederzeit sofort einsatzbereit. Okay?«

»Okay, ich auch. Und wir sehen uns ja gleich auf dem Markt. Ein bisschen Sightseeing für die jungen Damen.«

»Bin schon gespannt auf deine beiden Mädels.«

Er verabschiedete sich, beendete das Gespräch und rief Tao an. Sie solle ihn sofort alarmieren, wenn sie zu Bjerg ins Krankenhaus könnten, da er selbst mit ihm sprechen wolle, Familienbesuch hin oder her.

Als Lennart wieder ins Haus kam, räumte sein Vater gerade den Frühstückstisch ab.

»Papa, das musst du nicht machen. Wo sind denn Ida und Magda, die sollen uns helfen.«

Karl Ipsen winkte ab. »Die sind oben und machen sich fertig. Wenn ihr nicht bald auf euren Markt fahrt, komme ich im Garten zu gar nichts. Und du hast dich anscheinend auch um deinen aktuellen Fall zu kümmern, oder?«

»Nicht der Rede wert«, sagte Lennart und ging seinem Vater zur Hand.

***

Kurz nach zehn stellte Lennart den Wagen auf dem Hafenparkplatz in Svaneke ab und schlenderte mit seinen Töchtern durch die Gassen in Richtung Markt. Sein Vater hatte sich noch erkundigt, ob er die leeren Gläser und den Gelierzucker in der Abstellkammer zum Einkochen der Brombeeren im Garten verwenden dürfe. Lennart hatte nur mit den Achseln gezuckt. Das Zeug gehörte zwar seinem Vermieter, aber der hatte sicher nichts dagegen einzuwenden. Mal sehen, was Karl Ipsen bei ihrer Rückkehr schon alles fabriziert haben würde.

»Braucht ihr Klamotten? Die haben ganz coole Sachen. Sollen wir mal reinschauen?«, fragte Lennart und zeigte auf die Auslage des Sportgeschäftes, das sie eben passierten.

Die beiden Mädchen warfen einen Blick ins Schaufenster, sahen sich kurz an, hakten sich dann gleichzeitig bei ihrem Vater unter und zogen ihn weiter.

»Papa, wir brauchen nichts«, sagte Magda.

Lennart schüttelte den Kopf und blieb stehen. »Aber bei euch auf Rügen haben die Läden sicher nicht viel für Jugendliche. Und hier…«

Magda lachte. »Die Marken, die es da drin gibt, sind vielleicht für dich cool. Wir tragen anderes Zeug.«

»Hättest du eigentlich selber merken können«, mahnte Ida grinsend und deutete auf das Logo ihrer Jacke.

Lennart verdrehte die Augen. Seine Kinder waren anscheinend zu Markenjunkies geworden. Und unterschieden sich damit nicht allzu sehr von ihm, wie er sich zähneknirschend eingestehen musste: Auch er suchte seine Kleidung oft genug nach dem Herstellernamen aus.

»Was wir haben wollen, bestellen wir im Internet.«

Auch das noch! Darin unterschieden sie sich dann wohl doch: Lennart hasste es, zu Hause am Esstisch in ein Kleidungsstück nach dem anderen zu schlüpfen. Zudem hatte man nie einen vernünftigen Spiegel und musste meist mehr als die Hälfte wieder einpacken, zurückschicken, kontrollieren, ob das Geld zurückgebucht war, vom ganzen Verpackungsmüll ganz zu schweigen. Und auf ausgestorbene Innenstädte mit lauter Einzelhandels-Leerständen hatte er auch keine Lust. Dann doch lieber eine belebte Fußgängerzone mit lokalen Unternehmen wie …

»*Borup Glas*, sollen wir da mal reinschauen? Wir müssen ein Mitbringsel für Mama kaufen.«

»Klar, warum nicht?«, sagte Lennart, und sie betraten den Laden.

Am Ofen stand Tine Borup und hantierte wieder mit einer der langen Metallröhren, an deren Spitze sich eine rot glühende Glasvase drehte. Aus dem Lautsprecher tönten diesmal sphärische Klänge, die Lennart ein wenig an die Soundtracks von »Herr der Ringe« oder »Der Hobbit« erinnerten. Die Glasbläserin trug heute einen Overall aus grobem schwarzem Stoff, dazu weiße Sneakers und ein weißes Tuch um die Stirn, die Taille wurde durch einen hellen breiten Gürtel betont. Das alles hatte zwar Anklänge an Arbeitskluft, war aber mit Bedacht ausgewählt und zeugte durchaus von Geschmack. Um Tine Borups mit Bändern abgesperrten Arbeitsbereich hatte sich eine deutlich größere Menschentraube gebildet als bei Lennarts erstem Besuch, und auch im restlichen Geschäft drängten sich wegen des Markts die Menschen.

Lennart musterte die Inhaberin, deren Gesten diesmal noch ausladender und theatralischer wirkten als beim letzten Mal. Sie schien sich noch mehr Mühe zu geben, eher als Künstlerin wahrgenommen zu werden denn als schnöde Handwerkerin. Für einen kurzen Moment trafen sich ihre Blicke, und Lennart glaubte, ein kurzes Nicken in seine Richtung zu vernehmen.

»Cool, wie die das macht«, fand Ida. »Wäre das nicht was für Mama, so eine Vase?«

»Hm, sie hat doch niemanden mehr, der ihr Blumen schenkt«, entgegnete ihre Schwester und zwinkerte ihrem Vater verschwörerisch zu.

»Wie wäre es mit einem Set Trinkgläser?«, schlug Lennart vor. »Die sind ziemlich beliebt hier auf der Insel. Und was Praktisches ist doch immer gut, oder?«

Seine Töchter sahen ihn verschmitzt an. »Du weißt genau, dass man Mama mit so einem Spruch nicht zu kommen braucht, Papa!«

Lennart zuckte die Achseln. Darauf musste er zum Glück keine Rücksicht mehr nehmen.

»Guckt mal, da gibt's Räucherschinken von der Insel. Wollen wir so einen für morgen mitnehmen?«, schlug Magda vor. »Wenn Opa schon unbedingt Fleisch essen muss, dann wenigstens regional.«

Lennart schüttelte vehement den Kopf, nahm seiner Tochter die Packung, die sie aus der Theke geholt hatte, aus der Hand und legte sie zurück. »Wir sollten morgen alle beim Käse bleiben«, sagte er schnell und wies seine Töchter auf die große Auswahl an Lakritz hin.

»Das wär doch was für Mama«, fand Ida. »Sie liebt Lakritz.« Lennart nickte bedächtig. Das hätte ihm von Anfang an zu denken geben sollen. Sie passten einfach nicht zusammen. Schließlich gab es kaum etwas, was er seit frühester Kindheit mehr verabscheute als den Geschmack von Lakritz.

Die Kinder kauften schließlich zwei Packungen für ihre Mutter. Lennart sah ihnen dabei zu, wie sie mit der Verkäuferin in fließendem Dänisch plauderten und sie darum baten, den Einkauf als Geschenk zu verpacken. Es war ihm schon gestern aufgefallen, wie gut sie seine Muttersprache immer noch beherrschten, auch wenn sie nicht mehr so viel Zeit bei ihm verbrachten. Das freute ihn ungemein.

Auf einmal durchströmte ihn das warme Gefühl, irgendwie auf der Insel angekommen zu sein. Das Gefühl, seinen Kindern heute nicht nur seinen momentanen Wohnort, sondern vielleicht auch seine zukünftige Heimat zu zeigen. Eine Heimat, in der er hoffentlich so häufig Besuch von seinen Töchtern bekam, dass auch diese begannen, sich hier heimisch zu fühlen.

***

Schließlich hatten sie den Markt auf dem kleinen Platz im Zentrum von Svaneke erreicht, wo wie erwartet einiges los war. Die Leute schoben sich regelrecht durch die engen Gassen zwischen den Ständen.

Die meisten Verkäufer boten irgendetwas an, was sie selbst hergestellt hatten: Neben einer kleinen Marmeladenmanufaktur hatte eine Wollspinnerei aufgebaut, ein Drechsler bot Holzschüsseln und Vasen in allen Größen an, diverse Glasbläsereien waren vertreten. Eine Schmiede, die eiserne Pfannen herstellte, hatte sogar eine mobile Esse installiert. Das Klopfen des mechanischen Hammers war bereits von weither zu hören gewesen. Außerdem duftete es aus allen Ecken nach Essen, der Geruch von süßen Waffeln und Crêpes, von gegrilltem Fisch und Würstchen bildete ein ganz eigenartiges, aber sehr spannendes Aroma. Ein Tee- und Gewürzladen verkaufte aus riesigen Säcken eigene

Mischungen, was für Lennart eher nach orientalischem Markt als nach dänischer Insel aussah.

»Wow, lass uns mal da rübergehen, das sieht cool aus!« Ida zeigte auf einen Stand, hinter dessen Theke gleich mehrere Köche werkelten. Lennart erkannte einige von ihnen, unter anderem den rothaarigen Iren und die junge Italienerin mit dem Hang zu hausgemachter Pasta – und neben ihr Maren Fabricius. Aus einem metallisch glänzenden Kasten stieg Rauch auf, der auf dem gesamten Platz für eine leichte Nebelglocke sorgte. Auf den langgezogenen Tischen davor wurde Brot geschnitten und Salat geputzt, und die Chefköchin teilte kleine eingelegte Steinpilze, die sie aus Weckgläsern holte, in Viertel auf.

»Wollen wir uns da was holen?«, fragte Ida.

»Schon wieder Hunger, Vielfraß? Haben doch erst gefrühstückt!«, sagte Magda in tadelndem Ton.

»Danke, Mama, dass du so auf meine Ernährung achtest«, ätzte ihre Schwester zurück. »Ich mein ja gar nicht jetzt, sondern später. Los, wir schauen mal, was die haben.«

Ida ging vor, die beiden anderen folgten ihr. Als Lennart am Stand ankam, blickte Maren Fabricius auf und winkte ihm freundlich lächelnd zu.

»Lennart, das ist ja eine Überraschung! Na, auf der Suche nach einem kleinen Abenteuer?«, sagte sie augenzwinkernd, dann widmete sie sich wieder ihrer Arbeit. Die Mädchen sahen ihren Vater stirnrunzelnd an. Sie verstanden offenbar genauso wenig wie er. Da eine Reaktion ausblieb, präzisierte die Köchin: »Ein *kulinarisches* Abenteuer, meinte ich.«

Lennart hatte sich wieder gefangen und lächelte. »Eigentlich immer. Und wenn wir schon von kulinarischen

Abenteuern sprechen: Es gibt da ja diesen Kochwettbewerb *Sol over Gudhjem*. Da hast du mitgemacht, oder?«

»Logo. *Das* kulinarische Event hier auf der Insel. Eine verdammt gute Möglichkeit für unsere Zunft, sich mal zu präsentieren und noch mehr Leute auf uns aufmerksam zu machen.«

»Hat Kristensen da irgendeine Rolle gespielt? War der irgendwie direkt oder indirekt beteiligt?«

Maren lachte lauthals auf. »Der? Ganz sicher nicht. Das war ihm viel zu viel Firlefanz.«

»Er hat auch niemanden beliefert? Dich vielleicht?«

»Nein. Warum fragst du?«

Lennart überlegte, wie er darauf antworten sollte. Wenn es wegen des Wettbewerbs irgendwie Ärger zwischen Maren Fabricius und Kristensen gegeben hatte und der eskaliert war, würde sie bestimmt nicht offen darüber reden. Zumindest nicht hier. Allerdings deckte sich ihre Aussage mit der vom Küchenchef des *Lille Havfrue*. Und sie klang so glaubwürdig, dass Lennart sich schwertat, an seiner Theorie festzuhalten, Kristensens geheime Botschaft habe irgendetwas mit dem Kochwettbewerb zu tun. Lennart beschloss, Maren erst einmal von der Liste der Verdächtigen zu streichen.

»Übrigens, Teile meines heutigen Angebots habe ich beim letzten Wettbewerb gekocht«, fuhr Maren unbeschwert fort. »So wie ich dich einschätze, könnte das was für dich sein: doppelt geräucherter Lachs frisch aus dem Rauch, auf selbst gebackenem Sandwichbrot mit Relish, eingepickelten unreifen Johannisbeeren und Steinpilzen in Apfel-Balsamico getoppt von Kiefernnadel-Pesto. Alles von der Insel.«

»Und das könnte was für mich sein? Warum?«, wollte Lennart wissen.

Sie grinste. »Man sagt mir ganz gute Menschenkenntnis nach. Und du wirkst auf mich wie ein bodenständiger Typ. Daher die regionalen Zutaten. Aber auch ziemlich smart und offen für Neues. Also die nicht alltäglichen Lebensmittel und Zubereitungsweisen. Wir richten schön an – entspricht deinem Sinn für Ästhetik. Schließlich achtest du auf deine äußere Erscheinung.«

Lennart wusste nicht, was er sagen sollte. Stattdessen sah er an sich herab. Er hatte heute Morgen wirklich keinen besonderen Wert auf seine Kleidung gelegt: die Chelsea-Boots von der letzten Amerikareise, dazu eine Jeans, sein dunkelblaues Lieblingshemd, darüber Weste und seine unvermeidliche Pilotenbrille im Haar.

»Ich mache so eine Analyse eigentlich bei jedem, den ich zum ersten Mal sehe …«, stammelte die Köchin in die Stille hinein. »Überlege mir, um was für einen Menschen es sich handeln könnte und was er oder sie vielleicht gern isst.« Lennart bemerkte, dass ihre Wangen sich leicht gerötet hatten.

»Wow, das hört sich echt super an!«, beendete Magda die verkrampfte Situation, wofür ihr Vater ihr überaus dankbar war. »Willst du uns vielleicht mal vorstellen?«

»Ach so, also, ich … Maren Fabricius. Wir hatten neulich wegen meines Falles miteinander zu tun. Frau Fabricius hat ein ganz besonderes Lokal, drüben in Sømarken. Das beste weit und breit. Direkt am Meer, mit sensationellem Blick.«

Maren winkte bescheiden ab.

»Und das sind meine beiden Töchter Magda und Ida.«

Maren wandte sich an die Mädchen. »Verbringt ihr gerade ein Papa-Wochenende?«

»Genau, ist eh selten genug, weil wir in Deutschland wohnen. Unsere Eltern sind geschieden, und wir zwei zum ersten Mal auf Besuch hier«, sprudelte es nun regelrecht aus Magda heraus. Ida versetzte ihr einen Rempler in die Seite.

»Das ist vielleicht gar nicht so wahnsinnig interessant«, murmelte sie.

Maren lachte. »Doch, unbedingt. So erfahre ich Details aus dem Leben des mysteriösen Insel-Ermittlers. Cool.«

Lennart lächelte und war nun seinerseits ein wenig verlegen.

»Und, gefällt euch die Insel?«, fragte die Köchin.

Die beiden Mädchen nickten.

»Viel haben sie ja noch nicht gesehen. Darum müssten wir dann auch mal wieder«, drängte Lennart. Er verspürte das dringende Bedürfnis weiterzugehen.

»Aber wir holen uns nachher noch so coole Sandwiches!«, merkte Magda an.

»Schön, freut mich. Bis später!«, sagte Maren Fabricius und winkte ihnen fröhlich hinterher.

»Was möchtest du uns über sie erzählen?«, fragte Magda verschmitzt, als sie außer Sichtweite waren.

»Jetzt lass halt …«, zischte ihre Schwester.

»Ich habe doch gesagt, dass sie eine Köchin ist, die ich vom Fall her …«

»Und wann seht ihr euch wieder?«, insistierte Magda.

»Womöglich nachher, wenn wir uns was zu essen holen.«

»Du weißt genau, was ich meine!« Magda klang wie eine Ermittlungsrichterin, an die Lennart sich aus seiner Zeit in

Kopenhagen erinnerte und die den Beinamen »die Unerbittliche« hatte. Entschieden schüttelte er den Kopf. Jetzt fingen die zwei auch noch an. Aber er würde sich weder von Britta noch von den Kindern etwas andichten lassen, was es nicht gab.

»Nein, ich kenne sie ja privat gar nicht. Das wird sich auch nicht ändern. Und damit basta.«

»Nix basta. Weil ihr nämlich flirtet!« Magda zwinkerte ihm zu. »Jetzt sag nicht, du hast es nicht bemerkt! Du achtest auf dein Äußeres, bist offen für Neues? Willst du uns für dumm verkaufen?«

Lennart zuckte die Achseln. Sicher, die Köchin hatte heute seltsame Sachen gesagt, die man mit sehr viel Fantasie in dieser Richtung deuten könnte. Aber zum Flirten brauchte es schließlich immer zwei. Und ihm fehlte dazu jegliche Ambition. »Ich hab es euch doch schon gesagt: kein Interesse an irgendjemandem, verstanden?«

Jetzt lachte Magda auf. »Klar! ›Das Beste vom Besten, sensationeller Blick!‹ Und wie geschmeichelt du warst, als sie deinen Kleidungsstil gelobt hat!«

»Ach, Mädels, schaut mal, da drüben sind Britta und Mats! Die muss ich euch sofort vorstellen!«, rief Lennart aus, ohne weiter auf Magdas Sticheleien einzugehen, und steuerte den nächsten Marktstand an.

***

Wie von Lennart nicht anders erwartet, verstanden sich seine Töchter auf Anhieb mit Britta und Mats. Sie bedankten sich bei den beiden für die Gestaltung ihres Zimmers und interessierten sich für die Dinge, die sie herstellten:

Während sich Ida von Mats zeigen ließ, wie er mit dem mobilen Bunsenbrenner Schmuckperlen aus seinen Glasstangen herstellte, plauderte Magda mit Britta über ihre Druckversuche im Kunstunterricht.

Lennart ließ den Blick über den Markt schweifen. Links von ihm begann der Flohmarktbereich, der eine eigene Ecke bekommen hatte. Dort hatten nicht nur professionelle Händler ihre Tische aufgebaut, sondern auch zahlreiche Kinder, die hinter wackeligen Tapeziertischen versuchten, für ihre abgelegten Spielsachen, Computerspiele oder Bücher noch ein wenig Geld zu bekommen. Lennart wollte eben fragen, ob die Mädchen gern weitergehen würden, da sah er die Pferdekutsche. Sie kam gerade vor dem langgezogenen gelben Holzbau zum Halten, der den Marktplatz zur linken Seite hin abschloss.

Der verglaste, hohe Pferdewagen erinnerte tatsächlich ein wenig an eine Straßenbahn. Er war rot und gelb gestrichen, die Fenster waren der Wärme wegen nach unten geschoben, und hinten auf einer Plattform standen Leute, die jetzt nach und nach über eine kleine Metallleiter abstiegen. Gezogen wurde die eigentümliche Bahn von zwei kräftig wirkenden schwarzen Kaltblütern mit beeindruckenden Fesseln. Und auf dem Kutschbock vorn am Straßenbahnwagen saß in aufwendig goldverzierter Livree Lars Rahbek.

Der band gerade die Leinen am Gestänge fest und kletterte dann hinunter, woraufhin ein Weißhaariger in derselben Uniform die Kutsche bestieg. Kurz tauschte er sich mit Rahbek aus, dessen Schicht beendet schien. Lennart sah sich nach den Töchtern um, die noch immer ins Gespräch mit Britta und Mats vertieft waren. Er würde nur einen winzigen Moment mit Rahbek reden, hören, was er zum

Anschlag auf seinen Freund Bjerg zu sagen hatte. Für einen Augenblick erwog er, Britta ebenfalls dazuzubitten, verwarf den Gedanken aber wieder.

»Ich bin gleich wieder da, ja?«, sagte er daher bloß über die Schulter und ging los, wobei er den Busfahrer keinen Moment aus den Augen ließ. Er hatte Mühe, sich durch die Leute zu schlängeln, die sich gemächlich an den Ständen vorbeischoben. Kurzzeitig verlor er den Mann aus dem Blick, doch als er in der Nähe der Kutsche angekommen war, entdeckte er ihn an einem Stand, der nichts als alte Orden, Militaria und Militärspielsachen verkaufte. Grässliches Zeug, fand Lennart. Lars Rahbek hingegen schien sich dafür durchaus begeistern zu können: Er hatte Metallmodelle von zwei Kampfflugzeugen in der Hand und inspizierte gerade ein tarnfarbenes Militärboot.

»Was kosten die russischen Orden?«, fragte er den Standinhaber, einen aufgedunsenen Kahlkopf in Flecktarnshirt.

»Wenn du die ganze Schachtel nimmst, mache ich dir einen Sonderpreis«, sagte der Mann, der eine Selbstgedrehte zwischen den Lippen hatte.

»Okay, dann lass mich mal schauen.« Lars Rahbek legte die Flugzeuge beiseite und griff nach der rostigen Blechkiste, die bis zum Rand mit bunten Textilorden gefüllt war.

»Ah, Sie interessieren sich für Militärgeschichte, Herr Rahbek?«, sprach Lennart ihn von hinten an.

Der andere zuckte zusammen, fuhr herum und blickte ihm erschrocken und mit weit aufgerissenen Augen ins Gesicht. »Ich … ach, Sie sind es«, stammelte er schließlich. »Das ist … nicht für mich, mein … Neffe hat ein Faible dafür, wissen Sie? Ich möchte ihm eine Freude machen, wir bekommen später noch Besuch von ihm.«

»Verstehe. Sagen Sie, haben Sie denn schon vom Anschlag auf Flemming Bjerg gehört?«

Lars Rahbek sah ihn mit gerunzelter Stirn an. »Anschlag? Sie sind sich also sicher, dass es sich nicht um einen Unfall handelt?«

»Wie kommen Sie auf einen Unfall?«

»Na ja, Ihre Kollegin hat mich gestern befragt, wo ich war, als es passiert ist. Und da hat sie gemeint, dass es noch nicht sicher wäre, ob es Zufall war oder ob jemand Flemming … na ja …«

»Und wo waren Sie? Im Bus?«

»Nein, ich … hatte meine Schicht früher beendet und war zu Hause. Gleich hier, nur zwei Straßen weiter. Da müsste ich jetzt ehrlich gesagt auch hin, wenn es Ihnen nichts ausmacht.« Lars Rahbek lächelte unsicher. »Meine Frau ist nicht gerade begeistert von meiner unentgeltlichen Nebentätigkeit bei der historischen Pferdestraßenbahn, und da möchte ich nicht noch länger als nötig … Sie wissen, was ich meine?«

Lennart nickte. »Sicher, gehen Sie. Könnte allerdings gut sein, dass wir Sie und Ihre Freunde noch einmal zu einem Gespräch ins Präsidium vorladen.«

Der Busfahrer sah ihn fragend an. »Was gibt's denn noch?«

»Das werden wir besprechen, wenn es so weit ist.«

»In Ordnung, wie gesagt, wenn es nicht heute sein muss«, erklärte Rahbek fahrig, bezahlte und raffte seine Einkäufe zusammen. »Dann würde ich mich mal verabschieden, ja? Heute ist ja auch noch …«

Am Nebenstand fiel krachend eine Vase zu Boden, und der Lärm übertönte, was Rahbek noch zu sagen hatte. Egal, sie würden sich ja ohnehin noch einmal unterhalten.

Lennart verabschiedete sich, ging ein paar Schritte und blieb wieder stehen. Rahbek hatte den Stand fluchtartig verlassen, und einem Impuls nachgebend, kehrte Lennart nicht gleich zu *Blomdal & Lund* zurück, sondern folgte dem Busfahrer, der in seiner seltsamen gelb-roten Fantasieuniform nach Hause hastete, in gemessenem Abstand.

***

Nach wenigen Hundert Metern bog Lars Rahbek in eine Hofeinfahrt ab. Lennart wechselte die Straßenseite und lehnte sich an einer Stelle gegen einen Zaun, von der aus er nicht gesehen werden konnte, dennoch aber einen Blick auf Rahbeks zweistöckiges Haus hatte. Das lag ein Stück zurückversetzt hinter einem gekiesten Vorplatz, im Souterrain befand sich eine Garage. Deren Tor stand offen, innen ein kleines japanisches Auto. Eine Frau, die Lennart auf Mitte fünfzig schätzte, kehrte gerade den Hof, als der Busfahrer ihn betrat. Kein sonderlich freundlicher Empfang, der Rahbek da bereitet wurde, wie Lennart an Gesten und Gesichtsausdruck der Frau unschwer ablesen konnte. Er musste vorsichtig die Straßenseite wechseln, um mitzubekommen, was die beiden miteinander sprachen. Hinter dem offenen Hoftor fand er einen geeigneten Platz, von dem aus er durch einen schmalen Spalt die Szenerie im Blick hatte.

»Schon wieder bringst du diesen ganzen Müll nach Hause! Was soll das? Ist doch völlig irre! Zwei Keller voll mit Kriegsspielzeug und Militärschrott! Du hast mir versprochen, dass das jetzt endlich aufhört!«, hörte er die Frau zetern.

»Hab ich, ja. Aber das war eine einmalige Gelegenheit, drüben auf dem Flohmarkt …«

»Da könntest du längst selber einen Stand machen, aber du bist ja der Einzige, der sich für sowas überhaupt interessiert. Wir werden das alles für teures Geld entsorgen lassen müssen!«

»Ich sortiere demnächst Sachen aus, damit wieder Platz frei wird«, gab der Mann kleinlaut zurück.

»Dein Demnächst kenne ich schon!« Der Frau war ihr Ärger auch daran anzumerken, dass sie mit Furor weiterkehrte. »Hättest längst damit anfangen können, statt in dieser lächerlichen Uniform ein bisschen Pferdekutsche für die Touris zu fahren.«

»Irgendjemand muss sich kümmern, sonst gäbe es die Pferdestraßenbahn längt nicht mehr. Dabei hat sie über ein Jahrhundert Tradition im Ort!«

»Tradition, ja! Damit die Urlauber ihre immer gleichen Bilder machen können, um sie dann bei Instagram und Facebook zu posten. Und dann kommen nur noch mehr von denen! Hör mir bloß damit auf!«

»Verdammt, immer die gleiche Leier, ich kann's nicht mehr hören«, ging Rahbek zum Gegenangriff über. »Ich werde mich jetzt duschen und umziehen.«

»Ist auch nötig bei dem Pferdegestank.«

»Und dann müssen wir los.«

»Wohin?«, fragte Rahbeks Frau.

»Das weißt du genau. Wir müssen uns beeilen, dass wir es noch schaffen«, gab der Busfahrer zurück und verschwand in der Garage.

»Ach das! Ich hab's mir überlegt, du kannst allein gehen. Ich sehe keine Veranlassung, an dieser Veranstaltung teilzunehmen!«, rief sie ihrem Mann noch hinterher, was der mit einem wütenden Kopfschütteln quittierte.

Lennart hatte Mühe, die Szene, die er da mitangesehen hatte, richtig einzuordnen: Die Sache mit Rahbeks angeblich riesiger Militaria-Sammlung passte nicht zu dem, was der ihm eben über seinen Neffen erzählt hatte. Und ihn hätte auch interessiert, zu welcher Veranstaltung zwar der Busfahrer, nicht aber seine Frau gehen wollten.

Nun verschwand auch Frau Rahbek im Haus. Lennart beschloss, zum Markt zurückzugehen und den Busfahrer am Montag gleich morgens einzubestellen. Er hatte immer mehr Fragen an den Mann.

Aber jetzt musste er sich beeilen, schließlich hatte er sich eben einfach kommentarlos vom Acker gemacht. Und das, obwohl er gestern noch versprochen hatte, sich auf seine Töchter zu konzentrieren.

»Hey, Papa, hier sind wir!«, hörte er, als er um die letzte Ecke vor dem Marktplatz bog. Er drehte sich um und sah in die Augen seiner jüngeren Tochter Ida. Sie stand vor einem Laden und hatte ein riesiges Schoko-Softeis in der Hand. Hinter ihr kam gerade Magda aus der Tür, ebenfalls mit einem beeindruckenden Eisbecher ausgestattet.

»Wo warst du denn auf einmal?«, wollte sie wissen.

»Ich …«, setzte er zu einer Erklärung an, schlug dann aber unvermittelt vor: »Wollen wir uns nicht in den Garten dort setzen?« Er zeigte auf ein hölzernes Tor, hinter dem man pastellfarbene Tische und Stühle sowie bunte Sonnenschirme erkannte. »Ich könnte nämlich auch ein Eis vertragen. Und gegen eine Tasse Kaffee hätte ich auch nichts einzuwenden.«

***

Zehn Minuten darauf saßen sie zu dritt an einem lindgrün lackierten Tisch in der Ecke des putzigen Gärtchens. Hier schien das rege Treiben, das heute in der Stadt herrschte, ausgesperrt zu sein, obwohl fast alle Plätze belegt waren. Die Leute unterhielten sich leise, ein paar Vögel zwitscherten in der Sonne, unter den Schuhen der Gäste, die ein und aus gingen, knirschte der trockene Kies der Gartenwege. Lennart hatte seinen Cappuccino und einen Eisbecher beeindruckender Größe vor sich abgestellt. Es hatte eine ganze Weile gedauert, bis er mit seiner Bestellung an der Reihe gewesen war. *Bornholms Ismejeri*, wie sich die Eisdiele nannte, schien ziemlich beliebt zu sein. Zum Glück hatten die Mädchen noch drei der letzten freien Stühle ergattert.

»Wow, Papa, du hast *Flødeboller*-Eis genommen!«, rief Ida begeistert.

Lennart nickte. »Wenn schon, dann richtig.« Tatsächlich hatte er sich hinreißen lassen, die Kombination aus einem plattgedrückten Schokokuss, Softeis, Himbeersauce und Sahne zu probieren, die ihn schon seit seiner Ankunft auf der Insel aus sämtlichen Eisdielen heraus anlachte.

Ida sah ihn prüfend an. »Also, wo warst du denn jetzt?«

Lennart probierte erst von der herrlich cremigen Komposition, bevor er sagte: »Ich hatte nur jemanden gesehen, mit dem ich kurz reden musste.«

»Die Köchin von vorhin?«, fragte Magda grinsend.

»Unsinn, wie kommst du denn darauf? Nein, es ging um einen … Zeugen in meinem aktuellen Fall. Nicht so wichtig. Viel wichtiger dagegen: Wie findet ihr Britta und Mats?«

»Hammer! Die sind so nett! Und Britta hat gemeint, ich kann bei ihr vielleicht selber eine Tischdecke für Mama machen. Echt cool.«

»Mats hat mir sogar was geschenkt!« Ida hielt ihm ein Schächtelchen mit gläsernen Ohrsteckern hin.

Lennart freute sich, dass seine Kinder so schnell mit seinen Freunden warm wurden.

»Willst du jetzt eigentlich für immer hierbleiben?«, fragte Magda unvermittelt.

Lennart überlegte eine Weile, bevor er antwortete: »Das kann ich so noch nicht sagen. Aber ich glaube, dass es mir im Moment ganz guttut, hier zu sein.«

»Ich find's cool, dass du dich schon eingelebt und Freunde gefunden hast.«

Lennart lächelte beseelt. Schön, dass man ihm das anmerkte.

»Wir haben nämlich ein bisschen Angst gehabt, dass du einsam bist.«

»Ach was«, winkte er kopfschüttelnd ab. »Ich habe es schon immer gut mit mir allein ausgehalten, auch wenn ich das in den letzten Jahren nicht mehr so oft ausprobiert habe. Aber ihr zwei fehlt mir natürlich. Vielleicht kann ich euch ja mal zu einem längeren Aufenthalt überreden. Für ein Praktikum oder einen Ferienjob?«

»Hört sich verdammt nach Kinderarbeit an!«, protestierte Ida. »Obwohl, wenn ich bei der Eisdiele anfangen könnte, das wär cool, das Softeis ist das Beste *ever.*«

»Mal sehen, was sich ergibt«, sagte Magda. »Ein paar von meinen Freundinnen wollen nächstes Jahr für ein paar Monate ins Ausland. Austausch mit Kanada oder Australien und so. Wer weiß, vielleicht mach ich sowas ja auch, nur nicht so weit weg…«

»He, geht's noch? Vergiss es, Magda! Ich hab keinen Bock, mich allein auf Rügen rumzuschlagen!«

Lennart lachte. »Noch ist es ja nicht so weit. Aber für mich ist es umso besser, je öfter ihr hier seid.«

Wie auf Kommando drückten ihm seine Töchter beide einen Schmatz auf seine Wangen.

Magda klatschte in die Hände. »Aber jetzt kümmern wir uns mal um die Gegenwart. Man muss schließlich im Hier und Jetzt leben, sagt Frau Ullrich immer.«

»Wer ist denn Frau Ullrich?«

»Meine Reli-Lehrerin!«, erklärte Magda. »Ganz cool, eigentlich.«

»Also, ich hab ja Herr von Bülow in Reli.«

»Herrn, Schwachkopf!«, ätzte Magda.

Ihr Vater warf ihr einen tadelnden Blick zu. Magda verdrehte die Augen.

Ida fuhr fort: »Also, wir haben jedenfalls Herr von Bülow, und der sagt …«

»Ida, sorry, aber Magda hat recht, dass es ›Herrn Bülow‹ heißt. Nur der Schwachkopf geht nicht.«

»Der ist auch kein Schwachkopf. Außerdem heißt er Herrn *von* Bülow.«

»Herr …«, murmelte ihr Vater.

»Kann ich jetzt mal erzählen, ihr Sprachnerds?« Ida war sichtlich genervt.

»Klar kannst du erzählen. Aber bitte sprachlich korrekt, stimmt's, Papa?« Magda sah ihn Beifall heischend an, und Lennart schlug sich mit der Hand gegen die Stirn.

»Ihr spinnt, echt! Also, was sagt denn jetzt dieser Bülow?«

»Dass man immer seine eigene Vergangenheit im Blick haben muss, weil die einen nämlich zu genau dem Menschen macht, der man ist. Und dass man eben nicht bloß immer drauf schauen soll, dass man möglichst viel Spaß in der Gegenwart hat, wie das die Ullrich anscheinend findet.«

»So hat sie das ja nicht gemeint ...«, entgegnete ihre Schwester, doch Ida ließ sich nicht beirren.

»Jedenfalls sollen wir uns nicht nur um unsere aktuellen Freunde kümmern, sondern auch auf unsere Wurzeln in der Vergangenheit schauen. Da gibt es Ereignisse, die den Menschen für immer prägen.«

»Meint der Bülow«, brummte Magda entnervt. »Weißt du, Papa, unsere liebe Ida ist auf dem Philosophie-Trip, weil sie mit der Schule auf Orientierungstagen war.«

»Das ist kein Trip, ich geh vielleicht sogar in die Philosophie-AG am Mittwochnachmittag.«

»Bist ein bisschen in den Bülow verknallt, oder was?«

»Geht's noch? Schwachsinn!«

Lennart bekam das Scharmützel seiner beiden Töchter bloß noch wie durch einen Schleier mit. Seine Gedanken waren an etwas hängen geblieben, was Ida zuvor gesagt hatte: *In der Vergangenheit gibt es Ereignisse, die einen Menschen für immer prägen.* Eine Binsenweisheit, doch bei ihm war dieser Satz auf fruchtbaren Boden gefallen. Er musste los. Jetzt. Er hatte Fragen an Kristensens Freunde, die keinen Aufschub duldeten.

***

Lennart entschuldigte sich bei den Mädchen, dass er sie schon wieder allein ließ, bat sie, im Eiscafé auf ihn zu warten, legte ihnen noch einen Geldschein hin, damit sie sich etwas Neues bestellen konnten, und verließ den Gastgarten. Wenn er sich beeilte, konnte er Lars Rahbek vielleicht noch abfangen, bevor der mit unbekanntem Ziel von zu Hause aufbrechen würde. Im Laufschritt erreichte er das Haus des Busfahrers. Auch heute zwang ihn heftiges Seitenstechen zu einer kurzen Verschnaufpause, bevor er das Anwesen betrat. Auch heute nahm er sich vor, endlich wieder regelmäßig joggen zu gehen.

Lennart ging auf die Haustür zu, drückte auf den Klingelknopf, wartete eine Weile, doch nichts geschah. Da fiel sein Blick auf das zweiflügelige, grün gestrichene Garagentor, das nach wie vor einen Spalt offen stand. Er ging die kurze Rampe hinunter, klopfte und trat ein. Das Auto war verschwunden, die Garage bis auf zwei E-Bikes leer. Aus einer engen Tür an der Stirnseite drangen leise Geräusche. Offenbar befüllte dort jemand gerade eine Waschmaschine.

»Hallo? Ist da wer?«

Es wurde still, und einen Augenblick später erschien Frau Rahbek im Türspalt. »Wer sind Sie, was wollen Sie und wie kommen Sie überhaupt hier herein?« Die Frau wirkte ähnlich aufgebracht wie vorher.

Lennart hob beschwichtigend die Hand. »Das Tor war offen. Ich hatte vergeblich an der Haustür geklingelt, deshalb habe ich es hier versucht. Lennart Ipsen, Polizei Rønne.«

»Polizei? Dann sind Sie wegen meinem Mann da?«

Lennart nickte.

»Es ist doch nichts mit ihm?« Frau Rahbek sah ihn forschend an. »Oder doch?«

»Ich müsste ihn noch mal sprechen. Er ist also nicht zu Hause?«

»Nein. Er musste weg, heute ist doch die Trauerfeier für Kristensen.«

Lennart brachte das aus dem Takt. Eine Trauerfeier, nach so kurzer Zeit? Von der er und offenbar auch seine Kolleginnen nichts wussten? Wie konnte ihnen nur ein derartiger Schnitzer unterlaufen? Wer hatte sie organisiert? Die Tochter, die Schwester?

»Und Sie sind nicht dabei?«

Die Frau schüttelte den Kopf. »Mein Mann und ich hatten eine Meinungsverschiedenheit. Und die Feier ist ohnehin im kleinen Kreis. Wollte Steffens Schwester so. Ich kannte ihn ja kaum, da muss ich nicht mit.«

»Wo findet die Andacht denn statt?«

»In Dueodde, in der kleinen Kirche vorn am Leuchtturm.«

»Und wann?«

Sie sah auf die Uhr. »In zwanzig Minuten«, erklärte sie.

»Einen Moment, bitte«, sagte Lennart, zog sein Handy aus der Tasche und wählte Taos Nummer. Vielleicht konnte sie ja noch zur Kirche fahren. Doch sie ging nicht ans Handy, ebenso wenig wie Britta, bei der er es gleich im Anschluss versuchte. Er sprach beiden auf die Mobilbox und bat sie, sich umgehend bei ihm zu melden.

»Also ist Ihr Mann allein gefahren?«

»Natürlich.«

»Ich habe ihn heute schon auf dem Markt getroffen, wo er Militaria für Ihren Neffen gekauft hat, und dabei …«

»Für wen?«, fiel ihm die Frau ins Wort. »Wovon reden Sie denn? Er hat gar keinen Neffen. Lars selber ist Einzelkind, und meine Schwester hat drei Töchter.«

Lennart runzelte die Stirn. »Es gibt keinen Jungen in der Familie oder in Ihrem Freundeskreis, der Militärspielzeug sammelt?«

Die Frau lachte auf. »Doch, den gibt es. Einen großen, inzwischen ganz schön alten Jungen, der nie richtig erwachsen geworden ist«, erklärte sie mit spöttischer Miene. »Meinen Göttergatten.«

»Sie halten nicht viel davon, oder?«

»Gar nichts halte ich davon. Eine richtige Sucht ist das.«

Lennart wurde neugierig. »Dürfte ich mir die Sammlung mal ansehen?«

Frau Rahbek zuckte mit den Achseln. »Ich wüsste nicht, was dagegensprechen sollte. Ist ja schön, wenn sich endlich mal jemand für den alten Kram interessiert.«

Sie winkte ihn zu sich. Lennart trat durch die Tür, die aus der Garage ins Haus führte, und gelangte in einen schmalen gefliesten Gang, von dem drei Türen abgingen.

»Ist gleich hier. Inzwischen belegt das Zeug schon fast zwei komplette Zimmer!«, sagte sie, schaltete das Licht ein und ließ Lennart an sich vorbei in den Raum. Der sah sich interessiert um: Trotz allem, was Frau Rahbek über die Sammlung ihres Mannes vorausgeschickt hatte, überraschten ihn die Ausmaße. An allen vier Wänden des Zimmers standen einfache Metallregale, vollgestopft mit Modellflugzeugen, Miniaturbooten, Kampfschiffen und Panzern. An den wenigen freien Flächen hingen Poster, Wimpel und Flaggen und an einem Kleiderständer mitten im Raum mehrere Uniformen. Wenn er sich nicht täuschte, handelte es sich dabei um Kampfanzüge der Sowjetarmee.

Ein Metalltisch mit schlichtem Holzhocker stand vor dem einzigen, halbhoch angebrachten Souterrainfenster, eine einfache Bürolampe war an der Wand darüber befestigt. Die Tischplatte war vollgestapelt mit Land- und Seekarten sowie mit Büchern über die Militärgeschichten

Dänemarks, Russlands und der NATO. Obenauf lag unter einer Brille ein Band über Bornholm im Kalten Krieg.

»Manchmal habe ich das Gefühl, er lebt einzig und allein für die paar Jahre, die er beim Militär verbracht hat. In letzter Zeit kommt alles weitere, mich eingeschlossen, bei Lars an zweiter Stelle.«

Ihre Stimme war weicher geworden, und zum ersten Mal nannte sie ihren Mann beim Vornamen.

»Und wann hat das mit dem Sammeln so zugenommen?«

»Das kann ich Ihnen gar nicht sagen, es wurde einfach immer mehr. Und irgendwann saß er jede freie Minute hier im Keller. Schrecklich«, erklärte sie und schüttelte den Kopf. »Dabei habe ich das Gefühl, die anderen verherrlichen ihren Wehrdienst nicht so. Lars ist der einzige.«

»Die anderen?«

»Na ja, seine Militärkameraden. Die wollen lieber nichts von diesen Jahren wissen, scheint mir.«

»Wer sind denn diese Kameraden?«

Die Frau sah ihn überrascht an. »Ach, das wissen Sie nicht? Na, Flemming Bjerg, Mikael Hansen und Steffen Kristensen. Zumindest sind das die, die immer noch auf der Insel leben.«

Lennart riss die Augen auf. Wie hatte er nur so vernagelt sein können! Die Männer waren alle im selben Alter, und nie hatte er sie gefragt, wie sie sich kennengelernt hatten. Seine Fähigkeiten als Ermittler waren während seiner Zeit als internationaler Sesselpupser offenbar doch ganz schön eingerostet. Dabei hatte er schon am ersten Tag, ganz zu Beginn seiner Untersuchung, Militärbilder im Wohnzimmer des Opfers gesehen. Aber daraus nicht die richtigen Schlüsse gezogen. Bis jetzt.

Lennart fuhr herum. »Sie bleiben bitte hier, und wenn Ihr Mann auftaucht, rufen Sie mich sofort an, ja?«, sagte er unvermittelt, entnahm seinem Geldbeutel eine Visitenkarte und hielt sie Frau Rahbek hin. Die sah ihn entgeistert an.

»Ich muss weg. Es ist wichtig, dass Sie sich melden, wenn er auftaucht. Womöglich ist er in Gefahr.«

»Meinen Sie?«, fragte sie erschrocken.

»Möglich, wie gesagt, aber nicht sicher.«

Erst jetzt griff sie sich die Karte und nickte. »Mache ich«, sagte sie und klang auf einmal erstaunlich kleinlaut. »Wäre ja schrecklich, wenn Lars etwas …«

Lennart verabschiedete sich knapp und rannte zurück zur Eisdiele.

***

Ein kurzatmiges »Scheiße!« entfuhr Lennart, als er im Gastgarten ankam. Von Ida und Magda keine Spur. Er gönnte sich eine kurze Verschnaufpause, stützte die Hände auf den Knien ab. Nach einer Minute war er in der Lage zu sprechen. Er zog das Handy aus der Hosentasche und rief bei Magda an.

»Papa?«, hörte er da Ida hinter sich. Er drehte sich um und erblickte seine Töchter. Sie trugen pastellfarbene Shirts mit dem Logo der Eisdiele, Magda zeigte gerade einer Frau einen freien Tisch.

»Sagt mal, haben die euch schon eingestellt hier?«, fragte Lennart.

Magda lachte. »Fast. Wir haben uns von dem Geld, das du uns gegeben hast, die Shirts aus dem Merchandising-Regal gegönnt und gleich angezogen.«

»Hätte es die nicht auch zwei Nummern kleiner gegeben?«

»Das ist *oversize*, gehört so«, erklärte Ida kopfschüttelnd.

»Jedenfalls haben uns dann die Leute angesprochen, weil sie dachten, wir würden zum Personal gehören«, erklärte Magda weiter.

»Genau. So haben wir uns ein bisschen die Zeit vertrieben. Aber allmählich artet es in Arbeit aus. Was machen wir denn jetzt?«, fragte seine jüngere Tochter erwartungsvoll.

Lennart seufzte. Er fühlte sich schlecht dabei, die Mädchen zu enttäuschen, aber ihm blieb keine Wahl. Er rang sich ein Lächeln ab und sagte: »Wir fahren jetzt heim zu Opa. Dann muss ich noch mal ganz kurz weg, aber danach stehe ich voll zu eurer Verfügung.«

»Du musst schon wieder weg? Da kommen wir zum ersten Mal, und du arbeitest die ganze Zeit.« Ida war richtig sauer.

»Wie gesagt, nur noch ganz kurz, ist wirklich wichtig. Aber danach …«

»Kein Problem, Papa. Du bist und bleibst halt der Superbulle, der ständig im Einsatz ist. Aber wehe, du lässt unser Burgeressen heute Abend platzen. Dann werde ich auch sauer, verlass dich drauf«, sagte Magda und zwinkerte ihm zu. An ihre Schwester gewandt fügte sie an: »Du kennst Papa doch. Er kann nicht anders.«

Ida zog eine Schnute.

»Wir helfen Opa im Garten. Den sehen wir auch selten genug«, versuchte Magda es weiter. Der Gedanke schien Ida zu besänftigen. Sie rang sich ein gequältes Lächeln ab.

»Danke, dass ihr es versteht und mir nicht böse seid«, sagte Lennart erleichtert. Dann rief er bei Britta an, doch die war noch immer nicht erreichbar.

***

Als sie zu viert bei Lennart zu Hause ankamen, war noch keine halbe Stunde vergangen. Magda hatte Britta verständigt, die ihr Handy in irgendeinem Korb unter ihrem Stand abgelegt und dann vergessen hatte. Sie hatte alles stehen und liegen lassen und war mitgekommen.

Mit quietschenden Reifen stoppte Lennart den SLC direkt vor der Haustür. Sofort kam sein Vater aus dem Garten gelaufen, natürlich in seiner obligatorischen Arbeits-Latzhose, die er schon getragen hatte, als Lennart noch zur Schule gegangen war, und die ihn ein wenig aussehen ließ wie Peter Lustig. In der Hand hielt er einen Spaten.

»So schwungvoll, Junge? Was ist denn los?«

Lennart stellte ihm kurz seine Kollegin vor und erklärte, dass sie dringend dienstlich wegmüssten.

»Kein Problem, meine beiden Lieblingsenkelinnen wollen mir sicher nachher beim Marmeladekochen helfen. Ich habe nämlich insgesamt schon drei Kilo Brombeeren drüben an der Hecke gepflückt. Dazu die Gemüsebeete mal richtig umgegraben und die restlichen Kartoffeln geerntet. Davon habe ich dann einen Teil bei deinen Nachbarn gegen herrlich frische *Kantereller* getauscht. Wunderbare Leute, da hast du wirklich Glück. Ich habe mich prima mit ihnen unterhalten. Die Pilze habe ich in deiner Speisekammer zum Trocknen ausgelegt. Nur von den Bienen, von denen habe ich mich ferngehalten. Die Allergie, du weißt ja.«

»Natürlich, Papa. Hast du wenigstens auch mal Pause gemacht und was gegessen?«

»Keine Sorge, vom Frühstück war ja noch so viel Wurst übrig. Ich habe mir rasch ein Sandwich gemacht. Du solltest unbedingt nächstes Jahr Gürkchen einlegen, am Ende des Gartens stehen zwei Hochbeete, die wären prädestiniert für Gurken. Und was Saures macht so ein Wurstbrot noch runder.«

Lennart nickte nur angesichts des Redeschwalls seines Vaters. Anscheinend hatte der in den letzten Stunden Wörter gesammelt, die nun nach draußen mussten. Dabei hatte Lennart es wirklich eilig.

»Ich habe mir ein kleines Mittags-Bier genehmigt und mich kurz auf deine Küchenterrasse gesetzt. War aber nicht wirklich ruhig. Über die Bucht von Gudhjem drüben sind gleich mehrmals Tiefflieger gedonnert und sogar hier über deinen Garten, bis sie dann raus aufs Meer gebogen sind. Müssten dänische und italienische Maschinen gewesen sein, wenn mich nicht alles täuscht. Ist das regelmäßig so, oder findet auf der Insel gerade ein Manöver statt?«

Lennart dachte an die Jets, die er in den Sheltern am Flughafen gesehen hatte. »Könnte sein, das mit dem Manöver. Papa, Britta und ich müssen jetzt aber wirklich. Lasst es euch gutgehen, ja? Wir sehen uns später. Und ich will nicht, dass du immer nur arbeitest.«

»Na, du musst reden, du stehst ja schon wieder völlig unter Strom. Aber das wird sich wohl nie ändern.«

»Mal sehen, ob wir da nicht doch was machen können, Herr Ipsen«, gab Britta an seinen Vater gewandt grinsend zurück.

Lennart verabschiedete sich von seiner Familie, und sie stiegen ein. Nun musste der betagte Mercedes zeigen, wozu er noch in der Lage war, schließlich hatten Britta und Lennart schon zu viel Zeit vertan.

***

Das kleine Kirchlein neben dem beeindruckenden schneeweißen Leuchtturm von Dueodde wirkte ein wenig aus der Zeit gefallen. Es war ganz aus Holz gebaut, weiß getüncht und erinnerte Lennart an die Kirchen, die es in den Kleinstädten Neuenglands gab. Nur der Kiefernwald dahinter, aus dem neben dem Leuchtturm eine mächtige Düne aufragte, passte nicht ins Bild.

Lennart hatte Britta auf der Fahrt von seinem Besuch bei Lars Rahbek erzählt. Und Britta hatte ihm im Gegenzug gebeichtet, dass sie und Tao sehr wohl von der kleinen Trauerfeier wussten – nur hätten sie Lennart wegen des Familienbesuchs nicht damit behelligen wollen. Tao habe dann darauf bestanden, allein hinzugehen und sich vor Ort umzusehen, obwohl Britta angeboten habe, den Markttag dafür dranzugeben.

Er hatte sich mächtig darüber aufgeregt, schließlich hatten die Kolleginnen gegen die Verabredung verstoßen, ihn auf dem Laufenden zu halten. Und auch Taos Alleingang gefiel ihm ganz und gar nicht. Britta hatte sich wenig schuldbewusst gezeigt, und letztlich hatte er sich wieder beruhigt. Denn auch er hatte Fehler gemacht in dieser Ermittlung. Er musste erst wieder zu seiner alten Intuition, zu seiner legendären Spürnase zurückfinden, sich eingrooven auf diese Insel, die Kolleginnen und die besonderen Verhältnisse hier, um im Job wieder völlig auf der Höhe zu sein. Auch wenn er sich mit Tao und Britta bestens verstand, als Team mussten sie erst noch lernen, Hand in Hand zu arbeiten.

Und er musste mehr führen, als sich führen zu lassen. Im Abschlussbericht würden sie wohl einige Dinge ein wenig schönen müssen, um unangenehme Nachfragen von der Aufsichtsbehörde zu vermeiden. Doch das alles war im Moment nicht wichtig, jetzt zählte allein ihr weiteres Vorgehen.

Lennart stellte seinen Wagen neben dem grauen Polizeibus ab, mit dem Tao da war. Er lächelte, als er sah, dass sie sogar ordnungsgemäß einen Parkschein gekauft hatte. In solchen Dingen war sie einfach die mit Abstand Korrekteste von ihnen.

Britta und Lennart traten durch das offen stehende Holztor auf den Kirchhof, dessen Rasenfläche von einem geometrischen Netz gekiester kleiner Wege durchzogen war. Hinter dem Gotteshaus befanden sich einige Grabsteine.

Innen erklang eine Orgel oder ein Harmonium, ein paar spärliche Stimmen sangen ein Kirchenlied. Dann verstummte die Musik, und man hörte die Stimme eines Mannes.

Britta und Lennart nickten sich zu. Dann zog er die Kirchentür einen Spalt auf, bemüht darum, möglichst wenig Lärm zu verursachen. Doch ein lautes Knarzen der Angeln brachte mehrere Trauergäste dazu, sich nach ihnen umzudrehen. Kristensens Tochter saß in einer Reihe mit ihrem kleinen Sohn und der Schwester des Opfers. Er wunderte sich, dass beide ohne ihre Männer gekommen waren, erinnerte sich aber im gleichen Augenblick daran, dass zumindest Bjarne Holst ja in Kopenhagen war.

»Lass uns auf die Empore gehen«, flüsterte ihm Britta zu und zeigte auf eine offene Holztreppe rechts neben ihnen. Vorsichtig stiegen sie die ebenfalls knarzenden Stufen nach oben, während der Pfarrer ein Gebet für den Verstorbenen sprach. Auf dem kleinen Balkon standen ein paar Notenständer und gestapelte Stühle, der Organist saß, den Rücken zum Pfarrer gewandt, an seiner Klaviatur und wartete auf seinen nächsten Einsatz, wobei er in einem Rückspiegel beobachtete, was im Altarraum vor sich ging.

Lennart hob eine Hand zum Gruß, doch der Mann mit weißen Locken und markanter Hakennase schien keine Notiz von ihnen zu nehmen. Sie stellten sich an die Brüstung. Von hier oben hatten sie einen perfekten Überblick. Es handelte sich wirklich um eine Feier im kleinen Kreis. Die Bänke waren nur spärlich gefüllt. Hinter der Reihe mit Agnes Holst saßen Mikael Hansen und dessen Frau, daneben erkannte Lennart den Kopf von Lars Rahbek. Nun konnte er ein paar Plätze hinter ihnen auch Gustav Juul, Kristensens Schwager, ausmachen.

Sonst erkannte Lennart unter den vielleicht zehn oder fünfzehn weiteren Gästen niemanden – außer Tao natürlich, die ganz links hinten in einer Bank saß und die kleine Trauergemeinde unablässig mit Blicken abzuscannen schien.

»Guck mal, da ist Tao!«, flüsterte Britta und zeigte in ihre Richtung. Als hätte Tao das bemerkt, drehte sie sich um und warf ihnen einen überraschten Blick zu. Dann stand sie langsam auf und ging in Richtung Treppe. Lennart hörte ihre Schritte auf den Stufen. Sie blieb auf dem Treppenabsatz stehen und winkte ihre beiden Kollegen hektisch zu sich.

»Was soll das denn jetzt? Wieso seid ihr nicht da, wo ihr hingehört, bei der Familie, beziehungsweise auf dem Markt?«, flüsterte sie, als Britta und er sie erreicht hatten. »Traut ihr mir etwa nicht?«

»Reg dich ab«, zischte Britta.

»Hatte ich nicht angeordnet, dass ich … ach, Scheiße!«, brummte Lennart. Jetzt zählte Pragmatismus, das mit der Personalführung hatte Zeit. Die Feier näherte sich bereits ihrem Ende, er wollte endlich hören, was Tao zu berichten hatte. »Die dienstlichen Belange besprechen wir ein andermal. Irgendetwas Besonderes passiert hier, seit du da bist?«

»Passiert?«

»Hat sich jemand seltsam verhalten, gab es Auseinandersetzungen unter den Gästen?«

Tao überlegte. »Eben vor der Kirche wirkte Lars Rahbek furchtbar nervös, hat sich Mikael Hansen beiseitegenommen und wild gestikulierend auf ihn eingeredet.«

»Okay, die beiden werde ich mir gleich mal schnappen, wenn das hier aus ist.«

»Dann hat mich gewundert, dass Kristensens Ex-Frau vom Festland aufgetaucht ist.«

»Echt?«, entfuhr es Britta und Lennart zeitgleich und ein bisschen zu laut. Für einen Moment unterbrach der Pfarrer seinen Redefluss.

»Ja. Die Dunkelhaarige mit dem weinroten Kostüm. Sie war ihrer Tochter und ihrem Enkelkind gegenüber ziemlich kühl und zurückhaltend. Länger geredet hat sie eigentlich nur mit Pernille Juul. Ach ja, und deren Mann hat sich lautstark geweigert, sich in die erste Reihe zu setzen, mit dem Argument, dass Kristensen zu seiner Trauerfeier wohl gar nicht erst gekommen wäre.«

»Wie die Kindergartenkinder!«, flüsterte Britta kopfschüttelnd.

Tao nickte. »Ein heftiger Streit, über den Tod hinaus.«

»Okay, Britta, kannst du vielleicht mit Kristensens Ex reden, nach der Messe?«

Britta nickte.

»Gut, danke. Tao, wir gehen schon mal raus, dann kann ich dir erzählen, was ich heute beim Busfahrer Neues in Erfahrung gebracht habe.«

Tao reckte den Daumen nach oben, und zusammen stiegen sie die Treppe hinab.

***

Es dauerte keine zehn Minuten, dann war die kleine Trauerfeier für Steffen Kristensen vorüber. Als die ersten Besucher das Kirchlein verließen, brachte sich Lennart in Position, um Rahbek und Hansen abzufangen. Tao bat er, sich die Namen und Telefonnummern aller weiteren Besucher der Feier zu notieren. Vielleicht würden sie die später ja noch mal brauchen.

»Meine Herren, kann ich erfahren, warum Sie mich angelogen haben?«, fragte Lennart, als er die beiden Freunde zur Seite genommen hatte. Rahbek und Hansen sahen ihn mit großen Augen an.

»Belogen? Inwiefern haben wir denn …«, setzte Rahbek an, doch Lennart ließ ihn nicht ausreden.

»Ich bitte Sie! Von Ihrem erfundenen Neffen mal abgesehen: Sie haben mir beide verschwiegen, dass Sie zusammen mit Kristensen in derselben Einheit beim Militär waren.«

»Aber danach haben Sie uns ja gar nicht gefragt.«

Lennart ärgerte sich. In erster Linie über sich selbst, musste er seinem Gegenüber doch recht geben. »Drehen Sie mir bitte nicht das Wort im Mund um, Herr Hansen. Erzählen Sie mir lieber endlich von Ihrem gemeinsamen Dienst.«

»Das war Mitte der Achtzigerjahre. Wir vier, also Steffen, Lars, Flemming und ich haben uns dort kennengelernt. Wir hatten unseren Grundwehrdienst verlängert.«

»Und das war Ihnen nicht einmal eine Erwähnung wert?«

Die beiden Männer zuckten die Achseln.

»Gab es denn noch weitere Männer in Ihrem Freundeskreis?«

Die beiden warfen sich einen Blick zu, den Lennart nicht zu deuten vermochte.

»Also ... wir waren eigentlich immer dieselbe Gruppe, oder?«, sagte Rahbek, und Hansen nickte.

»Bei welcher Einheit waren Sie überhaupt?«

»Marine. Wir waren auf einem Schnellboot in Küstennähe eingesetzt.«

»Als Berufssoldaten?«

»Wie gesagt, wir hatten alle den Wehrdienst verlängert, waren also etwas mehr als einfache Rekruten. Aber wir haben uns nur für einige Monate verpflichtet.«

»Sie waren hier auf Bornholm stationiert?«

»Alle in derselben Kaserne. Und sind schließlich alle hier hängen geblieben.«

»Also stammen Sie ursprünglich gar nicht aus Bornholm?«

»Nur Lars nicht. Steffen, Flemming und ich allerdings schon. Apropos, wie geht es Flemming überhaupt?«, wollte Mikael Hansen wissen.

»Darüber kann ich Ihnen nichts sagen«, erklärte Lennart knapp. Er stellte hier die Fragen. »Wie haben Sie Ihren Dienst damals empfunden? Hat er Ihnen Spaß gemacht?«

Die beiden Männer schienen nachzudenken.

Rahbek war der Erste, der zu reden begann. »Das war schon was, auf dem kräftigen Boot, damals, im Sommer 86. Einer der wärmsten seit Jahrzehnten. Manchmal kamen wir uns fast vor wie irgendwo im Süden. Und wir hatten noch keine Familien oder Ehefrauen, haben oft nach dem Dienst gefeiert bis in die Puppen. In dem Jahr kam *Top Gun* heraus. Der Film. Im Nachhinein denke ich mir manchmal: Das war auch unser Lebensgefühl, irgendwie. Nur eben auf dem Meer statt in der Luft.«

»Na, jetzt übertreib mal nicht, Lars. Wir waren unterm Strich nur dänische Rekruten und keine US-Elitesoldaten«, schaltete sich da Mikael Hansen ein.

»Moment«, beharrte Rahbek. »Man hat uns schon gezielt ausgewählt, weil wir nicht nur fit waren, sondern uns in der Grundausbildung besser angestellt haben als alle anderen.«

»Also doch eine Art Elitetruppe?«

»Leistungsgruppe, das vielleicht. Man hat nicht jeden dafür genommen. Und wir waren die Einzigen, die hier auf Bornholm stationiert waren. Aber im Rest von Dänemark gab es ja viele wie uns.«

»Was genau war Ihr Auftrag?«

Wieder war es Rahbek, der antwortete. »Die Sicherung des Küstenraums. Wir mussten überwachen, dass niemand unbefugt in dänisches Hoheitsgebiet und damit in NATO-Territorium eindrang. Manchmal haben wir Fischtrawler aufgebracht und zurückgeschickt, polnische oder russische Schiffe gewarnt, dass sie sich NATO-Gebiet nähern und sie aufgefordert, ihren Kurs zu ändern. Die Zwölf-Meilen-Linie hier vor der Küste ist EU-Außengrenze – damals war das streng genommen ja noch die EG. Wir hatten also unter Befehl der Luftstreitkräfte den küstennahen Luftraum vom Boot aus zu überwachen …«

»Und bei eventuellen Problemen Meldung zu machen«, ergänzte Mikael Hansen. »Ein interessanter Dienst, aber so aufregend das in der Theorie auch klingt – die meiste Zeit haben wir Möwen oder badende Schönheiten durchs Fernglas beobachtet.«

»Waren Sie bewaffnet?«

Lars Rahbeks Augen bekamen einen seltsamen Glanz. »Natürlich. Wir hatten Sturmgewehre, und auch das Boot war richtig gut ausgerüstet. Unter anderem mit …«

»Solche Details interessieren den Herrn Kommissar sicher nicht. Und alles, was wir in der Regel mit den Waffen gemacht haben, war sie zu reinigen oder in die Luft zu feuern, damit sie vom Seewasser nicht einrosteten.«

Lennart nickte nachdenklich. Das alles hörte sich weniger spektakulär an, als er gedacht hatte. Oder mauerten die beiden nur? Und das Ganze hatte doch etwas mit Kristensens Tod zu tun? Alibis hatten sie sich letztlich nur gegenseitig zu geben, abgesehen von ihren Ehefrauen. Vielleicht würde ihm Flemming Bjerg mehr erzählen können?

Er ließ die Männer ohne weiteren Kommentar stehen und ging zu Britta, die sich mit Kristensens Ex-Frau unterhielt. Die hatte eine Sonnenbrille mit großen Gläsern auf und ein Seidentuch um den Hals geschlungen. Ihrem Outfit sah man an, dass es nicht von sonderlich guter Qualität war. Das Kostüm hatte einen billigen Polyesterglanz, die

Sonnenbrille sah nach minderwertigem Plastik aus, und bei dem Schal handelte es sich ganz offensichtlich um die Fälschung einer großen Marke. Das Parfüm, das ihm in die Nase stieg, war zu verschwenderisch aufgetragen. Vor ihm stand eine Frau, die nach Jahren mit dem Vorsatz in ihre Heimat auf dem Land zurückkehrte, ihren zu Hause gebliebenen Bekannten und Verwandten zu zeigen, welch beneidenswertes, schickes Jet-Set-Leben sie nun in der Großstadt führte.

Er grüßte knapp, und Britta stellte ihn vor. Als Astrid Kristensen ihn daraufhin schief anlächelte, sah man, dass der grelle Lippenstift hässliche Spuren auf ihren Zähnen hinterlassen hatte. Lennart drückte ihr kurz sein Beileid aus, was sie mit einem Nicken zur Kenntnis nahm. Sie habe nicht mehr viel Zeit, ihr Flieger zurück gehe bereits in zwei Stunden, sagte sie. Er verkniff sich die Frage, ob sie es nicht für nötig halte, sich noch ein wenig mit ihrer Tochter und ihrem Enkelkind abzugeben. Das ging ihn nichts an. Stattdessen fragte er sie nach der Beziehung zu ihrem geschiedenen Mann, den Gründen für ihre Trennung, den letzten Kontakt, den sie gehabt hatten. Was er zur Antwort bekam, war die eher wortkarge Schilderung einer gescheiterten Ehe, der von Anfang an Empathie, Kompromissbereitschaft und Emotionen gefehlt hatten.

»Als Sie Ihren Mann kennenlernten, war er da noch beim Militär?«

»Nein, er hatte eben den Dienst quittiert und beschlossen, den Hof zu übernehmen.«

»Hat er viel erzählt von dieser Zeit?«

Die Frau sah ihn überrascht an. »Wie kommen Sie denn darauf?«

»Na ja, seine ehemaligen Kameraden scheinen nur gute Erinnerungen an ihren Dienst zu haben. Hat er den auch so glorifiziert?«

Sie schüttelte den Kopf. »Da war Steffen ganz anders. Er wollte zwar, dass das Bild von ihm und den anderen im Wohnzimmer stehen bleibt, aber wenn ich was darüber wissen wollte, hat er immer nur abgewinkt und gesagt, er wäre froh, dass das alles hinter ihm liegt.«

»Hat er von irgendeinem unangenehmen Erlebnis berichtet?«

»Steffen war kein Mann vieler Worte. Schon am Anfang nicht, und mit der Zeit ist das eher immer noch schlimmer geworden. Einer seiner damaligen Kameraden ist schon früh gestorben, wir waren auf der Trauerfeier. Da wollte ich, dass er mal ein bisschen mehr erzählt. Aber vergeblich. Mich hat's manchmal gewundert. Gehörte doch zu seinem Leben. Und Steffen hat schließlich nur seinen Wehrdienst abgeleistet, er war ja nicht im Krieg.«

Versonnen horchte Lennart diesen Worten nach. Interessant. Er sah, dass Lars Rahbek und Mikael Hansen noch immer abseits standen und sich anschwiegen. Lennart verabschiedete sich von seiner Gesprächspartnerin und ging zu Tao, die nach wie vor dabei war, die Namen der Besucherinnen und Besucher in ihr Tablet einzugeben.

»Tao, gibt es was Neues von Bjerg?«

Sie schüttelte den Kopf. »Aber ich ruf als Nächstes gleich mal im Krankenhaus an, wenn du willst.«

Lennart nickte abwesend. *Steffen hat schließlich nur seinen Wehrdienst geleistet, er war ja nicht im Krieg.* Was Kristensens Witwe gesagt hatte, stimmte einerseits. Andererseits auch nicht, denn der Kalte Krieg, der 1986 noch in vollem Gange gewesen war, hatte auch Opfer gefordert, hatte Menschen verängstigt und traumatisiert.

Es war an der Zeit, sich damit näher auseinanderzusetzen. »Ich bin gleich wieder da«, sagte er vage in Taos Richtung, ging zu seinem Wagen und fuhr die paar Hundert Meter durch den Nadelwald bis zum Bornholmerturm. Er stellte das Auto auf dem fast leeren Parkplatz des *Cold War Museum* ab und stieg aus.

***

Das langgestreckte einstöckige Gebäude, aus dem der weiße Betonturm wie ein mahnender Zeigefinger aufragte, war ein schmuckloser Bau. Schnellen Schrittes ging Lennart auf den Eingang zu, vorbei an der verglasten Halle, in der die alte silberne MiG mit der riesigen roten Nummer 346 ausgestellt war. Die junge Frau hinter dem Tresen sah ihn freudig an. Womöglich hatte sie an diesem Tag noch nicht allzu viele Kunden gehabt.

»Willkommen! Möchten Sie nur ins Museum, oder würden Sie sich auch gern vom Turm abseilen? Wir hätten heute Nachmittag eine Gruppe, und es wäre noch ein Platz frei.«

Lennart winkte ab. Während er sein Portemonnaie aus der Hosentasche zog, überlegte er, ob er seinen Ausweis zücken sollte, holte aber nur seine Kreditkarte heraus.

»Heute Abend steigt unser Live-Event *Spy-Hunt*. Mit Laserwaffen und einer echten Agentensuche im Turm«, empfahl die Angestellte.

»Nur das Museum, bitte«, sagte er knapp.

»Okay, möchten Sie dann wenigstens unser *Spy-Hunt-Quiz* mitmachen?«, fragte die Frau und hielt ihm eine Broschüre und einen Bleistift hin. »Kostet nix extra, und wir verlosen jeden Monat eine originale Sowjet-Uniformmütze unter denen, die alle Fragen richtig haben.«

Lennart wollte der Frau nicht noch eine weitere Abfuhr erteilen und willigte ein.

»Schön«, strahlte die Blondine hinter dem Tresen. »Sie müssen Ihren Namen eintragen und Ihren Antwortbogen, den Sie hinten im Booklet finden, dann in unseren Marschflugkörper einwerfen.« Lächelnd zeigte sie auf eine Art Torpedo, ein silbernes Gebilde auf einem Holzgestell, in das oben ein Schlitz und unten eine Klappe eingebaut waren.

Lennart zahlte sein Ticket und betrat das kleine Museum. Es roch ein wenig muffig im engen Korridor. Der Boden war mit grauem Linoleum belegt, die Decke mit schlichtem Holz vertäfelt – die Atmosphäre eines zweckmäßigen Amtsgebäudes aus den frühen Siebzigerjahren. An den Wänden links hingen Schwarz-Weiß-Fotografien vom Bau des Turms und einige Plakate, die die Nutzung des Gebäudes erläuterten.

Er überflog sie und erfuhr, dass das Verwaltungsgebäude des Horchpostens 1972 errichtet worden war, er hatte mit seiner Schätzung also ganz gut gelegen. Dass der große Turm 1986 gebaut worden war, wusste er bereits aus seinem Gespräch mit Britta. Auf der rechten Seite des Korridors waren Abbildungen diverser Typen von Kampf- und Aufklärungsflugzeugen sowie von einigen Militärschiffen und -booten aufgehängt, teilweise in Formation aus der Luft fotografiert, offenbar während eines riesigen Manövers. Lennart las eine Schautafel, die mittels einer Landkarte die besondere Lage Bornholms direkt zwischen den Kontrahenten des Kalten Krieges verdeutlichte.

All dies war interessant, doch Lennarts Aufmerksamkeit wurde, seit er eingetreten war, von etwas anderem magisch angezogen: einer massiven Metalltür am Ende des Ganges, die offen stand. Sie sah aus wie der Eingang zu einem bestens gesicherten Tresorraum. Der Lichtschein greller Neonröhren fiel auf den ausgetretenen Boden davor. Als er näher trat, drangen von drinnen die Geräusche eines Funkgeräts an sein Ohr.

Neugierig trat er ein. Zur äußeren Sicherheitstür kam eine zweite, die sogar noch mal um einiges massiver war. Das alles hier sah nach höchster Geheimhaltung aus. In dem niedrigen Raum standen riesige metallene Schaltschränke, dem Eingang gegenüber lag so etwas wie eine Schaltzentrale. Ein halbes Dutzend in die Jahre gekommene Röhrenmonitore, graue Wählscheibentelefone, eine Art Mischpult, Tonbandgeräte, Mikrofone, Oszillographen und Radarschirme waren auf einem langen Resopaltisch montiert. Aus einem kleinen Lautsprecher darauf schepperten militärische Funksprüche.

Da niemand außer ihm da war, ließ sich Lennart auf einen der zerschlissenen Bürostühle sinken, um den Sprüchen für eine Weile zu lauschen und die besondere, durchaus spannende, aber auch etwas beklemmende Atmosphäre in sich aufzunehmen. Bei den Gesprächsschnipseln drehte es sich um Meldungen illegaler Überflüge, Luftraumverletzungen, um Sichtungen gegnerischer Kampfjets oder U-Boote auf dem Radar und um das unangemeldete Eindringen von sowjetischen Schiffen in die Hoheitsgewässer Dänemarks.

Danach folgte eine Audiodatei über den Kalten Krieg in den Achtzigerjahren, die über Manöver des Ostblocks in der Ostsee informierte, über die geheime Entwicklung von

Tarnkappenjets oder neuen U-Boot-Beschichtungen, die für das herkömmliche Radar unsichtbar waren.

Immer wieder hatte Lennart schon in seiner Kindheit vom sprichwörtlichen Säbelrasseln der beiden Blöcke gehört, der Angst vor dem Zusammenbrechen des fragilen Gleichgewichts der Kräfte, vor einem erneuten Aufflackern des Krieges, vor Angriffen oder diplomatischen Fehltritten und Provokationen, die jederzeit einen ernsthaften Konflikt hätten heraufbeschwören können. Und vom schlimmsten aller Schreckensszenarien, dem atomaren Erstschlag. Erzählungen aus einer fernen Zeit, die wirkten wie verblichene Fotos aus einem Geschichtsbuch. Hier, in diesem Raum, wurden sie greifbar und lebendig. Er begann zu verstehen.

Er stand auf und setzte wie ferngesteuert seinen Weg durch das Museum fort, sah sich gigantische Kabelinstallationen an, Rechnerschränke, die ganze Räume füllten, die eigens installierte Kühlanlage für die riesigen Hochleistungscomputer. Bislang war ihm noch keine Menschenseele begegnet. Schließlich führte ihn der Rundgang in die Halle mit der polnischen MiG 15, die in den Fünfzigerjahren auf Bornholm gelandet war. Der gigantische Lufteinlass am Bug wirkte beängstigend wie das Maul eines gefräßigen Raubtiers. Die beiden Maschinengewehrauslässe darunter sahen nicht minder martialisch aus. Dabei war das Flugzeug an sich erstaunlich klein, letztlich eine Rakete mit Pilotenkabine, Tragflächen und Leitwerk.

Er las über die Geschichte einer waghalsigen Flucht in den Westen, die Angst, als das Flugzeug auf der damals noch kleinen Piste in Rønne gelandet war, die Maschine, die lange Zeit in einem vergessenen Hangar am Rand des

Rollfelds gestanden hatte, nie zurückgegeben an den polnischen Staat. Und von ein paar Enthusiasten, darunter Gustav Juul, die sie restaurierten und schließlich ins Museum brachten. Wenn das Ding auch längst nicht mehr flugtauglich war, war der Jet doch ein interessanter Zeitzeuge, fand Lennart. Genau wie die Fahrzeuge, von denen Kristensens Schwager gesprochen hatte und die ebenfalls in der etwas improvisiert wirkenden Halle des Museums Platz gefunden hatten: der olivgrüne, in allen Details original wirkende Willys Jeep, eine Ikone der US-Armee, und der schwarze GAZ Wolga, eine kantige, unförmige Limousine, die in Russland von 1970 bis in die Neunzigerjahre gebaut wurde, wie eine Informationstafel verriet.

Lennart gab einem Impuls nach, öffnete die Tür des Wagens und ließ sich auf den Fahrersitz sinken. Im Inneren roch es nach Kunstleder und dem Gammel feucht gewordener Teppiche, eine Mischung, die ihm vom SLC bestens bekannt war. Er berührte das dünne, riesige Lenkrad. Dieses Auto war in einer Extraversion auch für den KGB gefertigt worden und war Lennart aus unzähligen Agentenfilmen der Achtziger, für die er stets ein Faible gehabt hatte, bestens bekannt.

Weil er Stimmen hörte, die sich näherten, stieg er aus und schloss die schwere, gepanzerte Tür. Dieses Museum, so einfach und schlicht es im Grunde auch ausgestattet war, vermochte wie nur wenige bisher, den Geist einer vergangenen Zeit in ihm heraufzubeschwören.

Ein älteres Ehepaar betrat den Raum. Während der Mann gleich begeistert den alten Kampfjet in Augenschein nahm, wirkte die Frau desinteressiert. Lennart setzte seinen Rundgang fort, und nachdem er weitere Konferenzräume, Schaltzentralen und Büros, vollgestopft mit Technik aus mehreren Jahrzehnten, schnellen Schrittes hinter sich gelassen hatte, stand ihm nun das bevor, was ihm die Dame an der Kasse als absolutes Highlight seines Besuchs ans Herz gelegt hatte: die Besichtigung des Turms.

Zögerlich betrat Lennart den Vorraum, der zum grau gestrichenen Lastenaufzug führte. Er war kein besonderer Held, wenn es um Fahrstühle ging, verspürte er in ihnen doch immer eine gewisse Beklommenheit. Bei diesem Lift handelte es sich weder um das neueste Modell, noch konnte er sich vorstellen, dass er allzu oft gewartet wurde. Immerhin hatte er gehört, dass aufgrund etlicher Notbremseinrichtungen ein Totalabsturz in einem Aufzugschacht fast unmöglich war, egal, wie alt so ein Ding war. Mit gemischten Gefühlen drückte er den Knopf, woraufhin sich die Kabine rumpelnd in Bewegung setzte. Erfreut stellte er fest, dass sich auch das Ehepaar aus dem Flugzeughangar vor dem Lift einfand. Zusammen ließ es sich vielleicht besser in einer verklemmten oder sonst irgendwie havarierten Fahrstuhlkabine aushalten. Lennart nickte ihnen freundlich zu, und dann meldete ein metallisches Klingeln auch bereits die Ankunft des Lifts.

Die Kabine war riesig, von oben bis unten mit grauem Blech ausgekleidet und wirkte noch ramponierter als befürchtet. Doch um auszusteigen, war es zu spät, der Mitfahrer hatte bereits gedrückt. Er wirkte völlig sorglos, während der Gesichtsausdruck seiner Frau eher dem entsprach, was Lennart empfand.

Mit geschlossenen Augen absolvierte er die Fahrt bis in den zwölften Stock. Öfter ertönte ein schrilles Pfeifen, womöglich vom rostigen Tragseil. Immer wenn der Lift eines der Geschosse passierte, klackte es metallisch, und die gesamte Kabine vibrierte unter einem heftigen Schlag. Im Leben würde er mit diesem Ding nicht mehr nach unten fahren; hoffentlich gab es eine Treppe. Und wenn nicht, würde er die Feuerleiter diesem Seelenverkäufer von Lift immer noch vorziehen.

Nach einer gefühlten Ewigkeit kam das Ding zum Stehen. Lennart öffnete die Augen erst, als seine Begleiter bereits die Tür aufgemacht hatten. Er wischte sich ein paar Schweißtröpfchen von der Stirn und trat nach draußen.

Das Plakat am Parkplatz, das die »beste Aussicht in ganz Bornholm« versprach, hatte kein bisschen übertrieben. Von hier oben wirkte selbst der mächtige Leuchtturm in den Dünen von Dueodde wie ein mickriger Zahnstocher, das weiße Kirchlein, in dem die Trauerfeier stattgefunden hatte, sah aus, als gehöre es zur Dekoration einer Modelleisenbahn. Er folgte mit den Augen der Küstenlinie nach Norden, bis sie sich im Dunst des Nachmittags verlor. Sogar das *Argousier* glaubte er in einiger Entfernung als kleinen Punkt auszumachen. Dann wechselte er die Seite hin zum Inneren der Insel, blickte auf das Ferienhaus der Winklers und das angrenzende Gehöft von Kristensen. Es lag direkt unterhalb des Turms, so nah, dass selbst von hier oben aus noch Details zu erkennen waren. Kein Wunder, dass es dem Bauern lieber gewesen wäre, man hätte den Turm nach seiner militärischen Nutzung gesprengt, schließlich konnte man ihm von hier oben aus seit 1986 direkt ins Wohnzimmer schauen.

Lennart schloss die Augen. 1986. Diese Jahreszahl war ihm in den letzten Tagen immer wieder untergekommen. Er zückte sein Handy und hoffte inständig, hier oben Empfang zu haben. Beruhigt erkannte er zwei Striche in der rechten oberen Ecke des Displays. Beim zweiten Klingeln nahm Tao den Anruf an.

»Lennart, wir suchen dich schon, wo bist du denn?«

»Ich bin … ganz weit oben, aber das erkläre ich euch später.«

»Ganz oben? Bist du high, oder …«

»Unsinn. Mein Verstand ist so klar wie lange nicht. Hör mal, kannst du dich erinnern, mit welcher Nummer du Kristensens Handy entsperren konntest?«

»Klar. 20–07–86«, kam es wie aus der Pistole geschossen. Noch bevor sie nachfragen konnte, warum er das wissen wollte, legte er auf, zog die Tür zum Not-Treppenhaus auf und machte sich hastig auf den Weg nach unten.

***

Er fuhr so schwungvoll vom Parkplatz, dass der Mercedes tiefe Spuren in der gekiesten Fläche hinterließ. Die Frau an der Kasse hatte Lennart noch an das Gewinnspiel erinnern wollen, doch er hatte sie ignoriert. Er hatte es eilig, musste zum Hof von Steffen Kristensen. Sofort.

Dort angekommen durchquerte er den Flur und begab sich direkt ins Wohnzimmer. Heute roch es noch muffiger, war die Luft noch abgestandener als beim ersten Mal, als er hier war. Er öffnete ein Fenster, dann entnahm er der dunklen Schrankwand eines der Fotos: jenes, das Kristensen auf dem Schnellboot der dänischen Armee zeigte. Jetzt, da er wusste, wie wenig der von seinem Militärdienst gesprochen hatte, wie sehr er diese Zeit anscheinend verdrängt hatte, wunderte auch ihn, dass der Landwirt das Bild überhaupt zu seinen Erinnerungsfotos gestellt hatte.

Lennart wischte den Staub von der Glasscheibe und blickte auf die jungen uniformierten Männer an Bord des Bootes. Sie alle blickten unbeschwert und fröhlich in die Kamera. Neben Steffen Kristensen – weitaus jünger, aber unverkennbar – erkannte er Flemming Bjerg, Lars Rahbek und Mikael Hansen. Den jungen Soldaten neben Hansen jedoch konnte er nicht identifizieren. Wer war das? War er schlicht nicht mehr auf der Insel oder nur nicht Teil der Freundesgruppe?

Er brauchte mehr Informationen, und vielleicht fanden sich die ja in der Schrankwand. Also wühlte er sich durch diverse Unterlagen, Arztrechnungen, Versicherungspolicen, Steuerbescheide und die notariellen Urkunden zur Überschreibung des Hofes. Nichts davon brachte ihn in Bezug auf Kristensens Zeit bei der Marine weiter.

Er drehte sich um und überlegte. Wenn der Mann ein solches Geheimnis um das alles gemacht hatte, hätte er Unterlagen darüber wirklich in der Schrankwand aufbewahrt? Nicht sonderlich wahrscheinlich. Aber wo dann? Vielleicht im kleinen Arbeitszimmer, irgendwo zwischen den unzähligen Geschäftsunterlagen der letzten Jahrzehnte?

Lennart verließ das Wohnzimmer und betrat kurz darauf die winzige Kammer. Hier hatte auch Kristensens Laptop gestanden. Wahrscheinlich hatte er also auch hier drin an »Sonne über Gudhjem« geschrieben, seinen unvollendeten Memoiren. Und waren nicht die Jahre des Wehrdiensts wichtiger Teil der Lebenserinnerungen? Lennart überflog die Rückenschilder der Ordner. Doch nichts davon ließ seine Augen innehalten. Er wollte eben hinausgehen, um im Schlafzimmer weiterzusuchen, da fiel sein Blick auf einen olivgrünen Kasten ganz unten im Regal, halb verborgen von den Ausdrucken verschiedener Steuertabellen. Lennart bückte sich und zog ihn heraus. Er lächelte: Es handelte sich um einen ausgemusterten alten Armeeverbandskasten, hergestellt aus schwerem Metall, beschriftet mit allerlei weißen Ziffern und einem roten Kreuz in einem weißen Kreis. Lennart besaß denselben, obwohl er nie bei der Armee gedient hatte – er war wegen einer Nahrungsmittelallergie von vornherein ausgemustert worden und hatte das am Abend nach seiner Musterung mit dem ersten Vollrausch seines Lebens gefeiert. Doch ein Schulfreund, der eingezogen worden war, hatte den ganzen Bekanntenkreis mit Dingen versorgt, die er abends – quasi als persönliche Art der Wehrkraftzersetzung – aus der Kaserne schmuggelte. Seitdem hob Lennart in eben diesem Verbandskasten alle relevanten Belege und Rechnungen auf, die er einmal im Jahr gesammelt in ein Kuvert steckte und seiner Steuerberaterin schickte. Er stellte Kristensens Kasten auf den Schreibtisch, zog sich den Drehstuhl heran, setzte sich und öffnete die beiden Metallverschlüsse.

Was er sah, entlockte ihm ein lautes »Bingo!«. In dieser kleinen Kiste lag genau das, wonach er suchte: ein alter, ungültig gestempelter Wehrpass, eine metallene Reservistennummer und ein paar olivfarbene Stoffaufnäher, auf die in schwarzen Lettern der Name Kristensen gestickt war. Sogar seinen Einberufungsbescheid hatte Steffen Kristensen aufgehoben. Ein paar vergilbte Zeitungsartikel zu Luftraumverletzungen, eine Reportage über die dänische Kriegsmarine aus einem Nachrichtenmagazin. Dazu ein gutes Dutzend vergilbte Fotos aus den Achtzigern.

Lennart legte sie vor sich aus. Wieder Bilder desselben Bootes, auf dem immer wieder dieselben Soldaten zu sehen waren. Eines davon ließ Lennart erschaudern. In weißen Buchstaben prangte am Heck ein Name: »*Gudhjem*«. Hatte die SMS von Kristensen also mit ihrer gemeinsamen Zeit bei der Marine zu tun?

Er studierte die anderen Fotos: Immer dieselben fünf jungen Männer, mal in Zivil, mal in Uniform, mit schusssicheren Westen, einmal mit Maschinengewehren, die sie über den Köpfen hielten. Immer lachend, bester Laune, junge Männer voller Kraft, Lebenslust und Ausgelassenheit. Wer aber war der fünfte Mann? Warum hatte ihn keiner der anderen je erwähnt? Lennart drehte die Bilder um, doch so ordentlich, dass er seine Fotos beschriftet hätte, war Kristensen allem Anschein nach doch nicht.

Lennart musste unbedingt mit den verbliebenen Kameraden sprechen.

***

Als er den Hof verließ und wieder auf die Straße einbog, lag der Verbandskasten auf dem Beifahrersitz. Auch Britta und Tao sollten sich den Inhalt ansehen. Er griff nach dem Handy. Ida hatte ihm dreimal geschrieben, wo er denn bleibe. Von Mal zu Mal ungeduldiger. Er würde sie noch eine Weile vertrösten müssen. Aber erst, nachdem er Britta Bescheid gegeben hatte. Die wollte er beim Gespräch mit Rahbek und Hansen dabeihaben.

Er rief sie an und erfuhr, dass die beiden Männer bereits nach Hause gefahren waren. Britta und Tao hingegen warteten nach wie vor an der kleinen Kirche in Dueodde, wo die Trauerfeier stattgefunden hatte. Er fuhr die paar Hundert Meter zurück zum Parkplatz vor der Kapelle, brachte die beiden Kolleginnen auf den neuesten Stand, bat Britta, mit ihm zu Mikael Hansen zu kommen, und wies Tao an, mit dem Dienstwagen zum Haus von Lars Rahbek nach Svaneke zu fahren. Sie sollte sich dort zur Verfügung halten und den Busfahrer gegebenenfalls befragen, wenn sie bei Hansen nicht weiterkämen.

»Zwei-null-null-sieben-acht-sechs, richtig?«, rief er ihr hinterher. Sie reckte den Daumen nach oben.

***

Nach einer knappen halben Stunde bogen sie auf den Parkplatz an der Mühle ein.

»*Krølle-Bølle* ist heute ganz schön schnell unterwegs«, sagte Britta, als sie unter den Flügeln durchgingen – Lennart mit dem Verbandskasten unter dem Arm –, und zeigte auf den Holzflügel mit dem angeschraubten Plastiktroll am Rand. Der Wind hatte aufgefrischt, und ein paar Wolken waren aufgezogen, auch wenn die Sonne über Gudhjem noch aus heiterem Himmel schien.

Das Café hatte noch geschlossen, wahrscheinlich wegen der Trauerfeier. An der Tür des Wohnhauses betätigte er den schweren Türklopfer, kurz darauf öffnete ihnen Esther Hansen, noch im selben schwarzen Outfit wie in der Kirche.

»Sie schon wieder?«

»Wir wollen zu …«

»Zu meinem Mann. Schon klar.«

»Bitte holen Sie ihn, wir müssen ihn vernehmen.«

Sie wirkte zum ersten Mal verärgert. »Er ist ohnehin schon total durch den Wind. Der wird mir noch verrückt, wenn ihr so weitermacht!«

Da sie nicht auf ihre Bemerkung eingingen, gab Esther Hansen schließlich nach und rief: »Mikael, komm runter, die Polizei!«

Hansen wirkte ein bisschen fahrig, als er die Treppe herunterstieg und wenig später mit ihnen im Wohnzimmer des Ehepaars Platz nahm. Vor allem der olivfarbene Kasten, den Lennart dabeihatte, schien ihn zu irritieren. Sie saßen um einen Esstisch mit vier Stühlen, die Stube war wegen der kleinen Fenster und der niedrigen Decken dunkel und wirkte beklemmend. Unaufgefordert hatte sich auch Frau Hansen zu ihnen gesetzt.

Lennart stellte die Verbandskiste auf den Tisch, öffnete sie, holte die Fotos heraus und legte sie feinsäuberlich vor Hansen aus. »Sie dienten zu fünft als Besatzung an Bord des Militärschnellbootes *Gudhjem*. Sie, Bjerg und Rahbek haben diesen Namen nie erwähnt, obwohl wir Sie wieder und wieder nach dieser verdammten SMS gefragt haben. Warum?« Lennart spürte, wie Adrenalin seinen Körper flutete. Am liebsten hätte er den Mann gepackt und ein paar Infos aus ihm herausgeschüttelt.

»Ich dachte nicht …«

»Erzählen Sie uns nicht, dass Sie das für irrelevant hielten, das nimmt Ihnen niemand ab«, blaffte Lennart.

»Sie behandeln meinen Mann, als sei er der Hauptverdächtige«, protestierte Esther Hansen.

»Könnte durchaus hinkommen«, gab Britta zurück. »Zumindest einer von ihnen.«

»Also, wer ist der fünfte Mann?«, wiederholte Lennart. Als er keine Antwort erhielt, entschied er sich für einen anderen Ansatz. Er holte tief Luft und fragte: »Was geschah am 20. Juli 1986?«

Mikael Hansen schloss die Augen und atmete schwer. Den Kopf gesenkt saß er da, und Lennart glaubte zu erkennen, dass er mit sich rang. Aus seiner langjährigen Erfahrung wusste er, dass er den Mann jetzt nicht drängen durfte. Wenn Hansen sich entscheiden würde zu reden, dann nur aus eigenem Antrieb. Ein Seitenblick zu Britta sagte ihm, dass sie das ähnlich einschätzte.

Nach einer Weile sah Hansen müde auf, blickte seufzend seine Frau an, nahm ihre Hand und drückte sie. »Es ist Zeit, Esther. Ich muss jetzt reden.«

Lennart vermied den direkten Blickkontakt mit Hansen. Er wollte ihm das Gefühl geben, als sei er mit seiner Esther für einen kurzen, intimen Moment allein. Auch sie schloss die Augen und nickte.

»Schon der neunzehnte Juli war ein strahlender Sommertag«, begann Hansen schließlich. »Die Sonne brannte den ganzen Tag aus dem blauen Himmel. Sonne pur über der *Gudhjem*. Wir waren zum Dienst eingeteilt, sollten gegen vier Uhr nachmittags zu einer Patrouille in den dänischen Gewässern vor der Ostküste der Insel aufbrechen. Wir hatten uns schon vorher getroffen, am Hafen ein paar Bier getrunken, aber nicht so viel, dass man uns etwas angemerkt hätte. Natürlich war das gegen die Regeln, an Bord aller Marineschiffe herrscht striktes Alkoholverbot. Der fünfte Mann, Torben Meyer, hatte das Kommando an diesem Tag, obwohl er nur einen Dienstgrad über uns stand. Aber wir alle wussten, wie man navigiert, funkt, das Boot fährt und notfalls kleine Reparaturen am Motor macht. Letztlich waren wir alle gleich. Die Stimmung war bestens an diesem Tag, zur Ausfahrt hörten wir auf Rahbeks Ghettoblaster *We are the Champions* und *Eye of the tiger*. Jeder von uns fühlte sich wie Rocky. Und Lars hatte recht: Dieser neue Film aus Amerika, *Top Gun*, entsprach genau unserem Lebensgefühl. *Sie fürchten weder Tod noch Teufel*. So waren wir drauf an diesem vermaledeiten Julitag. Zu viel Testosteron, Alkohol, Selbstüberschätzung, Imponiergehabe, schlicht jede Menge Dummheit – eine verhängnisvolle Mischung. Jeder von uns wollte der Größte sein. Wir fuhren in den Sonnenuntergang, keine Soldaten, sondern hormongesteuerte und übermütige Jungen. Die Nacht sternenklar, wir kreuzten vor der Küste. Schließlich, gegen drei Uhr morgens, war da auf einmal was über uns. Ein riesiger schwarzer Bomber im Tiefstflug. Nicht mal sonderlich schnell. Auf dem Radar war nichts davon zu sehen. Man hörte auch so gut wie nichts, da war nur dieser immense stählerne Vogel am Himmel über unserem Boot, geformt wie eine Fledermaus, und trotz des Vollmonds kaum auszumachen. Wir sahen die russischen Schriftzeichen daran. Und auf einmal brannten uns die Sicherungen durch.«

Lennart schluckte. Mit einer solchen Dimension hatte er nicht gerechnet. Auch Britta sah er an, dass sie schockiert war. Mikael Hansen fuhr in ruhigem Ton fort, als erzähle er von einer Abenteuerreise: »Wir waren ganz klar auf dänischem Gebiet, also war da diese Kurzschlussreaktion, mal ein bisschen auf dicke Hose zu machen, ein paar Salven abzugeben, einen kleinen Schuss vor den Bug. Dass Steffens mobile Flak derart ins Schwarze treffen würde, damit hatte niemand von uns gerechnet.«

Er machte einen Atemzug, der in einen heftigen Seufzer überging, als sei er froh, dass die Sache nun endlich ans Licht kam.

»Was heißt das, in Schwarze getroffen?«, wollte Lennart wissen.

»Die Sonne ging auf über der *Gudhjem*. Im wahrsten Sinn des Wortes. Eine kurze, heftige Explosion, dann stürzte das Flugzeug ins Meer. Ich werde nie den ohrenbetäubenden Lärm vergessen, der auf einmal losbrach, das Pfeifen, den Aufprall auf der Wasseroberfläche – und die gespenstische Stille danach. Wir starrten minutenlang einfach nur aufs Meer, keiner sagte etwas. Torben war der Erste, der wieder einigermaßen zu sich kam. Er machte kehrt und fuhr mit voller Kraft davon.«

»Moment!« Lennart schüttelte ungläubig den Kopf. »Sie wollen mir sagen, dass Sie eine russische Militärmaschine abgeschossen haben und niemand etwas davon bemerkt hat?«

»Das trifft es wohl, ja«, gab Hansen zurück. »Nur wussten wir das zu dieser Zeit nicht. Natürlich hätte es sein können, dass das jemand gesehen hat. Wir diskutierten, was wir machen sollten. Ich war dafür, dass wir alles melden. Aber die anderen zogen nicht mit.«

»Ach ja?« Lennart hob eine Braue. Wollte Hansen sich gegenüber den anderen reinwaschen?

»Sie sagten, wenn das alles rauskäme, hätten wir vielleicht den Dritten Weltkrieg angezettelt.«

Lennart stieß die Luft aus. Dass von dieser kleinen, friedlichen Insel irgendwo im Nirgendwo der Ostsee ein internationaler Konflikt hätte ausgehen können, schien nicht gänzlich abwegig. Der Kalte Krieg war noch nicht vorbei im Sommer 1986.

»Ich ließ mich schließlich überzeugen. Die Argumente der Jungs waren ja einleuchtend. Vor dem Abschuss hatten wir Funkstille bewahrt, und da das Ding nicht auf dem Radar aufgetaucht war, konnten die dänischen Streitkräfte eigentlich nichts davon mitbekommen haben. Hätte man uns nach der fehlenden Munition gefragt, hätten wir das mit einer spontanen Übung erklärt. Interessierte aber niemanden.«

»Aber Sie konnten doch nicht wissen, wie die Gegenseite reagieren würde«, hakte Britta ein.

»Das nicht. Aber die Russen wussten schließlich, dass sich der Flieger auf NATO-Gebiet befunden hatte. Alle Beteiligten hatten Fehler gemacht. Auch dem Ostblock konnte nicht an einer Eskalation gelegen sein. Noch dazu, weil man in Moskau ja höchstwahrscheinlich auch nichts von dem Abschuss wusste – es hatte schließlich keine Warnung gegeben, nichts. Die mussten von einem einfachen Absturz ausgehen. Wir machten uns selber Mut, dass so alles unter der Decke bleiben würde.«

»Und vor Ort hat auch niemand etwas von der Explosion mitbekommen?« All das klang in Lennarts Ohren unvorstellbar. Aber Hansen sah nicht aus, als erzähle er ihnen eine Räuberpistole. Er wirkte bitterernst.

»Es war drei Uhr nachts, wir waren vor unbebautem Gebiet unterwegs. Es gab da einen alten Fischer, einen versoffenen Kerl, der am nächsten Tag im Hafen von einem Feuerball erzählt hat. Niemand hat ihm geglaubt, und irgendwann ist er dann an seiner Trinkerleber gestorben. Natürlich konnten wir nie ganz sicher sein, das da sonst niemand war. Nur hoffen. Und beten.«

»Was ist mit den Piloten passiert?«, fragte Britta.

»Das haben wir uns auch gefragt. Aber die hatten wohl keine Chance. Sie sind ertrunken.«

»Nur fürs Verständnis: Sie sind danach in den Hafen gefahren, haben sich Stillschweigen geschworen und mit niemandem darüber gesprochen?«

»Das war unser Plan, ja. Natürlich habe ich Esther irgendwann davon erzählt.« Er griff erneut nach der Hand seiner Frau, die ihm mit ausdruckslosem Gesicht zunickte. »Die erste Zeit dachte ich bei jedem Telefonklingeln, bei jedem Auto, das bei mir vor dem Haus anhielt, dass sie uns draufgekommen wären. Ich konnte nachts nicht schlafen, wusste nicht, ob die anderen sich verplappern würden. Stellen Sie sich vor, was wir für eine Lawine losgetreten hätten. Und immer war da diese Ungewissheit, ob die Russen nicht doch was mitbekommen haben.«

»Aber nichts geschah?«, fragte Lennart.

Hansen schüttelte den Kopf. »Nichts.«

»Hat nie jemand das Wrack gefunden?«

»Nicht, dass ich wüsste. Vielleicht haben die Russen es auch heimlich geholt. Mit U-Booten oder so, was weiß ich. Allmählich legte sich die Angst bei uns jedenfalls, es wuchs Gras über die Sache. Außer bei Torben. Er war ein Nervenbündel. Aus der Angst wurde Panik, und die wuchs sich zur Paranoia aus. Er dachte bei jeder schwarzen Limousine, die anhielt, bei jedem Lada, das sei jetzt der KGB, der ihn holen und in ein Foltergefängnis stecken würde. Es war damals ein offenes Geheimnis, dass auf der Insel Spitzel der Russen unterwegs waren. Allein wegen des *Tårnet*.«

»Der Horchposten?«

»Genau.«

»Wie ging es dann mit Torben weiter? Was ist mit ihm passiert?«

»Er ist tot«, erklärte Hansen nach einer Weile leise.

Brittas und Lennarts Blicke trafen sich. Beide wussten, dass sie wieder abzuwarten hatten, bis Hansen weitersprach. Draußen hatte sich der Wind inzwischen verstärkt. Er rüttelte an den Fensterläden, das Knirschen und Knarren der Windmühle war nun auch im Wohnzimmer zu vernehmen. Es war Esther Hansen, die nach einer sich scheinbar endlos dehnenden Zeit sagte: »Torben Meyer ist bei rauer See über Bord gegangen, als die fünf zu einem Törn mit einem geliehenen Kutter unterwegs waren. Niemand konnte etwas dafür. Stimmt doch, Mikael, oder?« Hansen saß regungslos da.

»Ist er freiwillig ins Wasser gegangen?«, hakte Britta ein.

Mikael Hansen zuckte die Achseln. »Es gab natürlich Ermittlungen. Die Polizei hat uns befragt, aber niemand konnte genau sagen, wie es passiert war. Er war halt auf einmal nicht mehr an Bord. Man wollte wissen, ob er Andeutungen gemacht habe, dass er Schluss machen wolle mit seinem Leben.«

»Und?«

»Nicht wirklich.«

Lennart dachte nach. »Wann war das?«

»Winter 1988. Seine Leiche ist nie aufgetaucht.«

»Ich muss telefonieren«, erklärte Lennart und verließ den Raum. Draußen rief er Tao an, die inzwischen vor Lars Rahbeks Wohnhaus ihren Posten bezogen hatte und im Bus wartete.

»Kannst du von deinem Laptop aus auf die Zentraldatei zugreifen?«

»Klar«, antwortete Tao. »Ich mach mir ’nen Hotspot mit dem Handy, kein Problem. Worum geht’s?«

»Sind die alten Polizeiakten auf der Insel schon digitalisiert?«

»Kommt darauf an, wie weit du zurückgehen willst.«

»Sieh bitte nach, ob du etwas über einen tödlichen Unglücksfall im Jahr 1988 herausfinden kannst. Es geht um das Verschwinden eines gewissen Torben Meyer bei einer Ausfahrt mit einem Fischkutter. Muss im Winter gewesen sein. Dabei wurden auch unsere Herren vernommen.«

»Okay, ich versuch's. Weiß aber nicht, ob ich was finde. Hier ist übrigens alles ruhig. Ich melde mich.«

Lennart bedankte sich und beendete das Telefonat. Der Wind, der ihm durchs Haar wehte, tat gut. Es roch wieder nach Herbst, diesmal intensiver als gestern Abend. Das schwere Knarzen der Flügel wurde untermalt vom Pfeifen des Sturms, über dem Meer hatten sich dunkle Wolken gebildet. Er dachte nach über das, was sie eben erfahren hatten. Die unglaubliche Nacht im Jahr 1986, die Angst der jungen Soldaten, den Tod von Torben Meyer, der bei Nacht und Sturm über Bord gegangen war. Ein Unglück? Selbstmord? Oder hatte jemand nachgeholfen?

Er ging zurück zu den anderen, die schweigend dasaßen.

»Warum musste Kristensen sterben?«

Esther Hansen meldete sich zu Wort: »Ich habe das gerade schon Ihrer Kollegin gesagt: Was auch immer passiert ist, auf dem Militärboot, damals beim Unfall mit Meyer und jetzt mit Kristensen – mein Mann hat nichts Schlechtes getan, hören Sie? Er ist ein guter Kerl, war immer nur Mitläufer, konnte sich nicht durchsetzen, die anderen haben ihn mundtot gemacht. Das müssen Sie uns glauben.«

»Lass sein, Esther«, antwortete er. »Du meinst es gut, aber ich habe mich eben nicht durchgesetzt. Damit habe ich mich schuldig gemacht. Auch wenn ich weder an der Flak stand noch sonst irgendetwas gemacht habe, was nicht rechtens gewesen wäre: Auch Schweigen kann schließlich ein Verbrechen sein.«

Lennart schnaubte. »Dann schweigen Sie jetzt nicht weiter. Sagen Sie uns endlich, warum Kristensen ermordet wurde. Und von wem.«

»Das weiß ich nicht. Fragen Sie die anderen.« Hansen lehnte sich zurück und schloss die Augen. Lennart merkte, dass ein Punkt erreicht war, an dem sie nichts mehr aus ihm herausbekommen würden. Doch er hatte bereits eine andere Idee.

»Kommen Sie mit«, befahl er Mikael Hansen und stand auf. Britta sah ihn verwundert an. Esther Hansen wirkte alarmiert. »Wohin bringen Sie meinen Mann?«

»Das wird er dann schon sehen«, gab Lennart zurück. »Wir machen einen gemeinsamen Besuch.«

»Mikael war die ganze Zeit bei mir am Abend, als Kristensen ermordet wurde. Das kann ich auch unter Eid aussagen, wenn Sie wollen.«

Lennart stieß die Luft aus. »Er war in der Werkstatt. Die Steinskulptur, die er bearbeitet hat. Wissen wir. Aber wir wissen auch, was das Alibi eines Verdächtigen wert ist, wenn sich nur dessen Ehefrau dafür verbürgt.«

Draußen nahm Lennart Britta kurz beiseite, informierte sie über sein Telefonat mit Tao und darüber, dass sie nun zusammen mit Mikael Hansen zu Lars Rahbek fahren würden.

»Warten Sie!«, rief Esther Hansen von der Tür aus. Sie wandten sich um.

»Kann ich mitkommen?«

Lennart blickte der Frau direkt in die Augen. »Nein.«

***

Auf der Fahrt rief Tao an und informierte ihn, dass sie im digitalen Archiv ein paar spärliche Informationen über den Fall Torben Meyer gefunden habe. Die Aussagen seiner Freunde damals deckten sich mit dem, was sie eben von Hansen erfahren hatten. Die Selbstmordhypothese war zwar angesprochen worden, blieb aber letztlich unbestätigt. Allerdings habe man die Familie Meyer befragt, und sowohl seine Mutter als auch seine Schwester hielten einen Suizid für unwahrscheinlich. Ja, er habe etwas auf dem Herzen gehabt, aber er hätte niemals diesen Weg gewählt. Vielmehr hatten beide den Verdacht geäußert, dass womöglich einer seiner Begleiter nachgeholfen habe. Trotzdem seien die Ermittlungen eingestellt worden.

Lennart gab das alles an Britta weiter. Es war ihm egal, dass Mikael Hasen im Fond alles mithören konnte.

»Interessant«, kommentierte Britta. »Was sagen Sie zu den Anschuldigungen von Meyers Familie, Herr Hansen?«

Im Rückspiegel sah Lennart, dass der Mann lange aus dem Fenster blickte, bevor er mit bitterer Miene brummte: »Ich war damals in der Kajüte, es ging mir nicht gut. Der Seegang wahrscheinlich. Natürlich hatten wir immer wieder das Gefühl gehabt, dass Torben ein Unsicherheitsfaktor sein könnte. Er war durch den Wind, ein Nervenbündel. Wir hatten Angst, dass er auspackt, haben ihm ins Gewissen geredet, die anderen haben ihn unter Druck gesetzt, glaube ich. Ich habe 1988 auf dem Kutter genau dieselbe

Geschichte erzählt bekommen wie die Polizei, habe aber nie genauer nachgefragt. Ich bin kein mutiger Mensch. Nur ein eierloser Mitläufer. Fragen Sie die anderen, die waren mit ihm an Deck. Ich nicht.«

»Ach ja? Ist das Ihre Masche? Wir sollen zu allem Ihre Freunde fragen, Sie selbst wollen nie etwas gesehen und gehört haben? Klingt nicht sonderlich glaubwürdig!«

***

Aus dem Auto kündigte Britta Tao ihr Kommen an, sie solle weiterhin das Haus im Blick behalten. Auch wenn es eigentlich keinen rationalen Grund gab, mit Blaulicht nach Svaneke zu fahren, öffnete Lennart das Schiebedach und montierte die Blinkleuchte. Er wollte jetzt schnell Ergebnisse haben. Und hatte das diffuse Gefühl, dass es eilte. Als sie zehn Minuten später in die Straße einbogen, in der die Rahbeks wohnten, sah er dort den grauen Kleinbus stehen. Er hielt auf Höhe der Fahrertür an – um festzustellen, dass niemand im Auto saß. Tao hatte ihren Posten verlassen, ohne vorher Bescheid zu sagen. Er runzelte die Stirn. Das passte nicht zu ihr.

»Los, schnell!«, raunte er Britta zu. Mikael Hansen befahl er, fürs Erste im Auto zu warten, bis man ihn holte. Bevor er ausstieg, holte Lennart seine Dienstwaffe samt Holster aus dem Handschuhfach und schnallte sie sich um. Er trug sie so gut wie nie und wusste natürlich, dass es mehr als fahrlässig war, sie gemütlich im Auto spazieren zu fahren – auch wenn er das kleine Schloss am Handschuhfach stets absperrte. Aber auch sein Häuschen verfügte nicht über einen Safe, also musste er sich vorerst so behelfen.

Er machte Britta ein Zeichen, vorsichtig auszusteigen. Schließlich wussten sie nicht, was sie gleich erwartete. Dass Tao einfach so verschwunden war, beunruhigte ihn. Vielleicht war sie zwar nur schnell auf die Toilette irgendeines Cafés verschwunden – sein Instinkt aber sagte ihm etwas anderes.

Schnellen Schrittes gingen sie auf den gepflasterten Hof zu, wo alles ruhig schien. Einige fast verblühte Stockrosen wiegten sich im Wind, die flachen Fachwerkbauten wirkten idyllisch, das tiefe Rot ihrer Wände hob sich in dramatischem Kontrast vom inzwischen fast schwarzen Himmel ab. Nicht mehr lange, dann würde sich ein heftiges Gewitter über der Insel entladen. Lennart näherte sich langsam der Haustür, ließ seinen Blick jedoch weiter über die ganze Anlage schweifen – da ließ ihn ein lauter Knall zusammenfahren. Reflexartig griff er nach dem Holster und zog seine Waffe – um nur einen Augenblick darauf zu realisieren, dass es nur Rahbeks Garagentor war, das den Lärm verursacht hatte. Einer der Torflügel war vom Wind zugeschlagen worden.

Erleichtert blickte er zu Britta, sie tauschten ein kurzes Lächeln und steuerten dann auf die Garage zu. Lennart senkte die Waffe, behielt sie aber in der Hand, als er den Torflügel mit dem Fuß aufzog. Britta war dicht hinter ihm. Als sich seine Augen an die Dunkelheit gewöhnt hatten, sah er, dass zwar das Auto mittlerweile wieder in der Garage stand, sie ansonsten aber leer war. Die Tür, die in den Keller führte, war nur angelehnt.

»Hallo? Herr Rahbek?«, rief er ins Ungewisse. Ein dumpfer Schlag, ein Klirren. »Herr Rahbek? Ipsen und Blomdal, Polizei Rønne. Wir müssen mit Ihnen reden. Mit

Ihnen und Mikael Hansen. Wir haben ihn dabei.« Da hörte er einen erstickten Laut. Als halte man jemanden dem Mund zu. Eine Frauenstimme.

»Tao?«, schrie Britta hinter ihm, und plötzlich erschien Lars Rahbek in der Kellertür. Die Augen weit aufgerissen und mit wirrem Blick führte er Tao vor sich her, ihren Arm hinter ihrem Körper fixiert, eine alte Armeepistole an ihre Schläfe gepresst.

»Fuck!«, fluchte Lennart leise. Hatte ihn sein diffuses Gefühl also doch nicht getrogen. Tao schwebte in höchster Gefahr. Er sah die Angst in ihren Augen. Hinter sich hörte er Brittas schweren Atem. Er konnte sich nicht vorstellen, dass seine Kolleginnen schon einmal mit so etwas konfrontiert gewesen waren, also war es an ihm, den Überblick und einen klaren Kopf zu behalten. Er war in solchen Dingen geschult, und es handelte sich nicht um seine erste Geiselnahme. Aber die erste, in die eine Kollegin verwickelt war.

»Herr Rahbek, was soll das, was wollen Sie?«, fragte er und gab sich Mühe, gelassen zu klingen, sich seine eigene Unsicherheit und Angst nicht anmerken zu lassen.

»Weg mit der Waffe! Los!« Rahbeks Stimme überschlug sich. Tao stöhnte, als er ihren Arm noch weiter verdrehte.

Lennart hob seine Rechte, in der er die Pistole hielt, und legte die Schusswaffe aufs Autodach. »Ganz ruhig, Herr Rahbek. Tun Sie nichts Unüberlegtes.«

»Sie muss ihre Knarre auch weglegen!«, verlangte Rahbek mit Blick auf Britta.

»Sie hat keine.«

Britta schüttelte den Kopf. Tatsächlich hatte sie ihre Waffe wegen des Marktes zu Hause im Safe gelassen, wie sie Lennart vorhin erzählt hatte.

Der Kidnapper schien zu überlegen. »Verdammte Scheiße«, brummte er. »Wo ist Mikael? Die kleine Asiatin hier hat gesagt, ihr bringt Hansen mit. Ich will wissen, was er euch erzählt hat.« In seiner Wut schlug er mit dem Lauf der Waffe gegen Taos Schläfe, die panisch zusammenzuckte.

Lennart machte sich heftige Vorwürfe. Warum hatte er sie allein hierhergeschickt? Auch wenn er sie extra vor Alleingängen gewarnt hatte, fühlte er sich doch verantwortlich für die Situation, in der sie nun steckte. Und damit sie alle.

»Hansen wartet draußen, in unserem Wagen. Er hat lediglich ausgesagt, dass ...«

»Dann alle raus hier, raus aus meiner Garage«, brüllte der Mann. »Und behaltet die Hände oben!«

Rückwärts tasteten Britta und Lennart sich Schritt für Schritt nach draußen auf den Hof, Rahbek, Taos Arm weiterhin fest im Griff und mit der Pistole an ihrer Schläfe, folgte. Sie mussten jetzt unbedingt Ruhe bewahren, jede unüberlegte Handlung, jede schnelle Bewegung konnte fatale Folgen haben.

»Hallo, Lars? Herr Ipsen?«

Scheiße! Lennart wagte nicht, sich umzusehen, doch er wusste auch so, dass Mikael Hansen sich nicht an die Abmachung gehalten hatte, im Auto zu warten. Er kam über den Hof auf sie zu.

»Herr Rahbek, bitte lassen Sie meine Kollegin los. Ich komme zu Ihnen, wenn Sie wollen.« Vielleicht konnte er den Überraschungsmoment von Hansens Ankunft nutzen, um den Mann zu überwältigen.

»Vergiss es, Bulle!« Rahbek spie die Worte regelrecht aus. Sie standen nun alle draußen im Tageslicht.

»Um Himmels willen, mach dich nicht unglücklich, Lars.«

»Mikael! Du Waschlappen warst schon immer unsere Schwachstelle, auch wenn du bisher wenigstens dein Maul gehalten hast. Aber jetzt hast du ein bisschen mit den Bullen geplaudert, um dich selber reinzuwaschen, hm? Das wird dir nichts bringen, Hansen. Heute ist Zahltag.«

»Hinter mir in Deckung, Hansen!«, flüsterte Lennart dem Mann zu. Der sah ihn nur verdutzt an. Erst auf das Zeichen hin, das Lennart ihm mit dem Kopf machte, verstand er und stellte sich hinter ihn. Britta reagierte automatisch und bewegte sich ebenfalls langsam aus der Schusslinie. Er schluckte. Die einzige Waffe, die ihm geblieben war, um Tao, Britta, Hansen und sich selbst zu schützen, waren seine Worte. Eine falsche Äußerung, und alles würde eskalieren.

»Hansen hat Sie nicht belastet, wir wollen Sie nur befragen. Und auch wenn wir wissen, was auf der *Gudhjem* 1986 passiert ist, trifft Sie keine Schuld, wie es aussieht.«

»Ach ja? Wen denn dann, hm?«

»Hören Sie ...« Lennart stockte. Was sollte er darauf antworten? »Bjerg. Flemming Bjerg«, hörte er sich sagen.

»Ach ja? Den soll Mikael belastet haben und mich nicht? Hört auf, mich zu verarschen!«

»Lars, komm schon. Rede endlich über das, was passiert ist. Mach es nicht noch schlimmer!« Lennart rechnete es Hansen hoch an, dass er versuchte, seinen Kameraden zu beschwichtigen, auch wenn er nicht glaubte, dass das zum Erfolg führen würde.

»Schlimmer? Es kann nicht schlimmer kommen. Ich geh nicht ins Gefängnis. Hier nicht, und in Russland schon gar nicht. Ich will ein Auto und ein vollgetanktes Schnellboot. Die Kleine nehme ich mit als Sicherheit. Sobald ihr irgendwas versucht, ist sie tot.«

»Wo wollen Sie denn hin, Rahbek?«, fragte Lennart und warf einen Blick zu Britta, die sich noch ein Stück entfernt hatte. Vielleicht gelang es ihr ja, mit dem Handy unbemerkt Hilfe zu holen.

»He, Hände hoch, Alte!«, schrie Rahbek sie jedoch in diesem Moment an. Zaghaft hob sie ihre Rechte.

Der Mann war völlig außer sich, aber dennoch nicht unkonzentriert. Eine explosive Mischung.

»Ich mein's ernst, versucht nicht, mich hinzuhalten! Ich hab noch zwei Pistolen hier im Hosenbund!«

»Das stimmt, Lennart!«, bestätigte Tao mit zittriger Stimme, was ihr umgehend einen Stoß von Rahbeks Knie einbrachte.

»Halt die Fresse, Kleine, kapiert?«, zischte der Mann ihr zu, und was Lennart danach hörte, durchfuhr wie ein Schauder seinen ganzen Körper: der Entsicherungshebel von Rahbeks Waffe hatte geklickt. Tao wimmerte. Sie wusste natürlich, dass es immer enger wurde. »Also, was ist? Krieg ich das Boot?«

»Was ist denn hier eigentlich …« Die Haustür hatte sich geöffnet, und Rahbeks Frau war erschienen, die jetzt – statt weiterzureden – einen gellenden Schrei ausstieß.

Lennart bemerkte die kurze Irritation in Lars Rahbeks Blick. Das war ihre Chance. Vielleicht die einzige, die sie bekommen würden. »Tao, jetzt!«, brüllte er. Die entwand sich noch im selben Augenblick dem Griff des überrumpelten Rahbek und versetzte ihm einen Stoß gegen die rechte Hand, was die Pistole durch die Luft schleudern ließ. Dann ließ Tao sich fallen und rollte sich in Richtung Garage. Ziemlich beeindruckend für jemanden, der am liebsten im Büro saß, fand Lennart.

Während Rahbeks Frau weiterhin hysterisch kreischte, schrie Lennart »Deckung!«, drehte sich um die eigene Achse und riss Mikael Hansen am Kragen mit sich, um ihn und sich schließlich hinter einem Anhänger in Sicherheit zu bringen. Von dieser Position aus konnte er sehen, dass auch Britta es um die Hausecke geschafft hatte.

Aber es war noch nicht vorbei. Rahbek war unberechenbar und konnte jederzeit das Feuer eröffnen. Lennart musste sich dem Mann seitlich nähern, um ihn zu überwältigen.

Er schob sich kauernd ein Stück nach vorn, um an der Bordwand des Anhängers vorbeisehen zu können. Gerade langte Rahbek mit der rechten Hand nach hinten und zog einen schweren Revolver hervor.

Lennarts Herz pochte bis zum Hals. Schnell zog er sich wieder zurück in seine Deckung.

»Lars, hör doch auf, du machst alles nur noch viel schlimmer!«, schluchzte seine Frau.

»Lass mich!«, schrie Rahbek zurück und schoss in die Luft. »Du hast doch keine Ahnung.

Wenn ihr's wissen wollt: Ja, ich habe Kristensen umgebracht. Er wollte auspacken, wollte ein beschissenes Buch schreiben. Weil er nicht mehr schlafen konnte, dieses Weichei. Genauso wie Torben, dem wir damals eine Eisenstange über den Schädel gezogen und ihn über Bord geworfen haben. Aber ich war das nicht allein: Bjerg muss genauso dafür zahlen. Beinahe hätte ich ihn auch noch erwischt. Aber sein Schädel ist zäher, als ich dachte. Wie auch immer, ich gehe jedenfalls nicht in den Knast.«

Wieder wagte sich Lennart ein Stück vor und sah, wie sich Rahbek den Lauf des Revolvers in den Mund steckte und abdrückte. Als er den Schuss hörte, hatte Lennart bereits die Augen geschlossen. Der Knall würde ihm dennoch monatelang im Traum nachgehen. Ebenso wie der schrille Schrei der Ehefrau, die sich im Moment des Schusses zu ihrem Mann drehte.

***

Weil Flemming Bjerg sich nicht mehr wie erwartet im Krankenhaus von Rønne befand, sondern sich nach Angaben des Klinikpersonals »selbst entlassen« hatte, saßen Lennart und Britta eine halbe Stunde danach bereits wieder im Mercedes – auf dem Weg nach Nexø, wo sie den Fischer auf dem Kutter vermuteten. Lars Rahbek war sofort tot gewesen, seine Frau völlig zusammengebrochen. Um sie kümmerte sich – wie auch um Tao – das einzige Krisen-Interventionsteam der Insel, das innerhalb kürzester Zeit vor Ort gewesen war. Inzwischen war, das hatte man ihnen gemeldet, auch die Spurensicherung in Svaneke eingetroffen.

Brittas Hände zitterten, als sie auf dem Beifahrersitz ein Karamellbonbon auspackte. Auch Lennart war noch fahrig und hatte ein flaues Gefühl im Magen. Daher beschloss er, obwohl er sich weiter verspäten würde, vorerst nicht noch einmal bei seinen Töchtern oder seinem Vater anzurufen. Sie würden unschwer an seiner Stimme erkennen, dass mit ihm etwas nicht stimmte, und sich nur Sorgen machen. Den gewaltsamen Tod eines Menschen steckte man nicht einfach so weg, auch als Polizist mit einer gewissen Erfahrung.

Trotzdem mussten sie in diesem Moment einfach funktionieren.

Zur Sicherheit hatten sie den letzten Streifenwagen, der nach dem Drama in Svaneke noch verfügbar war, nach Nexø in den Hafen beordert, wo sich die uniformierten Beamten jedoch bis zum Eintreffen von Lennart noch im Hintergrund halten sollten. Wer wusste schon, wie Bjerg reagieren würde, wenn sie ihn mit ihrem Wissen konfrontierten.

Kurz vor dem Ziel sahen sie die Kollegen in einer Parkbucht stehen, hielten an und baten sie, ihnen ohne Blaulicht zu folgen. Im selben Momenten donnerte es. Schon bevor die restlichen Kollegen und der Rettungsdienst in Svaneke eingetroffen waren, hatte das Gewitter eingesetzt. Inzwischen schüttete es wie aus Kübeln aus den tief hängenden Wolken, nur der Wind hatte wieder etwas nachgelassen.

Britta und Lennart erreichten das Hafengelände, und sofort fiel ihnen die *Frida Marie* ins Auge. Der blau-weiße Kutter war nicht zu übersehen, er lag in der vordersten Ecke des Beckens. Als sie näher kamen, erkannte Lennart auch den Fischer, der in gelbem Ölzeug an Deck hantierte. Dabei benutzte er nur den rechten Arm, der linke Ärmel seines Regenmantels hing schlaff herab.

Gefolgt von den Uniformierten gingen sie auf das Boot zu. Da weder Britta noch er auf dieses Wetter eingestellt gewesen waren, hatten sie sich aus einem der Streifenwagen lange Regenmäntel mitgenommen, die sie ein wenig aussehen ließen wie Verkehrspolizisten aus einem Fünfzigerjahrefilm. Beide waren sie bewaffnet, beide aufs Höchste angespannt, beide gezeichnet von dem, was eben passiert war.

Als Flemming Bjerg sie sah, empfing er sie mit einem »Scheiße, ist es jetzt also so weit?« und spuckte aus, sortierte aber ansonsten ungerührt weiter seine Plastikwannen der Größe nach aufeinander.

»Sollten Sie nicht im Krankenhaus sein, Herr Bjerg?« Lennart wies vage auf den Arm des Krans, der abmontiert an Deck lag.

»Sollen heißt nicht müssen. Haben Sie gleich Verstärkung mitgebracht?« Er deutete auf die Streifenpolizisten. »Zu einem Invaliden? Scheint ja was Ernstes zu sein. Was wollen Sie von mir?«

»Die Wahrheit hören«, sagte Lennart knapp und schwang sich an Bord, stets bereit, nach der Pistole in seinem Holster zu greifen. Er bedeutete dem Fischer, in die Kabine zu gehen. Ihre Unterredung würde länger dauern, sie mussten also ins Trockene. Die beiden Kollegen bat Lennart, sich unter einem kleinen Vordach am Heck unterzustellen. Schon drei Leute waren mehr als genug für den engen Raum.

Der Fischer ließ sich ächzend und unter sichtlichen Schmerzen in der Schulter in seinen Drehsessel hinter dem Steuerrad fallen, öffnete seine Jacke, zündete sich eine Zigarette an, tat einen gierigen Zug und wandte sich den beiden zu.

Es war Britta, die den Mann über das informierte, was eben in Svaneke geschehen war – und darüber, was zunächst Mikael Hansen und kurz vor seinem Selbstmord Lars Rahbek ausgesagt hatten. Lennart ließ ihn währenddessen keine Sekunde aus den Augen und konnte so beobachten, wie sich der Gemütszustand des Mannes veränderte. Während er den Bericht über Hansens Aussage mit »Feigling« und »Weichei« kommentierte, wurde er danach immer verhaltener. Als er von Rahbeks Anschuldigungen und dessen anschließender Selbsttötung hörte, begannen seine Lippen zu beben.

»Er war es doch, der mich umbringen wollte, mit dem Kran, oder? Hat er das zugegeben?«

Lennart und Britta nickten.

»Dieses Arschloch. Hat gedacht, er kommt mit allem durch, wenn er nur alle aus dem Weg räumt.«

»Sie hatten Streit am Freitag, oder? Das hatte sich schon in Hasle angedeutet, als wir in der Räucherei saßen. Worum ging es da?«, wollte Lennart wissen.

»Darum, dass er immer so eine Scheiße erzählt hat, über unsere tolle Freundschaft und wie eng wir alle miteinander waren. Das hätte er sich sparen können. Vielleicht wären Sie dann nie darauf gekommen, was uns wirklich seit fast vierzig Jahren verbindet.«

»Nein, das war nur eine Frage der Zeit. Rahbek hatte damit nichts zu tun.«

Bjerg nickte. »Jedenfalls kam Lars am Freitagnachmittag zu mir auf den Kutter. Er war völlig durch den Wind, nervös und fahrig. Hatte die fixe Idee, ich sollte alles auf mich nehmen, wenn Sie das mit dem Abschuss rausfinden würden und mit dem … das, was mit Steffen passiert ist. Schließlich hätte ich nichts mehr zu verlieren im Leben. Können Sie sich das vorstellen?«

»Wie haben Sie reagiert?«

Bjerg zog an seiner Zigarette und blies langsam den Rauch aus. »Ausgelacht hab ich ihn. Und gesagt, er soll verschwinden. Wenn schon, dann müssten wir beide geradestehen für das, was wir gemacht haben. Na ja, und dann hat er sich wohl in seinem wirren Hirn gedacht, wenn ich nicht mehr da bin, kann er nachträglich alles auf mich schieben und hat an meinem Kran rumgemacht, während ich ausgeliefert habe. Aber ein Flemming Bjerg ist verdammt zäh, das hätte er wissen müssen.«

»Eins nach dem anderen, Herr Bjerg«, bat Lennart ruhig. »Wir kennen die Geschichte vom 20. Juli, wissen, was auf der *Gudhjem* los war. Aber was genau ist anderthalb Jahre später mit Ihrem Kameraden Torben Meyer geschehen?« Obwohl Rahbek das schon recht drastisch geschildert hatte, wollte er es noch einmal aus Bjergs Perspektivc hören.

»Hat Ihnen das Mikael nicht erzählt?«

»Nicht wirklich. Nur, dass Meyer umkam und er keine Details kennen würde. Dazu müssten wir Rahbek oder Sie fragen.«

Bjerg blies abfällig die Luft aus. »Sieht ihm ähnlich. Wobei ... er war tatsächlich nicht aktiv beteiligt. Lars und ich haben ihn gepackt, Steffen hat ihm eine über den Schädel gezogen und ab über die Reling. Wir hatten ihn schon nach ein paar Sekunden aus den Augen verloren. Er hatte keine Chance.«

Lennart sah zu Britta. Auch sie schien erstaunt, wie ruhig Bjerg nun auf einmal wirkte, wie sachlich er sein Geständnis ablegte.

»Warum haben Sie ihn getötet?«

Bjerg zuckte mit den Achseln, was ihm sichtlich Schmerzen verursachte. Er verzog sein Gesicht und antwortete: »Er hatte nicht die Nerven.«

»Damit war er offensichtlich nicht der Einzige«, warf Lennart ein.

»Stimmt«, gab Bjerg zu und lachte bitter auf. »Aber der Erste. Eine Schwachstelle, die wir loswerden mussten, wenn wir nicht in Teufels Küche kommen wollten. Ich meine, damals, wenn das rausgekommen wäre, überlegen Sie mal! Das hätte einen Krieg auslösen können. Mitten in Glasnost und Perestroika so eine Aktion. Die Sowjets hätten reagieren müssen – und wir wären in den Bau gewandert oder irgendwann morgens von einem schwarzen Wolga abgeholt und nach Moskau gebracht worden.«

»Sie haben Ihren Kameraden also gemeinschaftlich getötet. Und Hansen wusste nichts?«

»Hansen hat sich immer vom Acker gemacht, wenn es darauf ankam. Auch bei Steffen.«

»Warum haben Sie Kristensen denn umgebracht? Nach all der Zeit?«

»Er konnte nicht mehr. Hat uns irgendwann feierlich eröffnet, dass er seine Memoiren schreiben will. Wir haben ihn bloß ausgelacht.«

»Wann war das?«

»Vielleicht drei Monate, bevor wir ihn …« Er stockte, hatte jetzt doch Scheu vor dem Unaussprechlichen. »Jedenfalls kam er immer wieder damit an. Wir haben es zuerst nicht ernst genommen.«

»Und dann?«

»Dann, vor vielleicht drei Wochen, da hat er bei einer Ausfahrt gesagt, er macht jetzt ernst. Er hatte sich schon die Nummern von ein paar Zeitungs- und Radioredaktionen rausgesucht. Sogar beim dänischen Fernsehen wollte er sich melden. Hat uns seine Liste gezeigt, die er abtelefonieren wollte, der Idiot. Das mit dem Flugzeug wäre verjährt, und es gibt ja längst keine Sowjetunion mehr.«

Lennart zog die Stirn in Falten. »Aber den Mord an Meyer …«

»Hätte er eben weiterhin als Unfall hingestellt. Wir haben ihm gesagt, dass wir doch damals auch die zwei Piloten umgebracht hatten. Und Mord verjährt nicht. Eingeredet haben wir auf ihn wie auf einen lahmen Gaul. Aber er ist stur geblieben. Es muss raus, hat er immer gesagt. Es muss ans Licht, muss von seiner Seele, weil es ihn sonst kaputtmacht. Weil er kaum mehr eine Nacht schlafen kann. Da hat Lars dann den Rappel gekriegt und immer wieder geschrien, dass er nicht ins Gefängnis geht.«

»Und das alles war vor drei Wochen?«

»Ungefähr, ein bisschen mehr vielleicht.«

»Gab es einen speziellen Auslöser?«

Bjerg drückte seine Kippe in dem überquellenden Aschenbecher vor ihm aus und zündete sich sofort eine neue Zigarette an. »Anscheinend sind drei russische Jets direkt über Steffens Haus gedonnert, im Tiefflug.«

Das mussten die Flugzeuge gewesen sein, die Lennart bei seiner Überfahrt mit der Fähre gesehen hatte.

»Jedenfalls war das dann seine fixe Idee: Wenn er jetzt nicht damit rauskommt, kommen die Flieger immer öfter, und irgendwann machen sie ihn samt dem Hof platt.« Bjerg tippte sich abfällig an die Stirn. »Und dann kam Lars irgendwann zu mir und hat gesagt, Steffen muss weg, weil wir sonst alle in den Bau gehen.«

»Also haben Sie den Plan gefasst, Ihren Freund zu ermorden?«, meldete sich Britta zu Wort.

Bjerg schüttelte energisch den Kopf. »Plan haben wir gar keinen gefasst. Wir sind zu ihm gefahren, Lars und ich wollten ihm klarmachen, dass es Schwachsinn ist, was er sich da in den Kopf gesetzt hat. Aber er ist stur geblieben. Hat uns angeschrien, dass es jetzt raus muss. Ausgerechnet er, der nie wollte, dass man groß redet über die Zeit. Der auch das Museum total abgelehnt hat, weil es ihm am liebsten war, man lässt die Vergangenheit ruhen. Richtig dagegen gekämpft hat er, dass der *Tårnet* bei ihm um die Ecke stehen bleibt als eine Art Mahnmal für den Kalten Krieg. Für die Zeit, in der das passiert ist, auf der *Gudhjem*. Hat man ja damals gebaut, den großen Turm, den er dann jeden Tag gesehen hat. Jeden Tag, von früh bis spät.«

»Und ausgerechnet er wollte nach so vielen Jahren auf einmal auspacken?«

»Keine Ahnung, was den auf einmal geritten hat, in seinem Leben aufzuräumen. Dabei hätte er viele andere Baustellen gehabt, mit seiner Tochter und der Frau und dem Enkel und so.«

»Bleiben wir beim Thema: Sie und Rahbek haben Kristensen also aus Angst, nach all den Jahren doch noch für Ihre Taten zur Rechenschaft gezogen zu werden, kaltblütig umgebracht«, sagte Britta kopfschüttelnd. »Gab es keinen anderen Ausweg?«

»Hört sich jetzt alles so geplant an. Das war es ja gar nicht. Wir sind hin, weil er schon wieder eine SMS geschrieben hatte, ›*Sol over Gudhjem*‹. So haben wir ihn immer genannt, den Feuerball über unserem Boot. Der *Gudhjem*. Das war die Erklärung, die Sie so lange gesucht haben.«

Lennart stieß hörbar die Luft aus. »Das ist uns klar, inzwischen. Aber jetzt wollen wir endlich wissen, was genau an dem Abend passiert ist. Schildern Sie uns die Tat.«

»Wir haben ihn zu überzeugen versucht, er ist stur geblieben, auf einmal hat Lars dieses Eisenteil in der Hand. So ein Ding, mit dem man Löcher für Zaunpfähle in den Boden macht. Und während ich noch mit Steffen rede, zieht er ihm das Teil schon über den Schädel. Der ist sofort zu Boden gegangen. Und dann lag er da. Er hatte gerade erst eine Räucherkammer vollgemacht, als wir angekommen sind. Also haben wir ihn da reingeschleift und von außen zugemacht. Wir dachten natürlich, der wäre tot. Ich habe nicht gesehen, dass er noch geatmet hätte.«

»Warum ausgerechnet in die Räucherkammer?«

»Na ja, er hat ja wegen dem Schinken immer wieder Ärger gehabt mit seinen Abnehmern und mit diesem Nobellokal, oben in Sømarken.«

»Das *Argousier*?«

»Genau. Und mit der Borup. Hätte also auch sein können, jemand von denen hat ihn ... Wir wollten den Verdacht dahin lenken.«

Was ja auch ziemlich gut funktioniert hat, konstatierte Lennart bitter. Kurz dachte er an all die falschen Fährten, denen er gefolgt war, von Tine Borup zu Bjarne Holst. Sogar Maren Fabricius hatte er eine Zeit lang verdächtigt.

»Sie wollen also nur Mitwisser und Helfer gewesen sein, und Rahbek war der Täter?«

Er schnaubte. »Lars ist tot, haben Sie mir gesagt. Also müssen sie mir meine Geschichte wohl glauben.«

Lennart setzte eben an, etwas zu sagen, da hob Bjerg eine Hand.

»Wenn es Ihnen wichtig ist: Was ich Ihnen gesagt habe, stimmt, und ich werde es auch vor Gericht so erzählen. Was ich dann kriege und wie viel Schuld ich an was habe, das sollen die Richter entscheiden.«

Lennart nickte. Damit mussten sie wohl leben.

»Jetzt nehmen Sie mich mit, oder? Kann ich Sie um was bitten?«

Sie sahen Bjerg fragend an.

»Ich werde für eine Weile weg sein, so oder so. Danach werde ich nicht mehr zur See fahren. Wenn ich noch mal freikomme, bevor ich sterbe, hab ich meine Rente. Mein Boot soll verkauft werden, und das Geld davon, das will ich spenden. Können Sie organisieren, dass man sich darum kümmert und dass man meinen Hund versorgt? Ich habe niemanden mehr, wissen Sie ja.«

»Wir können uns darum kümmern, ja. An wen soll der Erlös denn gehen?«

»Es gibt einen Verein für Kriegsopfer in Dänemark. Der betreut Veteranen und vor allem die Angehörigen von Verwundeten und Getöteten. Die sollen das kriegen. Am Ende sind wir alle doch Leidtragende eines Kriegs: die russischen Piloten, Torben Meyer, Kristensen, Lars und auch ich. Auch wenn man ihn immer den *Kalten* Krieg nennt: Opfer gab's trotzdem mehr, als man denkt.«

Lennart seufzte. Der Mann hatte recht.

»Gehen wir«, brummte Bjerg und drückte seine Zigarette aus.

Sonntag

Es war schon elf, als Lennart und die Kinder am nächsten Tag in Svaneke eintrafen. Natürlich hatte es am Vorabend nicht mehr mit dem Burgeressen geklappt, natürlich hatte er seiner Familie erzählt, was passiert war, wenn auch nicht in allen Details, natürlich hatten sie Verständnis für sein Fernbleiben, und natürlich hatte Lennart in der Nacht kaum ein Auge zugetan. Er war noch zu aufgewühlt von den Ereignissen des letzten Tages.

Glücklicherweise konnte er das vor seinen Lieben weitgehend verbergen. Die waren zwar durchaus neugierig gewesen, hatten sich den Tag über auch ganz gut abgelenkt: Karl Ipsen hatte die Mädchen anscheinend ordentlich zu Gartenarbeit, Ernte und Einkochen eingespannt und sich die fehlenden Zutaten kurzerhand bei diversen Nachbarn zusammengeliehen, mit denen er inzwischen Freundschaft geschlossen hatte. Die Ergebnisse dieser Zusammenarbeit waren in Balsamico eingelegte Zwiebeln und konfierter Knoblauch in Olivenöl. Beides hatte er am Abend auf Geheiß der Familie unbedingt noch probieren müssen, auch wenn ihm wirklich nicht nach Essen zumute gewesen war.

Wie der Opa die Kids zur Hausarbeit motiviert hatte, war nicht herauszufinden gewesen, Lennart vermutete aber, dass bei der Sache ordentlich Geld geflossen war. Schließlich war das Haltbarmachen von Zwiebeln und Knoblauch nicht unbedingt das, womit sich zwei Teenie-Mädels aus freien Stücken beschäftigten, vor allem, weil sie dafür für eine Weile ihre Smartphones mit Kochutensilien zu tauschen gehabt hatten.

Am Morgen hatte Britta angerufen, um ihn auf den neuesten Stand zu bringen. Bjerg befinde sich bereits in Untersuchungshaft, in Rahbeks Garage habe die Spurensicherung jenen Pfahllocher gefunden, von dem Bjerg gesprochen hatte: den Gegenstand, mit dem Kristensen niedergeschlagen worden war. Sven Nilsson hatte auch schon Bjergs Hund auf dem Gnadenhof untergebracht. Als Lennart nach Tao fragte, ließ Britta ihn mit leicht sorgenvoller Stimme wissen, dass sie noch am Vortag bei ihr vorbeigefahren war. Sie hatte ihr eine Zwangspause von einigen Tagen verordnet, um sich von ihrem Schock ein wenig zu erholen. Tao hatte protestiert, aber Britta war standhaft geblieben. *Gott sei Dank*, dachte Lennart.

Abschließend hatte er mit ihr noch verabredet, dass sie sich erneut auf dem Handwerkermarkt treffen würden, der heute in seinen zweiten und letzten Tag ging.

Als Familie Ipsen zu viert auf dem Marktplatz ankam – diesmal war auch Karl mit von der Partie –, fiel Lennarts Blick auf die Haltestelle der Pferdestraßenbahn, an der ein handgeschriebener Zettel hing: »Heute kein Service«. Er stieß bitter die Luft aus. Bei den Ermittlungen hatte er es mit weitaus mehr Toten zu tun bekommen als anfangs vermutet.

»Wir gehen gleich mal zum Stand von Britta und Mats, okay?«, rief Ida und zog ihre Schwester mit sich. »Zeit, dass wir ein paar Sachen von denen unter die Leute bringen.«

Lennart nickte.

»Und ich seh mir mal die handgemachten Gartengeräte von der Schmiede und die alten Blumensorten da drüben an. Kommst du mit, Junge?«, fragte Karl Ipsen, doch Lennart winkte ab und erklärte, er komme gleich nach. »Aber nicht, dass du schon wieder für den Rest des Tages verschwindest!«, rief sein Vater ihm hinterher.

Lennart verließ das Markttreiben, das heute noch lebhafter als am Vortag war, in Richtung von Rahbeks Haus, wo sich das Drama gestern abgespielt hatte. Er musste es einfach noch einmal sehen, als sei er gestern zu hastig aufgebrochen.

»Lennart! Wie schön, dass du vorbeikommst!« Er fuhr herum. Hinter einem kleinen Tischchen voller Honiggläser, Blütenpollen und Bienenwachskerzen stand Rosa Nygaard und winkte ihm fröhlich zu. Dann tauchte neben ihr der Oberkörper von Morten auf, der anscheinend etwas unter dem Tisch gesucht hatte. »Ah, du willst dich also tatsächlich für die Hilfe neulich mit den Bienen revanchieren? Nur zu, wir haben genügend Honig, der an den Mann und die Frau gebracht werden muss.«

Lennart grüßte mit unsicherem Lächeln zurück. »Hallo ihr beiden!« Es fiel ihm noch etwas schwer, sich auf die ungetrübte Fröhlichkeit der Nygaards einzulassen.

»Morten, lass doch, sicher hat Lennart was Besseres vor …«, mahnte Rosa, doch Lennart winkte ab. Er würde ohnehin nicht drum herumkommen, seinem Vorgänger alles zu erzählen. Und vielleicht war es auch besser, wenn er seinem Drang, den gestrigen Tatort noch einmal aufzusuchen, nicht nachgab. Er ging auf die beiden zu, krempelte die Ärmel hoch und sagte: »Was kostet ein Pfund Honig?«

Morten lachte, und Rosa hielt ihm einen Holzlöffel hin. »Erst mal probieren, ob du auch hinter der Ware stehst, die du verkaufst!« Lennart kostete den Honig, der gut schmeckte, auch wenn er persönlich nicht viel davon verstand.

»Hast du schon gehört, was gestern …«, begann er schließlich an Morten gewandt.

»Alles. Britta hat mich abends noch angerufen.«

Natürlich.

»Du musst nicht drüber reden, wenn du nicht willst«, fügte sein Vorgänger deutlich ernster hinzu. »Vor allem nicht sofort. Aber wir können uns gerne irgendwann mal in Ruhe bei einem guten Tropfen in meinem Keller zusammensetzen.« Lennart sah ihn dankbar an. *Irgendwann mal* hörte sich gut an. Besser jedenfalls als *jetzt*.

»Wohin wolltest du denn gerade?«, wollte Morten wissen.

»Zum Haus von Rahbek«, begann Lennart.

Morten hob die Brauen. »Denkst du, das ist eine gute Idee?«

Noch bevor Lennart antworten konnte, fragte Rosa: »Wo sind deine Kinder?«

»Bei Mats und Britta, ich hol sie später mal.«

»Ich würd gern mal ein paar Worte mit deinem Vater wechseln«, meldete sich Morten. »Er scheint ja ein echter Gartenfuchs zu sein!«

»Seht mal, das ist doch Tao!« Lennart hatte sie im Gedränge ausfindig gemacht und winkte ihr. Was machte die denn hier, sie sollte sich doch ausruhen.

»Hey, gleich beide Chefs auf einem Fleck!« Tao bemühte sich, munter zu klingen, aber Lennart merkte ihr sofort an, wie angeschlagen sie war. Noch bevor er etwas sagen konnte, redete sie hektisch weiter. »Hallo, zusammen! Ich komm nachher mal vorbei zum Plaudern. Ich muss jetzt meinen Eltern im Foodtruck helfen. Um Mittag ist am meisten los, und ich bin die ungekrönte Meisterin an der Fritteuse! So viele Nem-Rollen wie ich haut niemand in einer Stunde raus!« Damit war sie bereits verschwunden. Lennart würde später noch mit ihr reden.

Sie sahen ihr nach, da nahm Lennart ein weiteres bekanntes Gesicht im Menschenstrom wahr: Maren Fabricius schlängelte sich durch die Reihen, ihr Handy am Ohr. Sie sah ziemlich aufgebracht aus, blickte weder nach links noch rechts, als sie den Honigstand der Nygaards passierte.

»Kann doch nicht sein, erst reservieren sie das halbe Lokal, und dann sagen sie sechs Stunden vorher ab? Idioten sind das! Natürlich kannst du nichts dafür, Loredana. Trotzdem scheiße! Tschüss, bis später.« Sie drückte aufs Display und steckte ihr Handy weg. »Was für Schwachköpfe!«, rief sie, was ihr verwunderte Blicke von den Umstehenden einbrachte. Lennart stellte das Glas Honig ab, das er in der Hand hielt, und ging auf die Köchin zu.

»Ich habe zufälligerweise dein Gespräch mitgehört«, sagte er und legte ihr vorsichtig die Hand auf die Schulter.

»Ah, Lennart!« Sie lächelte ihn erfreut an und zwinkerte ihm zu. »Ach, hör auf, mir kannst du nicht erzählen, dass du *zufällig* die Leute belauschst. Berufskrankheit, oder?«

Er lachte.

»Ich war wohl ein wenig zu laut. Aber sowas ist wirklich ärgerlich, eigentlich sollte man was verlangen, schließlich sind wir schon dabei, den Abendservice vorzubereiten. Ich mein, zwölf Leute!«

Lennart überlegte kurz. »Also, ich würde den Tisch nehmen. Ein ganzes Dutzend bringe ich zwar wohl nicht zusammen, aber dafür haben wir einige gute Esser dabei!«

Maren Fabricius sah ihn erstaunt an. »Wie jetzt, ein spontanes Dinner im großen Kreis?«

Lennart nickte. »Um sieben?«

»Geht klar, ich freu mich, Lennart!«, sagte sie und strich ihm beiläufig über den Unterarm. »Ich muss jetzt weiter, neue Ware holen. Die haben uns schon das letzte Glas eingelegten *Hvidløg* weggekauft. Hab nicht mal mehr welchen im Restaurant. Aber da ist noch eine Charge gepickelte Rote Beete im Auto, die krieg ich bestimmt auch noch verkauft. Bis später dann, und danke schon mal fürs Einspringen!«

***

Es war ein wunderschöner Abend geworden im *Argousier*, dem Restaurant mit der herrlichen Aussicht auf die baltische See. Neben Lennarts Familie waren Mats und Britta und die Nygaards der Einladung zu Lennarts offiziellem Insel-Einstand gefolgt. Auch Tao hatte zugesagt. Lennart hatte sie vor der Tür kurz beiseitegenommen und ihr nachdrücklich ans Herz gelegt, die gestrigen Ereignisse ernst zu nehmen. Sie hatte betreten genickt, dann hatten sie verabredet, in der nächsten Woche ausführlich darüber zu reden.

Anschließend hatten sie alle entspannt zusammengesessen und geplaudert. Die Mädchen bekamen eine Küchenführung und wurden von Maren, die sich immer mal wieder zu ihnen an den Tisch gesellte, zu diversen Social-Media-Ideen befragt. Auch das Glas konfierter Knoblauch – *Hvidløg* –, das Lennart der Köchin aus der gestrigen Produktion seines Vaters mitgebracht hatte, war ziemlich gut angekommen. Als sie schließlich lange nach dem offiziellen

Geschäftsschluss den Heimweg antraten, nahmen ihn die Nygaards beiseite, um sich zu bedanken.

»Haben wir zu viel versprochen? Ist sie nicht reizend?«, wollte Rosa wissen.

»Wer?«, fragte Lennart unschuldig, wohl wissend, dass sie Maren Fabricius meinte. Doch Rosa nickte nur lächelnd und wünschte ihm eine gute Nacht.

Seine Familie hingegen ließ ihn nicht so leicht davonkommen. Im Auto war wieder die Leier losgegangen, er habe den ganzen Abend mit der Köchin geflirtet. Lennart hatte den Töchtern und dem Vater zwar erneut skeptische Blicke zugeworfen, musste aber zugeben, dass sie ganz nett war, diese Maren. Man fühlte sich wohl in ihrer Gesellschaft. Womöglich würde Lennart ihr mal ein paar Gläser Marmelade vorbeibringen. Und ihr ein Kompliment aussprechen für die ziemlich kreativen und ungemein lustigen Neuschöpfungen von Schimpfwörtern, die sie auf Kristensens Mobilbox gesprochen hatte. Tao hatte sie ihm als Soundfile geschickt.

Die Zeit für einen Besuch hätte er in den nächsten Wochen bestimmt mal. Man konnte schließlich nicht den ganzen Tag nur in der Lümmelnische lesen. Höchstens den halben.

!STRENG GEHEIME VERSCHLUSSSACHE!

Moskau, 20. Juli 1986, 3 Uhr 18

Protokoll des Telefonats zwischen Gen. Oberst Viktor Roskow, Luftstreitkräfte Leningrad, und dem leitenden Gen. General Sergej Litwinzew, oberster Luftwaffengeneral im Verteidigungsministerium der UdSSR, Moskau.

- Es ist mitten in der Nacht, Genosse Oberst. Was gibt es?
- Melde feindlichen Abschuss einer MiG-XX1, General.
- (PAUSE) Einer unserer Tarnkappenbomber?
- Ja. Fünf Seemeilen vor Bornholm, Dänemark.
- Das ist NATO-Gebiet.
- Richtig, Genosse General.
- Was war die Mission?
- Testflug, Genosse.
- Die MiG-XX1 sind doch unsichtbar für feindliches Radar.
- Sollten sie. Dennoch gerieten die Genossen Piloten offenbar unter Beschuss seegestützter dänischer Luftabwehr. So deuten wir den letzten Funkspruch.
- Absturz ohne Beschuss ist auszuschließen?
- Nicht mit Sicherheit.

- Irgendeine offizielle Meldung der Dänen? Eine Vorwarnung?
- Nein.
- Absturz ins Meer?
- Ja, Genosse General.
- Keine offizielle Beschwerde der Dänen wegen Luftraumverletzung?
- Nein, Genosse General. Bis jetzt nicht.
- Das sollte auch so bleiben, Genosse Oberst.
- Absolut. Bei einer offiziellen Untersuchung müssten wir Projekt XX1 umgehend einstellen.
- Ich wiederhole: Feindlichen Abschuss auf sich beruhen lassen, Genosse Oberst.
- Ja. Daran ist wohl auch der Gegenseite gelegen. Wie sollen wir weiter vorgehen?
- Bringen Sie das Wrack wieder in unseren Besitz. Mit Unterstützung von Unterseekräften.
- Verstanden, Genosse General. Und die Familien der Piloten?
- Bekommen übermorgen Post und ein paar Rubel extra Witwensold. Gute Nacht, Genosse Oberst.
- Gute Nacht, Genosse General.

gez. Oberst Ludmilla Kuznetsow, KGB

Mange tak!

Es war eine wunderbare neue Erfahrung für mich, ein Buch mal solo zu konzipieren, zu schreiben und auf den Weg zu bringen. Aber es handelte sich auch um eine Herausforderung, die ich ganz allein sicher nicht gemeistert hätte. Ich hatte tolle Unterstützung, für die ich mich an dieser Stelle bedanken möchte.

Ein besonders großer Dank geht an meine Familie, an Silke, Paulina, Annabel, Robert und Resi: Sie waren meine Reisegruppe 2021 nach Bornholm – auf dieser Fahrt entstand die Idee zu Lennart Ipsen –, und ich hatte gleich Zuhörer für meine Pläne.

Meiner Familie möchte ich auch danken für die Geduld mit meiner Ungeduld, weil es auf einmal mehr als doppelt so viel Arbeit gab wie normalerweise und kaum mehr Zeit für andere wichtige Dinge. Es war bestimmt nicht immer leicht.

Meine Frau Silke war diesmal noch mehr als sonst erste und kompetente Beraterin in allen Fragen rund ums Projekt. Vielen Dank, dass du immer ein offenes Ohr hast für mich und Lennart und das alles auch so zu deiner Sache machst.

Ein herzlicher Dank geht an meinen Vater Robert, der mir während der Zeit immer Mut gemacht hat, immer ein offenes Ohr für meine Zweifel hatte, stets ein wichtiger Ratgeber ist und der auch diesmal wieder sehr akribisch testgelesen hat.

Danke auch allen Freunden, die mich immer in meinem Tun bestärkt haben und einfach sagten: »Mach mal!«

Ein besonderer Dank gilt meinem Freund und Agenten Marcel Hartges – einem unschätzbar wertvollen Ratgeber und Begleiter nicht nur meiner Arbeit. Gut, dich stets um mich zu wissen!

Vielen Dank ans Team des Goldmann-Verlags um Verlegerin Grusche Juncker für den sensationellen Einsatz für dieses Buch. Euer Schwung tut wirklich gut.

Ein neuer Verlag bringt natürlich auch eine neue Lektorin mit sich. Ich freue mich sehr, Vera Thielenhaus als strenge, aber sehr genaue, stilsichere, erfahrene und ungeheuer verlässliche Beraterin gewonnen zu haben. Macht Spaß, mit dir am Text zu feilen, und es ist beruhigend zu wissen, dass dir einfach nichts »durchrutscht«. Merci – oder besser: *mange tak*!

Kobr, Michael:
Sonne über Gudhjem. - 1. Auflage, Originalausgabe. - Wilhelm-Goldmann-Verlag (München), August 2023
ISBN 978-3-442-31689-2 Festeinband : EUR 24.00

Die Hoffnung, auf Bornholm ein relativ ruhiges Leben als Kriminalinspektor zu haben, wird bei Lennart Ipsen zunichte gemacht, als ein Schweinebauer tot in der Räucherkammer aufgefunden wird - geräuchert wie seine Schinken. Verdächtig sind viele, da der Bauer streitlustig war. Lennart Ipsens 1. Fall.
IK: Krimi